グリーン・ビーチ

〔新版〕

ディエップ奇襲作戦

GREEN BEACH

JAMES LEASOR

ジェイムズ・リーソー

清水政二 訳　監修・解説：大木 毅

KADOKAWA

1942年8月19日、カナダ・イギリス連合軍はプールヴィル〈グリーン・ビーチ〉に敵前上陸を敢行した。海岸に擱座《かくざ》した上陸用舟艇とチャーチル型戦車、戦死者が見える。

マークⅡ型フレイヤ。正確なレーダーとするため、設置場所で修正される。英国のCHLに対抗するドイツ側の装置であった。

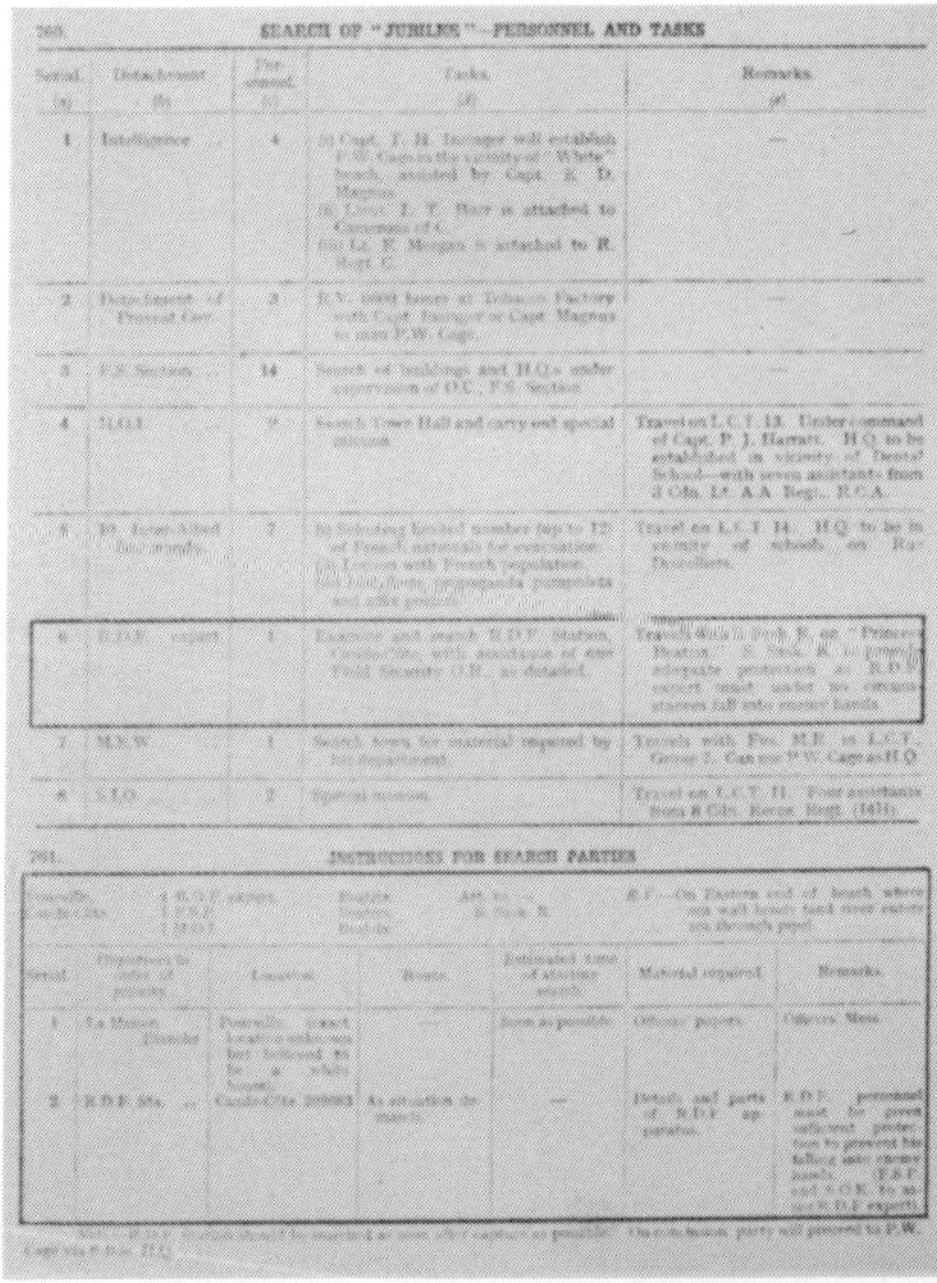

760. SEARCH OF "JUBILEE"—PERSONNEL AND TASKS

Serial. (a)	Detachment (b)	Personnel. (c)	Tasks. (d)	Remarks. (e)
1	Intelligence	4	(i) Capt. [illegible] will establish P.W. Cage in the vicinity of "White" beach, assisted by Capt. [illegible] Magnus. (ii) Lieut. [illegible] is attached to Camerons of C. (iii) Lt. F. Morgan is attached to R. Regt. C.	—
2	Detachment of Provost Coy.	3	[illegible] hours at Tobacco Factory with Capt. [illegible] or Capt. Magnus to man P.W. Cage.	—
3	F.S. Section	14	Search of buildings and H.Q.s under supervision of O.C., F.S. Section.	—
4	[illegible]	[illegible]	Search Town Hall and carry out special mission.	Travel on L.C.T. 13. Under command of Capt. P. J. Harratt. H.Q. to be established in vicinity of Dental School—with seven assistants from 2 Cdn. Lt. A.A. Regt., R.C.A.
5	10 Inter-Allied [illegible]	7	(i) Selecting limited number (up to 12) of French nationals for evacuation. (ii) Liaison with French population. [illegible] propaganda pamphlets and other products.	Travel on L.C.T. 14. H.Q. to be in vicinity of schools on Ru[illegible]
6	R.D.F. expert	1	Examine and search R.D.F. Station, [illegible], with assistance of one Field Security [illegible], as detailed.	Travels with [illegible] R. on "Princess Beatrix." S. Sask. R. [illegible] adequate protection as R.D.F. expert must under no circumstances fall into enemy hands.
7	M.E.W.	1	Search town for material required by his department.	Travels with Fus. M.R. in L.C.T. Group [illegible]. Can use P.W. Cage as H.Q.
8	[illegible]	2	Special mission.	Travel on L.C.T. 11. Four assistants from 8 Cdn. Recce. Regt. (14H).

761. INSTRUCTIONS FOR SEARCH PARTIES

[illegible]

Serial.	Objectives in order of priority.	Location.	Route.	Estimated time of starting search.	Material required.	Remarks.
1	La Maison [illegible]	[illegible] location unknown but believed to be a white house.	—	Soon as possible.	Official papers.	Officers Mess.
2	R.D.F. Stn.	[illegible]	As situation demands.	—	Details and parts of R.D.F. apparatus.	R.D.F. personnel must be given sufficient protection to prevent his falling into enemy hands. [illegible]

[illegible] On conclusion, party will proceed to P.W. Cage [illegible]

ジュビリー作戦におけるニッセンサールの特別任務を詳述している1942年「ディエップ奇襲」（連合作戦本部）からの抜粋。太線でかこまれているのが関係個所。

連合軍を勝利にみちびいたキャヴィティ・マグネトロン（空胴磁電管）。「その特殊な能力は非常に強い力でマイクロ・ウェーヴを送信するので、かつて製作されたいかなるものよりもはるかに強力で正確なレーダーを作ることができた」（ジャック・モーリス・ニッセンサール）

セシル・インガソル・メリット大佐。南サスカチェワン連隊指揮官。プールヴィルにおける士気昂揚の功によってヴィクトリア勲章を授与された。

プールヴィル奇襲は連合軍の敗退に終わった。破壊されたチャーチル型戦車と負傷したカナダ軍兵士。左はドイツ軍兵士。

プールヴィル（グリーン・ビーチ）。ドイツ軍のレーダー・ステーションがあった断崖頂上からの眺望。6000の連合軍が上陸し、帰還したものはわずか2500名に満たなかった激戦の地である。

マレイ・オーステン大尉。南サスカチェワン連隊“A”中隊長。この中隊からニッセンサールを“護衛”する10名の兵士が選ばれた。

ディエップから12マイル、アンヴェルモーのドイツ軍司令部。コンラート・ハーゼ少将の指揮する第302歩兵師団司令部。

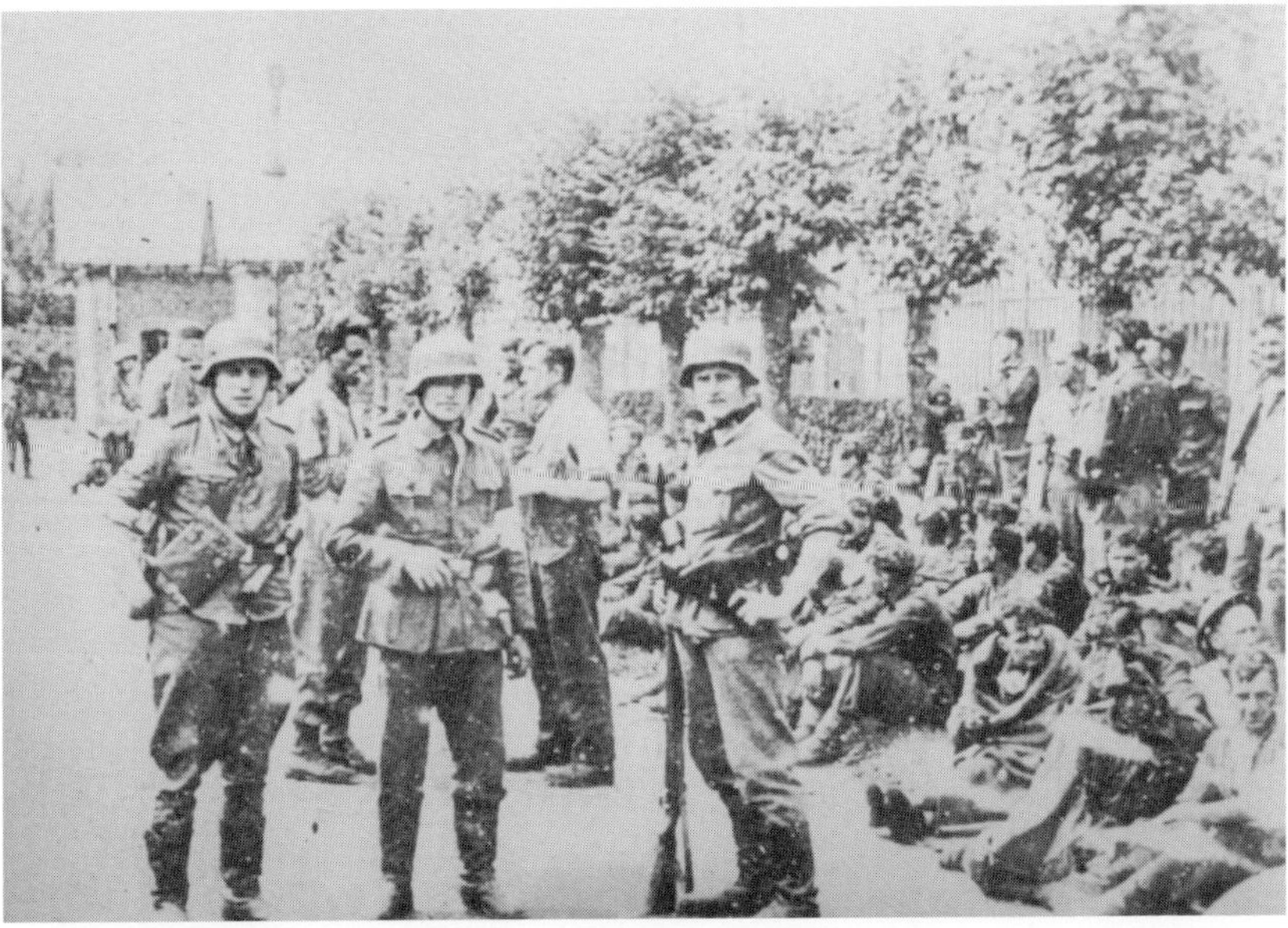

ディエップの奇襲後、ドイツ軍の捕虜となったカナダ軍兵士たち。

ジャック・ニッセンサール（右）とロイ・ホーキンズ。1973年、アルバータ州フォート・マクマレーにて。ロイ・ホーキンズは、プールヴィルに上陸した南サスカチェワン連隊の軍曹だった。

ジャック・ニッセンサール（左）とエド・ダンカーリイ。1973年カナダのヴァンクーヴァーにて。エドは、南サスカチェワン連隊"C"中隊の特務曹長。ニッセンサールを“護衛”した一人である。

レーダー・ステーション。現在では30年以上も立っていた断崖上の敷地から、グリーン・ビーチに落ちてしまっている。

グリーン・ビーチに落ちたレーダー・ステーションのドアの前に立つ著者、ジェイムズ・リーソー氏。

〔新版〕 グリーン・ビーチ

ディエップ奇襲作戦

Japanese translation published by
arrangement with Chiselbury Publishing
through The English Agency (Japan) Ltd.

チャールズ・ピックへ

著者まえがき

わたしに関する限り、この物語はポルトガルのアルガルヴェ海岸の漁村、プライア・ダ・ルスで、去年の夏に始まった。その地に八年前から、わたしは一軒の家を持っている。

わたしはその時のことをありありとおぼえている。それというのも、わが家の休暇の最後の宵だったからである。モーターボートには、エンジンにオイルをさし、ギャレージで長い冬をすごすのに備えて、防水被覆をし、水上スキーも来年のためにしまい、覆いをプールの上にひろげた。荷造りのおわった鞄《かばん》のたぐいはもうホールにおいてあった。残る仕事は、六〇マイル離れているファロ空港まで車を走らせるだけだった。

わたしたちは海に臨んでいる内庭《パチオ》に腰をおろし、この家での最後の飲みものを味わっていた。この地方独特の引き網船、トライネラの群の灯が、西のかたサグレスのほうでまたたいていた。漁師たちが朝まだき家へ帰る頃までには、わたしたちは数時間でウィルトシャの住居にもう戻ってしまっていることだろう。時が距離をちぢめてしまったのだったが、また一方では時は常に弾力性のあるものなのだ。いま漁師たちは、それぞれの舟のディーゼル・エンジンを暗い海上を渡って太鼓のようにひびかせて、一夜で船倉をいっぱいにするだろう――タコ、小さなイカ、シタビラメ、ボラなどで――ところが彼らの祖先のひとたちははるか北方の出身で同じ目的をはたすために、数週間、数ヵ月間と、航海をしなければならなかったのであった。彼らはその当時ポルトガルの食物に欠かすことのできない、バカラウ――塩をつけて烈しい日差しの浜の網の上で乾かした干ダラをつくるために、その漁をしていたのだった。塩はポルトの南のアヴェイロ周辺の礁湖から集め大西洋を渡って運ばれ、漁場で半分はタラ漁の許可のためにバーターされ、残りは漁の獲物の新鮮さを保つために使用された。ポルトガル人はその漁場の沿岸の一部に、ラヴラドル（ラブラドル半島などに到達したポルトガルのジョアン・フェルナンデスに与えられた称号に由来する）と名をつけた。これは農夫を意味している。やがてこれがラブラドル（こちらは地名）となった。ちっぽけな沿岸の植民地の向こう、広大無限とも思われる北米大陸を、彼らはただカ・ナーダ――〝ここには、何にもない〟と呼んだ。

エンジンの音が消え、夕闇が濃くなり、コオロギなどの虫が、イチジクの樹の下で鳴いていた。その時、電話がけたたましく鳴りひびき、わたしの思いを断ち切って、一瞬、暗闇の合唱も黙らせてしまった。

わたしたちは、ここではめったに電話を受けたことがないので、むしろ心ない考えかもしれないが、かけ間違いか、よくてもう出席できないパーティへの招待に違いないと思った。気の進まないまま、グラス片手に、屋内にはいり、受話器を取りあげた。聞こえてくる声はほんのしばらくポルトガル語で、ついでフランス語、英語と変わった。セニオール・リーソーか、ムッシュー・リーソーかミスター・リーソーかと。左様、いずれもその通りである。

するとなじみはあるが、まったく考えてもいなかった声が、一八〇〇マイルの線を通じて呼びかけてきた。わたしの旧友、ロンドンの出版業者だった。

「いそがしいか、ジミイ?」

「えっ?」

「いそがしいか。いまなにか仕事中か? なにをしている?」

海を眺めながら、ポルトのワインを飲みながら、休暇がおわるのでなくて始まるところだったらなと考えているところだ、とわたしは話した。まさか彼はこんなことを聞きたくて、長距離電話をかけてきたわけではあるまい?

「わたしがいっているのは、ただいまなにをしてらっしゃるかじゃないのだ」と彼は話をつづけた。まるで作家がペンを休めているのに驚いているかのようだ。「わたしのいうのは、新しいものを書いているところかということだ」

わたしは一大商社の勃興《ぼっこう》、そのインチキくさいが利益をあげた旗あげから、一八四〇年代に鴉片《あへん》を中国人に密輸し、巨大な国際的コングロマリットとしての姿を見せる現代にいたるまでを、シリーズとして、執筆中であった。最初の二冊はすでに上梓《じょうし》されていて、"*Mandarin-Gold*" と "*Follow the Drum*" で、わたしは三部目を書くのを大いに楽しんでいた。

「いいかね」と出版業者は、返事を待とうともしないで、「心おどる材料がでてきたのだ。新しいアイデアだ。戦争物語さ……中国の鴉片戦争じゃない、今度の戦争さ、その時のもっとも異常な任務の一つなのだ」

彼の声が空電の流れのために低くなった。彼の声が聞こえるのを待ちながら、かすかに気持ちの昂《たか》まりが身体中に伝わっていくのを感じていた。わたしの出版業者は刺戟《しげき》のある興味津々たる本に目をつけることに、特別定評があった。数年前、彼のわたしに示唆したアイデアは、国際的ベストセラーとなった実績を持っていたのだった。第二次大戦中、連合軍の手から脱出した唯一のドイツ軍捕虜、フランツ・フォン・ヴェラの話、"*The One That Got Away*"である。

空電がなくなった。もう出版業者の熱意を邪魔するものはなにもない。

「これは一九四二年のディエップ奇襲に関係している。あるレーダーの専門家がカナダ部隊と同行し、ディエップ近くのドイツ軍レーダー・ステーションの検討を命じられた。その話なんだ。彼はまったく兵隊じゃない。が、彼はカナダ軍の軍服を着せられていた。

そこでいよいよ一番おかしなことになるのだが……もしもし、つながっているのか?」

「ああ、大丈夫、さあ、先を話して」とわたしは大声をだした。

「ところでこの男は他国よりも優秀なイギリスのレーダーのことをくわしく知っていたので、敵にとっても味方にとってもたいへんに貴重な人物なので、捕虜となる危険を冒すわけにはいかない。それでほとんど信じがたい条件を承諾させられたのだ。彼にはカナダ軍の射撃のうまい護衛兵の一団がついて、奇襲中、彼を護《まも》るが、彼が重傷を負って、あとに残らなくてはならないことになったら、兵隊たちはその男を射殺する命令を受けていたのだ。

敵の砲火を浴びて戦っていると同時に、戦友の銃を背中に突きつけられていたなどという話は、はじめて聞いた。その男はユダヤ人だった。だから捕まれば、その扱いはひどいものになったろうよ」

その出版業者もわたしも、今度の戦争中、極東で軍務についていたので、奇妙な命令がたびたびだされたり、またその場にいない歴史の教師が現在生徒たちに教えているように、戦闘というものがきれいごとに片づくものでないのを、経験上、心得ていた。しかしこのような皮肉きわまる条件で、かかる任務を進んで志願する人間などは、どう考えてもいそうに思われなかった。

「その男をいかせたものは、なんだったのかね？」とわたしは訊《たず》ねた。

「その点を、あんたに著書のなかで話してもらいたいのだ」と、彼は愉《たの》しそうに答えて、「その男とはすでに連絡がとってある。いま南アに住んでいて――来週、イギリスへ飛行機で来ることになっている」

そうして数日間、彼に会うためロンドンでソールズベリ到着の汽車を待ち、この男ジャック・ニッセンという男はどんなひとなのだろうかと、いぶかしみつづけるということになったのである。旅客が改札口をでて来るとき、わたしはすぐさま彼に気がついた。陽にやけた顔が理由だ。中背で、ほっそりとした体格、気持ちよい歓迎の笑みを見せて、真白な髪をしている。トウィードの上衣《うわぎ》を着、プレスのきいたズボンをはいていた。わたしたちが手を握り合ったとき、彼の手はしっかりとしていて、その眼は澄んでいた。

ソールズベリから約一〇マイル、古い石造の荘園のわが家へ向かう田園にはいって車を走らせているとき、出版業者がどうして彼を知ったのかきいてみた。ジャックはこころよく説明した。ヨハネスブルクで彼は電子工学事業を設立して繁栄させ、南アフリカがテレヴィジョン・ネットワークを開始する時に備えて、技術者養成の学校を経営していた。ある日、有名な映画プロデューサーが、アフリカに来てロケーション地を探していて、ジャックに紹介された。それというのは、製作中の映画の野外のアクション場面を撮影するモザンビーク周辺の、荒涼たる地方で効果を発揮するものと考えられる、ウォーキー・トーキー組織を準備するひとを求めていたためであった。同様に大切なのは、かかる組織を運用するには、ポルトガル官憲から基本的な許可を得る必要があることだった。

　当時テロリストのゲリラ組織がその地区で活動中だったので、それが運用を許されるのに一番の障碍《しょうがい》になっていた。ところがジャックにはポルトガル当局にかなりの友人がいたので、大臣レヴェルの許可をもらうためにリスボンへ飛行機でおもむいた。

　ある日ジャックと映画プロデューサーとが第二次大戦を論じ合っているうちに、ジャックはディエップでの任務に言及した。その話に魅惑されたプロデューサーはロンドンへ帰り、出版業者と連絡をとった。その結果、ジャックとわたしとは、そのときわが家へ向かってウィルトシャに車を走らせる仕様になったのである。

　その夜、食事後、ジャックとわたしと妻とは庭にでていた。彼女は戦時中空軍婦人補助部《W・A・A・F》のレーダー・オペレーターだったので、ジャックの話すチェイン・ホーム・ロウその他は彼女になじみ深く、わたしはまったく知らないことであった。

　話がはずんでいると、夏の名残りの宵がゆっくりとわたしたちの周囲から去っていった。サイプレスの樹々の紫色の影が、芝生に長くのびていた。わたしはプライア・ダ・ルスの海辺の宵に想いをはせた。ポルトガルとカナダとの大昔のつながり、モザンビークとポルトガル、それからニッセンとわたしとを結びつけることになっためぐり合わせ。

数世紀を通じて、数世代の若者たちが元気にこの古い家をでて、北アメリカで、中国で、クリミアで、インドで、南北アフリカで、彼らの国のために戦場におもむいたことを、わたしは思った。

その人びとのうちに、ボー出身のこの気持ちのよい青年が一九四二年に異議なく受諾してしまったほどおかしな状態を、その半分でも受け入れたものがひとりでもあったろうか？　なにがいったい、疑いをいだかず逃げ口上もいわずに、彼にああした情況を受け入れさせたのだろうか？

答えるために、ジャックは上衣のポケットに手を入れて、円形の金属盤を取りだした。長さ約三インチ、厚さ一インチほどのものである。彼がそれを卓上に置くと、わたしは好奇心にかられて取りあげてみた。思ったより重く、薄明のなかで、縁のまわりに四つのひれ状のものがあり、それぞれオートバイのエンジンのピストン・リングぐらいのサイズである。ところどころ黒いペンキがはげ落ちて、その下のくすんだ合金がでている。二つの小さなパイプが両端につながっており、いくつかの穴が綿密に円盤にあけてあって、中央の大きな穴を囲んでいる。わたしはこの奇妙なしろものはなんだと訊ねた。

ニッセンは陽にやけた手でそれを傾けて、微笑をもらしながら答えた。

「この発明が連合軍を勝たせたのです。このお蔭《かげ》でわずか数センチメーターでしかも正確なレーダー・ビームを可能にし、いろいろと応用がきくのです。敵側の断じて考えつかないことに……」

「しかし何が原因でカナダ兵になって、ディエップへいくことになり、あなたを捕虜にさせるくらいなら射殺せよと命令を受けている本物の兵隊たちに囲まれることになったのです?」

「ある点では、なにもかもがです」と、彼は微笑した。「だがそもそもの始めからお話した方がよいと思います」

目次

装丁　國枝達也／地図　本島一宏

1

GREEN BEACH

第二次大戦の三年目、一九四二年の春までに、枢軸側の勝利の波は最高潮に達していたのであった。そして連合軍の勝ち目は、両手のない男の指で数えるようなもので、どう考えても期待はできなかった。

ナチ帝国はフランス大西洋岸から黒海まで、北極圏から地中海まで、意気高らかに拡大していて、そのなかに四億以上の人びとを包含していた。スイスは、スペイン国境からウクライナへかけての間で、ヨーロッパに生き残っているただ一つの独立国であった。北アフリカにはここかしこにイギリス軍惨敗の跡が散らばっていた。その年の六月、トブルクが、武器軍需品の一切《いっさい》も含め三万三〇〇〇の将兵とともに、ほぼその半数の規模のドイツ軍に降服したのだった。

極東では、シンガポール、パール・ハーバー、ホンコンへの日本軍の猛攻撃のあとに、同じように不幸な日々がつづいていた。

三月、日本軍はニューギニアに上陸した。そのあとバタリン（フィリピンのマニラと向かい合った半島）の防衛軍が降服し、そしてビルマではすべての抗戦が終結した。日ならずして、日本軍の爆撃機隊はカルカッタを空襲、一方ではその海軍はコロンボに砲撃をくわえ、南アフリカ沿岸をおびやかすにいたっていた。東方での連合軍の敗退がこのような有様であったので、全インド洋、紛争の舞台となっている二八〇〇万平方マイル以上におよぶ海域を、イギリス潜水艦二隻、オランダ潜水艦三隻とで哨戒《しょうかい》するという、不可能に近い任務にあたっていた。五月には、日本軍部隊はインドの東部戦線を突破して、その同盟軍であるドイツ・イタリアの枢軸勢力と最終的に中東で相会して、エジプトおよびペルシャを占領するかもしれないという、新しい脅威をもたらしていた。

―1―

ロシアでは、ドイツ軍はすでにモスクワ郊外に迫り、ロシア軍の人的損害は、死傷あわせて少なくとも五〇〇万に達していた。七月までには、セヴァストポリとロストフとが陥落し、ナチ・ドイツはロシアの鉱業資源の半ばを占領し、その部隊はコーカサスの大油田地帯をおさえる形勢を見せていた。四八〇〇万のロシア人がすでにナチの支配下に置かれていた。

西欧連合軍は乏しいうえに無理を重ねている資源のためと、また距離のために、ロシアに与え得る援助に限りがあった。イギリス海軍は甚大な損害を受けたけれども、補給物資の輸送船団をムルマンスクへ送った。七月には、輸送船団ＰＱ一七の三五隻のうち、わずか一二隻が目的地に到着したにすぎない。また、大西洋ではドイツのＵボートが連合軍側艦船をつぎからつぎへと撃沈していくので、その補給に建造が追いつかないほどであった。一九四二年の上半期、六ヵ月間に九八九隻の艦船が沈められ、それは一九四一年の全期中に失われた総トン数に、ほぼ匹敵していた。そこで、約三年にわたる戦争をかえりみて、連合軍側の唯一の大勝利は、一九四〇年の英本土航空戦《バトル・オブ・ブリテン》に勝ったことと、次の冬にモスクワ周辺の積雪のなかで勝利をかちとったこととであった。

一九四二年五月、スターリンは特使モロトフを送って、ローズヴェルト大統領に警告して、もしヒトラーがさらに兵力を投入してわが軍にあたるならば、その時には赤軍は戦線を維持し得なくなるかもしれないと語った。その脅迫は明瞭《めいりよう》である。勢いのおもむくところ、レーニンが一九一七年におこなったように、スターリンはドイツと単独講和を余儀なくするかもしれないということであった。

「これに反して」と、モロトフはつけくわえた。「もしもイギリスとアメリカとが……新しい戦線をつくって、ドイツ軍四〇個師団を引きつければ、その結果はたいへん違ったものになるのですが」―（チャーチル著『第二次世界大戦回顧録』第四巻、カッセル版）

誰ひとりこの件について異論はないであろう。が、西欧連合軍は要するに、自由にし得る充分な艦船、戦車、飛行機、それからヨーロッパ要塞《フエストウンク・オイローパ》に重大な侵攻を実行する陸・海・空三軍の、充分な戦略的技術をさえ持ち合わせていなかった。彼らの兵力はすでに、西部砂漠で、インド・ビルマ国境で、南太平洋で死闘を繰り返していた。ヨーロッパではロシアに対するドイツの圧力をゆるめるために、空からの爆撃――空襲――に頼らざるを得なかったのである。だが、これらの空襲の効果すらそのときには疑問があった。

チャーウェル卿（原姓名フレデリック・リンドマン教授）は、チャーチルの私的科学顧問でもあるが、一九四一年の秋に、計算の結果、投下爆弾のわずか四分の一が、目標の五マイル以内に落下しているにすぎないのを発見した。ドイツの工業中心地であるルール地方になると、一〇発のうちわずか一発がやっとこの程度の近さに達していたのにすぎない。

ＲＡＦ（イギリス空軍）の爆撃機兵団《ボマー・コマンド》の損害は、月産約二〇〇機という爆撃機生産力に、急速に接近しつつあった。そしてイギリスに割りあてられるアメリカ航空機は、沿岸司令部《コースタル・コマンド》とロシアとに分割されるのである。爆撃機は非常に不足していたので、爆撃機兵団《ボマー・コマンド》が五月に一〇〇〇機のケルン空襲を初めておこなった際には、その機数を満たすために、沿岸航空兵団《コースタル・コマンド》や訓練部隊から機をかき集めたのであった。

前進と退却という表面に現われた戦争、飛行機・艦船・戦車・将兵たちの戦いと同時に、もう一つの秘密戦、公然たる戦い同様に熾烈《しれつ》でしかもおそらくさらに重要性を持つものが、一般公衆の知識と理解とをまったく絶したところで、またおこなわれていた。この戦争は、研究所、ラジオ試験所《テスト・ステーション》、それとは見えない工場や防衛措置をとった人里離れた前哨地点などで戦われていた。すなわちレーダーの戦いである。その目的は敵の攻撃をいち早く警告したり、航空機を目標へ導く最上の方法、夜間もしくは濃霧の空で敵機を識別する方法を探究することだった。その戦闘部隊は科学者たちで、あるものは民間人だし、あるものは軍人であった。

この秘密の戦争に勝ったものが、公然たる戦争にもまた勝利をおさめることだろう。そしてイギリスの立場はまさに絶望的であった。輸送船団、それはあらゆる物資、食糧から石油までを含みその国の死命を制する源泉を運ぶものなので、なんとしても防衛しなければならなかった。次に爆撃機の損失を減少させるなんらかの手段を発見することと、それと同時に、週を追ってますます強力になりますます成功をおさめていくかに思われる枢軸軍に、痛烈な打撃をくわえる方法を、爆撃機兵団《ボマー・コマンド》に与える必要があった。

レーダーは生き残って勝利を手にするために必要なこれら三つの基本的目的にとって、最高の重要性を持つものであった。いかほど見込みがなかろうと、いかほど危険であろうと、いかなる機会を捉《とら》えてでも、レーダー・ステーションを無力化するためにビーム（指向性電波）を妨害したり、あるいは別の方法にビームを応用したりする原理で、敵がどの程度にまで進歩しているか、正確に発見しなければならないのである。いかなる機会も見すごしてはならないし、また失ってはならない。機会は二度とやって来ることがないだろう。

ドイツやイギリス、またアメリカは、一九三〇年代以来、レーダーの実験を重ねてきていたのだった。一九三五年一〇月、一ドイツ人科学者、ルドルフ・キューノルト博士は彼が立案した簡単な送信器を発展させるために、一万一五〇〇ポンドに相当する政府資金を与えられている。その同じ年イギリス空軍はロンドンで模擬空襲訓練をおこなったが、それぞれ五機編隊の攻撃機のうち、わずか二機を迎撃できたのみである。この割り合いを増加させるには、昼夜をわかたず防衛戦闘機を空中に飛ばしておいて哨戒にあたるか、もしくは効果のある早期警報組織をつくることが要求された。

ケント州ロムニイ・マーシュに音響防壁、高さ二五フィート、長さ二〇〇フィートのものが建設され、マイクロフォンが埋め込まれた。期待されたのは、一五マイル離れて飛行機の飛来する音を〝聴く〟ことであって、それはどのような場合にも、戦闘機を緊急発進させるために必要な最低安全警報距離である二〇マイル圏で敵を察知することであった。この装置は接近しつつある航空機の高度や数を計算することはできないし、また聴取のすべてが、たとえば小鳥のさえずりの音で、無効にされることもあった。あるとき、牛乳配達馬車の駁者《ぎょしゃ》は、牛乳罐《ぎゅうにゅうかん》のカラカラいう音が装置の邪魔となるために、その車を移動させねばならなくなったことがある。

このような原始的装置は、実際の防衛目的にとって、役に立たなかった。〈タイムズ〉紙への書簡のなかで、フレデリック・リンドマンは、当時オクスフォード大学で経験哲学を担当する教授であったが、この問題に対する敗北主義的な官憲の態度を批判し、「政府の全責任と権力の一切をあげて投入し、よってもって解決の発見に努力すべきである」と、主張した。

リンドマンは富裕で独身、ウィンストン・チャーチルの親友であった。チャーチルは当時、公職を離れていて、防空改善のために精力的にキャンペインをおこなっていたが、成果はあまりあがっていなかった。リンドマンの批判は――他の高名な科学者たちからも同様の示唆があり――ついに政府を動かして、防空科学調査委員会を設立させ、会長にはすぐれた科学者であるとともに、第一次大戦中に自ら航空機を飛ばした経験を持つ、サー・ヘンリイ・ティザードをすえた。

いわゆる殺人光線をもふくむさまざまの提案が討議されたが、結論は得られなかった。そのころロバート・ウォトスン＝ウォットは、スローのラジオ調査研究所で、雷雨を事前に予告する方法を研究していたが、委員会の報告のなかで、彼の実験中に上空を飛行機が通過すると、彼の装置が航空機の胴体から発する電波の〝反射波〟を記録したと述べている。ウォトスン＝ウォットの確信するところでは、これら反射波の示度を制御し測定することが可能となるならば、接近しつつある航空機の高度、速度、方向――数をさえ、詳細に規程できるに相違ないというのである。彼は激励を受けてこの方向での研究を進めて、一九三五年二月に、高度六〇〇〇フィートで八マイルの彼方《かなた》を飛ぶRAFのヘイフォード型爆撃機から、ラジオ信号《シグナル》を〝はね返らせる〟ことができた。彼は実験をさらに進めるために、一万ポンドの政府資金を与えられた。そして費用を節約するために、彼とそのチームとは、東沿岸のオーフォードネスへ移転して、既設の研究所に籍をおいた。そこは民間航空の定期便が頭上を往来しているので、イギリス大蔵省や納税者に迷惑をかけずに、定期的に〝目標〟を用意することができたのである。

その年の六月までには、ウォトスン＝ウォット・チームは一七マイル離れている航空機を捕捉《ほそく》した。七月にはこれを四〇マイルにまで延長した。八月までには、彼らの装置は編隊飛行中の機を個々に示し、オペレーターはそれらの方向を算定した。同じ月に、ドイツ側は船上で作動する試験用セットを用いて、五マイル離れている他船と、一二マイル離れている海岸線とを識別することができた。

イギリスの科学者たちはサフォーク州ボードシイにある荘園《しょうえん》を中心とする広い敷地に移転した。そして南と東の沿岸に沿って、一連のアンテナとラジオ・ロケーション・ステーション（電波探知所）を建設した。防諜《ぼうちょう》上の理由から、ラジオ・ダイレクション・ファインディング（ラジオ方向探知）——RDF——という名称が、これらの高い格子のマストを説明するのに使用されたが、しかしこの頭文字RDFは、実はレンジ・アンド・ダイレクション・ファインディング（距離および方向探知）なのである。アメリカの、逆から綴《つづ》っても同じレーダー（RADAR）という語は、ラジオ・ダイレクション・アンド・レンジングで、あとからつくられたものなのだ。

ナチ・ドイツは他国から脅威を受けるおそれがないので、その爆撃機を遠距離の目標へ導く助けとなるレーダー装置の開発に力をそそいでいた。イギリスは、その島国が攻撃を受けやすい立場にあるのを自覚しているので、レーダー防衛装置の建設にその活動を集中していた。一九三九年に戦争が勃発《ぼっぱつ》したとき、両国はそれぞれの特殊分野で進歩をとげていた。いずれの側も相手側のレーダー発達の範囲を把握していなかった。そして双方ともに相手にはレーダーがないものと思い込んでいて、たとえあるにしても幼稚な比較的効果のない形式のものと、臆測《おくそく》していたのである。

一九三九年一一月、オスロ（ノルウェーの首都）駐在のイギリス大使館付海軍武官は、この秘密戦の全コース

—1—

に大変更をもたらす、匿名の手紙を受け取った。筆者の述べているところでは、イギリスがドイツの戦争に関係ある科学的発展を心から知りたいと望むならば、ドイツ向けBBC放送のときに、少しばかり細工をほどこして欲しいというのであった。

この奇怪な書類はレジナルド・ジョーンズ博士のもとに回された。ジョーンズ博士は、学生時代にチャーウェル卿のもとで研究したことがあったのだが、そのころは空軍情報部に働いていた。

博士は放送に変更をくわえる手筈《てはず》をととのえた。それからまもなく、一個の小包がオスロの大使館に無名で届けられた。それもジョーンズ博士のもとに回された。その内容はおそるべき情報、すなわち、ロケット、ロケット機関、グライダー爆弾、その他の研究が、バルト海の一孤島ペーネミュンデでおこなわれていると述べていた。その他いろいろと、たとえば磁気魚雷、またドイツ空軍機搭乗員が彼らの位置を算定するのに特別なラジオ送信手段によっていることなども、書いてある。それはまた、七五マイルの距離でイギリスの爆撃機を捕捉するレーダー・ステーションにも言及していた。

ジョーンズ博士は入手し得る他の情報源をも使って、これらすべてを点検して、その正確なことを発見した。それなのに海軍省では多大の疑問を持っていた。が、彼はこの情報を真剣に処理しようと決心し、そして一九四〇年の初夏までには、イギリス空軍爆撃機がいまだに羅針盤《コンパス》と星を頼りに飛行しているのに対して、ドイツ空軍爆撃機はラジオ・ビームによって目標へ導かれ、かつラジオによって爆弾投下を指示されているということを、実証することができたのであった。

こうした実証があるにもかかわらず、多くのイギリス側権威筋では、ドイツのレーダー組織が、おそらくイギリスのものよりもはるかに進歩しているという、好ましからざる事実を受け入れるのを渋っていた。

その間イギリスの科学者たちは、懸命になって、極端に短いビームのレーダー、たとえばマイクロ波《ウエーヴ》レーダーを製作しようと努力していた。これが実現すれば厖大《ぼうだい》な利点をもたらすことになろう。装置はきわめて精確度を増すし、二五〇フィートから三五〇フィートの高さまであるアンテナ・マストを使用するかわりに、非常に小さなアンテナを必要とするだけになる。それというのもレーダ－・アンテナは、正確に間隔をとった金属棒を使用していてそれぞれが送信する電波の長さの正確に半分になっていた。

ドイツの科学者たちもまた、同じく究極的に精度を求めていたのだったが、さらに研究の度を進めるのを中止した。これは一九四〇年にヒトラーが、戦争に勝ちつづけているので、この非常に費用を要する、複雑で、失敗の多い、センチメーターやマイクロ波《ウエーヴ》の分野での研究は、不必要だと主張したためである。イギリスは絶望のために屈することなく、ドイツ侵攻の脅威が、科学者たちの努力を促進させて、その年の二月に、J・T・ランドール教授とH・A・H・ブート博士、バーミンガム大学研究所で研究を進めていたふたりの科学者たちが、キャヴィティ・マグネトロン（空胴磁電管）として知られる真空管を発明したのである。

見たところ、この単純な円筒形の金属は、電話の受話器ほどの大きさで、中央の空胴のまわりに八つの穴があり、その発する強烈な熱を散らすために縁《へり》にひれがつけてある。非常に強い力でショ－ト・ウェーヴ（短波）を送信するその特殊な能力は、かつて製作されたいかなるレーダーよりも、

—1—

はるかに強力で正確で——またはるかに小型のレーダー装置を製作せしめ得るものであった。レーダー・セットはいまでは航空機の内部に設置して、他の航空機なり地上の目標を〝識別〟できるようになった。キャヴィティ・マグネトロンとその測り知れぬ応用性とは、イギリスにレーダーでの優位をもたらした。そして一九四〇年に、イギリスが孤立していたとき、チャーチルはこの貴重な知識をたてとして、当時まだ中立を守っていたアメリカを動かし、その厖大な潜在生産力でイギリスを援助させようとしたのである。

アメリカの科学者たちはキャヴィティ・マグネトロンに対する高い評価について、最初は懐疑的であったが、その珍しい性能に深い感銘を受けたので、彼らはただちにイギリス科学者たちとの全面的協力を推進した。ジェイムズ・フィニイ・バクスター三世、政府の科学史家は後にこう記している。「われわれの岸辺に運ばれて来たもののうちで最も貴重な貨物で、武器貸与への返礼としては唯一無二の重要品目である」

あきらかに、キャヴィティ・マグネトロンについてはたとえその片鱗《へんりん》でも、ドイツ側に感づかれてはならず、きわめて簡単な説明でも、それによってドイツの科学者たちは、それを設計し制作することができるものと予想できるし、そうなれば、連合軍は悲惨な結果をこうむることになろう。

一九四〇年七月、キャヴィティ・マグネトロンの発明後六ヵ月、ジョーンズ博士はドイツ空軍に関して、機密報告の要約を手に入れたが、そこにはドイツ空軍戦闘機が、フレイヤ・メルトゥンク(フレイヤ警報)を通じて、イギリス空軍偵察機を途中で迎撃できるようになっているのだと記してある。

フレイヤとは秘密レーダーのための暗号名なのか？

同一の情報源からのあとの報告によると、フレイヤはブルターニュ北岸のラニオンで使用されていて、高射砲で周囲を固めているという。ジョーンズ博士はフレイヤという名称の意味をさぐった。フレイヤはドイツの美と愛と豊饒《ほうじょう》の女神の名前で、貴重なネックレスを得るために彼女は夫を裏切ったことがあった。ヘイムダルという神々の監視人が、彼女のためにこのネックレスを見張っている。そしてヘイムダルは昼でも夜でも一〇〇マイルの向こうを見通すことができる。これはおそらく同一距離から航空機を識別できるレーダーを意味していないであろうか？　オスロの報告にあった七五マイルとの関係が、ただちに念頭にうかんできた。

航空写真はかかる装置について、満足すべき写真を提供していなかったが、諜報員の報告では二基のヴュルツブルク型セット、古い由緒あるバイエルン地方の大学都市の名にあやかった正確で短距離用の装置、すでにジョーンズ博士の知っているものが、ブルガリアに移送されて、フレイヤ一基と共に沿岸警備にあたるという。これは二つの型のセットが連繫《れんけい》して使用されているのを示唆していた。

距離を計算してみて、フレイヤは半径約六〇マイル以内、ヴュルツブルクは半径約二三マイル以内をカヴァーしているようである。次第にドイツのレーダー装置が寄木細工のように組立てられていった。一九四一年を通じて、フレイヤ・ステーションに関する情報が定期的にはいってきた。その年の末ごろまでには、二七基がブードー（ノルウェー）＝ボルドー間の大西洋岸で活動しているものと、信じてよかった。ル・アーヴルとディエップの間にあたるフランスの北沿岸の、ブルヌヴアルの航空写真数枚を見ると、フレイヤ型用アンテナのある個所から断崖《だんがい》に沿って、たどたどしい道が、ヴュルツブルク・ステーションとおぼしい黒点に通じていて、そこは司令部と断崖との間になる。

—1—

ルイス・マウントバッテン卿は、当時連合作戦本部《コンバインド・オペレーションズ》の顧問で、その後数週内に長官となったが、その彼がすばらしい計画を発案し、みごとに成功をおさめた。経験に富むRAFのレーダー技術家C・W・H・コックス軍曹をその装置を奪取するために空挺《くうてい》部隊とともに降下させたのである。コマンド部隊（奇襲部隊）が浜から守備隊を攻撃している際に、コックスは闇にまぎれてステーション内で烈しく活躍して、装置の重要部分にのこぎりを当て、ついで切断し、ついには引きはがしたのであった。それからとくに考案したトロリーで浜へ運び、そして海軍の舟艇に移した。その舟艇は空挺部隊、コマンド部隊、コックスを無事に連れ帰った。全計画が完全に遂行されて、陸海空三軍協力のみごとな模範例となり、その作戦で三軍の技能・熟練・勇気が一分の隙もなく結合を見せたのであった。

かくてジョーンズ博士の算定では、フレイヤが一〇〇マイルも離れている個所で、飛行機を捕捉して、ヴュルツブルクの働く範囲つまりあごのなかに入れる、そのヴュルツブルクが戦闘機管制官に情報を伝えるという段取りになる。ひとたびドイツ側の早期警報組織が判明すると、それが夜空に爆撃機を索敵することに成功しても、電波を妨害して弱めることができるし、まったく無益にしたりすることもできる。電波を妨害すると、オペレーターのスクリーンには、ちらちらと明滅する点点が、意味もなくかたまりになって現われるのである。しかしイギリスは、小さな島国なので、妨害電波に対してはるかに攻撃を受けやすく、ドイツ側の報復を覚悟しなければならない。

チャーウェル卿と、空軍参謀総長サー・チャールズ・ポータルとは、予想し得るドイツ側の報復に対する、対抗手段を開発するまで、ドイツ軍レーダーの電波妨害には実行を渋っていた。爆撃機兵団《ボマー・コマンド》、空軍参謀次長、サー・ノーマン・ボトムリイ空軍少将、ジョーンズ博士は即時断行を主張した。このように責任ある人びとの間で、意見が分れているので、戦時内閣は結論を延期することにした。その間に、ドイツのレーダー装置についてできる限り学びとることが、きわめてたいせつになった——ことに彼らが対妨害電波装置を発展させているかどうかを知ることが——。

一九四一年、ディエップ対岸のビーチイ・ヘッドにある聴音哨が、新しく強力になったフレイヤの発射する、非常に明瞭なシグナルを受信した。ビーム源を算定して、空中偵察をおこなった結果、ステーションはディエップと、西へ二マイルのプールヴィルの村との間にある断崖の上に所在していた。

ブルヌヴァルの全面的成功は、またもドイツ軍レーダー・ステーションを襲って、装備を持ち帰り、その秘密をとき明かそうとする他の人びとに、思いもかけない問題を提出することになってしまったのだった。ドイツ側はさらに奇襲のおこなわれるのに備えて、あらゆるステーションの防備を厳重にした。彼らはそれらを鉄条網で囲んだ。結果として航空写真で判定するのは容易になった。有刺鉄線は複雑に張りめぐらしてあって、ウサギが敷地内にはいって草をはむこともできないほどで、そのことは幾枚もの航空写真にとてもはっきりと読み取ることができた。

奇襲と絶妙な計画とがブルヌヴァルの成功をかち得たのである。さらに攻撃を敢行し、直接偵察して他のレーダー・ステーションの秘密を探ろうとしても、これらの特性はどちらも充分には発揮できないだろう。が、それでもなおその秘密を白日の下にさらすことが、絶対に必要なのである。イギリス課報部はドイツが異なる周波数で働く数種のレーダー組織を所有しているのを察知していた。ヴュルツブルク型、マンハイムス型は六〇〇メガヘルツ、ゼータクト型は三五七メガヘルツ、そしてフレイヤ型は一二五メガヘルツである。

イギリスはすでに秘密の準備組織を結成しつつあり、AMES（空軍省実験ステーション）タイプ11という名称で呼ばれ、既知のドイツ側の波長の電波を使用していて、それはドイツ側がイギリス側レーダーの妨害をしたら、ただちに操作できるようになっていた。ドイツ側は自身の波長帯域で妨害行為にでて、自身の防衛施設の価値を減ずることは、あきらかに絶対できないことである。

そのほかにまだ知られていないレーダー・システムがおそらく二五〇メガヘルツの帯域で、働いているのではないか、そしてこれまでにはわかっていないが、すでにあるフレイヤの早期警報組織が妨害を受けると、それらがただちに使用されるようになっているのではないのか？

このようなレーダーの存在を示す証拠は何もなかった――その他の型についてはおびただしい証拠があったのだが。それでもやはり、もしフレイヤ・ステーションが妨害されても、また、完全に予期していない正確な早期警報レーダーがこの周波数で働くようになると、イギリスの科学者たちは手の打ちようのないことを示すことになるであろう。

初期の各種テストの示すところでは、その当時のフレイヤ型は正確な早期警報装置であるが、そのプロッティング（図形を現わすこと）の正確度はまだ望むものを充分に満たしてはいなかった。

それは航空機の高度を算定する能力を欠き、そしてイギリスのＰＰＩつまりプランド・ポジション・インディケイター（図式位置表示器）に類するものがなく——侵入して来る機の位置を記録できなかったのである。

もしもフレイヤとヴュルツブルクとを成功裡《り》に併用するならば、ヴュルツブルクはフレイヤの示した目標をほとんどただちに認識するに違いない。しかし初期フレイヤの広いビームは、この密接な協同作業を許さなかったのである。理由は、長距離の状態になるとそれらのプロット（図形）は、一〇から二〇マイルにわたる誤差を持つおそれがあったからだ。そこでヴュルツブルクと同様に、フレイヤを検討することが、そして連合軍がその存在を初めて発見してから後、フレイヤが重要な変更を受けたかどうか知ることが、非常に大切なことになった。そうしてこそ、フレイヤを無力にする最上の手段が理解できるようになるし、それから、第三のレーダー組織に関して、いろいろといわれている恐怖に、決定的な解答を与えることができるのであった。

もっとも近いフレイヤはいまもってディエップ西方の崖《がけ》の上に建てられたステーションで、イギリス南沿岸からわずか六七マイルの距離である。レーダー専門家がこの装置をつぶさに調べることは、緊急を要していたが——さて、どうやってそれをやるか？　である。

経験に富む科学者のみがひとめでもって、それが対妨害装置を備えているか、またもしそうとしたら、どの程度の効果のものであるかを、判断できるにすぎない。彼のみが、セットの正確度を計算し、なんらかの修正があるとしたらその範囲と重要性とを報告できるのである。

もしコマンド部隊の奇襲なり同様な上陸作戦をこの沿岸におこなうのを計画するとしたら、そのときに最優先におこなうべきことの一つは、このようなレーダー専門家を同行していってフレイヤを襲い、絶対に必要な問題に対する答えを携えてその人物を帰還させることでなければならない。

この数ヵ月間、アメリカとイギリスの民衆は、それぞれの国の共産党の巧妙な圧力によって、侵攻の複雑さや兵站《へいたん》のことなど少しも知らずに、純粋な意味から熱心にロシアへの援助を要望し、即刻、第二戦線の要求を叫びつづけていた。ローズヴェルト大統領はモロトフに語った。「われわれは今年、第二戦線を形成する考えです」しかしどうしてこれを達成するのか？

一番最近の連合軍の海上からの侵攻は、一九一四〜一九一八年の戦争（第一次世界大戦）でガリポリでおこなわれたが、大失敗であった。またも同様な不幸は考えられない。すでにあまりに多くの敗戦と惨敗とがいたるところにころがっているのだった。アメリカとイギリスの作戦立案者たちは、それゆえ当時連合軍の所有する限られた手段の範囲内で、いくつかの可能性を配慮したが、結局、棄ててしまったのである。

チャーチルはマウントバッテン卿を連合作戦本部の長官に任命して、海軍本部長官、帝国参謀総長、空軍参謀総長たちとともに、参謀本部委員会の一員とした。マウントバッテンがとくに首相から指示を受けたのは、陸・海・空共同の上陸作戦にそなえて、さまざまの方法を案出すること、おそらく侵攻に必要となるに違いない特殊の舟艇、車輛《しゃりょう》、付属品、器具など、いかなるものであれ設計すること、またそれらを必要とする数だけ充分に生産できるか調査すること、そして連合作戦で完全に統合された一体として戦闘するように陸・海・空の将兵を訓練することであった。

彼はイギリス国内軍総司令官サー・バーナード・パジェット大将とともに、大侵攻のために長期計画を練る一方で、コマンド部隊による奇襲を実行することも考えていた。それは敵の占領する沿岸に上陸する方法を完全なものとすること、いつかは解放されるという希望を持ちつづけているヨーロッパの被占領地帯の人びとにはっきりとした実証を与えること、そしてドイツ軍をしてロシア戦線への増援の必要が迫っているというのに、予想以上の大軍を西部フランスに駐留させておかねばならぬ羽目に追い込むことが、目的なのである。一九四二年初夏になってようやく、マウントバッテンは一個師団を同時攻撃に輸送できるに充分な上陸用舟艇、および他の船舶を用意できるようになった。次に大切なのは、これらの舟艇を実際の戦闘状態と同じ条件の下で試してみて、上陸用舟艇の小型船団が、暗闇のなかを敵の占領する沿岸に接近した際に、起こり得る最悪の事態を、直接に経験することであった。

三月に、マウントバッテンはサン・ナゼールに大胆不敵な奇襲をおこない、大ドックを破壊することを考えた。このドックは、当時トロンハイム（ノルウェー）に碇泊《ていはく》していた強力なドイツ海軍の戦艦〈ティルピッツ〉号を修理できる全大西洋沿岸で唯一のものなのである。この奇襲は成功した。ドックは完全に破壊されてしまい、戦争の終わるまで二度と使用に堪えなかった。そして〈ティルピッツ〉号は二度と危険を冒して大西洋に出撃することをしなかった。これならばフランス沿岸へ、もっと大がかりの奇襲を、政治的にも軍事的にも、同様の成功を見込んで、確実に敢行できるのではないのか？

目標はイギリス空軍の戦闘機が掩護《えんご》し得る地域内で、主要な港でなければならない。シェルブールとル・アーヴルは大きすぎて、防備も厳重にすぎる。ブーローニュの長距離砲は半

—1—

径二五マイル以内、どの方向から接近するものでもすべて制圧できる。カーンは内陸にすぎるし、またフェカンは小さすぎる。結局、ディエップを選ぶことに落ち着いた。そこはかつてフランス最大の港で、そこから一〇六六年にノルマン人の艦隊が、イギリス侵攻へ向かって出港したのであった。

マウントバッテンはその幕僚にディエップ奇襲のための計画を立てるように下命したが、とくに正面攻撃を避けるように注意した。ディエップの浜は小石でおおわれており、海からの傾斜はとても急で、その頂上には険しい護岸がある。それは戦車も乗り越えるのがむつかしいほどのものである。マウントバッテンの計画は、それゆえ、歩兵一個大隊とチャーチル型戦車一個大隊とを、キベルヴィル——ディエップの西方六マイルの、無限軌道車輛にはずっと適当な海浜のある町に、上陸させることを要求していた。

彼らには二つの目標がある。その地区のドイツ空軍の飛行場と、ディエップ西方の高い断崖とで、そこからは砲列をしいて町を制圧できるのである。同時に、他の二個大隊がディエップから二マイルの、やはり西にあたるプールヴィルに上陸し、それから別の二個大隊がディエップの東一マイルのピュイに上陸することになろう。そして海上に二個大隊を残しておいて、必要に応じて展開させる予備部隊とする。

マウントバッテン卿はこの計画を、各参謀総長と討議し、首相の熱意のこもった賛同を得た。しかし帝国参謀総長アラン・ブルック元帥はかたくなに、国内軍が陸軍を含む作戦に関係するのをきらっていた。理由は先に連合作戦本部の計画したコマンド部隊の奇襲よりも、はるかに多くの部隊を必要とするからである。

マウントバッテンはイギリス海兵師団《マリーン》と、かかる任務のために充分に訓練を受けているコマンド部隊を、出動させるのを考慮していた。だがこの奇襲は、模範的な堅い団結を誇る義勇兵軍を参加させるのに、絶好な機会を提供していた。その部隊は二年間、南部イギリスで訓練をつづけてきているし、出動を熱望していた。すなわちカナダ第二師団である。

その指揮官たちは作戦の計画を知っていたし、個人的にこの上陸作戦にカナダ部隊を用いることを、帝国参謀総長に懇望していた。しかしマウントバッテンはそうするのを希望していなかった。彼は先にサン・ナゼールをはじめその他の多くの奇襲で、海兵隊およびコマンド部隊を用いて、大成功をおさめていたのだった。そしてそれらの部隊の活躍の程度を正確に把握していた。カナダ軍は、疑問なしに立派な部隊ではあるが、まだ激戦に参加した経験がなく、このような奇襲はその気概をためす適当な機会ではなかった。

一九四〇年にイギリスに到着して以来、カナダ部隊のあるものは小作戦に参加したが、芯《しん》から彼らにふさわしいものは皆無だった。彼らはイギリスをドイツ軍の侵攻から守るために、はるばるカナダから渡って来たのであったがその敵の侵攻はおこなわれずに終わった。いま彼らはすでに約二年間、遠く故郷から離れていて、なかにはカナダに残っていた方がよかったのではないかと思うものさえいたのである。

そこで連合軍の協議の結果、カナダ部隊をディエップ攻撃の主力派遣隊とすることが承認され、上陸は猛烈な空爆後に、戦闘機の掩護の傘のもとに、強力な空と海からの支援を受けて、おこなわれることになった。

イギリスにあるカナダ軍はバーナード・モントゴメリー将軍の麾下《きか》にあって、南東地区司令部に属していた。イギリス国内軍総司令官サー・バーナード・パジェット将軍はそこで陸上部隊を含める計画については、モントゴメリーとカナダ軍上級将校とにその責任をゆだねた。これら陸軍の計画立案者たちは連合作戦本部案に賛成していなかった。彼らの指摘したところでは、キベルヴィルはディエップから六マイル離れていて、その間に二つの川がある。もしドイツ軍がどちらかもしくは両方の橋を爆破すれば、戦車はディエップに達することができない。それだから戦車はもっと港近くに上陸すべきであると主張した。このことはディエップへの正面攻撃を含んでいた。

四月も遅く、マウントバッテンは二つの計画を討議する会議をひらいた。彼はいまだに正面攻撃には強く反対していたが、陸軍は上陸用舟艇の出発直前に防御施設に猛爆をおこない、上陸後低空飛行による航空機の攻撃をおこなえば、危険度を減少させることになろうと主張した。アラン・ブルックが計画の実行については国内軍に権限を与えていたので、マウントバッテンもこの多数意見に譲らないわけにいかなかった。

六月に、マウントバッテンは首相の訓令をたずさえて、ワシントンへ飛び、ローズヴェルト大統領およびアメリカ統合参謀本部と、将来の全面的戦略を検討することになった。彼の不在中に、各軍指揮官らがモントゴメリーを議長にして、会議を持った。そして奇襲に先立っておこなう予定であった猛爆を中止することに決定した。陸軍司令官のジョン・ハミルトン・ロバーツ少将は、カナダの職業軍人で、一九一四年以来軍務に服してきていたのだが、爆撃がディエップの狭い道を瓦礫《がれき》の山で埋めてしまい、戦車の行動を妨害するようになるのを、おそれたのである。空軍司令官トラフォード・リイ＝マロリー少将もまた、事前爆撃は敵を警戒させるだけであり、爆撃機は牽制《けんせい》攻撃でより有効に利用できる、と考えていたのである。

マウントバッテンはワシントンから帰還したとき、この決定を知って、自身の懸念を帝国参謀総長サー・アラン・ブルックに話したが、帝国参謀総長は陸軍司令官にその考え方にしたがって事を処理するように許可せねばならない、と堅く主張したのである。六月三〇日に、首相はディエップ奇襲について最終討議をおこない、そのときに決行の期日を、潮汐《ちょうせき》と月とが有利になる七月五日ごろと決定した。

マウントバッテン卿はヒューズ＝ハリット大佐がこの奇襲の計画立案に関して重要な立場にあったことを、チャーチルに説明した。するとチャーチルはただちにこの作戦について成功を保証できるかどうかを、彼に質問した。ヒューズ＝ハリットが答える前に、サー・アラン・ブルックが言葉を挿《はさ》んだ。

「もしも彼なり、あるいはほかのものにせよ、成功を保証すれば、事実、この作戦をおこなう目的がなくなりましょう。作戦が必要なのは、誰ひとり結果を確実に予測できないところにあるからにすぎないのです」

チャーチルはこの際不幸な目にあって教訓を得ようなどという余裕はないと答えた。

「それでしたら」とブルックはいった。「フランス侵攻の考えを棄てなければなりません。理由は、少なくともディエップ奇襲程度の規模の作戦をおこなって、われわれの計画を研究し、かつ基礎をおく経験を経るまでは、責任感を有する将軍は、なんぴとといえどもかかる侵攻計画を支持することはないからです」

帝国参謀総長があきらかにしたのは、もし奇襲がなければ、第二戦線もないということである。この基本に立って、チャーチルは作戦の遂行を認めた。マウントバッテンはいまだに、大規模な空爆なしの正面攻撃について、はなはだしく懐疑的なままであり、そこで事前爆撃のないのを補うために、海軍本部長官に、戦艦なり巡洋艦なりから、激しい艦砲射撃をおこなって欲しいと要望した。このことは次のような立場から拒否された。激烈な艦砲射撃は、陸軍がとくに避けたいと希望している街路の破壊物を、たんに増すだけになるだろうというのである。

—1—

こうして当局は奇襲計画を進めていくことになった。その暗号名《ラター》は一連の暗号リストのうえでその順にあたっていたので、いとも無造作に名づけられたものなのだが、〝騎馬傭兵〟という意味がある。これは皮肉だった。カナダ軍全兵士はことごとく志願兵でしかも馬は一頭もいなかったのだから——。

彼らには一六の目標が与えられた。ディエップ周辺の敵防衛陣地を破砕すること、内陸数マイルにあるサン・トーバン飛行場を攻撃すること、発電所・石油貯蔵庫・ドック・兵站駅などの爆破、地区ドイツ軍師団司令部から秘密文書を、それから将校用食堂数ヵ所から書類を奪取すること、ディエップ港に繋留してある侵攻用舟艇を持ち帰ること、ドイツ兵士を捕え、ディエップ刑務所に収容されている若干のフランス人の囚人を解放することなどである。

彼らはまたプールヴィル郊外のフレイヤ・レーダー・ステーションを襲う、レーダー専門家を護衛することになっていた。これは目標第一三号で、そのためには並はずれて特殊の性質と、かつまた異例の勇気を必要とされているので、超自然現象などというものを信じていない冷静な人物に、事を托《たく》す以外に道がなかった。

第一に、この未知の科学者は、未明におこなわれる敵前上陸に参加するのに適していなければならない。そしてそのうえ熾烈な防御砲火を冒して断崖を登り、ブルヌヴァル奇襲以来、防衛のいちじるしく強化されているステーションに侵入しなければならないのである。つぎに、彼はレーダーについての広汎《こうはん》な知識をそなえており、一見して即座に装置の性能と効力とを測定し得る方法に通じていなければならない。しかしこの先例のない情況を処理する資格を持つものは、同時にイギリスのレーダーの機密についても多くの知識を持つものであろうから、いかなることがあろうとも敵の手に彼を渡してはならないのである。タイプされた命令書が、プールヴィル（暗号名《グリーン・ビーチ》）に上陸予定の南サスカチェワン連隊――彼を護衛することになる分遣隊をだすことになっている――の上級将校に渡してあったが、そういう理由から簡潔につけくわえてあった。「南・サスカ・連。RDF専門家はいかなる状勢といえども敵の手中に渡してはならないので、万全の保護を準備すること」

この簡単な言葉のなかに含まれている意味は、あきらかに、もしもこの専門家を生きて連れ帰ることができなければ、その場合、護衛兵は彼を現地で確実に残留させて来る――つまり殺さねばならないということであった。これが、少なくとも、命令の簡明直截《ちょくせつ》な翻訳である。だが、いったいどのような科学者がこのような冷酷無残、強硬きわまる条件を承知の上で、かかる使命に志願するのだろうか？

—1—

エドワード七世時代（一九〇一〜一九一〇年）、ベドフォードシャ州のレイトン・バザード郊外のその邸《やしき》は、その地区で最高に華麗な邸の一つと思われていたのだった。夏の午後になると、刈りこまれた芝生でお茶を飲み、クローケーという球遊びがおこなわれたり、また、ゆったりとしたスカートでテニスを楽しむ婦人たちのもの静かな笑い声が、もれてきたりしたものである。そのころはロング・ドライヴを打ち合うのが毎朝きまったようにおこなわれていたのであった。飼いならされたクジャクが美しい色合いに変化する羽根をひろげて、客たちに賛嘆の声をあげさせていた。

二〇年代に、その邸はまだ執事、ハウスキーパー、女中ふたり、庭師三名を、まだ誇りがましくかかえていたのであった。この人数が三〇年代には次第に減っていって、女中と、通いの女中と、週に三日庭の〝手入れ〟をする男とに変わった。いまでは芝と灌木《かんぼく》とが育ちすぎていた。花壇には雑草がはびこり、ＲＡＦのくすんだ青色のトラックが幾台も、ひびがはいり、油で汚れた何面かのテニス・コートに、列をつくって待機している。

この邸はＲＡＦのレーダー施設の中枢、第六〇集団司令部の一部になっていた。前には来客用の寝室だった部屋には、壁紙に似つかわしいさらさ木綿のカーテンがそなえてあり、金属製のファイル用のキャビネットが裸の床板の上にいまは置いてある。そして中年の、ＲＡＦ将校が、制服のボタンをはずし、パイプを手にして、緊急用電話を通して、ロンドンの空軍省の同僚と話していた。

「仕事をやるのに数分しかないのだ、それを念頭においてもらいたいな、それに、とりかかる前でさえ、ほぼ三〇〇フィートもある崖を登らねばならんのだ」

「それはよくわかっている」と電話の相手はじりじりしながら、「きみにしてもらいたいのは、名前をあげて欲しいということだ」

「空軍軍曹コックスはどうだ？　彼はブルヌヴァルでも任務をみごとに果たしている」

「たしかに充分に申し分ない。彼の名前をまっさきにおいておくが、ほかにまだいないのか？」

「待っていてくれ」

将校はしゃべりながらファイルをひらいて、機密記録のタイプされた紙を親指でめくっていった。選ばれた男が女房持ちで、数人の子供があるかどうか、もしくは独身で年老いた両親をかかえているかどうか、それは彼にとって関係のないことである——が、そうだろうか？　不意に、彼はページをめくっていくのが不安になった。彼の選んだ男はすでに死んだも同然といってよいと、考えたからだ。彼は簡単にロンドンにいる同僚に一つの名前を告げ、ほかのを残しておけるし、それは誰ひとりまったく関知しないことである。知っているのは彼ひとりだけだ。

パイプの火が消えていたが、ふたたび火をつけることをしなかった。

「まだつながっているのか？」と、ロンドンの声はいら立っている。

「まだつながっている。いろいろと可能性を考えてみた。これなら絶対に要求にかなうという男がいる。前にアシュバートンの第七八飛行中隊のキーア少佐に志願して、レーダーを含む危険な作戦に参加しようとしたことがあるので、まっさきに思いあたったのだ。すごく敏捷《びんしょう》でＰＴＩ（体育教

—1—

官）にも向くほどだし、技術的には絶対に第一級といってよい。われわれがサーキット（回路）に施した改良の全部は、彼が示唆したものなのだよ。その他にもいろいろとある。番号は916592、氏名はジャック・モーリス・ニッセンサール、空軍軍曹だ」

「現在はどこに勤務している？」

「デヴォンのホープ・コーヴにあるGCI・ステーションだ（グランド・コントロール・インターセプションつまり地上管制迎撃ステーション）」

「すまん、彼は明日はそこにいないことになるだろうな」

ドアにノックの音。事務室勤務の当番兵がお茶を運んで来て、コップを机の上に置いた。中年の将校はうなずいて礼を返し、窓辺に歩みよって、でこぼこの駐車場を、厩舎《きゅうしゃ》の屋根の風見鶏を、ペンキの塗ってないギャレージの扉を、ひび割れた庭に生い茂った雑草を、眺めやりながら立っていた。常日頃感じたことのない自己嫌悪と任務のつらさを彼はひしひしと感じていた。このような仕事のために、なんで彼がひとりの男を選ぶ当の人間にならねばならないのか？

書類上、彼の資格認定は理想的に思われた。彼は一〇代のころからヘイズにある、ついでロンドンにあるEMI（エレクトリック・ミュージカル・インダストリイの略。広く略称が使用されている）の工場で、ラジオおよびテレヴィジョンの仕事に従事してきていた。彼はリージェント・ストリート工芸学校に通って、ラジオ・テレヴィジョンの問題について高等課程を学んだが、そのころテレヴィジョンは一般に一時の流行と見られていた。彼はレーダーに関して並々ならぬ熱意を持っていたので、週末になると無給で、ボードシイの実験レーダー・ステーションで働いたのであった。

戦争が勃発したとき、彼は空軍に志願したのだが、その知識と経歴からしてレーダー部門に配属され、そしてウィルツ州イェーツベリのＲＡＦ配属となり、極秘のレーダー学校の設立に参加した。つづいてスコットランドの北部とか、南デヴォンとか、辺鄙《へんぴ》なところにあるレーダー・ステーションに勤務してきたのであった。彼は進んでコマンド部隊の訓練に志願して、休暇を犠牲にしてまで、スコットランドの特別陸軍訓練キャンプで時をすごしたくらいである。

未婚で、頑健で、その仕事では最高の適任者であって——レーダー装置や技術に対する彼の示唆する系統だった修正や改善は、きわめて高く評価され具体化されている。彼は疑問の余地なくこの任務にとって最適の人物である。しかし、他の面からすると、彼をもっともふさわしくない人選と見る向きもあるだろう。彼はポーランドからイギリスへ移住したユダヤ系の服屋の息子だった。ロンドンはイースト・エンドに生まれたいわゆるロンドン子《コクニィ》で、年はまだわずか二四歳である。

若いＲＡＦの兵士らが一隊となり、邸内の車道を足並そろえて行進して来る。その多くは二四歳以上になっていないであろうと、中年の将校は思いにふけりながら考えていた。彼の指名した青年が、その二五歳の誕生日を迎える機会に恵まれるだろうかしらと、彼はふと思った。

ジャック・ニッセンサールは南デヴォン州のホープ・コーヴの移動オペレーション室の外で、腰まで裸になって、バケツの水で身体を洗っていた。そのとき、近づいてくる飛行機の爆音を耳にした。これは珍しいことではない。なにしろすぐ近くにスピットファイヤ機の四個中隊が駐留しているのだから。と、不意に大地がどしん、どしん、どしんと揺らいだ。爆弾が炸裂《さくれつ》していた。ジャックは眼のまわりの石鹼《せっけん》のあわをぬぐい取って、空を見あげた。周囲にはぐるりと、トラックやトレ

—1—

イラーが、焦茶とみどりの色のカモフラージ用ネットの下に、ずらりと駐車している。頭上にはフォッケ・ウルフ190型四機が、ふたたび低空で来襲するために、ステーション上ですでに旋回し終わっていた。ジャックが横っとびに手近の車の下にもぐり込むと、敵機が急降下して来て、生垣に弾丸の雨を降らせていった。それから敵機は飛び去った。敵機が海峡を越えて飛び去るにつれて、空から聞こえてくるエンジンの音も、また次第に小さくなっていった。彼のまわりでは、兵隊たちが命令を叫んだり、罰あたりの罵声《ばせい》をとばしたり、互いに呼び合ったりしていた。ジャックの隊の事務室勤務のビル・パウエル軍曹、戦前に上海で警官をやっていて、経歴上おのずと人生のさまざまの隠れた世界に接してきたために、あらゆる人間の行為を冷笑的な態度で見る癖が身についてしまっているのだが、その男がジャックの方へ近づいて来た。

「大丈夫か？　軍曹」と彼はジャックに訊《たず》ねた。

「この通りさ」

「とにかく運がよかったな、兄弟。お前のところの防空壕《ぼうくうごう》は燃える石油船だ！　もう少しでおれもあすこにはいるところだった。ところでお前さんが元気なんで、転属命令がでているぜ。ＲＡＦロング・クロスの空軍省付部隊に配属だ。本日発効となっている」

ロング・クロスはサリイ州エガム近くの小さなキャンプの名前である。そこにはＲＡＦの軍人で、特別の資格や技術的知識を持つものが時に配属されて、さらに命令のでるのを待機している。

ひげをそり、第一装の軍服に身をかため、外泊用の雑のうをととのえて、ジャックはエガム行の列車に乗った。彼はすらりとした長身で、まことにみごとな金髪をしている。しゃべるとかすかにコクニイ訛《なま》りがでる。話しながら手がさまざまの表情を示して変化する。両の手は外科医の手のようにしっかりしていて、気まぐれな電気器具を相手に、すばらしい辛抱強さを発揮するが、気まぐれな人間を相手にすると、いつもそうするとは限らない。

空《から》のコンパートメントにすわって、ロング・クロスでどういうことになるのだろうかと、彼はぼんやり考えていた。これまでもときどき、彼は短期間、他の沿岸ステーションに配属されて、試験や修正を実施してきた。きっと今度も同じような仕事なのであろう。最後にこのような旅をした時のことを想いだして、彼は心のなかで微笑した。ボーファイター機のパイロットがある夜おそく、彼のいるステーションのうしろにある滑走路に着陸して、彼に個人的に話すことを求めたのであった。

「きみ、ここにはものすごく立派なレーダー・ビーコンがあるね」と彼はジャックにいって、「海に八〇マイルもでていてそれを受信できる。だがぼくのステーション、プリダノックのはわずか二五マイルしか届かない」

「それはあなたのところのレーダー担当者の問題ですよ、それじゃ」とジャックは答えた。

「ぼくらのところにその担当者がひとりもいないんだ」とパイロットは説明して、「電気技術者がひとりいるだけ。彼は一所懸命にやってくれているが、ぼくらの助けにゃならんのだよ。ぼくらは最大限堪えられるところまで、海上遠くへ飛んでいかなきゃならない、それから何度もタンクのなかのペトロールの臭いをかいで、命からがらといったとこで、やっとこさと基地へ戻って来る。もしもビーコンがよく働いていないと、ぼくらのなかには海のなかで一巻の終わりになるものもある。

ぼくといっしょに飛んでいって、あいつを見てくれないか?」

ジャックは、〝しかるべき筋〟に当たってみてはどうか――つまり飛行中隊に不満を申しでて、レーダー整備員にセットを点検させてはどうかと提案した。パイロットは承知しなかった。

「そんなことでは直るころには、戦争は終わっているよ」

とうとうジャックは彼の手助けをするのを承知した。次の晩の一八〇〇時には夜勤につけるように戻すという約束で――。

―1―

ふたりは翌朝ボーファイター機で出発した。ジャックは問題がレーダー・アンテナとその接続に関係しているのを発見した。彼は手製のテスト器具を持って来ていたので、送信器・受信器の組合せの波長を合わせて慎重に調整した。さてステーションの周囲に飛行機を飛ばして装置の試験をする必要がある。だがそうする前に、飛行中隊に即時緊急発進の作戦をおこなう指示があった。

「心配はいらんよ、軍曹」とパイロットは彼にうけ合って、「きみは観測員としてぼくといっしょに飛ぶことになる。だから帰投する際にビーコンをテストできる」

そこでジャックは保温飛行服を借りて着込み、ふたりは飛び立って雲のなかにはいった。一時間飛行して、まだ厚い雲の層のなかにいて、ふたりは僚機を一機も目にしなかったのだったが、パイロットはまもなく発見するから安心しろとジャックにいった。それからさらに半時間がすぎた。がまだ何も見えない。そのとき、ジャックはちらっと見たのだが、単発の戦闘機二機が、はるか遠く前方の雲のなかに姿を消した。けれども、それらを識別することはできなかった。彼はこのことをパイロットに伝えた。

「きみの間違いに違いない」と彼は答えて、「単発機には無理なくらい、ぼくらは海上を、南へ遠く来すぎてしまっている」

それから、ふたりは前方にボーファイター機らしい機影を認めた。そしてはるか下では小さな船が幾隻か、白い航跡を残して方向を転じようとしている。パイロットは機首をボーファイター機へ向けて下降していったが、そこで機首を転じてインターカム（内部連絡電話）を通して笑いだした。

「どうしたんです？」とジャックは訊ねた。

「きみには興味があるだろうが、もう少しでドイツ空軍機といっしょになるところだった。前方の二機は、ユンカース88型だよ！」

船舶群はそのうしろに、ボーファイター数機をしたがえて、イングランドへ着々と航行していた。それからそれらの背後のはるか高空に、ユンカース88型機がいて、さらにそれらすべてのはるか上に、ジャックの認めた単発機の二機がいる——フォッケ・ウルフ190型だ。ジャックは敵機がいつ攻撃に移るかと心配していたが、すべてが静かに飛んでいる。彼らもまたRAF機を自軍の機と見あやまっていたらしい。

「これはドイツ空軍機が、基地へ帰るイギリス海軍の船の護衛にあたった、唯一《ただひと》つの場合に違いないぜ」と、パイロットはホープ・コーヴに着陸したとき彼にいった。あんなことは一度でたくさんだと、ジャックはいま列車の窓から、通りすぎていく小さなつぎはぎ細工のような畑を眺めながら思った——。

過去に、彼はホープ・コーヴ近辺にイギリスでもっとも功績をあげている、夜間戦闘機用ステーションを、いくつかつくりあげていたのであった。文字通り一枚の関係地図以外、なに一つなしに、牝牛《めうし》の群れ遊んでいる野原のなかにである。このステーションはグランド・コントロール・インターセプション（地上管制迎撃）——GCI——を専門に実施するもので、この方法によって、レーダー・ステーションのオペレーターはパイロットに航法上の指示を与えて、彼らを敵に誘導する。オペレーターたちはそのレーダー・スクリーンに、味方機と敵機の両方を〝見る〟ことができ、夜間戦闘機に航路、位置、高度および敵機の速度などを指示して、コントロールするわけである。ジャックのラジオとテレヴィジョンの機構についての興味は少年時代にさかのぼる。こと〈電気〉に関することならなにごとでも、彼の心を奪い思いもよらぬ喜びを与えないということがない。RAF勤務の二ヵ年間に、レーダー装置について数多くの価値ある改善を提案してきていたので、仲間は彼に〈GCI王〉という綽名《あだな》をつけていたくらいである。

—1—

数時間後、ロング・クロスで、彼はロンドンにある空軍省の、イギリス空軍レーダー局長、ヴィクター・テイト准将のもとに、出頭せよとの命令を受領した。

ヴィクター・テイトは大柄で率直なカナダ人、四九歳である。かつてオリンピック参加級のアイス・ホッケーの選手だったことがある。彼はマニトバ大学で科学修士の学位をとり、第一次大戦でカナダ軍にくわわったが、その後イギリス空軍部隊に転属となり、無線・通信任務に専従するようになった。一九一九年、イギリス空軍での永続勤務許可を受諾して、それからさまざまの軍歴を経て、エジプト空軍司令官付になったこともあった。

彼の事務室はホワイトホールを見おろしている。大きな窓のある天井の高い部屋で、ジャックのなじみ深いクロスリイ・トラックの後部につくった移動オペレーション室とは、大違いである。窓ガラスには爆風にそなえて、テープが交差して貼ってあり、それらの窓越しに灰白色の阻塞《そさい》気球が二つ、市の防空用として夏空に浮かんでいて、その大きな象の耳のようなものをひらひらさせている。

「わたしの了解しているところでは」とテイトはいった。「きみはレーダーをともなう特別作戦に、きみの名前を登録しているそうだな」

ジャックはうなずいた。

「さようです、閣下」

これは彼が話をかわすことになりそうだと期待していたものとは、まるで違っていて、どうもテイトは、どこか人里離れたレーダー・ステーションを調べることで話し合うために彼を呼びよせただけのことではないらしい。ジャックは准将の話しつづけるのに、じっと耳を傾けた。

「たとえばいままで無事にすごしてきているきみに、事態が重くのしかかる状態になるとしても、かまわないのかな?」

「空軍勤務のものは毎日毎晩その危険を冒しております」

「なるほど。ところで、われわれはレーダーについて非常にすぐれた専門的知識を有していて、現在計画中のフランス沿岸への奇襲に参加することを志望するものを求めているのだ」

「ブルヌヴァルにおけるコックス軍曹を、意味されておるのでありますか?」

「ある点では同じだ。だが、とくにドイツ軍のステーションを処理するためにおこなうのでなく、

―1―

今回の任務はもっと大規模な作戦の一部にすぎないものになろう。もしきみが志望すれば、きみの参加中は、もちろん一チームの兵士にきみの仕事を遂行するのを、援助させることになろう。きみは了解しているだろうが、われわれのレーダーに関するきみの知識はきわめて貴重なものなので、危険な目にあわすわけにはいかない。それゆえ兵士らには、きみが多くを知りすぎているので、敵の捕虜としてはならぬと、命令がだされるだろう」

ニッセンサールは黙ってすわっていた。彼はこの恐ろしい事態の理由をすでに推測していたのだった。センチメーター波のレーダーと、キャヴィティ・マグネトロンとの彼の関係――彼は連合軍にとってそれが決定的な重要性を持つものであるのを、充分に理解していたし、またその存在をいかなる事情があろうとも敵に知られてはならないという事実を、はっきりと認めていたのである。

「この奇襲は非常に重大なものである」テイトは話をつづけて、「戦闘は激烈なものとなろう。だからこそ、肉体的にも好適で、仕事の面でも最高の人物の志望者が欲しいのだが――この二つを兼ねそなえているものはめったにいるものではない。だが、第六〇集団からきみの氏名が提出されている。きみには充分の資格ありと認められたのだ。もちろん、作戦の困難な性質からして、志願者でなければ採用はしない。残念ながら、それ以上のことは話すわけにはいかんのだ」

准将はジャックの軍歴書にさっと目を通すと、それを前の机の上に置き、それから彼を見あげた。

「いま決定的な返答を得ようとは考えていない。一晩よく考えて、明朝一一時にここへ出頭して決意を述べたまえ。その間に、きみが気持ちを変えても、むりではないとわしは思っている」

「ありがとうございます、閣下」

ジャックは敬礼して部屋を去った。彼は当惑していた。准将はいままで気づいていなかったことを、軍歴書のなかに見たのではなかろうか――そのために、ジャックに意志を変更する機会を与える気になったのではないのか？　ジャックがユダヤ人であるということは、もちろんその個人用ファイルに記載されていて、彼の他の細目、年齢、背丈、入隊日それから配属部署などとともに、はっきりとわかっていることである。ジャックは心のうちで怪しんでいた――テイトは初めてこの事実に気づいたのではなかろうか？　それで被占領地帯のフランスへ特別使命を課して、ユダヤ人を送ることに、当然ためらいを感じているのではないのか？

とつおいつ考えながら、ジャックは下に降りて、玄関近くの保安事務室へいった。そこには陸軍、海軍、空軍から派遣されたもう烈しい軍務には向かない初老の将校たち三名が、灰色の布をしいた細長いテーブルの向こうに、ひかえている。

ジャックはこの建物にはいるときに、氏名、階級、軍籍番号、面会の相手の誰であるかを告げて署名をした許可証を、返却する必要があった。ジャックが敬礼していると、机上の電話が鳴った。副官が空軍将校に、ジャックが明朝出頭することになっているので、その間の二四時間給食カードが必要になるからと話しているのが、洩《も》れ聞こえてきた。将校は同僚の方へ顔を向けた。

「空軍軍曹は明朝一一時、報告のために戻って来る。特別任務とのことだ」と彼は説明した。

陸軍の大尉はぶつぶつ口のうちでいっていた。ジャックはその氏名、階級、軍籍番号が、給食カードに写しとられるのを待っていた。それから彼は敬礼して向きを変え、立ち去ろうとした。ドアのところへつく前に、陸軍の将校が同僚にとげとげしい調子で話しているのが、耳にはいった。

—1—

「特別任務なら、ユダヤ人よりも適当なものが、いるとは思わんかね？　どうだ？」

ジャックは腹に一発パンチを喰《く》らったかのようにいやな気持ちになった。彼は本能的に双の手を握りしめて、つまさきで立ったが、すぐに全身の緊張をゆるめて、怒りを抑えて身を震わせた。軍法会議ものだとわかっていなければ、彼はとって返して、悪態を吐いた将校を殴りつけていただろう。軍法会議となれば、有罪となるのはあきらかである。ことにふたりの証人がいて、彼の行為を彼らは不可解、かつまったく挑発的攻撃と考えるだろうから、もしそうなれば、奇襲への参加はできなくなる——が、そんなことにこだわる必要が、いったいどこにあるのだ？　この人びとが彼をそうまで買っていないとしたら、そのひとたちのために命を危険にさらす必要がなんであるだろうか？しかし、もちろん、それはそのひとたちに対して正しいことにはならない。もしこの議論を押し進めていくと、ひとが他人のために命を張るのはなぜかという問題にいきつくことになろう？　大尉の見解は彼だけのものである。軍務についている誰かが、彼のユダヤ人であることにわずかでもこだわった言葉を洩らしたのを聞いたのは、ジャックにとってこれが初めてである。

彼は一瞬ためらいを感じたが、そのまま建物をでて、爆撃で壊れた煉瓦塀《れんがべい》と、ドアの周囲に防御のために積んだ白い砂のうの壁を通りすぎながら、皮肉な自身の立場に思いをめぐらしていた。

一方では、ひとりの将校が、捕虜になるよりも死を選んでもらいたいと頼むほど、重要な仕事に、彼の志願するのを望んでいる——それと同じ時に、別な将校は彼がユダヤ人だからということで冷笑をあびせている。歩きながらその昔、毎金曜日、父親といっしょにユダヤ教会堂《シナゴーグ》へいって、朝のお勤めの際に、たびたび聞いた言葉を思いだしていた。「おお主なる神よ、わが神よ、そのみこころもて、今日も、また来る日々も、わたくしをお救い下さい、尊大なひとそして尊大さから、悪しきひとから、悪しきともがらから、そして悪しき隣人から、またいかなる災難からも、さらにまた破壊をこととする悪魔からも……」

ジャックはユダヤの人びとが昔から伝えて来た祈りの言葉に、安らぎを感じ、そして自己満足のためにも、このたびの特殊使命にとってユダヤ人以上の適任者を見いだしがたいことを、テイトに実証してみせようと決心した。が、もちろん、テイトにはそういう人物の心あたりはなかったといってよい。そうでなければジャックに求めはしなかったに違いないのであった。

ジャックはホワイトホール沿いを歩いていったが、焼夷弾《しょういだん》の空襲を受けたあとに消防自動車に水を供給する鈍色《にびいろ》の金属水槽、砂のうを積んだ玄関に、それからなじみの深いポスターなども、ほとんどその目にはいらなかった。今度の旅は本当に必要なものなのか？

彼はトラファルガー広場を横切った。そこでは最近着いたばかりのアメリカの兵隊たちが、ヴェロニカ・レーク風（アメリカの映画女優。〈ガラスの鍵〉その他に出演）の髪型をしたイギリス娘たちが、羽ばたきしているハトの群に餌をまいているのを、カメラにおさめようとしている。チャリング・クロス通りを歩いていって、レスター広場にはいった。そこで彼はありがたいことに陽だまりのベンチに腰をおろした。彼は疲れていた。一週間の夜勤をつづけ、ロンドンへ来るために一日の睡眠を犠牲にしてしまったのである。ウォータールー駅に着くとすぐに、彼はイーリングの家の母親に電話をかけ、思いがけなくロンドンに来たので、夜は家に帰れるだろうと話したのであった。母親は大喜びで、彼のガールフレンドのアドライン・バーナード――家族の間ではデルと呼んでいる――からいましがた電話で、映

—1—

画を見にいかないかと誘われたところだといった。グリア・ガースンの新作で〈ミニバー夫人〉、レスター広場のエンパイヤ劇場の入場券をもらっていたのである。母親たちは劇場の休憩室で落ち合う手筈になっていたので、ジャックはイーリングへ帰らなくてもよいことになった。彼は広場でふたりの来るのを待てばよいのである。

デルは可愛い黒い髪の快活な娘で、大変に茶目っ気がある。ジャック同様、戸外の運動にすぐれていて、ことに水泳とネットボール（バスケットボールに似たスポーツ）が得意である。彼の育った場所からわずか半マイルのロンドンはイースト・エンドの学校に通い、後に速記とタイプの資格をとった。はじめ生産省で地区局長の秘書を勤めていたが、いまはカールトン・ハウス・テラスのチャーチル夫人のロシア援助財団に勤務を変えている。その勤め先は外相官邸から数軒離れているだけである。

ジャックは数年来、彼女とつきあい、いろいろとレジャーをいっしょに楽しんできたが、まだ婚約はしていなかった。戦争が将来の見通しをまったく不確実なものにしていたためである。ふたりは、それでも、非常に親密な間柄なので、ジャックはスコットランドのステーションにきたとき、電話線が混んで彼女に電話できないとわかると、時には非公式だが「最優先緊急」という言葉をオペレーターに告げて、線をつないでもらうこともあった。デルも、彼の母親と同様に、彼がなにか特殊な仕事に従事しているのを承知していたが、レーダーに関する機密保持法はきわめて厳重なものなので、ふたりとも彼の任務の本当の内容と重要性がどのようなものであるか、まったく見当もつかなかった。

もしもデルや母親が、捕虜になってはならぬことを除いて何一つ聞かされていない任務につくのを、彼が衝動的に承諾してしまったと知ったら、彼女たちはなんと思うだろう？　気でも変になったということだろう。そしておそらく彼女らは正しいのだろう。疑いもなく、全三軍共通の不文律――〝決して何も志願するな〟――に服従すべきなのは、それがこういう自発的な任意の決定を保護するからなのである。

ジャックは問題に直面し決定をくだそうとするたびに、父親ならばどうするだろうか、どのような忠告をしてくれるだろうか、と心のうちに思うことがあった。父親が亡くなってからまる二年になるとはいえ、自分の人生に大きな影響を残したひとりとして彼は思いだすのであった。

ジャックの父親はすばらしいひとだった――快活で、機略に富み、狂熱的といってよいくらい愛国心に富んでいた。古めかしいもの言いで「反共産派」だと自認していた。七人兄弟とふたりの姉妹とにはさまれて、ポーランドに生まれ、ヴィルナ近くの一家の製材場で働いていたのであった。誰も彼もみんな頑丈、健康な連中で、暇があれば馬上ですごすことが多かった。馬は彼らの生活であり、余暇の楽しみであった。そして冬になり雪が深くなって、樹を切りたおすことができなくなると、父と兄弟たちとはその年の仕事の合間に育ててきた馬の群を連れて、凍ったヴィスワ河を渡って長途の旅につく用意にかかるのである。それというのは、ジャックの祖父はドイツ陸軍に種馬を調達することを、向こう岸のドイツ軍のお偉《えら》がたと、契約していたのである。

少年のころ、ジャックはよく父親のひざの上で、ロンドン旧市内のカッテージ・ロードの家の燃えあがる暖炉の火に近よって、父が当時のことを強い訛りのある声で話すのを、たびたび聞いたものである。父たちはその旅が待遠しくてならなかった。毎晩、静かな雪のなかにキャンプを張り、

—1—

馬の群を新しい主人たちにわたすまでそれをつづけていく。馬を引き渡すと、お定まりの騎乗コンテストが和気あいあいのうちにおこなわれて、そして、ドイツ皇帝の騎兵たちとどんちゃん騒ぎをやり、それから帰途につくのである。父は分別のある心やさしいひとなので、ジャックのたてつづけの質問にも、あきもせずいつも答えてくれた。

ジャックの父とその弟マックスとは今世紀の初めに、ポーランドでのユダヤ人虐殺を逃れて、イギリスへ渡って来たのであった。そして父親はロンドンのイースト・エンドに服屋の店をひらいた。商売は繁昌《はんじょう》した。それでも、彼は生まれ故郷のことを片時も忘れていなかったし、彼に自由を与えた上に、成功の機会をもめぐんでくれたイギリスへの恩義を、絶えず認めていた。

ジャックのもっとも幼い時の記憶の一つに、父が幸福にも生を受けたすばらしい国のさまざまの取柄を話してくれたのがある。別のいきいきとした記憶は、姉のマリーと手をつないで、小さなユニオン・ジャックの旗を振りつつ、ボーのマームズベリ・ロード・スクールの大きな運動場らしいところで、全英祝日《エンパイヤ・デー》（五月二四日ヴィクトリア女王の誕生日）を祝う子供たちといっしょに長い列をつくって、行進していたことである。この行事は年かさの少年少女が整列して、「ルール・ブリタニア」の歌を唄《うた》ってから、いつも全校そろって「希望と栄光の国」を唄って終わりとなり、ジャックの心に消しがたい印象を残している。

父親は賢明にも一九二〇年代のイギリスでの生活の、別の面を指摘しておくのを忘れていなかった。彼はジェネラル・ストライキの背景を話したり、市中の軍隊の姿を、またごついタイヤの無蓋《むがい》バスを運転している志願者たちを、息子を街に連れだして見せてやったりした。

もしも父親が健在ならば、彼の使命について、ただひとこと、「いけ！」という忠告をくだすであろうことを彼は確信していた。

ジャックの少年時代のあこがれの英雄は、ヴィクトリア勲章を受けたアルバート・ボール大尉のようなパイロットであった。第一次大戦での戦闘機操縦士の勇士たちである。ジャックは鋏《はさみ》が使えるようになると、さっそく飛行機の模型をつくりはじめ、それから買ったり借りたりして、第一次大戦の戦記を手あたり次第に集めたものであった。地下二階にある居間のピアノの向かい側に、それらの本で小文庫をつくったくらいだった。

第一次大戦中、伯父マイケルはフランダースの戦線で負傷し、四八時間掩兵壕のなかで身動きできないでいた。ジャックは繰り返してこの時の模様を伯父に訊ねたものである。叔父のリュウも――顔がジャックによく似ているのだが――わずか一四歳で兵隊のなかにもぐりこんだのだったが、祖母が時の首相ロイド・ジョージに請願の手紙をだして、除隊になった。が、リュウは家へ帰るや否や、ただちに今度はイギリス陸軍軍医部隊に志願した。負傷してイギリスに戻ったが、その後ウエールズ連隊で終戦を迎えるまで、三度フランスの戦野に立って闘ったのであった。

ジャックの少年としての第一の野心は、これらの伯父たちや父親の例にならうことであった。父親は歩兵として大戦に参加していた。ジャックはだから子供のころから、時来たらば、イギリスのために戦うことを考えていた。いま思いがけなくその機がおとずれたのだった。伯父たちふたりの忠告もまた、父親のと同様、「いけ！」であったことであろう。

テイト准将はジャックの肉体的適性を述べていたが、それはまさに図星であった。少年時代、彼はぜんそくを患っているといわれて――自覚症状はまったくなかったが――しばらくの間、ケント沿岸のホイットステーブルで暮らしたことがあり、田野や堤防や小石の浜をたびたびはだしで駆け回った。ロンドンに帰ったとき、それほど懸命にならなくとも、級友の誰よりも足が速く、そして毎年夏におこなわれる学校のスポーツ大会では、一〇〇ヤードの短距離やハードル競技で優勝したほどである。コーチを受けた学校の体育の教師は前オリンピック・ハードル選手のマーカム氏であった。

―1―

科学の教師A・H・レインズは自分の専門に熱意を持つひとで、それを他人に伝える才能にも恵まれていた。やがて電気装置に興味をいだくジャックにその影響を及ぼすようになった。ジャックは真空管一個のラジオ・セットを組立てたのであった。レインズ先生は根気よくその性能を改善する方法を彼に教え、それから先生の指導を受けて、真空管が二個、三個、四個とふえていくレシーヴァの組立てに進んでいった。当時としては優秀な性能のものである。ふたりは手でコイルを巻き、蓄音機のターンテーブルの上にチョークコイルをつくったりした。

数学の教師もまたジャックの進歩に興味を持ち、このふたりの才能豊かなイースト・エンドの教師たちの協力による導きで、彼は科学に興味を持つようになったのである。ふたりは辛抱強く、彼に数学と物理学の知識を教えていった。そして学校には完全な機械工場設備がととのっており、ドリル、旋盤、鍛冶場《かじば》、フライス盤などがそろっていたので、ジャックはラジオ・セットを製作する具体的方面についても、充分に学ぶことができた。そのうえ学校にはドイツ人の金属細工の先生もいて、無線の部分品を考案するやり方、それから図面を引いて、最終的につくりあげるまでを、指導してくれたのであった。

ジャックは一〇代で学校をでて、ラジオ産業に就職し、ミドルセックス州ヘイズにあるＥＭＩの工場で働いた。夜はリージェント・ストリート工芸学校で、広域電波の理論、ブラウン管の技術などを勉強した。それらは当時のレーダーに完全に必要なものだったのである。その技術にとってこれ以上に有効な基礎訓練は学びようがなかったのである。テレヴィジョンはまだ幼年期にあったが、彼は音と結びついた映像の持つ、広大な潜在能力にたちまち魅せられたのである。そしてまもなく彼は週に数ポンドをかせぐようになった。

彼よりも年上の経験に富むラジオ技術者たちは、いまだにテレヴィジョンをやがて消えてなくなるに違いない一時の流行とばかり考えていた。しかしジャックはこの見解に与せずに、ますますテレヴィジョンの問題に取りくむようになった。

イギリス空軍の技術将校が、ジャックの勤めるＥＭＩの工場に来て、新しいラジオ計画について、週末ごとに働いてもよいという志願者を募集した。ジャックと数人の仲間がそれに応募して、そのなかのひとりが持つ旧式のフィアットに乗って、イースト・アングリアの平坦《へいたん》そのものといってよい田園地帯を横切って、ボードシイにあるイギリス初期のレーダー・ステーションへ向かったのである。ここで、温室のなかにモモやネクタリンが枝もたわわにみのっている田舎の荘園《しょうえん》という、まことに似つかわしくない風光を背景にして、ジャックはウォトスン＝ウォットをはじめ他の科学者たちといっしょになって、やがて航空術、飛行、戦争に革命をもたらし、祖国を敗北から救うことになるであろう数々の実験に、たずさわったのである。

初期のレーダー実験には資金の欠乏がいつもつきものだった。ジャックのような志願者はまず公安関係を調べられ、それから定期的に週末になると無給で働き、革命的な科学技術と密着していることに、純粋に興奮を感じて働いていた。こうしたボードシイでの週末中に、ジャックの本来の向上心はすくすくとのびていった。彼は三五〇フィートの高さがある木製のアンテナ・マストによじ登り、北海から咆哮《ほうこう》をあげて吹きすさぶ突風をものともしないで、リレー装置を操作し、またケーブルを整備するのもいとわなかったものである。

そのとき、陽光をあび、腰をおろして、こうした出来事すべてを想い起こしながら、ジャックは彼の人生を編んでいるひとつひとつの糸が、その伯父たちの愛国心に劣るまいとする熱意、そのレーダーの知識、その肉体的適性が、あたかもいま大いなる目的のために一つにまとめられていくかに、感じていた。まるですぎ去ったすべてが、いま果たすのを求められているもののための、準備にすぎなかったかのようである。次第に、暖かさと疲れとが増してきて、彼は考えながら、うとうととして、眠りに落ちてしまった。

—1—

翌朝一一時、ジャックは准将の部屋に戻っていた。

「よく考えてみました、閣下」と彼は報告して、「いまでも、いきたいと思っております」

彼はそれ以上説明しなかったが、前の晩、デルと母親といっしょにいった映画館から、彼は急に外へでていったのだった。映画のなかのあるシーンに、一九四〇年ダンケルクから撤退しようとするイギリス軍を救けるため、ちっぽけな民間のモーターボートやランチが、救援船団をつくってダンケルクへ向かうところがある。ひとりの海軍士官が前途に待ちかまえている大きな危険を警告する。もし引き返したいものがいたら、いまこそためらいなくそうしてくれという。だが、ひとりとして引き返すものはない。

これはジャックの状態と同じで、手におえないむつかしい立場を示していた。彼は席を離れて、危ない足どりで外へでて、興奮の静まるまであてどなくあたりをぶらついていたのであった。彼も映画中の人物と同様、引き返すチャンスを与えられていたのだが、それを拒否したのだった。最後にイーリングの自宅に戻ったとき、彼はどう説明してよいものやら、相当にとまどってしまった。それはデルにしても母親にしても、彼の堪えてきた心理的苦悩については、考え及ばぬことだからである。

テイトは口をひらいた。

「よろしい。わたしとしては、いま、きみの幸運を祈る以外、何一ついうことはない。帰還したら単独でわたしのもとに出頭する。これからやってもらいたいのは、キング・チャールズ通りへいって、情報部の連中と会うことだ。彼らはきみを待っている」

ジャックは別れの挨拶《あいさつ》をし、部屋を離れた。

ふと、テイトは机を前にして立ちあがった。間違いなく、この時間に世界中で青年たちが、それぞれの道は違うが、それと知らずに死へ向かって歩を進めているのである。しかし、彼らが置かれている状況は、おそらく、こんなに悪いものではあるまい。彼らはただ敵の砲火に立ち向かえばよいのであって、味方の砲火には関係がないからだ。テイトは緑色の緊急用電話を取りあげて、ダイヤルを回した。セント・ジェイムズ公園のずっとはずれにある小さな事務室でブザーが鳴った。その事務室は、ブロードウェイ・ビル第五四号、なんの変哲もない九階建の一棟の四階にある。MI6、すなわちイギリス課報部の本部である。

この特別の部屋の青味をおびた灰色の壁紙を貼った壁には、いろいろの地図があり、その地図には着色したピンがあちこちに刺してあった。最小限の家具があるだけで、そのなかには事務用の鍵《かぎ》穴《あな》のあるマホガニイの机、緑色の金属のファイリング・キャビネット——これには組合せ錠がついており、そのうえ頑丈な鋼鉄の棒が、キャビネットからキャビネットへというふうに縦に渡してあってこれにもまた錠がおろしてあるという念の入れかたである。ここはレジナルド・ジョーンズ博士が使っているロンドンの異なる場所にある、三つの事務室の一つなのであった。

「ラターの志願者がきまった」とテイトは博士にいって、「いまIO（情報将校）のもとへいく途中だ。そのあとでコックスが持ち帰ったものを見ることになろう。装置をはずす参考になるだろう」

「コックスも有力な候補者として待機させてあります」とジョーンズは答えて、「しかし彼には、きみはもう一仕事すませているのだからと、話してあります。新しい志願者が立派に仕事を果たして、無事に帰って来るのを期待しましょう」

RAFの情報将校は四〇を少し越したくらいの中佐であった。同じ事務室に陸軍大佐がいる。ジャックがなかにはいって敬礼するとふたりはうなずいた。

「マルヴァーンへの旅行許可証が用意してある。そのあとでホープ・コーヴへ帰って、こちらから連絡のあるまで勤務をつづける」と中佐はいった。「ステーションの連中には、もしかすると短期間、再教育を受けることになるかもしれないと話しておく。次の機会に全般にわたって要旨を説明することになろう。ところで——質問があるかね？」

ジャックはたくさん訊ねたいことがあったけれども、マルヴァーンのテレコミュニケーション・リサーチ・エスタブリッシュメント——ＴＲＥ（電気通信研究所）の新しい本拠、イギリスにおける近代的研究と発展の中心であり神経中枢であるところへつくまで、いっさいの疑問を抑えていた。数週後、ＴＲＥはウスターシャ州のマルヴァーン・カレッジ（由緒あるパブリック・スクール）、少年たちの全寮制学校を徴用した。研究所が南沿岸スウォニージからあわただしく移転ということになったのは、あとで虚報とわかったが、ドイツ軍空挺部隊が、ブルヌヴァル奇襲の返報に、スウォニージを襲う計画があると、噂で聞いたためであった。

学校は夏期の学期が開始される一週間前に、接収されたのだった。そしていまでは科学者たちや設備でいっぱいになっている。センチメーター波のレーダーの金属製レフレクターが、イヴシャムの谷を見おろす、各窓際に設備された。他の装備は運動場に設置された。教室と寮とは研究室に変わった。図書室は製図室、屋内運動場は倉庫になった。

マルヴァーンでジャックは、イギリスのレーダー開発者の数少ないうちのひとりである、先任の科学者プリースト博士と、詳細に使命について論議した。ジャックは初めて知ったのだが、プリーストは民間人ではあるけれども、ＲＡＦの大尉としてとくに任命されていて、ブルヌヴァル奇襲にコックス軍曹を伴っていくことができたのであった。彼は特別の舟艇を用いて海を渡っていったの

—1—

で、レーダー・ステーションから持ちだした装備を、ただちに価値判断することができた。プリーストはまたディエップ奇襲に参加を志願したのであったが、それは許可にならなかったので、活躍の機会を得たジャックをうらやんでいた。

ふたりは同意に達したのだが、フレイヤを妨害するために、特殊の装置を設計し製作することが必要となる場合にそなえて、根本的な要求はフレイヤの性能の価値を検討することにあるということになった。なんらかの対妨害装置がステーションに含まれていればそれについて、さらにその機器のスピード、正確度、限界、能力などについて、知り得る一切が、最高の価値を持つことになろう。ジャックはこれまでフレイヤに関して情報部が集めた材料を研究してみた。そしてこの基礎に立って、問題を把握する最善の方法を決定した。彼は関係事項を記憶にとどめ、それからホープ・コーヴへ帰る汽車をつかまえるために、ステーションへ車で送られた。

海にのぞむきれいなカッテージ・ホテルがレーダー・チームを収容するために徴用され使用されていた。ジャックの使っている部屋は平和な時代には〝青の部屋〟と呼ばれていたものである。この立派な次の間つきの部屋はなにもかもが青色で、カーテンも、毛布も、床に掘り込んだ浴槽のある浴室さえも青色のタイル張り一色になっている。

その夜、浴槽にひたりながら、食堂の献立が、RAFの潜水好きが余暇にとったイセエビやカニで毎日の割り当て以上に豊かになり、そのあとで内緒にクリームをそえたコーヒーが特別にだされることになるのを予想して、ジャックは現在の表面的なぜいたくさを、前途に覚悟している暗さと、引きくらべていた。

とても危険な旅立ちを目前にひかえて、ぜいたくな食事をとるのは、まるでなにか聖書のなかに暗示されていることのように思われた。それは肥えた仔牛《こうし》といけにえの仔羊とに関する律法師《ラビ》の話を彼に思い起こさせた。事態の皮肉さには圧倒的なものがあった。彼は思わず声高に笑いだしてしまった。彼はここでのんびりと楽をきめ込んでいる。だが、戦いが始められたとき、彼はどこにいることになるのだろうか？

2

GREEN BEACH

マレイ・オースティン大尉は半ば吸いかけのシガレットを口からとって、注意を払って岸壁の上に置いた。それからトンプスン短機関銃を取りあげ、目に見えない埃《ほこり》を銃口から吹き落として、作動ハンドルを引きもどして、慎重に狙《ねら》いをつけた。静かに、彼は引金をひいた。煙をだして薬莢《やっきょう》が小石の上に飛び散った。壁の上に一フィート間隔で注意深くならべて置いた五〇本の空のビール壜《びん》が、緑と焦茶のこまかな霧のようにきらめきながら、砕けていった。大気は不意にきなくさい火薬の燃える臭いに満たされた。

オースティンは短機関銃を軍曹に返して、シガレットを取りあげた。彼はやせて、筋骨がしっかりしており、背が非常に高いので見たところのっそりとしている。

「どうだ、やってみるかね？」と、彼は愉快そうにいった。

「いっちょう、やりますか」と軍曹はその気になって、「あの壜をもう少しならべろ、レス」

伍長《ごちょう》が空のビール壜をならべ始めた。オースティンは腕をくんで、眺めていた。むっつりとした表情の陰に、楽しそうな色が隠されている。彼が内心喜んでいるのも当然のことであった。それというのもごく最近に、彼はカナダ第二師団、南サスカチェワン連隊〝A〟中隊の指揮をとるようになったからである。前任者のジャック・メイザー少佐は、ほんの少し前、上陸訓練の際に、足をくじいて、まだ病院に収容されていた。それでいま、いざ出動となれば、オースティンが中隊の指揮をとることになろう。

オースティンの父親はオクスバウの穀物商で、教育の大切なことを知っていたので、ハイ・スクールに息子をかよわせる金を惜しまなかったのである。マレイは学校をでてからいろいろの仕事につ

—2—

いた。そのころの大部分のものがそうだったように、ドラッグ・ストアに勤めたり、乳製品製造所や農場で働いたり、また歩合で伐採業をしたこともある。彼の戸外労働への愛着は、その頑健な身体によく現われている。マレイはカナダ民兵隊《ミリシャ》で将校就任の資格を得ていたのだった。それはおおざっぱにいって、イギリス国防義勇軍のようなものである。そういうわけから現在、まだ二〇歳をいくらも越していないのに、オクスバウを東に約四五〇〇マイルも離れている、ワイト島ノリス・キャッスルの構内で、彼よりも年長者の多い一個中隊の兵隊を指揮する大尉となっていた。

軍曹はトミイ・ガン（トンプソン短機関銃の通称）の床尾で、コンクリートの棚の上にある砕けた壜を片づけて、新しい弾倉を挿入した。彼とオーステンとはまるで同輩のように、気安く話し合っていて、階級の差が感じられない。これはカナダ軍に見られるさまざまな新鮮な特徴の一つで、ときどき、きわだった形となって示されることがある。前に、サスカチェワン州ウェイバーンで、同僚の将校アダムズ大尉が土曜日の朝、営内巡察をおこなっていて、ふみにじったタバコの吸いがらに気がつき、一番近くにいる兵卒のビル・ホワイトに厳格な口調で、「床にあるのはお前の吸いがらか？」と訊《たず》ねた。

「片づけちまいなよ」とホワイトはおおまかな調子で、「あんたが見つけたんだからな」と答えたものである。

また別な兵隊〝フレンチー〟・チェンバレンは、喧嘩《けんか》の罪で指揮官ライト中佐の前に立たされていた。中佐がいささか困惑した口調で、「お前はビール壜でロバート伍長の頭を殴り、壜を壊して傷をつけたのに、あつかましくも、偶然の事故だと主張しとるのだな？」

「ハイ、その通りであります」とチェンバレンは認めた。「わたくしは壜を壊すつもりはもうとうなかったのであります」

このおどけた調子は各階級全体にわたっていた。連隊がラター作戦準備のため、ワイト島に渡る直前に、サセックスでコマンド型行動訓練の大デモンストレーションをおこない、モントゴメリー将軍は視察におもむいていたが、ひとりの士官が絶えず口をもぐもぐ動かしているのに気づき、なにをかんでいるのかと、その士官の上司の指揮官に訊ねた。大佐の答えでは、その士官はガムをかんでいるのであった。大佐はさらにまじめな顔をして、カナダおよびアメリカの運動をやるものは、だいたいガムをかむのが癖で、呼吸のためにもスタミナのためにも、きわめて効果があると、いいそえた。モントゴメリー将軍はこの説明が本当だと思い込み、それに強い感銘を受けて、もしも各兵士がこぞってガムをかむようになれば、その結果はすばらしいことになろう、と意見を述べたという話である。

南サスカチェワン連隊――会話のなかでは、簡単にSSR（時には綽名《あだな》のサーロイン・ステーキ・ラスラー、ステーキを喰《く》う活動家）という風に呼ばれてもいる連隊は、その特殊な共同社会の一断面を、そのなかにはっきりと見せていた。

その兵隊には、ビジネスマン、弁護士、皮はぎ工、銀行員、罠猟師《トラッパー》、トラック運転手、それからなかでも目立つのは俗にソド・バスター（土を鋤くひと）と呼ばれている、草原地の農民などがいる。これらの人びとは車を走らせたり、それに便乗したり、ヒッチハイクをしたりして、レジャイナやウェイバーンの新兵募集事務所に、入隊のために家を離れてはせ参じたのである。その出身地の町や村

―2―

のなかには、イギリス人の耳にいとも奇妙に聞こえる名前もある。ハミング・バード（ハチドリ）、スウィフト・カレント（急流）、メディシン・ハット（まじない帽子）、レッド・ディア（赤いシカ）など。彼らはロスト・ホース・ヒルズ（迷い馬の丘）にあったり、またオールド・ワイヴズ・レーク（老妻湖）のほとりにある農家をあとにし、それからゴールデン・スパイク（金色の釘《くぎ》）の事務所や、ムース・ジョー（オオジカのあご）の製材所を離れて集まって来たのである。

彼らはイギリス人と較べて、はるかに強い独特の癖や傾向を持っていた。――彼らの故郷の町の道が異常なほど広い理由を説明するのに、開拓者たちが互いに相手のたてる埃のなかを歩くのをいやがり、いくつか馬首をならべて進んでいく必要だけのために、そうしたのだという以外、ほかによい話しようがあるだろうか？

しかし一つの目的が彼らすべてを固く結合していたのであった。故郷を数千マイル離れて戦争しようという意志である――ある小さな国、大部分は一度も訪れたことがなかったが、言語、伝統、互いにわかち合っている親近感など、へその緒のような絆《きずな》によって離れがたく結ばれているのをいまもなお強く感じている国のためである。インディアンの血を引く、ミーティスといわれる連中は、漁や伐採や罠猟《わなりょう》のかわりに、冒険と戦闘を期待し楽しみにしているのを、公然と自認していた。また失業中だったので志願したものもいるし、この機会に戦争商売をおぼえ、軍でまったく新しい生涯を始めようとするものもいたのだった。

あるものは、重苦しい家族のわずらわしさから逃れるために入隊したのだし、また大部分はまさにその反対の理由からであった。それというのは、彼らはイギリスに到着した際、家族と会ったり、再会したりするのを期待していた。アイルランド、スコットランド、イングランド系や、その縁辺の人びとは、近親から話に聞いていた場所を訪ねてみたいと待ち望んでいた。ある人びとは、もちろん、平和時には民兵隊の隊員だったし、長い間ただの準備にすぎないものだった数年間の訓練や年ごとのキャンプ生活の成果を、これは験す機会であった。いまこそ彼らの秋《とき》であり、戦争が勃発《ぼっぱつ》した際、準備に怠りなかったのを誇りとした。

カナダで一年余りの訓練を受けてから、南サスカチェワン連隊は一九四〇年一二月にイギリスへ向けて出航した。乗る船は汚れ果てて、ノヴァ・スコシアのハリファクス港にはいっていたが、敵側の被抑留者をイギリス領西インド諸島へ送って帰る途中、寄港したものであった。オランダ人の船長は白状していたが、臨時雇いの船員のなかには、手に負えない命知らずのならずものが何名かいた。船長は連隊の指揮官に、もし船が魚雷攻撃でも受けようものなら、やつらは救命ボートを独占して、部隊を船とともに沈没の運命にまかせることだろうと忠告した。そこで連隊長は一〇〇名の兵隊を選抜して、〈A〉甲板のラウンジで昼夜の別なく警戒させることにし、万一の場合にそなえてライフル銃とブレン・ガン（イギリスの軽機関銃）を用意した。このような状態でこうまで遠くに、部隊を船で輸送したのはめったにないことだった——そしてその結果は？　一八ヵ月にわたってイギリスの南沿岸で鍛えられてきた——このまま永遠に鍛えられつづけるのであろうか？

一つの町から次の町へが一〇マイルもあると、とても遠いと思っているイギリスの人びとには、広大な草原から来たカナダ兵にとって、空間がどのような意味を持つものか、理解することができ

—2—

なかった。それと同様にカナダ兵はイギリスの人びとに、見はるかす限りムギの穂波だけがそよいでいる広大な平原で、ひとがどのように自由を感じているか、またそこにはイングランドを二つ三つ併せたほどの大きさがあろうという農場のあるということを、説明するのに困難を感じていた。カナダ人の見なれた草原の風景は、建物などでさえぎられたり区切られたりしないで、テーブルのようにたいらに拡がっていて、茫《ぼう》とかすむ地平線を乱すものは、せいぜい一つか二つ遠くに見える、穀物倉庫ぐらいのものである。ここかしこに下見板を張った農家があり、その壁には不思議なほど明るい色、黄とか青とか緑のペンキを塗って、見たところ涯《はて》しない大地に、潑剌《はつらつ》としてはなやいだ色彩の火花を点じている。

この広漠とした空虚さを背景にして、きびしい寒さと暑い夏とのなかで育った人びとは、おだやかな気候にめぐまれ、町や大都会で、大勢のひとたちといっしょに集まって生活している人びとは、当然、同じようではなかった。彼らはゆっくりとしゃべり、特殊な矜持《プライド》を持ち、そして独特の頑固さをひそめている。彼らは相手が袖章《そでしょう》をいくつもつけていたり、王冠章や勲章をつけているからといって、必ずしも尊敬するとは限らない。彼らが軍の階級を尊敬するのは、そのひとが身をもって尊敬に値することを示したときに限るのである。一九三〇年代の草原での生活は実にきびしいものだったのであった。このことが彼らを鍛練して、それみずからの特別な規律をはぐくんだのだが、それは帽章を磨いたりスマートな敬礼をするというふうな意味で厳格な軍隊的条件のなかに、常に移されているとは限らないのである。

マレイ・オーステンは〝A〟中隊の指揮をとる前は、連隊の輸送部門を担当していて、よく特務曹長に日曜日にオートバイで田舎を走り回る楽しみを許してやっていた——はっきりと「行楽のためのオートバイ・ドライヴ」となればガソリンの手にはいらない戦時のイギリスでは、これは稀《まれ》に見る特権である。しかしその特務曹長が部下に厳格すぎるのを感じたとき、彼はその不満を隠さなかった。

「いいか、この野郎」と彼はそっけなくいった。「お前の部下をしぼるのをやめないと、オートバイに二度と乗れなくなるぞ」

このことは意図していたように、同等のものの間の論議として、受けとられた。それというのも南サスカチェワン連隊の兵隊たちは、たんに地域部隊や州の連隊に属しているのみでなく、仲間たちの一団に属しているというすてきな感情を持っていたためである。多くの兄弟およびそのほか縁辺のものが、いっしょに軍務につくために入隊していたのであった。メイザー少佐はふたりの兄弟といっしょだった。フランクは〝B〟中隊の中隊付特務曹長、そしてテッドは大隊司令部の兵卒である。おおざっぱにいって、連隊の三分の一が同じ学校に通ってさえいたのである。ウェイバーン・カリージイット・インスティテュート（カナダの州政府の監督下にある普通科の高等学校）で、彼らの先生はずんぐりとして頑丈そのもののイギリス人の移民クロード・オーム少佐で、現在は〝C〟中隊を指揮していた。

一九二二年、ロンドン大学で科学の学士号をとって卒業した直後、オームは新聞広告で、五万人の刈入れ人をウィニペグで募集しているのを見たのである。報酬は一二ポンド、そこで彼とその兄——第一次大戦で捕虜となったが——そのふたりは、親切な伯母からこの金額を借りて、カナダへ渡った。収穫終了後、ふたりはこの国が気に入って去りがたくなり、クロード・オームはウェイバーンに落ちついて科学の教師になった。彼は天性、教師の才に恵まれていた。その学問への熱意と献身とは二代にわたる生徒たちによって、深く真価を認められていた。彼はいまもってイギリス風のアクセントを残していて、サスカチェワン全体を通じて高く評価されるようになっていたのである。

昔の生徒で連隊に入隊したものがオームに語ったところでは、彼は最初に入隊の意志を母親に打ちあけて話し合ったのだった。彼の父親が第一次大戦で戦死していたので、母親はひとり息子の志願するのに理解は持っていても、許す決心がつかなかった。が、クロード・オームが上官になるのだと説明すると、彼女はすっかり元気になった。

「オーム先生が連隊にいらっしゃるなら、わたしは賛成だよ」と彼女はすぐにいった。「お前もいくがいいよ」

こういうふうに共有している経験、共通の背景が、連隊の精神に活力を与えていて、そのために、多くの兵隊にとって、SSRでの軍隊生活は、平和な時代の連帯を延長したものにすぎなくなっていた。たとえ着るものは違い、国は違っていても――。

―2―

伍長がプロムナードのグループに近づいた。

「オーステン大尉、指揮官がお呼びです」

オーステンは吸いがらを指で小石の上にはね棄てて、伍長のあとから小道をたどっていった。歩きながら、背後にトミイ・ガンの鋭いキーンという音がして、ガラスの砕けていくのを耳にした。数日のうちに、彼らは海峡を越えて、生きている的に発砲することになるだろう。行動切迫の噂がやかましく伝えられていた。

オーステンは庭園を通りぬけて城館へ向かった。バラが満開で、そのかおりが空気のなかに甘く漂っている。ワイト島の土にはバラを育てるのに向いている特別の性質があるようだ。戦争は遠く離れた世界のことのようだ、と彼は思った。

SSRの指揮官、セシル・インガソル・メリット中佐が事務室に使っている、ノリス・キャッスルの部屋もまた、ヴィクトリア朝とエドワード朝時代の優雅な趣きをいまに残していて、戦争らしくない雰囲気である。その天井はいまだに小さな青色の部分に区分されていて、それぞれが金で縁どりされている。城館は本当のところ見かけほど古くはなかった。一九世紀の建築家ジェイムズ・ワイヤットの設計で、彼の好みのゴシック様式が多く取り入れられており、巧みに石をよごして年古りた印象をかもしだすようにし、厚いツタの茂みを壁に這《は》わせて効果をあげるという工夫がしてある。ヴィクトリア女王は少女時代にこの城館を訪ねたことがあったが、そのときに感銘深いものがあったので、後に付近五〇〇〇エーカーの荘園《しょうえん》を購入する心を決め、その近くに自身の館を建造した。それが後に彼女のお気に入りの離宮となったオズボーン・ハウスである。

メリット大佐（敬称として中佐にも用いられる）は友人たちにシーズと呼ばれているが、立ちあがり、手を背後に組んで、窓越しに、いまはカーキ色のテントでおおわれている芝生のスロープを眺めていた。一つのテントの入口で、兵卒がシャツを腕までまくって、テント用の紐《ひも》を洗っており、口笛を吹いている。テントの群の向こうに、樹間を通して、海が緑色のガラスのように輝いている。

ヴァンクーヴァー近くの故郷の風景とは、なんという違いだろう！　湾の向こう側につらなる丘

―2―

陵は、裾《すそ》の方のスロープを暗くしている深いモミの林とともに、やがて雲の花環《はなわ》にとりまかれることだろう。コバルト色の海には点々と白い帆が見える。

メリットは大柄な肩幅の広い男で、生まれながらひとの上に立つのにふさわしい性格をそなえていた。二〇代の初めにはすぐれたフットボール・プレイヤーで、ヴァンクーヴァー運動クラブでも有名なメンバーであった。オンタリオ州キングストンのロイヤル・ミリタリイ・カレッジを卒業し、それから三年間、法律事務所に勤めてから、一生の職業として弁護士の資格をとり、開業して成功したのである。低いひびきのある声で話すところは、まるで一語一語を吟味しているかのようである。彼がしゃべり意見を述べるとき、その言葉はおおむね結論を示していた。三二歳で、この四月に大隊の指揮をとるようになったばかりである。彼は部屋にはいって来たオーステンの方へ顔を向けた。「オーステン、ドアを閉めなさい。きみにやってもらいたい仕事がある。師団にも関係があることなのだ。ロンドンから来る男が、われわれと行動をともにすることになる。RDFの専門家なのだ。ラジオ・ビームその他の。極秘のことだ。彼は〝A〟中隊に所属して海峡を渡る。その理由は彼の見たがっているレーダー・ステーションが、きみの担当地区にあるからなのだ。この件については前にメイザーに話したが、彼はまだ入院している。そこで繰り返してきみに話すのだ」

「わかりました。大佐どの」

「まず、何名かの兵を選抜して、この男につけてやる。レーダー・ステーションへいくのに掩護《えんご》してやらねばならない」

メリットはしばらく言葉を切った。被告のために最終弁論を考えていたのかもしれない。「ところで、別の面がこの仕事にはある、マレイ。いささかおかしいかもしれないが、この男を敵の手に渡してはならないのだ」

「誓ってできる限りの掩護をいたします」

「それはわかっている。しかし彼が負傷して脱出できないとか、もしくは捕虜になりそうになったら、きみは彼を処分することになる。彼は諜報《ちようほう》関係のものなので、いろいろと知っていることが多いから、敵の捕虜にはできないのだ。わかるね？」

「ハイ、しかし……」

「しかしは絶対に許されない。さあ、わたしはこれでこの問題をもう考えないですむ。あとのことはきみにまかせるのだから。よいな？」

「ハイ、よろしいです」

オーステンは敬礼をし、いささかとまどいながら歩み去って、さんさんとして明るい陽光と、バラの匂いのなかにはいっていった。彼のうしろでは、メリットがいましがただしたばかりの命令のことを、いろいろと思い迷っていた。マレイ・オーステンがあの命令をあまりに厳格に考えすぎなければよいのだがと、なかば希望しながら……。

軍隊に関する多くのことは、初めきわめて重要に見えても、実際にはほとんどさしたる影響のないのを、あからさまにすることがある。その一例が数週間前に起こったのであった。機密維持を条件に、ノリス・キャッスルをウェールズ近衛連隊からSSRが引きついだときのことだ。

それから二日後メリットは師団司令部に召喚を受けた。そこには総括責任者の大佐がいて、ハン

—2—

プシャ州ワイト島、ノリス・キャッスルSSR指揮官メリット中佐と宛名を記してある、まったく命令違犯の手紙を、冷たい表情で差しだした。

この記名は恐るべき機密侵害であるが、メリットはあっさりといった。「そのろくでもないものの封を切って下さい。わたしには全然、心あたりがないのです」

大佐が封を切ってみると、なかには島を去った指揮官の依頼状がはいっていて、不幸なことにノリス・キャッスルに飼犬を残して来たので、面倒ながらメリット大佐のご好意によって、現在の勤務地で犬をお引き渡し願えないだろうか？　というのである。

もしかすればレーダー専門家に関する異常な訓令も、結果的にはたいしたことではないのに最重要とされたことの別の例に加えられるだけにすぎないのかもしれない？

各連隊と各部隊とは全島にわたって、民家やテントに宿泊していた。

そのなかには次のような部隊が含まれていた。カナダ・クイーンズ・オウン・キャメロン・ハイランダーズ、ロイヤル・ハミルトン軽歩兵、エセックス・スカティッシュ、フュジリエ・モン・ロワイヤール、第一四カナダ陸軍戦車連隊（カルガリー連隊）、カナダ・ロイヤル連隊、カナダ・ブラック・ウォッチ（ロイヤル・ハイランド連隊）、カルガリー・ハイランダーズ、トロント・スカティッシュ連隊など、そのほかにもちろんカナダ通信支隊、工兵、砲兵、補給、医療、兵站《へいたん》、憲兵、情報などの部隊もはいっている。

これらすべてが文字通り周囲に壕《ごう》をめぐらした砦《とりで》のような場所のなかに収容されていたのである。

そこには五〇〇〇名のカナダ軍、四〇〇〇名の海軍、一〇〇〇名のイギリス軍コマンド部隊、名目的に奇襲に参加するアメリカのレンジャー分遣隊、イギリス空軍の将兵、グライダーのパイロットたち、パラシュート部隊通信班、爆破専門班など、さまざまの兵種や国籍のものがいた。

後に有名な戦闘部隊となるアメリカ第一レンジャー大隊の編成は、連合作戦本部のアメリカ側先任オブザーヴァーのトラスコット将軍の提案によったもので、彼は上層部を熱心に説得して、アメリカ軍部隊の少なくとも一部に、イギリス軍コマンド部隊の訓練を採用させるべきであると主張した。これが実現をみて、北部アイルランドに到着したばかりのアメリカ軍師団に志願者を求めたのであった。アメリカ・レンジャー大隊の指揮官はウィリアム・O・ダアビー少佐で、彼は隊員中から五〇名の代表を選抜した——四四名の下士官兵、六名の士官を奇襲に参加させることにしたのである。

前からワイト島に居住していた一般の人びとは、それぞれの家に留《とど》まるのを許可されていたが、特別に発行を受けた身分証明書なしで、本土から島へ渡るのは、絶対に許されていなかった。同じように、軍に勤務するものは男女を問わず、上官の特別許可なしにワイト島を離れるのを許されていなかった。

各部隊は到着以来、猛訓練をおこなっていて、上陸用舟艇から岸まで徒渉したり、本物の地雷原を駆け抜けたり、またほとんど垂直に切り立った断崖《だんがい》を、引きのばし自在の管状梯子《はしご》や特殊のロープを使用して、よじ登ったりした。戦車搭乗員は耐水戦車によって、上陸用舟艇から岸辺に向かい、浜で行動する演習をおこなったが、その浜の小石はディエップのと同じ大きさのもののある場所を、選んであった。二回にわたって、全面的な夜間攻撃の上陸作戦もまた、ドーセット沿岸で実行に移

—2—

されていたのであった。

第一回のリハーサルは大失敗であった。経験のない海軍は間違った場所に部隊を上陸させて、舟艇のなかには実際に海中に沈んでしまったものもあった。マウントバッテン卿はワシントンからの帰途、このことを聞いて、第二回目のリハーサルを要求した。これは前回よりもよかったが、それでもなお期待していたほど順調ではなかった。しかし当時としては多少の失敗はやむを得なかった。それを少なくするのがリハーサルをおこなう目的なのである。そしていまや各員が本番近しにそなえて緊張感にみなぎっていた。彼らは、潮汐《ちょうせき》と月とがフランス沿岸の上陸に適している時期が、一夏を通じて数回しかないことを知っていた。これらの時期のなかで最初のものは、気象専門家も好天気を予報していたが、七月四日の夜であった。

六月の最後の週に、カナダ第二師団の各連隊に所属する約三〇〇名の将校たちは、オズボーン・ハウスに召集されて、特別に極秘の要旨説明を受けた。中央写真解析隊は、一〇フィートの長さに縮尺したディエップと両側数マイルにわたる断崖まで作っておいた。それはこの数週以内に偵察機が低空飛行をおこなって撮影した航空写真にもとづいている。周囲に集まった将校たちは精巧にできたおもちゃを見るような気がした。いろいろな店、浜のカジノ、古い城館、タバコ工場、ホテルの数々、それから港。ロバーツ将軍が将校たちと顔を合わせると、雑談の声はぴたりととまって、部屋は静かになった。

「諸君」と彼は話しはじめた。「われわれは敵と戦うのに、すでに二年間も待っていたのである。その時がいまや部隊の目前にある。この縮尺モデルが目標である。この攻撃の意図についてこれから要旨説明にはいる。とくに強調したいのは完全な機密保持である。出席者以外の兵士には、乗船を終わるまで、絶対に話してはならない」

メリット大佐は連隊付特務曹長ロジャー・ストラムと話していた。ストラムも草原地方の出身で、第一次大戦でカナダ軍に従軍し、その後郵便局で働いていたのだった。一九二〇年に民兵隊にはいり、そのとてつもない大声と、訓練こそ第一に評価するという信念で、有名だった。もっともこの信条は連隊の各兵士が全部同意していたわけではない。

歩兵大隊での連隊付特務曹長というのは、指揮官と他の先任准尉や軍曹との間をつなぐ、一種の媒介者の役目を務めるものである。だから彼にはいずれ到着するレーダー専門家のことを、前もって話しておく必要があろう。メリットはあいまいに、この未知の専門家はとても大切なので、ドイツ軍の手に渡してはならないのだと説明した。大佐は特務曹長に、そこで、レーダー専門家がワイト島にいる間、南サスカチェワン連隊の働きぶりを見せるために誰か古手のしっかりした兵を彼の護衛につけたいと考えている、と話した。そうすればこれを機会に、彼は自分を護《まも》ってくれる兵隊の力を信じることになろう。

ストラムはブラックウェル軍曹、通信隊の軍曹を推せんした。通信隊にはラジオがあるので、それはブラックウェルとレーダー専門家とを、きっとなにかの形でつなげているに違いない。

アマランス・アンソニイ・ジェイムズ・ブラックウェル軍曹は、つきあいの度合いと期間によって〝ニュウト〟もしくは簡単に〝ブラッキー〟という綽名で知られていたが、いま食堂用テントの

—2—

なかで腰をおろして、故郷の妻への便りを書いていた。彼は中背のもの静かな男で、髪を非常に短く刈り、足が速く、第一次大戦で受けた赤と青の功労章をつけている。彼のアマランスという名前は、彼の生まれる一週間前にこの世を去った兄の名を、ついだものだった。彼がよく話の種にするのだが、彼をアマランスと呼ぶのは母親ぐらいのものであった。彼女が話してきかせてくれたところでは、アマランスというのは、しぼまない花という意味である。いま四〇代になっても、鞭《むち》のようにねばり強いので、その名前に応じて生きてきたなと彼は感じていた。

マニトバ州グリムワルドにいた少年時代、ブラックウェルは水たまりや池で、カエルやイモリを、泥まみれになってつかまえるのに夢中になり、何時間もすごした——そんなわけから当時の彼を知る人びとの間にニュウト（イモリ）という綽名が生まれたのである。彼は連隊のなかでたいていのものより年かさでそのさまざまな経験の痕《あと》は、はっきりと顔にきざまれている。第一次大戦ではフランスで通信隊に従軍し、その後カナダ太平洋鉄道に勤務した。三〇年代半ばの大不況時代に、彼は職を失った。そのころは月に二〇〇ドルの俸給だった。そして彼がやっと見つけだした仕事は草原も辺鄙《へんぴ》な一隅の農場での労働であった。

三〇年代はカナダの労働者にとってと同様、農民にとってもつらい時代だった。農民がブラックウェルにだした条件は夫婦の食扶持《くいぶち》だけで、給料なしである。ブラックウェルはこの基本的な条件以上のものを、誰ひとりだしそうもないのを知っていたので、やむなく承知したのであった。彼はできるだけ早く、週数ドルの報酬でよその農場へ移った。それからポーキュウパイン・プレーンの穀物商に職を得た。農民たちは荷馬車やトラックで穀類を運んで来る。彼はそれに一級、二級、三級と、等級づけをする。だんだんと給料があがって、月二〇〇ドルに近づいていった。やっと生活も安定したかに思われた。そのとき、一九三九年の初めに、その地方で黒穂病という穀類の病気が発生して、数マイル周辺の収穫が皆無になった。支配人はブラックウェルを事務所に呼んだ。

「きみにはいま月に二〇〇ドル払っているな」と彼はいった。「そのきみの仕事を六〇ドルでやるというものがいるんだ。だが、きみとはいままでのつきあいがあるから、ブラッキー、その給金でならいてくれてもいいんだ」

「やめましょう」と、ブラックウェルは簡単に答えた。この答えは思いがけないものではなかった。ふたりは円満に別れた。だが、またしてもブラックウェル夫妻は宿なし、失業者になった。夫婦はスタージェスの彼女の母親の家にころがりこんだ。そこなら家賃がいらないからである。

「これからどうするつもり?」と妻は彼に訊ねた。なにしろ仕事はほとんどないのにひとしいし、若い独身の男は、面倒をみる家族をかかえた所帯持ちと違って、彼らよりも安い給料で働いている。

「軍隊にはいるつもりだ。そうするよ」とブラックウェルは答えた。

「ばかなことをいわないでちょうだい」と妻はいったが、ブラックウェルは血迷ったわけではない。真剣だった。少なくとも勤めができるのだ。そこで彼はヒッチハイクでレジャイナへでて、新兵募集事務所へいった。そこで最初に会うことになったのがマレイ・オーステンであった。ブラックウェルは第一次大戦中、通信隊にいたことを話した。

「そりゃあいい」とオーステンは熱意を見せて、「ウェイバーンに三〇名の通信小隊がいるのだが、ほとんどがトン・ツーの区別も知らない。さっそくきみを、医者に診察させるとしよう」

—2—

ブラックウェルはよく若い兵隊に話して聞かせるのだが、それからこんなふうなことになってしまった。彼の主張では、医師が彼の腕に注射をうって、目がさめてみるとなんと軍隊にいたというのだ。彼はしばらく平服で教練をやっていた。軍服が不足していて支給にならなかったためである。支給されると、彼は軍服に功労章のリボンを縫いつけた。ブラックウェルの記章はたちまちストラムの目にとまり、彼は伍長に昇進した。ふたりは互いに相手に敬意を持っていた。遠い昔の戦争の記憶をわかち合えることと、あいだにはさまれたつらい時代の思い出に共通するもののあることとが、強いきずなとなっていたのである。

「よそものがひとり来ることになっている」とストラムはそのとき話しはじめた。「科学者だ——レーダーの専門家だ。われわれが向こうへいく際、特別任務をやらせるために、連れていくことになっている。〝A〟中隊にあずけることになろう。その間、ここで彼の面倒をみて、ここでのやりかたも教えてやらねばならない。きみが彼にずっとついていて欲しいんだ、ブラッキー。変りものかもしれん。髪の長い、ぼんやりした大学の先生タイプのな。頼むよ、いいな?」

「いいですよ」とブラックウェルは承諾して、また手紙にもどった。

彼は兵隊らしい兵隊なので、さまにならない質問などして時間をむだにしない。それに年功を経ているので、どうせ満足のいく答えの返って来ないのを知っていた。

マレイ・オーステンはシガレットに火をつけて、煙を吐きだしながら、どうやって適当な兵士たちを見つけたものか思案にくれていた——なにしろ彼らは見も知らぬ男を護るために身を危険にさらさねばならない、その上彼が捕えられそうな形勢になったら、殺すのを了承しなければならないのである。このレーダー専門家を捕虜にしないですませるには、ほかに確実な方法はなさそうだが、しかし兵士たちに要求されている二つの特性——保護と仮借《かしゃく》なさ——とは、なにがなしそのもの自体を相殺してしまうかもしれないではないか？　しかしながら、この問題をいつまで考えてみたところで、解決はつきそうもない。頭からそれにタックルしなければならないだろう。

彼は食堂へ歩いていって、一般に〝バック〟の名で知られている副官ジョージ・ブルース・ブキャナン中尉に声をかけて、その苦境をうちあけた。バックは連隊のなかで年をとった方のひとりで、まるまる二九歳になっていた。そのほかの多くの若者たちは、学校や農場を離れて、すぐに入隊したのであった。彼の父親はアルバータ州メディシン・ハットで消防署長をしていたので、彼も消防士として働いていたのだった。年齢のせいで、若い連中は彼を〝ダッド〟（お父さん）と呼んでいた。バックはオーステンがどうしても話さねばならないことを切りだしても、驚いたようすはなかった。だからオーステンは副官がもうこのことを聞いていたのかと思った。副官というものはほかの士官よりも耳が早いものである。だが、ブキャナンが笑いだしたので、彼はびっくりした。

「なにがおかしい？」と彼は副官に訊ねた。

「冗談かと思ったんですよ。この連中のなかでなにか撃ったものがいても、せいぜいウサギぐらいのもんです。やっこさんたちが初めて血を流すのは、仲間のひとりをぶち抜くことかもしれませんぜ！」

「当然、初めてということはあるわけだが」とオーステンは反論して、「まさかそんなことは起こってもらいたくないな」

射撃のうまい兵士をふたり見つけて、それぞれに四名をつけて、このレーダー専門家を護らせれば、あとは当人がうまくやるかもしれない。でなければ、もっとよいのは、ふたりのリーダーを選んで、残りはその男がここに来たときに、もっとも役立つと感じるものを自分で選ばせるのはどうだろうか？

オーステンはほとんど即座に、選択できるのに気がついた。食堂付伍長、グレアム・メイヴァーである。

—2—

メイヴァーは二〇歳を少しでていて、金髪、中背で、丈夫で気転がきく。連隊にはいる前は、銀行に勤めていたのであった。大隊は彼のいちじるしい会計能力を利用して、士官食堂勤務にした。彼の任務の一つはその会計を監督することだった。連隊の規則では、全将校は毎月七日までに、各自の酒代の請求書を——それには四週間分が集計してあるのだが——必ず精算することになっていた。しかし、将校という将校が、誰も彼もこの規則にしたがう余裕があるわけではない。時には、のどの渇きの方がポケットの中身よりも、強い場合がある。ここでメイヴァーの計数に長じた才能がものをいうのだった。若い将校たちは目下支払い能力のないことを彼にうちあける。彼は同情を示して、答える。

「わかりました。旅団の連中などは計算のことなど知っちゃいないのです」

そこで彼は愛想よく、数字をある欄からほかの欄へ、つまり翌月の欄へ移してやる。これで関係将校はきまってほっとする。実際的な計数に強い多くの男の常として、メイヴァーも独立心のきわだっている男である。彼はすでに兵卒から伍長に昇進し、そのあとで伍長から伍長代理に、それから兵卒に降等されている。そしてこの昇進、降等を数回繰り返しているのである。理由は大隊内での上司の意見が二つにわかれているためだった。戦前鉱山で働いていたことのある一伍長が、メイヴァーをベッドから起こそうとした際、悪口雑言をあびせられたと非難したことがあった。「うるさいぞ」と彼は伍長をどなりつけた。「朝の五時なんだ。石炭掘りとはわけが違うんだ！」

そのとき、オーステンはメイヴァーを脇へ連れていって、彼のために考えている任務のことを話した。メイヴァーは重々しくうなずいた。なにを考えているのか、その表情からはうかがわれなかった。銀行に戻って、支配人と会うには前からの約束が必要だと、新しい顧客に説明しているような気分だったのかもしれない。

「このレーダー専門家というのは、どんな風体なんですか？　中隊長」

「まだわからないのだ。到着していないので。すれば紹介するつもりでいる」

「結構です。ああ、そうそう、ついでですが、中隊長の先月の食堂の請求書には、少し手を入れた方が……」

連隊の射撃の名手のひとり――見るひとによっては、最上とされているのは――別の伍長、〝A〟中隊ではなく、第七小隊のレス（〝マグシイ〟）・スラッセルであった。その小隊の指揮官の洩《も》らした慎重な数語から判断して、スラッセルは〝A〟中隊に兵卒として移されることになっていた。伍長の空席がないためである。一時的な降等をスラッセルはメイヴァー同様、いっこうに苦にしていない。彼もまた独立心の強い男なのだ。

—2—

「お手伝いなら、いくらでもしますよ」と彼はなにげなくいった。

階級など、彼にとって何の意味もない。肝腎《かんじん》なのは、階級にふさわしいと納得させる人間である。そして兵士としてのスラッセルにとってひときわ大切なのは、正確、敏速、しかも一直線に射撃するそのひとの能力だった。しかしながらどんなに射撃の巧《うま》いひとであろうとも、一発でスラッセルに勝つのはむつかしいことをさとるだろう。それは確実であった。

スラッセルは田舎で育ったものに特有の、言葉つきがゆっくりしていて、おだやかな面《おも》ざしをしていた。その青い眼は澄んでおり、いつも地平線に目をくばってなにか遠い目標にじっとおかれているように思われた。狩猟は彼の子供のときからの道楽であり情熱であった。スラッセルの父親は一九一四年にイギリスからカナダに移住したのだったが、到着したのが八月四日、つまり第一次大戦の始まった日である。彼はただちに志願し、そして戦後は地方警察に勤め、その警察は後に騎馬警官隊に合併されたのであった。父は故国にいたとき、少年のころ、ロンドンの北西部チョーク・ファームの教会合唱隊でいつも歌っていた。そんなことからレス・スラッセルは賜暇の一日をさいて、この教会を訪ねてみた。だがそのあたりは荒れ果てて、みすぼらしい有様になっていた。家々は爆撃を受けており、破れた窓は板張りになっていた。戦前からそこに住んでいるものは、誰ひとりいそうにもなかった。たいていの感傷旅行のように、この旅もまた失望に終わった。彼は心淋《こころさび》しかった。父親とはいつも身近にいて、密接にむすばれて暮らしてきたのであったから。父親の幼いころを知っているものに、会いたくてたまらなかったのだ。

レスは南サスカチェワンのフィルモアに生まれて、幼いころから火器に心をひかれていたのだった。彼の遠い記憶のうちに、父親の拳銃《けんじゅう》を発射したいと願ったおぼえがある。冷たく青味を帯びた金属の重い感触、想像のなかで発射したとき、両手のなかでおどりあがったその銃油と火薬の独特の臭い。

あるとき、彼は父親の四五口径の弾丸を、リスを撃つのに使いつくし、それから三〇・三の分も同じようにみんな射撃に使ってしまったことがあった。父親は射撃練習にでかけようと思いたったとき、弾薬がすべてなくなっているのを知って、びっくりしあきれてしまった。

一四歳になったときに、レスは民兵隊にはいっていて、ライフル射撃大会で標的に命中させて得点をあげていた。まもなく彼はすぐれた射撃手となっていたので、彼の手にあるライフル銃はたんに鋼鉄と木とでつくった一個の道具であるばかりでなく、彼自身の腕、心、眼の延長となっていたのである。彼は生来の狙撃手《そげきしゅ》なので、この任命はまさにうってつけであった。それにレスは決してあわてふためくということがない。事実、どんなことが起ころうと、スラッセルの冷静さと落着きとが、一度たりと乱されたのを、オーステンはおぼえていなかった。

いまやふたりのリーダーを選抜したので、あとはレーダー専門家にまかせればよかろう。ぼんやりとオーステンは思いにふけった――メリットが、ストラムが、メイヴァーとスラッセルが、それぞれ思いにふけったように――いったい、どんな男が来るのだろうかと。面倒な任務を引き受けるばかりか、もし彼が失敗したら――もしくはそれ以上悪いことに、もし成功してからたおれたとしたら――自分の戦友たちに射殺されることになるという、前代未聞の条件を容認するとは、どのような男なのだろうか？

3

GREEN BEACH

ジャックはホープ・コーヴへ帰って数日間、夜間戦闘機のために地上管制ステーションを動かしていくという日常的な仕事に、すんなりと戻っていった。その後のある朝、ちょうど徹夜勤務を終わってから、事務室付ビル・パウエル軍曹が彼に会いにやって来た。

「なにか用かい？」パウエルが入口に立って、じろじろ自分を眺めているので、ジャックは訊《たず》ねてみた。

「白状しろよ、ジャック」と、パウエルはまじめな顔つきで言葉を返して、「司令部用車がいましがたついている。運転手のいうには、お前を連れて来いと命令を受けているそうだ。いったいどういうことかおれにはわからんが、ジャック、このような召喚はこれが初めてだ。どんな間違いを犯したんだ、お前は？」

一瞬、ジャックは自動車の迎えと、彼の新しい任務とを、結びつけることができなかった。

「運転手はステーションに立ち入る許可をもらっていないから、守衛室に待たせてある」と、パウエルは話しつづけた。そしてジャックの顔色をうかがっている。「運転手のいうには、ロンドンへ連れていくといっとるぞ」

「ロンドン？」とジャックは繰り返した。即座に、その理由がわかった。思わずその声から興奮を抑えていられなくなった。

「新しい配置につくんだよ」彼はなにげないように説明した。「この前、ロング・クロスへいったことと関係があるんだ。数日間、留守になるだけのことさ」

「そうか」と、パウエルは興味をなくしてしまった。ジャックはたびたびよそのステーションへ呼

—3—

ばれてでかけている。ここには話の種になるような刺戟《しげき》のあることは皆無なのである。

ジャックは守衛室へいって運転手に会い、自分のベドフォード型トラックのあとについてくるようにと告げた。カッテージ・ホテルへ車を走らせて帰る途中、細い道を抜けていくと、小高くなった両側から、みどりしたたる夏のさわやかな生垣が互いに向かって伸びている。道が海の見える場所にきたとき、彼はちょっと車を停めた。そこからはホテルが、砂地になっている入江が、大きく半円を描いている浜が、夏の空に溶け込んでいる碧《あお》い海が眺められる。その景色がこれほどまでにきれいに見えたことは、これまでに一度もなかった。疲れた心にその美しさがじいんと滲《し》みていくにつれて、なぜそうまでも烈しく美しさに感動したかを、彼はまざまざとさとった。心の底のどこかで、これがこの風光の見おさめになるかもしれないのを、知っていたためである。

彼はホテルに車をつけ、彼のところに伝言、手紙のたぐいのないのをたしかめて、運転手のためにお茶をたのんだ。それから部屋へいって、パジャマ、歯ブラシ、剃刀《かみそり》、替えの下着や靴下を、RAFの小さな雑のうのなかにつめこんだ。

マルヴァーンから帰ったとき、彼は個人所有の無線テスト用器具を、同じような青色の雑のうのなかにおさめておいたのであった。そのなかには彼がもっとも大切にしている道具、父親が一三歳の誕生日に買ってくれた小さいアヴォメーターもはいっている。この少年時代から縁のあるものが、幸運のお守りになってくれたらなあ、と彼は思った。少なくとも、父との想い出のあるものが、彼とともに戦闘に参加することになったのである。

それから、ホテルの贅沢《ぜいたく》な施設を楽しめるのもこれが最後の機会になるかもしれないと感じて、浴室へいって、熱い湯気をたてている湯にひたって、心地よさを満喫した。さて、と彼は深い想いにふけって、たとえ帰って来られなくとも、彼はここにいて充分仕事にもめぐまれたのだから、と思った。ホープ・コーヴはいまや高度の成功をおさめた管制ステーションとなり、全防御組織体の中心となっている。たとえ彼がこれ以上なんの成果もあげなくとも、これをつくりあげたのは彼なのであった。

ジャックは着替えをして、下のバーにある食堂に降りていった。バーは戦前ホープ・コーヴのあたりを走り回った後、破損した四本マストのスクーナー〈エルツォジャン・セシリー〉号の材木でつくってあった。ジャックは朝食をとり、二つの雑のうを取りあげて、司令部の車へ近づいていった。

彼はすでに二通の手紙を書いていたのだった。一つはデルに、いま一つは母親に宛ててあり、二つとも彼の部屋の抽斗《ひきだし》のなかにおさめてある。彼の留守中に投函《とうかん》されるおそれはない。手紙のあるのを知っているものは誰ひとりいないのだから。しかしもし彼が戻って来なければ、彼の所持品は整理されることになる――出撃から戻って来なかった搭乗員の所持品を整理するのを手伝って、彼は憂鬱《ゆううつ》な気分になったことがこれまでにたびたびあった――そのときになって手紙は発見され、渡されることになるだろう。

彼はもちろん任務のこまかい内容を、ひとことたりとデルや母親に話してなかった。ただ、それが機密できわめて重要であること、そして、彼が配属になる部隊にくわわるべく出発するにあたって、ふたりのことを想っている、ということを記していた。彼はユダヤ人が旅にでる前にとなえる

—3—

ならわしとなっている祈りの言葉を、数語つけくわえていたのであった。「おお、われらをあらゆる敵、途上での罠《わな》や危害、またこの世を襲い騒がすあらゆる不幸から、なにとぞお救い下さい。われらの手による業《わざ》にご加護を垂れ給え」

それは重要なことだった。彼の双の手による業は。この奇襲で彼の努力はまったく文字通り、空中戦の全様相を変えてしまうかもしれない。それというのは彼の信じているところでは、彼の発見したことがドイツ軍レーダーを妨害するという決定に影響を与えて、この処置を取ることで無限の利益が生まれてくるかもしれないからであった。妨害するか妨害しないか、ジャックをはじめ専門家たちは、それが枢要な決定であり、いずれは解決されねばならないことなのを、よく心得ていたのである。

彼らはすいている道路をロンドンへ向かって走っていった。道路標識はすべて二年前に取りはらわれてしまっていた。ちょうどドイツ侵攻の脅威が烈しかったころで、広告のなかの町名さえペンキで塗りつぶされ、それでなければタールでぶざまに消してある。運転手は彼をキング・チャールズ通りの情報部へ連れていった。

「まず第一に」と中佐は彼に話した。「いま所持している書類・手紙の類はすべて提出して欲しい。きみには陸軍の兵士の服をだすことになる。きみの認識票も見せてくれんか」

ジャックはカラーのボタンをはずし、首のまわりにさがっている二つの栗色のファイバー製の認識票の紐《ひも》をひっぱりあげた。それぞれに彼の氏名、軍所属番号、ＲＡＦの文字、宗教を示すＪの字が刻印してある。票を二個つける理由は死亡後の検証のためである。理論的にいえば一つの票は記録を目的にはずされ、いま一つは屍体《したい》に残される。

中佐はじっとジャックをきびしい目で見つめ、ジャックは彼の双眼に現われている思いを読みとった。ユダヤ人とただちにわかる認識票をつけて、被占領地帯のフランスへ上陸するなんてジャックはどうかしているに違いない——彼には、宗教をイギリス国教なり、ローマ・カトリックなり、またはほかの宗派にして、それを現わす文字の認識票を出してもらうことなど容易にできるはずなのに。

だが、ジャックがなぜユダヤ人と明記されたままで出撃するのを選んだかという理由は、まったく個人的で私的なものだった。この任務にユダヤ人が向くとか向かないとかいう陰口を耳にしたことを、いまさら説明する気はなかった。ユダヤ人だと差別されるのが、いったいどうしたというのだ？　もしドイツ軍がこれに気づけば、当然、すでに死んだも同然なのであり、あらゆる尋問も、あらゆる拷問も問題とはならないのではないのか？　中佐はあきらかにこの基本的事実を忘れていたのであった。ジャックは忘れていなかった。彼は生きるにせよ死ぬにせよ、その生を受けたときに持つことになった宗教のしるしをつけたままでいたかった。その思いが奇妙な満足感を彼にもたらした。

ジャックはポケットを空にした。映画の入場券、デルからの手紙、俸給簿、櫛《くし》、ノートブック、ちびた鉛筆が二本。彼はそれらを机の上にならべた。中佐は抽斗をあけて、なかから大きな封筒を取りだして、入場券、手紙、俸給簿それからノートブックを、そのなかにおさめて封をし、閉じ目に署名を書いて、表側にこう記した。「所持品——九一六五九二、空軍軍曹ニッセンサール、J・

—3—

M」中佐は櫛と鉛筆をジャックの方へ押しやった。

「ほかのものを返していただく手続きは、いかがしたらよろしいのでしょうか？」とジャックは相手に訊ねた。

「きみが戻ったとき、ここに出頭する。それまで必ず保管しておく」

「もし戻りません場合は？」

「きみの近親——母上のもとへ送ることになる。きみについては詳細にわたって、すでにファイルに記録してある。軍服、帽子、靴その他、きみのサイズはすっかりわかっている。ところで、きみにたいへんに役立つものが用意してある。脱出用の装具だ。公式には特別配給《レーション》パック、使うものにとっては、逃亡用具さ」

中佐は別の抽斗をあけて、小さな箱を取りだした。二五本入りのド・レシュケ・マイナーのシガレット罐《かん》と大きさ形ともよく似ている。蓋《ふた》は防水用のテープでしっかりと目張りがしてある。これらの用具は航空搭乗員に与えられるもので、彼らがドイツやフランスの被占領地帯上空で撃墜された場合、生き抜くのを助けて、友好的なもしくは中立的な地帯にまでたどりつけるようにと、与えられるものなのを、ジャックは知っていた。中佐はテープをはいで、蓋をあけて、内容を指し示した。一本のクリームのチューブ、ホーリック錠（ヴィタミン剤）が一二錠、針と糸、小さい棒状のチョコレート、透明の包みに入れた二錠の薬、その上には「要注意。二四時間以内に一錠のみ服用」と記してある。

「ああ、それからここに特別の薬がある。きみには是非とも必要なものだ」

中佐は特殊な包み紙のなかから小さなみどり色のカプセルを取りだし、ひらいている箱のなかに落とした。

「これは絶対必要というとき以外、服用するな」と中佐はさりげなくいって、「あまりおいしいものじゃない。数秒で死ぬことになる。さて、隣りの部屋へいってもらおうか」と彼はドアの方へ頭を向けた。「陸軍の服に着替えて、この用具を戦闘服のポケットにしまってもらおう」

ジャックは隣室へいった。兵卒の戦闘服、靴、幅広のベルト、ゲートルなどが、ドアの陰のフックにかけてある。彼は着替えをすませ、右腿《もも》のプリーツのあるポケットに箱を入れてボタンをかけた。それからもとの部屋に戻った。中佐のところへは陸軍の大佐が姿を見せていた。ふたりはジャックを、頭からつまさきまで、丹念に眺めわたした。

「よろしい」と空軍の将校がやっといった。「きみは兵隊ではないかもしれんが、遠目にはそう見えるぞ。いいかね、兵隊らしく、行動する」

彼は大佐の方に顔を向けた。

「ご意見はいかがです？」

「フーム、合格、ブライルクリーム・ボーイ（軍の俗語で空軍を指す）に見えんな。とにかく、それが大切なところだ」

ジャックは微笑した。

「次に、きみをワイト島に引き渡さねばならない。途中、事故がある場合を考えて、護衛をつけることにする」

—3—

「どんな事故ですか？」とジャックは邪気なく訊ねた。

「たとえば、きみが折り悪しく俸給簿を所持していないときに、それを見せろといって承知しないせんさく好きの憲兵《MP》のようなものさ。その男にはスペインの諺《ことわざ》『みんながみんな戦争へいく兵隊ではない《ノ・ソン・ソルダドス・トドス・ロス・ケ・バン・ア・ラ・ゲルラ》』というのが正しいこともわからないかもしれない」と大佐はいった。

「あるいは、きみの番号をきくだろう」と中佐はいって、「きみの番号がＲＡＦのものであって、陸軍のを持っていないとなると、当然、怪しむだろうな。きみは陸軍の服を着ているのだから」

「と申しますと、この仕事にだけでも、陸軍の番号をいただくわけにはいかないのですか？」

「できないね、間に合わんのだ。コックス軍曹も陸軍の番号をつけていなかったのだよ」

「でも中佐どのは数週前から、このことをご存じだったはずです」ジャックは抗議した。「もしドイツ軍《ジェリィ》がわたくしはＲＡＦのもので、陸軍のものでないのを知ればどうなります？　やつらは軍所属番号に相違のあるのを知っているに違いありません、きっと」

「まあ、きみがやつらに話すわけにはいかんだろうな？」

三人は突然、とまどったように、互いに顔を見合わせた。死というものはどうも間接的に扱った方がよさそうである。うわべだけは明るい遠まわしの言葉で隠し立てをする。とうとう投げだすことになるとか、お迎えが来るとか、数がつきるとか、名前が帳面にのっているとか、空軍風にいえばバートン・ビールをいっぱいやりにいっているとか——。死を直接に口にするのははばかられている。まして確実に死ぬのも同様のものにはっきりということは、決してないことである。中佐はつづけざまにせきばらいをした。まるで不愉快な思いを心のなかから、追いはらおうとしているかのように。

「いいかね」と彼は勢よく言葉をついで、「きみはワイト島の南サスカチェワン連隊の指揮官のもとに出頭する。このたびの遠征で、きみはカナダ部隊付になるのだ。いま話していることは、もちろん、きみの胸だけにおさめておく。カナダ第二師団の将校たちはすでに目標を知っているが、兵士は実際に乗船後、出港準備が完了してから、告げられることになっている。ディエップだ。きみの目標はディエップの西約二マイルのコード＝コートにあるレーダー・ステーションで、プールヴィルの村のちょうどはずれになる断崖上《だんがいじょう》にある。そのステーションをきみに調べてもらいたいのだ」

彼は机から鍵《かぎ》を取りだし、金庫をあけ、内部の合わせ錠をはずして、一巻の地図と、二枚の拡大航空写真とを取り出した。それから地図を机上に拡《ひろ》げ、その一方には電話機を、他の方にはインク・スタンドを、おもしにおいた。

「きみはここに上陸することになろう。シ河の西だ。河というよりは流れといった程度のものである。敵軍《ジェリイ》は遠く向こう側の宿舎にいる。だからそのそばを通らずにすむ。おそらく二〇〇ヤードは河から離れているか、もう少し短いかもしれない。丘を登ってステーションにつくまで、カナダ部隊が充分に掩護《えんご》するだろう。ここにステーションの裏を通ってディエップへつづく道がある。もしきみが奇襲に成功すれば——するのは確実と見ている、なにしろ未明に上陸するのだからな——きみはきっとこの道を使える。そこで——きみの仕事になる」

ジャックは写真の一枚を取りあげた。中佐は拡大鏡を彼に渡した。レーダー・ステーションは断

—3—

崖の頂上にある。その敷地をめぐっている鉄条網の層がわかる——まるでそこを守る大蛇がとぐろを巻いているようである。

「その鉄条網があるので、空からの識別は容易にできるが、きみにとってはことをおこなうのに少しの助けにもならない」

ジャックはうなずいた。拡大鏡をつやのある印画紙の上で、ゆっくりと動かしていった。ステーションの周囲の区域は、家屋の群がっている主たる地域の近くにくだったところの草地よりも、ずっと明るく見える。灌木《かんぼく》や藪《やぶ》をすべて周囲約四〇ヤードにわたって、きれいに刈り取ってしまってあるのだ。

ブルヌヴァル奇襲以後、攻撃側にいささかたりとも遮蔽物《しやへいぶつ》になり得る藪その他一切を、慎重に根こそぎ取り除いてしまったのであった。ジャックは黙って写真を返した。彼はいま空から見た目標の様子を知ったが、彼の課題は地上でそれを見たときに始まるのである。

「質問は？」と中佐はきいた。

「ハイ、一つあります」

ジャックはまだRAFの小さい雑のうを二個所持している。袋は青色である。もしも彼が陸軍の兵隊ならば、カーキ色であるべきはずだった。

「この雑のうをどういたしましょう？」と彼は訊ねた。

「ワイト島で変えた方がよい。補給部のものが取りはからってくれるだろう。気の毒だが、ここではどうしようもない。ところできみの護衛にあたる将校が待っている。途中、きみが誰かに話しかけたり、また誰かがきみに話しかけたりしないように、注意するためなのだよ。カウズ・ウィーク（カウズはワイト島の保養地、カウズ・ウィークとは八月の第一週で、はなやかなヨット行事がある）には少し早いが――幸運を祈るよ。きみが戻って来て、また会えるのを楽しみに待っている」

中佐は机上のベルのボタンを押した。陸軍の中尉が部屋にはいって来た。戦闘服をベルトで締め、三八口径のスミス・アンド・ウェッソン型拳銃を、ベルトのホルスターに入れている。彼は連隊記章、師団や連隊の名称を示すものを肩につけていないし、所属兵種をあきらかにする色別けの部隊標識もない。彼はジャックと同様に名無しの権兵衛で、どこの誰ともわからない。道づれにはうってつけだ。正体の知れない将校と、正体の知れない兵士とである。

「乗車証は用意してある。必要なものはほかにないな？」と彼はいった。

「なにもありません」とジャックは答えた。

ふたりは階段を降りて表にでた。外には暗褐色のオースティン一〇馬力の車が、運転手付で待っていた。彼らは黙ったままホワイトホール沿いに車を走らせ、橋を渡ってウォータール一駅へ向かった。なじみ深いさまざまのポスターが、非現実的な情況に現実味を点じている。〈一〇分間お待ちを――わたしのはマイナー〉、〈評判は同じ――オースティン・リードにおまかせを〉、〈今日はマクリーンで歯を磨きましたか？〉

将校が先に立って七番ホームへいくと、列車がもう待っていた。なにもかもぴったりと時間がはかってある。ぶらついたり、切符のために列をつくったりすることはない。二、三分で彼らは車中のひととなって、西ロンドンのみすぼらしく、すすけて、爆撃を受けた町を、ガッタン、ゴットンと走っていった。

この一世紀を通じて、この首都は雑草や花が育ったためしを見なかったのだが、いま七月初めの陽に照らされて、すくすくと育ち花ひらいている。やがて家々が少なくなり、農地に変わり、彼らは田園地帯へとはいっていった。畑地にはまだ古ぼけた自動車や手押し車や壊れた農器具などが、乱雑に取り散らかされたままになっていた。一九四〇年、敵の侵攻に備えての名残りで、土地の人びとがそれらを引きずりこんで、敵航空機の着陸を妨害し、落下傘部隊を阻止しようとしたのである。

—3—

中尉はブリーフケースから新聞を二枚取りだして、一枚をジャックに渡した。紙不足の折りから一枚を四面にたたんだだけのものである。北アフリカやロシアでの敗戦のニュースにさっと目を通し、ほかの項に目をやった。インドではガンジーが〝無抵抗の反逆〟と称するもので、イギリスを脅かしている。イングランドではイギリスのミドル級チャンピオンのジャック・マカヴォイが、ライト・ヘヴィ級チャンピオンのフレディー・ミルズと試合《マッチ》をすることになっている。レストランでの食事は最高五シリングと数週間前にきめられていたが、一般の人びとは一回の食事にそんな大金をめったに使えるものではないので、影響はないも同然である。ある新聞記者の発見したところでは、お客が一壜《びん》のロゼのブドウ酒に一ポンドを払っているかぎりは、この値段でジャーミン通りのレストランが、オードヴルもしくはカニサラダ、そしてサケ、マス、エビ、ロースト・ラムのなかの一品、それにデザートという食事を提供するそうである。広告に目を走らせると、ほっとするくらいなじみ深いものがあった。ブルンヴィルのココアが二分の一ポンドで五ペンス（戦争前より安いくらい）……ピカデリー・シガレットが九ペンスで一〇個（ポケット用で味覚満点）……コロネットの箱型カメラが一〇シリング六ペンス。別の広告はたちまちジャックを戦前に引きもどす〈ハーキュリーズ自転車をご愛用下さい……〉というのであった。

三〇年代に、ジャックはサイクリングのうまいふたりの友達と、たびたびワイト島へ渡ったことがあった。最後にいったときのことをとくにおぼえている。ヴェントナーの浜辺に寝そべっていて、ウォルラス型の飛行艇が彼らの頭上を烈しい音とともに飛び去り、そのあとを追って小さな飛行機がそれに向かって模擬攻撃をおこなうのを、見守っていた。友達ふたりはこういう空中戦をばかにしていた。

「いったい誰がイギリスを攻撃すると思う？」とひとりはジャックに訊ねた。それから一年たらず後に、彼ら三人はその答えを教えられたのである。いまジャックと友人たちとはもはや休暇をいっしょに楽しむわけにはいかない。ひとりはダンケルクで戦死し、いまひとりは遠くインドのラワルピンディでこの世を去っていた。楽しい三人組のなかで生き残っているのはジャックだけである。いまはもう彼らの旅も、歳月としてだけでなくまた体験としても、遠い昔のことのように思われた！　彼と友人たちとは、あのころ、なんと無邪気だったことか、ひとけのない浜に身を投げだしたり、きらめく海を泳いだり、バスのあとを追いかけたり、また風通しの悪い地下鉄に乗ったりして、ありがたいことに二週間というもの、一年のうちのあと五〇週を忘れ去ることができたのである！

ジャックの想い出は、ふたりの友といっしょにいった別のサイクリングや、ひとりだけの旅のこ

—3—

とにもおよんだ。きまったことのように、彼は金曜日の夕方、仕事が終わると南沿岸まで、自転車を走らせていく。海に近い野原にキャンプを張って、戸外でソーセージや、ベーコン・エッグズを料理したり、コーヒーを沸したり、キャンヴァスのバケツで洗いものをしたりして、土、日の二日をすごし、それから日曜日の夜に自転車を飛ばして家路につき、月曜日の朝の八時半には勤務につくようにしたものである。

あのころの経済界の大不況が、いつまでも去りやらぬあらしの黒雲のように、彼らの青春に暗い影を落としたものの、三〇年代の終わり近くになるとかなり明るくなった。ミュージック・ホールへもたびたびでかけていった。ジェシー・マシュウズ（ゴーモン・ブリティッシュの女優、一九三五、六年ごろに活躍）、ルピノ・レーン（ベン・タービンなどと同時代の喜劇役者）、ビリー・ベネット（女優、一九三〇年代にユナイテッド・アーティストの映画などにでている）たちに拍手を送った。評判のラジオ番組があったので、それを聴くために急いで家へ帰っていった。月曜の夜八時は、バンドワゴン、ビリイ・コットン楽団のショーである。そのころの生活は楽しかった。現在、新しい出発の門出《かどで》に立ち、そのころを振り返ってみると、危機感と、潮の激しく引いていくような時代の感覚とが、過去の平和と楽しさとをひときわ引き立たせていた。

もちろんあのころにも悩みはあった。が、それらは些細《ささい》なはるか遠いもののように思えたのだった。スペインのゲルニカで、ヒトラーは空襲の効果のほどを証明して見せたのであった。ムッソリーニは毒ガスと戦闘機でエチオピア人を圧迫したのだった。しかしこうしたことどもも知らぬ異国での出来事であった。さまざまな思想上の事件が、諸外国で起こったが、この島国の人びとにはなんの影響も与えなかったのである。

ところが、いまは違う。その影響がおよんできていたのだ。ジャック自身、外国へいまいこうとしている。彼の友人や自身もかつて想像だにしなかった状態の下に、旅をしようとしている。友人たちは、きっと彼のことを気ちがい扱いにすることだろう。おそらくそうなのだろう。彼らの率直な意見を聞きたいものだと、ジャックは思わず微笑をもらした。

列車がサウサンプトンの駅にはいった。ジャックと中尉はドックを横切って、フェリイの方へ向かった。タラップにいる憲兵軍曹が中尉に敬礼し、ジャックをちらっと見たが、自身で帳簿に記入した。ふたりは船のなかにはいった。船がソレント海峡を渡って南を目指して進むにつれて、短い航海だが、船旅をしているという興奮を、ジャックは味わった。まるで他国を訪ねるような感じである。顔にあたる新鮮な汐風《しおかぜ》が心地よい。カウズの波止場にはジープが待っていた。車はこの島特有のしかも旅情をそそる狭軌の鉄路を越えて、やがてノリス・キャッスルの敷地内にはいった。当番兵がひとり正面玄関の階段を降りて来て、彼らの車が停まると敬礼した。

「メリット大佐にお会いしたい。野戦保安部のものだ」と、中尉は簡単にいった。

「こちらへ、中尉どの」

ふたりは、当番兵についてホールにはいった。彼らの靴の鋲《びょう》が床に音をたてて反響した。当番兵はとあるドアをノックし、なかにはいっていった。やがて姿を現わして、彼らのためにドアをひらいた。メリットは机に向かって腰をおろしていたが、彼らがはいると立ちあがった。中尉は敬礼し、ジャックは階級が低いので、気をつけの姿勢をとった。

「ＲＤＦの専門家を連れてまいりました」と中尉は説明した。

—3—

「よろしい、こちらで面倒をみる。氏名は？」と、彼は手を差しだしながら、ジャックに訊ねた。

「彼は氏名を明かしてはならぬという命令を受けております」中尉が急いで言葉を添えた。

「ジャックとお呼び下されば結構です。大佐どの」

「よろしい、ジャック」とメリットはいって、「よく来てくれたね」

大佐はもうよろしいというふうに、中尉にうなずいて見せた。中尉はさっと敬礼した。ドアが彼の背後で静かにしまった。ジャックと大佐だけになった。

「きみはここが気に入ると思うよ」とメリットは親しみをこめて、「特務曹長がきみの面倒をみるものを誰かつけるはずだ。ものによっては訓練にも参加してもらいたいと考えている——隊の様子を知る上からもな？」

「ありがとうございます」

メリットは電話でしばらく話していた。ブラックウェル軍曹が姿を見せた。

「ＲＤＦの専門家が到着した。ジャックと呼べばよろしい」と大佐は説明した。

「わかりました。ついて来なさい、ジャック」とブラックウェルはいった。

ふたりは庭園にでた。

「わたしは第一次大戦で通信隊にいた」とブラックウェル。「だから少しは無線のことも知っている。手伝いがいるようなら——。ところで、宿舎を教えておかなくちゃいかんな。荷物を持とう」

彼はジャックの小さな雑のう二つを持って、広い曲線を描いている階段を昇り、踊り場の一室のドアをひらいた。ジャックの眼に映った——白いシーツを用意したベッド、ニッケル張りの水道栓のついた古風な洗面台、その上の大きな鏡などが。

「食事はどこでするね？」とブラックウェルは訊ねた。

「どこでもかまわんです。目立つところでなければ」

「わかった。よければ、ここへ運ぶように手配してあげるぜ」

「第一回はそうしてもらって、あとはまた考えましょう」

「よろしい。ところで、〝A〟中隊長のマレイ・オーステン大尉に会っといた方がいいな。この中隊がステーションへいくまで、あんたを助ける仕事を引き受けているんだ」

「軍曹、あなたをなんと呼んだらいいのです」

「綽名《あだな》の一つはニュウトというんだが」とブラックウェルはいって、「もう一つはブラッキーというのさ」

「ニュウトというのはやめにしておこう。どうも酔っぱらいに縁があるようだからね。ブラッキーと呼びますよ」

ジャックは〝A〟中隊の事務室でオーステンと会った。

「そう、あんたがわれわれが面倒をみなきゃならんひとか、しかもとことんまでも？」

「そうです」

「きみが仕事を遂行するのに、手助けする兵隊を必要としているのは聞いているが、何名ぐらいを考えているのかね？」

「おそらく六名か七名になります。もしレーダー・ステーションに侵入できれば、装置のいくらかを運びだすことになるかもしれません。重たいし、壊れやすいものです。真空管は、中国の花瓶ほどの大きさがあり、それにきゃしゃにできていますから」

「よろしい。中隊を整列させよう。そこできみ自身で選んだらよろしい。すでにリーダー二名を選抜してある。ふたりとも射撃の名手だよ」

ふたりの男は、一瞬、互いに相手をじっと見つめながら立っていた。最後の数語の意味がどっしりと彼らの心のうちに沈んでいったからである。それからオーステンがとってつけたようにいった。

「食堂にいかないか、ジャック。いっぱいおごるよ」

翌朝、事務室の外の掲示板に、中隊命令がピンでとめてあるのを、ジャックは眺めた。内容は昇級、転属、日常訓練事項などである。〝A〟中隊の項には、次のような一行が含まれている。〈レーダー専門家参加の予定〉

ブラッキーはほぼ同じ年頃の男を連れて来て紹介した。その男の袖《そで》には王冠と月桂樹《げつけいじゅ》の袖章がついている。〝C〟中隊の特務曹長エド・ダンカーリイといった。彼らは握手した。エドは屈強なすらりとした体躯《たいく》をしていて、明るく、敏捷《びんしょう》で、鋭いようすを身につけている。ジャックが考えているいわゆる昔ながらの特務曹長タイプとは、まったく違っていた。

「きみのことは命令で読んだよ」とダンカーリイは話した。彼のカナダ訛《なま》りはブラッキーのとは違っていて、それにはランカシャ訛りの名残りがあった。ジャックがそれをいうと、ダンカーリイは生まれがイングランドのオールダム近くのリーズなのをうちあけた。戦前、彼はウェイバーンの東、約七五マイルのカーライルで農業をやっていたのであった。ダンカーリイは二児の父親で、そのうち息子は彼がイギリスへ向かう数週前に誕生したばかりだった。

「わたしは自分のことをあまり多くは話せんのです。いえるのはロンドン子で、独りもので、子供のいないことです——わたしの知るかぎりでは」とジャックはいった。

「りこうな子供は自分の父親のことを知っているというのは、たしかだね」と、ブラッキーはもったいぶっていった。

ダンカーリイが口をひらいた。「ふたりのリーダーを選んである。〝マグシイ〟・スラッセル、彼はこの仕事のために一時兵卒に降等されている。それからグレアム・メイヴァー伍長《ごちょう》。もうひとりチャーリー・ソードンがいる。彼も射撃はうまい。おそらく彼も参加することになるだろう。きみを紹介するのにどうしたらよいのかね？」

「ジャック、レーダー専門家で結構です。それからもう一つお願いがあります。いまあなたはわたしと同行する三名のものの名前を告げられた。それ以上名前はいわないで下さい。本当の名前を知りたくないのです。わたしの名前を知られたくないのと同様です。名前を知られなければ、罰もない。そうすればみんなはわたしのことをいろいろと知らずにすむし、わたしも彼らについて知らずにすむ。そうなれば、誰ひとりなにも忘れる必要がなくなるのです」

ジャックは閲兵の機会の来るのを待って、中隊を構成する三個小隊を見て回った。これはと思う適当な兵隊のそばを通りすぎるとき、かすかにうなずいて見せると、「列を離れて、閲兵場のすみに集まれ」と命令がだされた。

—3—

やがて一〇名——スラッセル、メイヴァー、ソードンほか七名——が小グループをつくって立っていた。ジャックは彼らに近づいていった。彼らはジャックを不思議そうに困惑をまじえて見守っていた。兵卒の服を着、なんの記章も標識もつけていないのに、このような待遇を与えられているのはなにものなのか？　いったい助けるとはなにをするのか？　ジャックは許されるだけのことをくわしく話した。

「おそらくわれわれはレーダー・ステーションの内部に侵入することになるでしょう」と彼は話を進めて、「もしそうなれば、みなさんの助けをかりて、わたしの解体した部分のなかで運び去りたいものがあるのです。みなさんはわたしの正体を知らないし、わたしもうちあけるつもりはないです。わたしがみなさんのなかで名前を知っているのは三名だけで、メイヴァー、スラッセル、ソードンです。わたしはそれも忘れるつもりです。そしてほかのひとの名前も知りたくないのです。個人的なことは何も知らないのが一番よいのです。もし手違いがあっても、その方が万事安全なのです。それというのは敵《ジエリイ》がそのレーダー・ステーションの攻撃をするばかりでなくそれ以上のことをわれわれが意図していると知れば、死にもの狂いになって誰がくわわっていて、なぜ、またなにを追求しているか知ろうとするでしょう。ですから、万一、みなさんのなかで誰かが不幸にも囚《とら》われの身となっても、わたしやレーダー・ステーションのことはすっぱりと忘れて下さい」

「だけど、あんたが捕まったらどうするね？」と兵士のひとりがジャックに訊ねた。

「わたしは絶対にならんのです」

「どうして？」

「それはあとで説明しよう」と、メイヴァーがすばやく口を挿《はさ》んで、「いまはこの男のいうことをよくきくんだ。彼のいう通りにする。道理にかなっとるのだからな。彼はいろんなことをよく知っているから、ヘイニー（第一次大戦でよく使用されたドイツ軍の呼称）には渡せんのだ」

「正直な話かい？　ブラッキー」と、背の高い兵士が、ガムをかみながらきいた。

「本当だとも」とブラッキーは答えた。「このひとはイギリスの科学者なんだ。おれにいえるのはそれだけだ」

「で、あんたをなんと呼んだらいいんだね、坊や」

そう訊ねたカナダ兵は肌がとても黒く頬骨が飛びだしている。しゃべりながらガムを口のなかで左右へもぐもぐと動かしている。インディアン系だなとジャックは推測した。映画のスクリーン以外、インディアンの血のまじった人間を見るのは、これが初めてである。彼は自身の偏狭さを不意に感じた。この兵士たちははるばるカナダからやって来たのであった。それまで彼はフランスへ日帰りの旅さえしたことがなかったのだった。それも、今度の旅で少なくとも変わることになるだろう。

「ジャック、そう呼んでくれていい」

「あんたの本当の名前を知りたいとは思わないよ」と、肌の黒い兵士はいって、「あんたもおれの名前なんぞ知ろうとしないだろうがね。だがジャックてのはとてもよくある名前だから、どうしたって忘れないだろうよ。あんたはおれには幽霊《スプーク》みたいな気がするぜ」

彼はシガレットの袋を取りだしたが、まわりの誰にもすすめなかった。一本に火をつけ、ぐっと

—3—

強く吸い込んだ。その指先はニコチンで栗色に染まっている。その声音は粗野で荒っぽく聞こえた。「あんたのことはスモーキーと呼ぶことにする」とジャックはいって、「見たところ一日四〇本は欠かさないようだから」

「六〇本だよ」と隣りに並んでいる男が訂正した。「おれと同じだ」

ジャックはその男の方に顔を向けた。ジャックが捕虜になったらときいた兵士である。スモーキー同様、背が高く、肩幅も広いが、はるかにひとのよさそうな顔をしている。農夫の顔だなとジャックは思った。

「あんたはロフティだ」ジャックは彼をおぼえておくのに都合のよい綽名を捜して、背の高い《ロフティ》ところからそういった。

「いんや」とその男は答えた。「そりゃ白雪姫と七人の小人《こびと》のなかに出てきそうな名前だぜ」

「小人《こびと》だったら、こんな背の高い小人《こびと》は初めてだよ——ロフティ」

三番目の男が手を差しだした。

「おれケベックの生まれだ」彼にはかすかにフランス訛りがある。

「サスカチェワンの家からはずいぶん遠いわけだ」

「たぶんとても遠いよ」とフランス系カナダ兵は認めて、「だがみんな悪い仲間じゃないよ——百姓にはね」

「きみはフレンチーと呼ぶよ、いいかね」

「でも同じ綽名のものが連隊にはほかにもいるぜ——フレンチー・チェンバレンていうんだ」

「間違いはしないよ。ジャックという名前のひとだってざらにいるに違いない」

「なるほど、だがライミー（イギリス海兵隊員をいう）のジャックはあんただけだからな。それにたったひとりの幽霊《スプーク》さんだ」

四番目の男は赤髪で、話すときに首をかしげる癖がある。

「いいかね、ジャック」と彼はフレンチーの方へうなずいて、「やつは間違って入隊してしまったのさ。やつの友達の二一の誕生祝いにレジャイナに来たのさ。その男が志願していて、いっしょにいたフレンチーが小便しにいって、帰ってみると、やつも同じく入隊ということにあいなっていたのだ」

「きみはフランスできっと役に立つに違いない。言葉はいけるんだろ?」

「問題なしさ」といって、フレンチーはつけくわえた。「パ・ド・プロブレーム」（フランス語で「問題なし」）

ジャックは赤髪の男と向かい合った。

「きみはレッドと呼ぶよ。髪の毛からね」

「でもレッドという軍曹がいるぜ。輸送中隊のラルフ・ニール軍曹だ」

「あんたと混同しないようにするよ」

次の男はまるで斧《おの》で刻んだように、彫りの荒い顔をしていた。その両手はジャックがいままで目にしたなかで、もっともがっちりとしていた。

「戦前はなにをしていたんだね?」ジャックは興味をそそられていた。

—3—

「伐採だよ。歩合でね。丸太の切りだしだよ。楽しかったな。働く仲間《バディーズ》も大勢いてね」

「目に見えるようだ」とジャックはいって、「きみの名は知らないが、バディ——バッドと呼ぶことにするよ」

次の男はジャックよりも少し背が高い。陽の光がその目立つ金髪にあたって、金属的なきらめきを見せた。ジャックは彼をシルヴァーと呼んだ。それからチャーリー・ソードン、サスカチェワン州コンサルの罠猟師で、二〇代、やせぎすで口数が少なく、重々しくジャックの手を握った。彼の落ちついた態度には何か強い印象を残すものがあった。ソードンは苦しい状態にあるとき、そばにいてくれると心強いたちの男である。だが、そういえばみながみな、結局、そういう連中だ。だからこそ彼は彼らを選んだのだ。

最後の男はほかのものより若かった。彼の話では、学生で教師になる学業なかばで入隊したのである。快活な微笑をうかべた顔は彼を実際の年よりも若く見せた。そのにやっとしたときの顔は、サニイ・ジムという、オートミールの広告に使われている人物を、ジャックに想い起こさせた。その顔はどの袋の上にも描かれている。

「きみはジムと呼ぶことにするよ」

「あの先生はどの場合にも、なかなかうがった名前をつけるじゃないか」と、シルヴァーがしぶしぶながらも、ほめあげた。

「そいつは教育のおかげさ」と、ジムはやり返して、「あんたは自分じゃ学がないかもしれないけど、どこにそれがあるかは、確かに知ってるよ」

「ジムはそいつをどこかへ探しにいく必要はないのさ。もう手に入れちまってるんだからな。やつはライミーと結婚するのさ」とロフティが皮肉った。

こうしたやりとりがあってから、ブラックウェルはジャックを連れて補給部へでかけ、拳銃を請求した。

「ライフル銃もある方がいいな」とブラックウェルはつけくわえた。

補給部の軍曹フレデリック・ウェッブは、三八口径のスミス・アンド・ウェッソン型の拳銃と、リー・エンフィールド・ライフル銃とを、ジャックに支給したが、どうも気の進まないような素振りをはっきりと見せていた。

「カーキ色の雑のうも欲しいんだが」とジャックは頼んだ。

「あいにくと、一つもないんだ」ウェッブはにこにこと答えた。「欲しければ、新しいやつが入荷するとき、一つ注文しておくんだね」

「いつごろになるんだね？」

「まあ、一週間か、一〇日か先になる」

「その前に、一つぐらいどうにかならないのかね？」

「気の毒だが、坊や、だめだよ」

「今朝は強行軍がある」と、ブラックウェルは城館への帰り途に、なにげなく話しかけた。「レンジャーといっしょにやるのだ」

「レンジャー？」ジャックはとまどった。これは少女団《ガール・ガイド》の一団のような感じがする。

—3—

「アメリカ人だよ。ハイランズにあるアクナキャリイ城館のコマンド訓練センターでいっしょだったのさ。それにあんたは知ってるかな？　スコットランド以外の兵隊がその城と地内を使ったのは、われわれが二〇〇年来、初めてのことだとさ」

「それで土地のひとたちはどう思っていたんだろう？」ジャックは訊ねた。

「ああ、別に気にしてはいなかったな。結局のところ、おれたちはイングランド人のようには見えないからね」

その日午後も遅くなってから、ジャックは足の向くままに地内を通って、海の方へぶらぶら歩いていった。彼の思い出は戦前、この島に最後に来たときへ、ともすれば戻っていった。あれから後、いまほどあのときの友達が身近に感じられたことはなかった。芝生を横切り、樹々の間を抜けて、小道をたどっていく。かすかに物音がした。誰かがいるような感じがして、彼は足をとめた。彼の前方、わずかのところで、一インチもない若木の幹に、ナイフの刃が揺れている。なんてことだ？と、彼は思った。

すると背後の小枝がかさこそと鳴って、背の高い黒い肌のカナダ兵、スモーキーと呼んだ男が彼を追い越していった。彼は木からナイフを抜き、刃を手の甲で拭《ふ》いた。

「まさかわたしを狙《ねら》ったわけじゃないのだろう？」

スモーキーは首を横に振った。

「いんや、狙っていたのなら、スプーク、はずしちゃいないよ」

「すごい腕前じゃないか。え？」

「ウ、フ、まあね」

「もう一度見せてもらえるかな？」

「なぜ？」

「理由はないよ。だが、あすこの棒にはあたらないと思うな、一パイント賭《か》けてもいい」

ジャックは約三〇フィート離れている木から落ちた小さな枝を指した。

「おれは強いのしか飲まないんだ」

「OK、じゃ、この土地のウィスキーがあれば、それでもいい」

「ラム、おれの好みはね」

「よろしい、ラムでいこう」

スモーキーは刃のはしを右の親指と人差し指とでささえ、把手《ハンドル》を手首の上にのせた。それからその手が閃《ひらめ》くようにすばやく動いた。と、見る間もなく、把手《ハンドル》が刃先を枝に刺して草の上で揺らいでいた。

「さ、これでラムの大壜の貸しができたぞ」

「みごとだ、いつこの投げ業をおぼえたのだね？」

「おれのいた土地じゃあまりやってないんで、年とった業《わざ》の巧《うま》いインディアンから教えてもらったのさ。棒切れで、火を起こしたり、足跡をつけていったり、ナイフ投げなどをね」

「いざというときに役に立つな」

—3—

「誰にだい？　酒を忘れないようにな、スプーク」とスモーキーはいった。

彼は城館の方へ戻っていきながら、ナイフの刃をズボンの右膝《みぎひざ》で拭いている。ジャックは歩きつづけた。もう六名ばかりのカナダ兵が岸壁のところに集まっているのが目にはいった。彼がロフティ、レッドと呼んだふたりが、そのなかにまじっている。ロフティが彼を手でまねいた。

「いまちょっと射撃練習をしているところさ。ステンやトミイ・ガンの扱いは心得ているかい？」

とロフティは訊ねた。

ジャックはうなずいた。

「ライフル銃と銃剣の使い方もね」と彼はいった。

前に彼はアバディーンの北、ローズハーティのレーダー・ステーションに勤務していたことがあった。そして非番のときには、その昔にゴードン・ハイランダーズ連隊にいて、いまはステーションで守衛をやっている老人といっしょに、余暇をつぶしたものだった。アーチー・フォーブズ＝スミスはライフル銃や銃剣の使用法について、ジャックに教えたのであった。彼はフットワークを、フォロースルー（野球・ゴルフなどによくいわれるが、打球後の腕ののびで、銃剣術などにも使用）を、床尾を棍棒《こんぼう》のかわりにする方法、銃剣の先をよけるやり方などを学んだものだった。ほかの技術家たちのあいだではジャックがなぜ熱心になっているのか、誰ひとり理解するものはいなかった。ことは単純で、彼はなにか新しい技術を学びとるのを真剣に楽しんでいたのである。

「空の壜を的にしているんだ」とロフティは話をつづけた。

半ダースばかりのビール壜が、石の岸壁の上に、一フィートぐらい離れて、立ててある。

「どれを撃ったらいい？」

「左から三番目」とジャックはいった。

「よし」

ロフティはトミイ・ガンをあげ、一発だけ発射するようにレヴァーを操作し、狙いをつけて、発砲した。三番目の壜が砕け散った。

「楽々とできるように見せるね」とジャックはいった。

「まあね」ロフティは認めて、「縁日《えんにち》で働いてたことがあってね。仲間といっしょに。そいつはプロのボクサーで、一ラウンド五ドルで、誰とでも試合をするのさ」

「彼はいつも勝っていたかい？」

「うん。勝たなきゃならんもの。生活がかかってるからな。重くしたグラヴのおかげもあったがね」

「で、あんたの仕事は？」

「リングをつくること。射的場でライフル銃の面倒をみることとさ」

ジャックはブラックヒースやハムステッド・ヒースに、定期的に巡業をしに来る縁日を思いだした。とどろきわたる蒸気オルガン、前肢《まえあし》をあげ後肢《あとあし》をはねてペンキ塗りの木馬が上下におどる回転木馬、噴水の上でおどるピンポン玉や輪になった標的を狙って撃つ空気銃の音。

「あんたはそれで生活を立てていたのかね？」

「それに似たようなものさ。あのやくざな銃身はどれもこれも曲がっているし、照準はかたよっているのさ。さあ、あんたの番だ、スプーク」

ロフティはトミイ・ガンをジャックに渡した。ジャックは銃の感触と重さになれるために、両手で数回ひょいと投げあげては受けとめてみた。それから狙いをつけて、引金をひいた。別の壜が砕けて散った。

「眼がしっかりしているよ」とロフティは驚いていた。

「眼のしっかりしているのがふたりいる」とジャックは笑って、「それで入隊したわけは?」

「縁日の組が解散してね。小さな見世物はみんなわかれわかれになった。それぞれの道を探して散ったのさ。わかるだろ? おれだって喰《く》わなきゃならない。そして射撃が巧い――」

「そこで世にも一番風変りな商売――兵隊になったわけなんだね」

「あんたの仕事ほど風変りじゃないぜ、スプーク。たとえどんなものでも!」

「さて、向こう側にいってから、はずさないようにして欲しいな」

「承知したとも、はずしっこないさ」ロフティは請けあった。

ふたりの目が一瞬ぶつかり合った。それからふたりは顔をそむけ、それぞれ不意に、意図していなかった結論に、当惑しまごついていた。

3

その翌日、夜間上陸訓練の命令がでた。暗号名《コード・ネイム》はクロンダイク一号といい、二隻の客船、〈プリンセス・ビアトリクス〉号と〈インヴィクタ〉号も動員されている。この二隻は平和時には、サザーン鉄道が海峡を渡る黄金の矢《ゴールデンアロー》サーヴィスで、旅客を運ぶのに使用していたものだった。いま両船ともに両舷《りようげん》に大きな吊柱《ダヴイット》で、上陸用舟艇を吊《つる》していた。南サスカチェワン連隊は列をつくって乗船したが、夜のいっぱいやる時間がなくなったといって、みなはのんきにこぼしていた。彼らのまわりの港には、駆逐艦、砲艦、戦車用上陸舟艇などの船団が、碇泊《ていはく》している。

ジャックは〈インヴィクタ〉号の小さい個室に案内され、びっくりして喜んだ。だが彼はボディガードから引き離されていた。事実、ロフティとスモーキーを別にして、彼らとほとんど顔を合わせることがなかったので、もう一度、会えたらよいのにと思った。会えないむつかしさの一部は、彼が彼らの本当の名前を知らないという事実にあった。友人を綽名で呼ぶことはよくあることだが、それと七名の知らぬ男のために新しく考えたにせの名前を記憶しておくこととは、まったく別な話である。たびたび彼はカナダ兵に、バッドとかシルヴァーとか話しかけて、わけがわからないおかしなやつだなと白い目で見られた。

船内アナウンスが彼の想いのなかに割り込んできた。各指揮官たちは部下に話しかけている――これはたんなる演習ではなく、実際の戦闘である。夜間、航海をつづけて、未明にフランスに上陸することになる、と。一瞬、沈黙があたりを支配した。が、やがてカナダ部隊は烈しく歓声をあげた。間近に迫った戦いに喜びいさんで、靴を打ち鳴らす兵隊たちのために、甲板《デッキ》は震動してやまなかった。上陸を指揮するロバーツ将軍が乗船して、将兵に演説を始めると、彼らはやっとしばらくの間、静かになった。

「諸子はいよいよ敵と、相まみえることになる。真夜中少しすぎに、フランスへ向かって出港する。目標はディエップ港である。諸子が今日まで訓練を重ねてきたのは、まさにこの作戦のためにである。それゆえ明日の夜明けに、航行を終わって、目的地に達するまで、船は停止することはない！　せつに諸子の幸運を祈る」

—3—

　マウントバッテン卿もまた両船を訪ねて、順次、各連隊に呼びかけた。将兵たちは烈しい歓呼の声をあげた。それからアイゼンハワー将軍がレンジャー部隊を訪問して、彼の表現によれば歴史的な航海となるであろうものに参加するものたちに、激励の言葉を与えた。ロイ・マレイ大尉の指揮下で、彼らは一九一七年以来、四分の一世紀をけみして、戦時下のヨーロッパに上陸する、最初のアメリカ人部隊となるのである。アイゼンハワーは彼らを「多くの将兵の最初のもの」と、単純明快に述べている。メリット大佐は指揮下の各中隊長にそれぞれの特別任務に関して要旨説明をおこなった。

　要旨説明が終わったとき、ジャックは船室へ戻ろうと甲板《デッキ》を歩いていった。途中、ロフティとシルヴァーを見かけて、彼らに呼びかけたが、そのときにはふたりともひとごみにまぎれてしまった。ついでバッドの姿を見た。スモーキーもいっしょのようだったが、ふたりとの間にほかの兵隊たちが立ちふさがって来た。それで二度目に探したときには、もうどこかにいってしまっていた。メイヴァーは階段を登って来て、軽く会釈すると、食堂の方へ姿を消した。前途に急迫している戦闘を予想して、ジャックは興奮していたが、その気持ちはいくぶんか消散しはじめていた。

　彼は手すりにもたれて、岸でのあわただしいひとの動きを見守りながら、なんとなく独りぼっちであり、余計者だと、初めて学校へいった日に身にしみておぼえたことを、そのとき昔よりもはるかに深く強く感じていた。彼は自分の承諾した情況からして、ほかのものから独立しているのを知っていたが、それ以上に悪いのは心理的に余計者であるということであった。ワイト島で簡単に紹介されただけだったがカナダ部隊の兵士たちは、ステン・ガン（イギリスの短機関銃）やブレン・ガンやライフル銃の手入れに余念がない。彼らの仕事は戦うことである。すばやく敵を殺して、ふたたび殺すために生きていく。彼らと彼との間には共通するものがなにひとつない。あるとすれば、彼らは同じ側に立ち、そして陸軍の制服を着ていることである。カナダ兵たちは、彼よりも頑健で、粗野で、酷薄な苦しみに満ちた広大な国で育った。ジャックはよりおだやかな内省的な面差しをしていて、ロンドンはイースト・エンドのユダヤ人で、レーダーと電気工学の神秘に心を奪われていた。彼の仲間はレーダーのことを何ひとつ知らない。彼らにとって〝電気〟とは平原の小屋のうしろにある風車を動かすダイナモかシヴォレーの収穫車のスパークするプラグぐらいの意味しかない。軍の食事も彼らの間をおのずとわけていく傾向がある。ノリス・キャッスルで、ジャックはチーズと卵はたべたが、ハムには手をつけなかった（ユダヤ人は戒律によってある年齢を越すと豚肉をたべない）。軍で使う俗語でさえ同じことを意味するのに違う表現になっている。

彼はそのとき、初めて自身がどれほど孤立しているものなのかを、しみじみと感じた。群集は決して友達にはなれない。ワイト島でいとも簡単に寛容なところを示してくれたうえに、カナダ兵は彼を快く受け入れてくれたものの、彼はそれでもなおよそものであり、幽霊《スプーク》である。名もなければ経歴もない男、希望もしていないのに、他人を強いて志願者にしてしまうひとりの志願者であり、また戦闘にのぞもうとする兵隊たちにとっては、用のない一乗客なのである。

彼は自分の船室へ戻って、早く寝についた。明日は、戦闘になるのだから。

—3—

実際には、翌日、彼らが目にしたものは、同じワイト島の海岸の景色であった。そしてその翌日も、その次の日も、またそれにつづく日も。

その間ずうっと天候は雲が多く、そして雲が低くたれこめた空は、パラシュート部隊が正確に降下するのを不可能にしたのである。日ごと、船のきゅうくつな宿舎はいよいよ退屈なものになっていった。ジャックは運よく一室を占領している。戸棚のなかに幾冊かの本と雑誌を見つけたので、それらを読んで大部分の時間をつぶした。四日目の朝、ドイツ空軍の航空機四機が低空で来襲して、カナダ・ロイヤル連隊を収容している船の二隻を爆撃した。幸いにも爆弾は双方の船を貫通して、竜骨の下、つまり海中で爆発した。わずかカナダ兵四名が負傷しただけですんだ。残余の兵隊は船の沈没にそなえて下船し、すべてその宿舎に向かって行進して帰っていった。その途中、オートバイに乗った伝令兵が指揮官のもとに通信を届けた。奇襲は中止となったのである。ほとんど圧《おさ》えがたい失望感が各将兵をとらえた。むなしい天候への怒りと、戦闘にのぞむのを期待したあとの烈しい反動——。

「こうなると、あんたはどこにいくことになるのかね?」と、ブラッキーはジャックに訊ねた。彼はホープ・コーヴへ帰るつもりだが、ポケットをさぐってみて、途中、軽食をとるにたる金もないのに気がついた。

「こんなこと頼みたくないんだが、ブラッキー」と彼はいった。「文なしなんだ。フランスでは金はいらないと思ったもんだから、持ってる金を全部つかってしまった。できたら一ポンド貸してくれないか?」

「いや、二ポンド貸そう」ブラッキーはきっぱりといった。

「きっと返すからね」と、ジャックは念をおした。

「いつ?」

「来月、きっと同じことをまたするようになるね。賭けてもいい」

「きみも参加してな」と、ブラッキーは二枚の紙幣をジャックに渡した。ジャックはライフル銃と拳銃とを補給部に返却した。

彼は鉄道乗車証を与えられた。そして数時間内にホープ・コーヴはカッテージ・ホテルのブルー・ルームに帰っていた。何ひとつ変わったことはないように思われた。深いバスのなかにのんびりとひたっていると、どこへもいかなかったかのような感じがした。

4

GREEN BEACH

ポール・ブルネの花屋は、海とほぼ並行につづいているディエップの本通り《メイン・ストリート》、リュ・ド・ラ・バールの北側にあった。建物はどれも古びて灰白色をしていて、そして陽の光がある角度から射すと、それらは一様に傾いているかのように見える。ブルネはやせていて、働きざかりの四三歳、店の奥でいくつかの花環《はなわ》の最後のものの仕上げをしていた。花屋はみなそうなのだが、カレンダーによるのと同様に、花々によって一年の季節を思った。三月はラッパスイセン、六月はバラ、七月はストック、八月はダリアというふうに。いまはバラがまっさかりであった。彼は最後の花環の白バラの間に白とピンクのストックを数本くわえていた。

ブルネは、新鮮なのでまだ花びらの上に朝露をうかべているバラの長い茎を、細い針金でしばって、巧みに仕事の手を運びながら、先祖のことを思った。五代にわたって、父から子へ、父から子へと、ブルネの市場向け栽培園は、一七六〇年からつづいているのである。ブルネが今日このごろ、ときどき使わねばならなくなる奇妙な花々を、先祖の人びとはどんなふうに処理することだろう！戦争前には、春や初夏の花々、枝飾り・花環・花束用のものが、貨車にいっぱい積みこまれて、南フランスからディエップに、定期的に到着した。現在は、彼が自身でディエップから内陸数マイルのレ・ヴェルチュの温室と市場向け栽培園で育てている花々を別にすると、堤防や生垣でつんだ野生の花々で間に合わせねばならないことがあった。

陽の光が、板ガラスの窓で強められて、店のなかにさんさんと輝いている。空気は多くの花々の芳香に満ち満ちてむせるばかりで、さしあたり戦争などはどこかへいってしまった想いがする。ポール・ブルネは老兵で、第一次大戦の際少年なのに第一二九歩兵連隊に従軍し、そしてその年齢に

―4―

もかかわらず一九三九年にもふたたび志願したのだった。彼はトラックを運転して、ベルギーを通過して、弾薬や大砲の運搬にあたったのであったが、過去二ヵ年間は平和の時にやっていた花屋に戻っていたのである。フランスにとって戦争は一九四〇年に終わっていたのだった。

彼はいま地区〝受動防衛隊〟(当時、フランスが採用していた、空襲時の避難、消防などの民間防衛に当る組織)の一員なので、空襲かその他緊急事態の際には、援助活動にくわわることになる。制服はきまっていないが、任務につくときには、古いフランス軍の鉄かぶとにドイツ軍の迷彩をほどこしたものを、主にかぶっていて、その鉄かぶとは店の奥の帽子かけにかけてある。そういうことを別にすれば、商売の方は平和な時代とほとんど変りがなかった。いうまでもないが、客筋には変化があった。結婚式、記念式典、葬式――ディエップとその周辺で、そういう催しのある際の花のかわりに、ブルネの受ける注文の多くは、青年たちをとむらう花環であった。それも大部分はドイツ海軍の水兵のためのものだ。フランスに駐留しているドイツ陸軍は一九四〇年以後、交通事故とか、射撃場での不注意な事故を別にすれば、死傷者は数えるほどしかない。が、海軍はよく沿岸の沖で戦闘をしていた。

ドイツ人の海軍将校がブルネの店にはいって来て、重々しく挨拶《あいさつ》をする。けれどもそれは、むしろよそよそしさが含まれての礼儀正しさといおうか。それから将校は口をひらくことだろう。

「ムシュー・ブルネ、花環を五つつくって下さい。一番よい花をつかって。将校と兵四名のです。明日、九時に取りにうかがいます」

もしかすると、花環の注文は、七つ、一〇、一二などということもあろう。ドイツ海軍の哨戒艇《しょうかいてい》が、イギリス海軍の高速魚雷艇と、海峡沖で衝突して、戦死したものがあったのだ。ブルネの使った花々がなんであろうと、花環にはどれも明るい赤のリボンが結んであって、二本の長い先端がたれさがるようになっていた。この特別のリボンは、ドイツ軍当局が気前よく提供してくれるのである。それといっしょに、二種の貼付剤つきの貼り紙の入れてあるボール箱を渡される。一つは鉄十字章の形をしていて左側のリボンにつけ、いま一つは鉤十字《スワスチカ》の形になっていて右側につける。氏名や所属番号を記したカードをつけるのを求められたことは、これまでに一度もなかった。戦死者は用意周到に無名のままに置かれるのである。

ディエップは赤地帯の名で通っている禁止区域である。だから町で商売をしているフランス人でさえ、特別のパスが必要で、それをフランス警察のフランス人警官に取り調べられることがあり、ときには警官といっしょに当番のドイツ軍将校が調べにあたることもあるので、多くの人びとは田舎に疎開してしまっていた。ブルネは店の上のフラットに住み、妻と連れだって友人たちを訪ねていく。するときまって訊《たず》ねられることがある。「今週はいくつ花環をつくったかね?」

彼は友人たちに話してやることになる。即座に彼らはドイツ海軍の軍人が何名戦死したかわかるという仕組みである。こういう小規模な海戦はほとんど毎週おこなわれていて、夜空に砲火を閃《ひらめ》かし、遠く遙《はる》かに爆発音をとどろかせた。翌朝港へいくと、ブルネはマストが折れ、煙突がなくなったりした哨戒艇や、毛布にくるまれた屍体《したい》が、担架で、波止場を運ばれていくのを、目撃することになるだろう。

いま受けている注文は花環が六つであった。過去二、三週間にたおれたドイツ海軍の死傷者数は、

—4—

ここ三ヵ月間の数にほぼ匹敵しているのだった。昼間でも、空中で戦闘のおこなわれることがあった。不意にエンジンのとどろきが聞こえ、イギリス空軍機がいくつかきわめて低空で、断崖《だんがい》をかすめるようにして飛来し、プロペラの後流が草をなぎたおしていく。そのあと飛行機の群は、港のまわりを、駅の脇のカフェ——そこには戦前、週末を楽しむ人びとがニューヘイヴン＝ディエップ間の旅をした名残りを、英語の看板などにまだ残しているのだが、その上を飛んで、青い夏空に白い飛行機雲を残して、海峡を越えて飛び去っていく。ブルネや元兵士たちはそれらは偵察機なのだと推測する。それというのはそれらの機は火器を使用しない。戦闘機が火器を使用しないときに使うものといったら——カメラ以外にありようがないではないか？

元兵士として、ブルネは陸軍の格言をしみじみとかみしめる——〝偵察に使われた時間がむだになることはめったにない〟。イギリスはこうも多くの偵察機や哨戒艇をくりだして、時間と燃料を浪費しているわけがない、おそらく集めた情報を使用する計画を練《ね》っているのではないか？　少なくとも近いうちに奇襲なり上陸なりのおこなわれる望みがあるに相違ないし、それとも、もしかすると長いあいだ待ちこがれた解放ということさえ考えられるかもしれない、と彼は確信していた。

戸口の小さなベルが平たいばねの上で、チリンチリンと鳴った。ドイツ海軍の当番将校がはいって来て、もの問いたげに彼を見やった。ブルネの想いは現実にもどった。

「ああ、ムシュー、お花は用意できております」と、彼は低い声でいいながら、ガラスを敷いたカウンター越しに花環を渡した。

フランスの北沿岸で夏のあいだに夜間上陸を成功させるのは、攻撃側と防御側との熟練と勇気とによるばかりでなく、また三つの自然、つまり潮汐《ちょうせき》、天候、月とにかかわるところがあった。夏がいかほど暖かろうと、海がいかほどおだやかであろうと、潮汐と月とがこの目的にかなうときは、どの月にも三、四日しかない。そしてもしそのときに天候が悪ければ、全計画は延期せざるを得ないであろう。

ゲルト・フォン・ルントシュテット元帥、フランス防衛の責任をになう、ドイツ西方総軍総司令官は、連合作戦本部の計画立案者たちと同様に、この事実をよく承知していた。彼は当然このような冒険的計画に適した期日をリストにして、手もとに用意してあった。ルントシュテットは六六歳になる、慎重で厳格な男で半世紀にわたる軍歴を持つ職業軍人、その家系を一一〇九年にまでさかのぼれるのがその誇りで、ほとんど代々に軍人をだしていた。ルントシュテットは子供のころ、イギリス人の保母に育てられたので、英会話には堪能《たんのう》であった。彼は古い伝統のなかに育った軍人なので、ヒトラーのおぼえはめでたくなかった。それに一九三四年にさかのぼって、彼はエルンスト・レーム大尉と衝突したことがあった。レームはホモではあったが、ヒトラーの初期の同志で、総統《フューラー》の権力を獲得しようとする計画のなかで力をかしていたのだった。レームは褐色のシャツを着ている突撃隊《シュツルム・アプタイルング》と深く関係していて、その政治的理想として、ドイツ正規軍を解体しようと努力していた。正規軍の兵士らと突撃隊員らとの間にはたびたび衝突が繰り返されていて、この一触即発の情況をやっと鎮静させたのは、ヒトラーがレームを暗殺して、彼の権力への渇望にとどめを刺したときのことであった。

—4—

ルントシュテットはナチ党の陰謀が相次いで起こっていたこの時代に嫌気がさして、辞表をまずヒンデンブルク大統領に、ついで老大統領の後継者のヒトラーに提出した。一九三八年にようやくその願いは受理されたが、翌年ポーランド戦争で、軍集団司令官として再召集されたのである。ナチの政治にかかわるのを避けていたところから——その先任序列の高さにもかかわらず——国防軍総司令部（OKW）や陸軍総司令部（OKH）の一員となり、ヒトラーの帷幄《いあく》に参画したことは一度もなかった。このことの意味しているのは、彼は必然的に上層部からでる重要な指令にしたがわねばならぬということであり、その能力と経験をもってして、正しいと信ずる命令も、常に下せるとはきまっていなかったということである。

一九四一年、ロシア戦線で彼は軍集団の指揮をとり、そして一九四二年三月に、西方総軍総司令官に任命された。その司令部はアミアン近くの村のなかに設営した仮兵舎に置かれていたが、彼はパリ郊外、サン・ジェルマンのある別荘に起居していた。夏の間は天候がよいので、彼とその参謀長、それから副官とは、楽しいイギリス風の習慣を守って、四時半には庭園で午後のお茶の時間をすごした。

ルントシュテット元帥麾下《きか》で、連合軍の上陸に反撃してそれを撃破する任務に主としてあたる部隊は、第一五軍に属していた。それは北海と海峡沿岸——オステンデからノルマンディまで——に沿って防衛を担当していた。司令官は六一歳のクルト・ハーゼ大将、司令部はブーローニュの奥になるトールコワンにある。第一五軍の構成は一七個師団、三軍団にわかれている。第八一軍団はカーンからディエップへかけての地域に責任を持ち、指揮するのはアドルフ・クンツェン将軍で、ハーゼよりも九歳若く、司令部をルーアン郊外のカントローに置いている。

この軍団のなかでディエップ防衛に直接関係のある部隊は、第三〇二歩兵師団で、師団長はコンラート・ハーゼ中将、奇《く》しくも軍司令官と同姓だが縁故はなかった。彼はドレスデンの出身だった し、軍司令官はラインラントはホンネフのひとである。ハーゼ中将の司令部は、ディエップから内陸約一〇マイル、国道三二〇号線上の十字路近くにある小さな町、アンヴェルモーに設置してあった。

ディエップ守備隊は総計わずか一五〇〇名ばかりの第五七一歩兵連隊で、指揮するのはヘルマン・バルテルト中佐。彼はディエップに連隊司令部と二個大隊を置き、第三番目の大隊は港の西部に、そして第四番目の大隊は東部に駐屯させてあった。第五番目の大隊は予備として沿岸から五マイル離れている、ウーヴィル＝ラ＝リヴィエールに置いた。この予備部隊は自転車を装備した機動部隊である。

さらに内陸にはいって、アミアンを中心として、第一〇装甲師団が、ヴォルフガング・フィシャー中将指揮下に、待機していた。この師団はもともと一九三九年四月に編成されたもので、ポーランド戦争に参加し、その後西部戦線に転じてアミアン目指して進撃し、ついにカレーを陥落させたのだった。その後、ロシア戦線に配置されていたのだったが、一九四二年四月に激戦の末、大打撃を受けてから、スモレンスクを撤退したものだった。師団の輸送はものすごい悪天候という情況下で、数ヵ月間にわたっておこなわれてきたのであった。多くの車輛《しゃりょう》はほとんどすり切れたタイヤで走っていたし、予備の車輪を欠くものもあった。一般にガソリンが極度に不足しているので、新米の運転兵は輸送経験に欠ける始末だし、また車輛整備の水準も、備品不足のために、低下していた。

さらにまた奥地のヴェルノンには、親衛隊《S・S》アドルフ・ヒトラー旅団（名称は「師団」とされていた）が、ゼップ・ディートリッヒの指揮の下に駐屯していた。第一〇装甲師団と同じく、この旅団もポーランド、フランスを通じて戦い、七月初めにロシア戦線のドニェツ盆地から帰還したばかりだった。

—4—

軍隊的伝統を持つ家系からでている職業軍人である、他の将軍たちに伍《ご》して、ディートリッヒは類のない権力のある政治的立場を占めていた。それというのも彼がナチ党草創期からの党員で、いまなおはばのきく影響力の強いひとりであったからである。

一九三四年、ヒトラーが権力を握って翌年、ディートリッヒはヒトラーの親衛隊《S・S》のボディガードを指揮した。それからこの立場を利用してレーム抹殺や、その他初期のヒトラーの同志の人びとで、その勢力と人気からして消したほうがよいと思われる幾人かを、片づけてしまったのである。ディートリッヒは柄の大きい、頑丈で、冷酷無残な男で、戦争という仕事を楽しんでいた。この春の彼の不満はフランスが平穏のように見えることであった。

だが、イギリスのコマンド部隊が、二月におこなったブルヌヴァル奇襲作戦の成功は、ドイツ軍の最高司令部に深刻な関心を喚起したのだった。しかもそれにつづいてサン・ナゼール奇襲が同様に成功したのである。その結果がドイツ側の関心と戦備を、増強させることになったのは当然といわねばならない。

ブルヌヴァル奇襲は沿岸近くに孤立しているレーダー・ステーションの攻撃されやすいことを示

しているので、あらゆるこの種のステーションには特別警備がしかれ、その周囲には鉄条網が張りめぐらされて、機関銃座が設置された。藪《やぶ》や小さな樹木や、丈の高い草までが刈りとられて、孤立しているステーションを襲撃しようとするものが、身を隠すものは一掃されてしまった。

三月二三日、ヒトラーは戦時指令での第四〇号を発し、それには次のようにしたためてあった。

関係者。沿岸地区指揮官の資格を有するもの。

総括的考察。

ヨーロッパ海岸線は、来たるべき数ヵ月間に、敵の兵力による上陸の危険に、さらされるおそれがある。

上陸作戦の時と所とは、必ずしも作戦上の考察によってのみ、敵の決定するところとはならないであろう。他戦域での敗戦、連合国への義務、かつ政治的配慮からして、純粋に軍事的見地からではふさわしくないと思考せられる決定を、敵はやむなく採らざるを得なくなるやもしれない。

たとえ敵の上陸は目標が限定されているものであっても、もしもその結果として敵がなんらかの足がかりを沿岸に獲得することになるならば、わが方の計画をいちじるしく妨害することが可能である。……

上陸せる敵兵力はただちに反撃をくわえてこれをせん滅するか、海中へ追いおとさねばならない。武器を持つすべての人員は――軍の所属部隊のいかんを問わず、またいかなる非軍事的組織に属していようとも——反撃のために戦うことになろう。……

七月九日に、ヒトラーは陸・海・空の三軍に向けて、西部戦線の防備を固めることを強調する指令を、さらに公布した。このなかで彼は次のように述べている。

われらが偉大にして敏速なる勝利の数々は、イギリスをして二者択一に直面せしめることになろう。第二戦線を形成する目的で大規模な侵攻をおこなうか、もしくはロシアが軍事的要因として抹殺されるのを見るか、そのいずれかである。それゆえ敵の上陸が、西方総軍総司令官の担当地域において、近くおこなわれる公算は、きわめて大であるといわねばなるまい。

ハーゼ将軍はただちにピュイ、ディエップ、プールヴィルの浜で、大規模な対上陸演習をおこなうことを命令した。雑役班の部隊は有刺鉄線のロールをころがして、護岸やプロムナードの上に、ほどいた針金で鉄条網をつくっていった。浜からつづく水路には、ことごとく戦車を阻止する煉瓦《れんが》の壁をつくった。木柱や金属柱が畑地に打ち込まれ、幹線道路の両側にはコンクリート・ブロックを積んで、戦車を遮断する用意をした。全沿岸に砲座を隙間なく設置し、それらをあらゆる既知の砲弾の攻撃に堪え得るコンクリートの壁で防護した。

海峡にのぞむ数マイルの断崖には、せっせとトンネルが掘られた。弾薬と糧食を貯蔵して、最低限四八時間は、包囲を受けても各砲の要員が独立して持ちこたえられるようにしたのである。特殊な砲がレールの上の車輪に取りつけられて、発射する際には洞穴の口へ前進し、それから安全のために後退するという設備をほどこした。深さ六フィートのコンクリート造りの壕《ごう》が、多くの防衛拠点を結んでいる。そのため一つの砲が故障したり破壊された場合、砲の要員は安全に他の地点へ移動ができる。個人用の多くのたこつぼが狙撃兵《そげきへい》のために掘られている。狙撃兵は特別に無煙火薬を用いた薬莢《やっきょう》を与えられているので、彼らのライフル銃の銃口からでる閃光《せんこう》や煙で、位置を曝露《ばくろ》してしまうおそれはない。

トート組織に属する多数の技術者と労働者、そのなかにはフランス人やベルギー人の労働者も数多くはいっているのだが、ヒトラーのいう大西洋の壁を緊急に強化するために使役されていて、彼らはフランス沿岸をめぐる戦略上の要点に宿営していて、必要とあらばどこへでも急行できる態勢になっていた。プールヴィルでは大きな宿泊所に彼らは寝起きしていた。そこで彼らは厚さ三フィートのコンクリート壁で囲んだ凹座掩体《えんたい》とトーチカをつくったのであった。彼らの監督たちは近くのオテル・ド・ラ・テラスに泊まっていた。

春と初夏を通じて、ドイツ軍諜報部《ちょうほうぶ》（アプヴェーア）は、さまざまの関係筋から入手したばらばらの情報から、連合国の意図を寄木細工のように組立てようと試みていた。第三〇二歩兵師団の情報将校の報告によると、ディエップ近くのクリエル＝プラージュにあるある家の屋敷内の道に掘った穴から、五月二〇日に通信文が発見されたという。これによると、次の週に数名のイギリスのスパイが、パラシュートで降下潜入することになっている。六月には、ポーツマスに寄港している中

—4—

立国の船の水夫が、イギリス南岸に、上陸用舟艇と小艇とが集結していると、自分からなにげなく話している。つづいて連合国側の意図を確実に示すと考えられる三番目の兆候は、ドイツ陸軍諜報部がロンドンとフランス抵抗組織との間にかわされている、イギリスのあるラジオ暗号の解読に成功したことから、あきらかになった。この功績が、ついにディエップ郊外のある家の庭で、伝書バトの小屋をおさえさせることになったのである。これらのハトはもともとハト好きのフランス人が飼っていたものなのだが、その男はフランス陥落の際、いくつかの籠《かご》をたずさえて、イギリスへ逃れたのであった。イギリス諜報部は初めのラジオ通信が送信不良の状態だったとき、主として確認用に通信をハトに托《たく》して送っていた。フランス・レジスタンスの一連絡員が、これらの通信文を回収していたが、その男が尾行されているとも知らずに、ドイツ側をラジオ・オペレーターのところへ連れていってしまったのである。オペレーターは脅迫されてドイツ側のために働くことになった。ちょうどイギリス国内で捕えられたドイツ側のラジオ・オペレーターが、協力する以外に生き残る道がないため、心ならずも同じことをしているのを思えばよい。

こうしてドイツ軍諜報部は用心深く組織的に、本当ではあるがあまり重要でない事実とともに、いつわりの情報をイギリス諜報部に流していった。その結果の一つが、イギリスおよびカナダの幕僚たちをして、ディエップ周辺のドイツ軍防衛力を、過小評価させるにいたったのである。

七月二〇日、第一五軍司令官ハーゼ大将は特殊命令を下達した。そのなかでこの夏の残る三期間中、特別警戒につくよう命令した。その期間には月と潮汐とが敵の上陸にとって好都合になるものと、彼は判断したのである。それらの期間はすなわち、七月二七日から八月三日まで、八月一〇日から一九日まで、それから八月二五日から九月一日まででであった。

ルントシュテット元帥の司令部にある当直将校の事務室の壁には、幾枚もの地図が貼ってあった。あるものはフランス大西洋岸のもので、ドイツ軍の防御配置を示したものであるが、二枚の地図は幕僚部の若い将校たちがたびたび参考にするものなのである。これらはパリの街区を示した大きな縮尺のもので、休暇でパリへでかけたものは、誰でも地図の一枚か両方に、その心おぼえを記しておくように求められていた。青色の頭をした画鋲《がびょう》は訪ねてみてもよいおいしいレストランの場所を示している。赤色の画鋲はほかのもっと身も心もしびれるような快楽を提供する場所のしるしである。ルントシュテットはある日この部屋にはいり、若い将校たちがひたいを寄せて相談している様子を眺め、二枚の地図にちらっと目をやって、皮肉にこういったものである。

「おい、きみらの赤地図は、まだまだいっぱいになっとらんじゃないか」

敵にとって上陸可能な三つの期間は、大きな壁面用カレンダーに赤丸でしるしがしてあった。最初の日付けはすでに線が引かれ消されている。どの点からいっても、天候は八月の末よりも中旬の方がよく、末になると不意に海霧がわき起こって沿岸をおおい、航海をむつかしくした。

クルト・ハーゼ大将は、侵攻がなにかの形でおこなわれた際の自己の責任というものを痛感していた。それというのは彼の麾下の諸部隊の相当数が、比較的に新兵で、まだ戦闘の経験がなかったし、それにまたかかる緊急事態に対して彼らがどう対処するか、予測するのもむつかしかったからである。そこで八月一〇日、彼は特殊命令を発表した。そのなかで彼は指揮下の全将兵の心のうち

—4—

にある使命感、愛国心、責任感に刺戟《しげき》を与えようと考えた。

わが方の入手せる情報によって明瞭となったのであるが、イギリス・アメリカ軍は身のほども知らず、ロシア軍の悲惨なる情況のために、近き将来、やむなく西部方面においてなんらかの作戦行動をおこなうにいたる模様である。

敵は必ずや行動を起こすに相違ない。

(a) ロシア軍をひきつづき連合軍側として戦闘を継続せしめるために――。

(b) 国内における戦争についての諸事情からして――。

本職は繰り返して提言するが、各部隊はこの点に注目をおこたらぬことである。また本職は各部隊がこの件に関する諸命令を絶えず厳守することによって、この観念を充分に浸透させ、以後、別に命令をまったく必要としなくなることを望んでいる。

各部隊はこの事態が起こるや、きわめて激烈なる戦闘となる事実を、充分に把握しなければならない。

空中からの爆撃および機銃掃射、海上からの砲撃、コマンド部隊と攻撃用舟艇、パラシュート部隊と航空機による空輸部隊、敵意を有する一般市民、破壊、妨害《サボタージュ》、殺人行為など――すべてこれらに対して、敗北を喫しないためには、確固不動の精神をもってあたらねばならないであろう。

いかなることがあろうと、部隊は混乱してはならない。恐怖があってはならない。

戦闘が開始されたならば、各部隊に属する将兵は、耳をそばだて、眼《まなこ》をこすり、各自おのが武器を固く握りしめて、一心不乱に戦わねばならない。

敵か味方か

を、各将兵は肝に銘ずべきである。

総統《フユーラー》はドイツ国防軍に対して、過去にあらゆる任務を課せられているが、そのすべては実行されているのである。いまわれわれの前に立ちはだかる任務もまた、実行されることであろう。諸諸子は断じて失敗を示してはならないのだ。本職は諸子の眼中に決意のほどを見ている。諸子子のドイツ軍人たることを心得ている。

諸子はひたすら義務をつくし、喜んで護国のひとたらんことを、希《こいねが》うべきであろう。これを実行せよ、しからば勝利は諸子の頭上に燦然《さんぜん》と輝き渡るに違いない。わが民族と祖国よ永遠なれ！　総統《フユーラー》アドルフ・ヒトラー万歳！

（署名）司令官

ハーゼ大将

ルントシュテットは個人として、八月一八、一九日の夜が危険と見ていた。それで訓令のなかで

—4—

もそれに言及していた。が、ディエップ地区の空軍指揮官は、総司令官の意見に同調していなかった。気象の予報が雲が多いと伝えているので、かかる状態では空軍の活動には不向きと思われたのである。そこで彼は多くのパイロットに八月一九日の正午まで、賜暇を許可していた。ハーゼ将軍は、しかしながら、ルントシュテットの特別命令に応じて、その司令部で、将校たちの引きつぎによって、二四時間連続勤務配置をおこなっていた。その特別命令というのは次のようなものである。

八月一八、一九日の夜は、敵の奇襲作戦に適するものとみなすべきである。沿岸防備にあたる各指揮官はその部隊を、危機切迫に備えての緊急態勢に置くこと。

七月八月を通じて、イギリスとアメリカの一般大衆は、フランスへの奇襲が延期となったことなど少しも知らずに、相変わらず即時第二戦線をつくれと叫びつづけて、大会・会合を開催したり、工場の壁にスローガンをやたらと書きなぐったりしていた。ロシア戦線での損害はいまなお甚大であったし、近くスターリンと会見予定のチャーチルは、ローズヴェルトのモロトフへの不注意な約束にもかかわらず、一九四二年に第二戦線をつくることはむつかしいことだけ、スターリンに告げるという不愉快な任務に直面していたのである。いまやリハーサルさえおこなえないことになりそうな形勢におかれている。

マウントバッテン卿は情況を、チャーチルおよび各参謀総長たちと検討した。すべての意見が一致したのは、連合軍がその夏、三軍一体の上陸を敢行して成功しないかぎり、計画は少なくとも翌年の春に、ふたたび天候、潮汐、および月がまたもや都合よくなるときまで、延期しなければならないだろうということである。これは、順おくりに、本物の第二戦線もさらにいつとはっきりとはいえない漠然たる将来に、延期されるということを意味している。これ以上の遅延はあらゆる苦難を、ロシアと西欧との間に生ぜしめることになろう。そして秘密戦のディレンマ――ドイツ側レーダーを妨害する危険を冒したものかどうかということ――もいままで通り深刻な問題として残されて、確たる方針を決定することができなくなるのである。

月と潮とが三軍協同作戦による上陸に好都合となる短い期間が、二回だけでも残されているのに、同一規模の別作戦を、新しい目標に対しておこなうというのはできないことであった。そこでマウントバッテンは新しい提案をおこなった。彼自身、きわめて大胆不敵なものと感じていたので、書類として提出すべきではないと心にきめて、たんに討論の素材として口頭で持ちだしたのである。それは《ラター》の復活で、前に決めたとおりディエップの急襲を、八月中におこなうことだった。

各参謀総長とチャーチルとは秘密保持の見地からしてこの提案に反対意見をだした。六〇〇〇名の陸軍部隊、そしてほぼ同数の海・空二軍の将兵が、はっきりと《ラター》とかかわりがあったのであり、それらが解散となって、賜暇を取ったり、原隊に戻ったりしている。おそらくあるものは中止となった奇襲について、友人なり家族なりに話しているに違いないのではないか？　マウントバッテンはこう答えた。ドイツ軍航空機は七月にワイト島沖に船舶の集結をしているのを認めて、それらに攻撃をくわえたけれども、なぜそこに集結したか、そしてまたその目的地がどこであるかは考えようがなかったはずである。たとえ、いままでに、ディエップに対して奇襲が計画されたが、後に中止となったことを彼らが発見したとしても、連合軍側が同一目標に対して同一作戦をふたたび実行しようとは、真剣に考えることは断じてないであろう。

《ラター》作戦をたてたときの元の海軍指揮官は別のポストにつき、そのあとをつぐ予定のひとは、ヒューズ＝ハリット大佐で、彼は《ラター》計画の際マウントバッテン付主任海軍参謀だった。カナダ第一軍の指揮にあたるクリアラー将軍はモントゴメリー将軍の後釜《あとがま》になっていた。これらふたりの指揮官はマウントバッテンの提案に賛成した。そこで計画を進めることに決定を見たが、パラシュート部隊を出動させるかわりに、新しい二隻の歩兵上陸用の船舶を用いてコマンド部隊を輸送して、ブルヌヴァルとヴァレンジュヴィルの敵砲兵隊を攻撃させることにした。

パラシュート部隊を除いたのは天候の困難を予想してのことである。彼らが正確かつ効果的に降下するためには、ある高度に雲が必要になる。しかしこういう雲の状態は、海上輸送による上陸に適当な天候と、一致しないおそれがある。また再度、ワイト島を基地とするのを避けて、船舶——カナダ部隊およびコマンド部隊の輸送にあたるものは、南沿岸各地の港に分散することにした。それゆえ、たとえドイツ空軍の偵察機がそれらの撮影に成功しても、警戒するようなことはないだろう。写した船舶はどこか一ヵ所に集結して、相当の数になっているものではないからである。

関係部隊は南部沿岸でまた上陸演習をおこなうという名目をはっきりさせて、乗船させることになろう。そして乗船の終わり次第、ただちにフランスへ向けて出航する。このことが出発に先だって目的地をもらすという保安上の危険を、いくらかなりとも少なくすることだろう。

チャーチルと各参謀総長たちとは、マウントバッテンの要求を認めて、これら決定事項のすべてについて議事録にすることを避けた。チャーチルはさらにつけくわえて、海軍本部長官にさえ事前には秘密にしておくのを命じた。事実大臣が奇襲のことを知ったのは、ＢＢＣの放送で、そのときには実際に、作戦は進行しつつあったのである。

八月一〇日、カナダ第二師団司令部は、「連合作戦の示威行動」の準備のために、戦車に防水装置をほどこすように命令をくだした。三日後、司令部は三回にわたる機動輸送訓練をおこなうことを発表した。暗号名《コード・ネイム》フォード一号、二号および三号で、それらは八月一五日に始まって、一ヵ月間つづくものである。実際には、フォード一号はたんに、サウサンプトンまでの輸送行動を隠すためのものであった。その港こそこの新しい奇襲、暗号名《コード・ネイム》ジュビリーのために彼らが乗船するところになっていた。

このまったく予期しない行動の敏捷《びんしょう》さと機密保持とは、少なくとも三名の南サスカチェワン連隊の将校たちを、すっかりびっくりさせてしまった。八月一四日金曜日、クロード・オーム少佐はチチェスターの西のある村で講演に参加するのを命じられていた。到着してみると、なんと、これが次週におこなわれる予定の、復活したディエップ奇襲についての要旨説明なのがわかった。彼は母船の一隻〈インヴィクタ〉号に乗船する部隊の指揮官になることになっていた。彼は〈インヴィクタ〉号の艦長と面会して、部隊の必要とする設備について討議した。が、その間オームの心の片隅では、土曜日の夜、個人的な約束をしてあることに気をとられていた。友人数名とロンドンの演奏会へいく約束になっていたのである。いま彼の受けた命令はキャンプ内にとどまることを厳に命じている。そこでオームはやむなく電話をかけて、せっかくのところ同行できなくなったからと、苦

—4—

心してもっともらしい理由で弁解しなければならなかった。

二番目のダグラス・ジョンソン中尉、彼は戦争前カルガリーとレジャイナに支店を持つある商店の経理部に勤めていたのだが、そのときは部隊の輸送将校であった。オートバイで一回りして帰って来たばかりで、まだ正規の伝令用のブーツ——長い編みあげが両側にあるのをはいたままだったが、そこで偶然、メリット大佐と顔を合わせた。

「ダグ、その靴は取り替えた方がいいな」と大佐はいった。

「なぜです？」

「少し駆けだすことになるかもしれんからだ」

この言葉にとまどいながらも、ジョンソンは靴を替えて、そのままオートバイに乗って、フォード一号の演習中の輸送隊と同行した。ジョンソンがそのコースを走っていく間、ほかの若い士官が彼の任務を引き継いでいたのだった。輸送隊がサウサンプトンのドックに着くと、部隊は乗船を始めた。ジョンソンはメリット大佐に訊ねた。「次はなにをいたしたらよろしいのですか？」

「空になった輸送車を戻すだけだ」

「それだけでありますか？」

「これは演習じゃないのだ」と、メリットは静かにいった。「ダグ、本物なのだよ。ゆきたいかな？」

「もちろんですとも」と、ジョンソンは即座に答えた。

そこでメリットは空のトラックにはかわりの将校をつけて送り返し、ジョンソンは遠征軍に参加したが武器といえば拳銃《けんじゅう》だけ、雑のう、装具の類はなに一つ所持していなかった。彼は他人のトミイ・ガンをかすめ取って、戦闘の用意をしたのである。

第三番目の将校、レスリー・イングランドは特別部隊を指揮しているのだが、ロンドンへ遊びにいって帰って来たばかりのところだった。ロンドンで彼はバーバリイの店で、新しいみごとな靴を一足、買って帰って来た。きれいな栗色をしていて、たしかに軍隊のものでないのはすぐにわかるが、はき心地がよくスマートである。足にならすため、彼はそれをはいてフォード一号に参加しようと心に決めた。この気まぐれが、後に彼の命を救うことになる。

ジャックは日記の日付けに、まったく違う理由から、二つ丸でしるしをつけておいた。八月一七日月曜日は夜勤の終わる最後の日であり、八月一八日火曜日の晩には、WAAF（空軍婦人補助部隊）の軍曹メアリイ・コンロンを、ステーションのダンス・パーティに招待してあったのだ。

月曜日の夜はずっと忙しさに追いまくられていた。天候は快晴で、早期警報レーダー・システムは沿岸一二〇マイル以内に、未確認飛行機のあることを報告していたのだった。

ジャックはただちにエクセターから夜間戦闘機群を緊急発進させた。それからその未確認機が友軍機かどうか識別しようとした。というのは、すべてのイギリス空軍機はIFF（敵味方識別機）と呼ばれる秘密のレーダー送受信機を搭載しているのである。だが返事はなかった。ということはそれが敵機だということだ。

—4—

レーダー・ステーションを中心として全地域の円形地図が、ジャックのオペレーション・ルームにあるレーダー・スクリーン上に取りつけてある透視マスクに刻《きざ》まれている。回転するレーダー送信が細い灯台の光線のように航空機を照らして、このマスクの下のスクリーン上に光点として映しだしている。この装置はＰＰＩ（図式位置指示器《プラン・ポジション・インディケイター》）という名で知られているもので、機の正確な位置と航路を示している。

夜間戦闘機のパイロットたちは、空中に遊弋《ゆうよく》し、ジャックの直接管制下におかれると、彼らの無線電話の周波数を変えた。ジャックはスクリーン上に未確認航空機がどこにいるか正確に見ることができ、その速度、方向、高度を計算して戦闘機群をまっすぐにその航空機に誘導することができた。戦闘機群がまさに襲撃しようとしたとき、未確認機のパイロットが遅まきながらその認識シグナルを送りだした——その時間の経過はあやうく彼の命を奪うところであった。

撃墜があると、ステーションでの興奮はたいへんなものである。パイロットがとどめの一撃をくわえると、オペレーターたちは敵機が制御を失って落ちていくにつれて、ブリップ（影像）の消えていくのを見ることになるだろう。ここできまってラジオを通じて、パイロットからの興奮した喜びの声がはいってきて、ジャックのチームのひとりがオペレーション室の壁に、さっそくもう一つ鉤十字《スワスチカ》を描くという次第になる。さっきの警報が間違いとわかった事実は、別な意味で反動をもたらし、ジャックは勤務明けになったとき、いつもよりももっと疲労を感じていた。彼は詳細な時間別の作戦経過を、トレーシングに作成した。戦闘機兵団《ファイター・コマンド》と作戦研究班のためのものである。彼がほっとしてベッドにもぐり込んだそのときに、電話のベルが耳もとで鳴った。守衛室の伍長《ごちょう》の報告では、司令部の車がいま到着して、彼をすぐさまロング・クロスへ同行させるとのことである。ジャックは奇襲の再現されるのを推測した。疲れているが、靴下をはきズボンをつけて、青色の空軍シャツを着てから、そこでふと手をとめた。おそらく、カーキ色の戦闘服の方がいいのではないのか？　中佐の都合してくれる身体に合わないシャツよりも、自分のを使った方が工合《ぐあい》はいい。ただ彼の持っている唯一のカーキ色の戦闘服は、空軍軍曹の青色の袖章《そでしょう》と王冠のしるしがつけてあり、また空軍を示す翼をひろげたワシのバッジが肩につけてある。ジャックは安全剃刀《かみそり》の刃で、糸を切り、袖章やバッジをはぎとった。それから靴をはき、ゲートルをつけ、その昔父親からもらったアヴォメーターを含めて、テスト用の器具類を点検した。

別の雑のうに、彼は剃刀、櫛《くし》、ひげそり用のブラッシ、タオル、アルミのケースに入れた石鹸《せっけん》など、それから替えの靴下やパンツ、ハンカチ、金属製のひげそり用の鏡などをおさめた。ジャックは急いで部屋をでて、二つの小さな雑のうをかついでいった。滑走路を横切っていくと、メアリイ・コンロンと出会った。彼は不意にその夜デートの約束のあったのを思いだして、すまないと思った。

「どこへでかけるの？」と彼女は驚いた様子で彼に声をかけた。

「思いがけなく緊急の任務が来てしまったのだ。残念だよ。でもダンスには間に合うように帰って来るよ」

彼女はあまり信用していないようであった。

「サヴォイかなんかで、たべて踊ってじゃないの？」と、彼女は皮肉るようにいった。

「二日ぐらいで帰って来るよ」とジャックは念を押して、「とにかく残念だ」

運転手が司令部の車のドアをあけた。

「今度はどこへいくんだね?」ジャックは彼に訊ねた。

「リッチモンド・テラスの連合作戦本部の司令部です」

「じゃ、うしろの席にしよう。途中、少し眠っておきたいからね」

*

一九世紀の初頭に、リッチモンド・テラスが古い建物の跡に造られたころ、リッチモンド・ハウスはリッチモンド大公一家の邸宅で、「上流階級の邸《やしき》が八棟と、それにつりあう家事用ならびに厩《きゆう》舎《しや》用の部分をそなえている」と説明されていたものだった。現在ではこうした邸宅の一つが、六本のイオニア風の円柱を持つ堂々たる石造りの正面《ファサード》を見せて、連合作戦本部の司令部となっていたのである。


運転手は車を外部で停め、武装した哨兵にパスを見せた。ジャックは俸給簿を調べられ、保安事務室で、記録簿に記入事項をしたためて、それから二階の一室に案内された。内部にはテーブルがあって、RAFの中佐と陸軍の大佐がいた。前にキング・チャールズ通りの建物で会ったひとたちである。

「またきみの服を調べさせてもらうよ」と中佐はいった。「今度は自分のカーキ色の服を着てきたね」

「ハイ」

「さて、そのＲＡＦの帽子《キャップ》はいかんな。ここに前に使った陸軍のがある。それから鉄かぶとも。認識票にもＲＡＦは刻印してない。それに脱出用の用具もある。俸給簿はここに残していきなさい。きみ宛の手紙とか、映画館の入場券とか、電車の切符など、それに類したものは、なに一つ持っておらんだろうね？」

「まったくございません」

「車でサウサンプトンへ連れていく。今晩、乗船することになろう。目的地と命令は前と変りなし。なにか質問は？」

「ございません」

「では幸運を祈るよ」

ジャックは敬礼して、それから階段を降りて表にでた。午後もまだ早い。車はウェスト・ロンドンを走り抜け、ステインズをくだって、サウサンプトン・ロードにでた。車のなかの暖かさと、前夜の睡眠不足から、ジャックはうとうととなった。まもなく、彼は深い眠りに落ちた。

そのころ、ジャックのまったく関知しないことだが、カナダ軍の軍曹ロイ・ホーキンズは三〇マイル離れているサセックス州イースト・グリンステッドのはずれにある、カナダ軍野戦保安部の司令部のそとで、三五〇ｃｃのＢＳＡオートバイをキックしてスタートさせようとしていた。その朝、

—4—

ロイ・ホーキンズは上司のジョン・グリーン少佐——このひとはロイヤル・カナディアン・マウンテッド・ポリスいわゆるマウンティ（カナダ騎馬警官隊）で、ホーキンズの父親と多年、ともに働いたことがあったのだが——そのひとに呼ばれて事務室に出頭したのであった。

「第二師団が出動することになる。戦場を経験するいい機会だし、きわめて大切な任務についてもらいたい」と少佐はいった。

ホーキンズはグリーン少佐が彼の進級に気をくばっていてくれるのを、よく承知していた。ホーキンズの氏名はすでに委員会に提出されていて、実戦の経験は彼の昇進の機会を強めることだろう。

「お前はオートバイでサウサンプトンのドックに出頭する。封緘《ふうかん》した封書一通をあずけるからこれを憲兵軍曹に示すと、〈プリンセス・ビアトリクス〉号に乗船を許可してくれる。あるイギリス人の科学者が兵士の服装で、部隊といっしょに上陸し、ドイツ軍のレーダー・ステーションの秘密を奪取しにいくことになっておる。お前はその科学者を掩護しなければならないが、もし科学者にとって形勢利あらずということになったら、お前は彼が捕虜とならんように監視するのだ。彼は知りすぎているからだ」

「といいますと、撃てということですか？」

「命令をいかに実行するかは、お前の裁量にまかせる、ホーキンズ。彼は生きて帰って来るか、それとも死んで留《とど》まるか、そのいずれかなのだよ」

「必要な装具は？」

「戦闘態勢で、拳銃を用意する。事が終わったらここに出頭する」

「その人物を見わけるには、どうしたらよいのですか?」

「乗船したら情報将校なり、〝A〟中隊指揮官のもとに出頭しなさい。この男は〝A〟中隊付になるのだから。彼らがその男を教えてくれるだろう。自己紹介をしなさい。そして片時も彼のそばを離れるな。幸運を祈るぞ」

「ありがとうございます。少佐どの」

ホーキンズは敬礼して、部屋を歩みでた。ただ一つ少佐にうちあけるのは得策ではないと考えたことがあった。彼の拳銃である。どうも調子が悪くこの間から困っていたのである。理由は撃針が正しく作動しないためである。武器を正式に交換するとなると長々と説明をし、時間をくい、手続きもやっかいになる。そこで考えられるのは誰かが彼のかわりになれば、万事がうまくいく。幸いにも、簡単な手がある……。

ホーキンズは用心しながら特務曹長の事務室のドアをあけた。特務曹長は不在で、ホルスターにおさめた拳銃が、ドアのうしろのフックに吊《つ》りさげてある幅広のベルトにつけたままになっている。ホーキンズは自分の拳銃を抜き取り、それを手早く特務曹長のと取り替えた。それから自身の宿舎に戻って、小さな雑のうの用意にとりかかった。

彼はポケットから俸給簿、手紙、バスの切符、紙幣、硬貨などを取りだした。突然、衝動的に、彼は戦闘服の上衣《うわぎ》を脱いで、厚いスウェーターを着、その上に戦闘服を重ねた。このスウェーターは彼のイギリス人の婚約者ロウィーナが編んでくれたものだった。彼の心を大いに動かしたのは、ロウィーナが一八ヵ月もの貴重な衣料切符を使って、その毛糸を手に入れたことである。ロイはこ

—4—

の大切なスウェーターを残していくに忍びなかった。あまりに貴重な愛情の苦心の成果である。それにまた海峡を渡るときにもし寒ければ役立つことにもなろう。ロイが初めてロウィーナと彼女の母親とに会ったのは、ある週末にエプソムで映画を見ていたときのことである。そのとき彼はフランス系カナダ人といっしょだった。ロウィーナの母親はベルギー人で、フランス系カナダ人がフランス語で話しかけるのを聞いて、同じ言葉で返事をした。その雑談から映画が終わってからのお茶になり、そしてお茶がやがてはロイ・ホーキンズをロウィーナと婚約させることになった。

ホーキンズは燃料タンクを調べ、エンジンをスタートさせて、出発したが、まだ彼の受けた命令が異常なので、いささか茫《ぼう》としていた。こんなことが、映画ならいざ知らず、現実にわが身に起こるとは？

ホーキンズは二一歳になる立派な体格の、ゆっくりとしゃべる男で、サスカチェワン州レジャイナの生まれで、六歳のときにアルバータ州フォート・マクマレーへ移ったが、これは父親の転勤のためであった。フォート・マクマレーはもともとはハドソン・ベイ会社が、罠猟師《トラッパー》のためにつくった交易所で、鉄道の終点になっていた。そこはアサバスカ河——インディアンのいう〝泥河〟のそばにつくられていた。当時、河に橋がなく、そこで冬になると人びとはアイス・ブリッジ（氷の橋）をつくりあげた。河が凍るのを待って、人びとは凍った個所の上に氷をますます積みあげていく。氷の層が数フィートの厚みになると、人びとはその上に丸太をならべて敷き、その上を車で向こう岸へいったりする。フォート・マクマレーは小さな町で、さまざまの木を切りだしていて、樹々の名前をジャックは子供心におぼえたものである。マツ、カラマツ、カバ、エゾマツ、ポプラなどと。冬になると樹々は雪におおわれて真白になって立っている。夏には、数マイルもつづく色合の異なるみどりが、くっきりと青色に輝くいくつもの湖の岸のまわりに溶け入っていて、それらの湖を結ぶのは剣の刃のようにまっすぐのびた、でこぼこの荒れた路《みち》である。

ホーキンズは聖ヨハネ・パブリック・スクールに通い、学校をでてからしばらく整備士見習いとして、ある航空会社に勤めていた。戦争が勃発《ぼっぱつ》した際、彼と四人の友達とは徒歩で地区の新兵募集所までいき、航空隊か海軍に入隊しようと思った。陸軍よりも刺戟がありそうだったからである。しかし空・海の両軍では新兵を受けつけなかったので、歩兵に入隊して、のちに野戦保安部に転属になったのである。

サウサンプトンのドックでは、完全武装の海軍の哨兵が、彼を停止させた。ホーキンズがその野戦保安部のパスを示すと、彼らは手を振って通過させてくれた。彼はゆっくりと進み、立ち並ぶ貨物倉庫を過ぎ、低くなった鉄道線路を横切って、オートバイを駐車させておく個所を見つけた。そこで彼はガソリンをだしてしまい、車を後部スタンドで立てて、船の方へ歩いていった。

サウサンプトンのキング・ジョージ五世ドックへの正面入口で、車が石ころだらけの道をがたぴしと走るので、ジャックは目をさました。運転手は車をちょいと停めて、哨兵にパスを示し、それから走りつづけた。彼らのとまったところは見あげるように高い船腹のそばである。船腹は鉄さびでしまになり、ところどころまだらになっていた。

ジャックは〈インヴィクタ〉号の姉妹船〈プリンセス・ビアトリクス〉号を認めたが、その船中で先月ワイト島で、四日間出航を待っていたのであった。タラップがまだおろしてあり、甲板にはカナダ兵たちが群がって、手すりにもたれ、歓声をあげたり、口笛を吹いたりしていた。彼らはこれもまたあのろくでもない演習にすぎないと、いまだに考えていた。何名かは、ジャックの車がタラップのそばにとまると、叫んだり、ひやかしたり、Vサインを見せたりした。どうせこれまた愚にもつかぬ上級将校が、参謀将校の赤いえり章のように真赤な顔を見せて、裁定をするためにか視察をするためにか、それともほかの無益なことをやりに到着したところと思ったのだ。

ところで、ひとりまたひとりと、ジャックがノリス・キャッスルで会った連中が、彼に気がついた。ジャックは彼らがひとのよさ丸だしで驚き叫んでいる声を耳にした。「スプークだ！」「スプークがいるぜ！」

たちまち、やじやひやかしは歓声にとって代わった。ジャックのためではなく、むしろ彼の到着が意味するものへの万歳の叫びである。またもドーセット海岸への夜間上陸に彼らと同行するだけのために、遠路、彼が運転手付の司令部の車で到着するはずはない。彼の存在は、彼らがいよいよ戦闘とあいまみえることになるのを意味しているに相違ない。

ジャックはこの思いがけない歓迎に、微苦笑をうかべ、手を振り返しながら、船にのぼった。彼が船のなかにはいるかはいらないかのうちに、クレーンはタラップを取り去った。そしてドアが彼の背後で音を立ててしまった。〈プリンセス・ビアトリクス〉号は出港の用意にかかった。ブラッキーが昇降口の踊り場で待っていた。

「やあ」とジャックはなつかしげに声をかけ、ふとあることを思いだし、腰のポケットに手を入れ

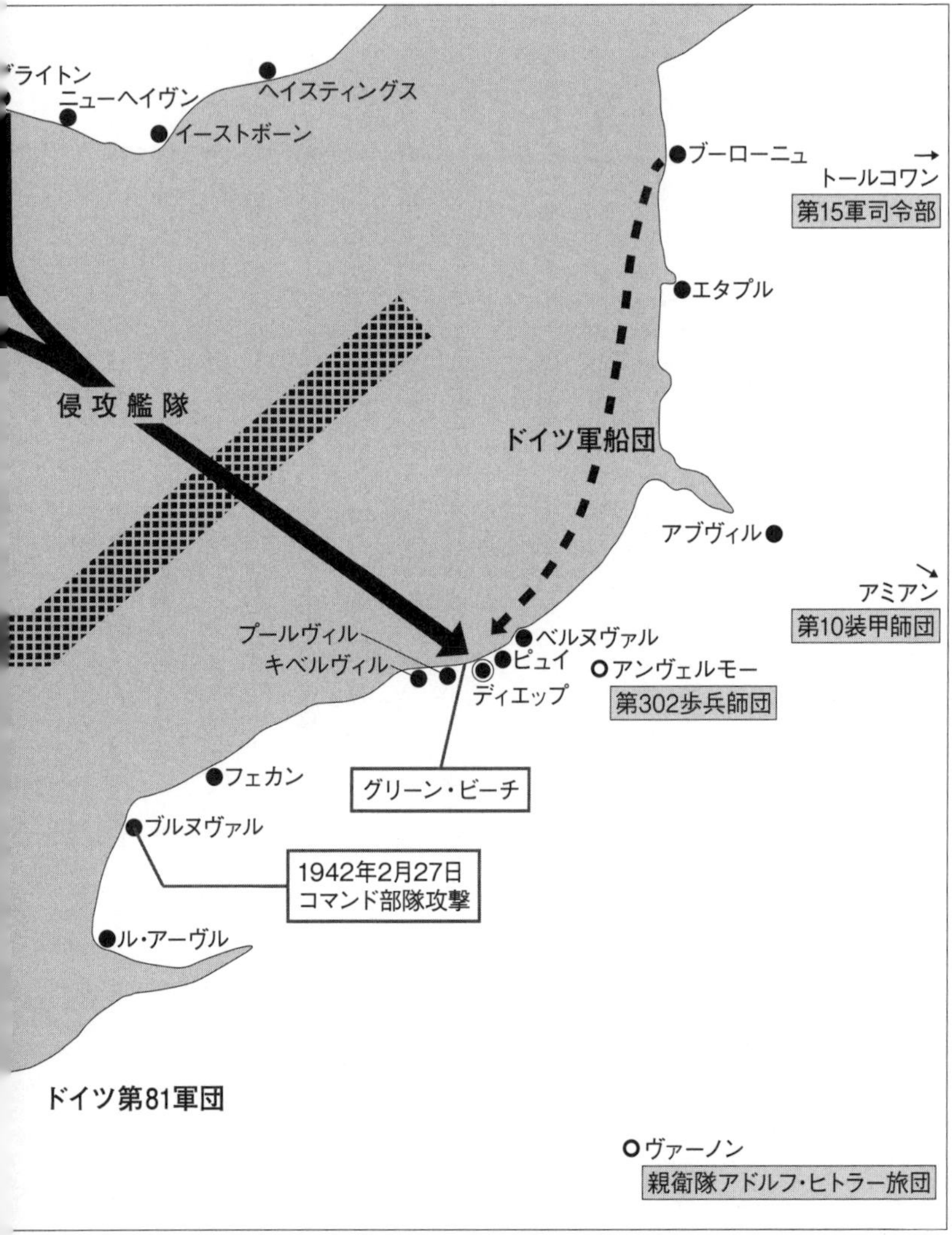

ライトン
ニューヘイヴン
ヘイスティングス
イーストボーン
ブーローニュ
トールコワン
第15軍司令部
エタプル
侵攻艦隊
ドイツ軍船団
アブヴィル
アミアン
第10装甲師団
プールヴィル
ベルヌヴァル
キベルヴィル
ピュイ
アンヴェルモー
ディエップ
第302歩兵師団
フェカン
グリーン・ビーチ
ブルヌヴァル
1942年2月27日
コマンド部隊攻撃
ル・アーヴル
ドイツ第81軍団
ヴァーノン
親衛隊アドルフ・ヒトラー旅団

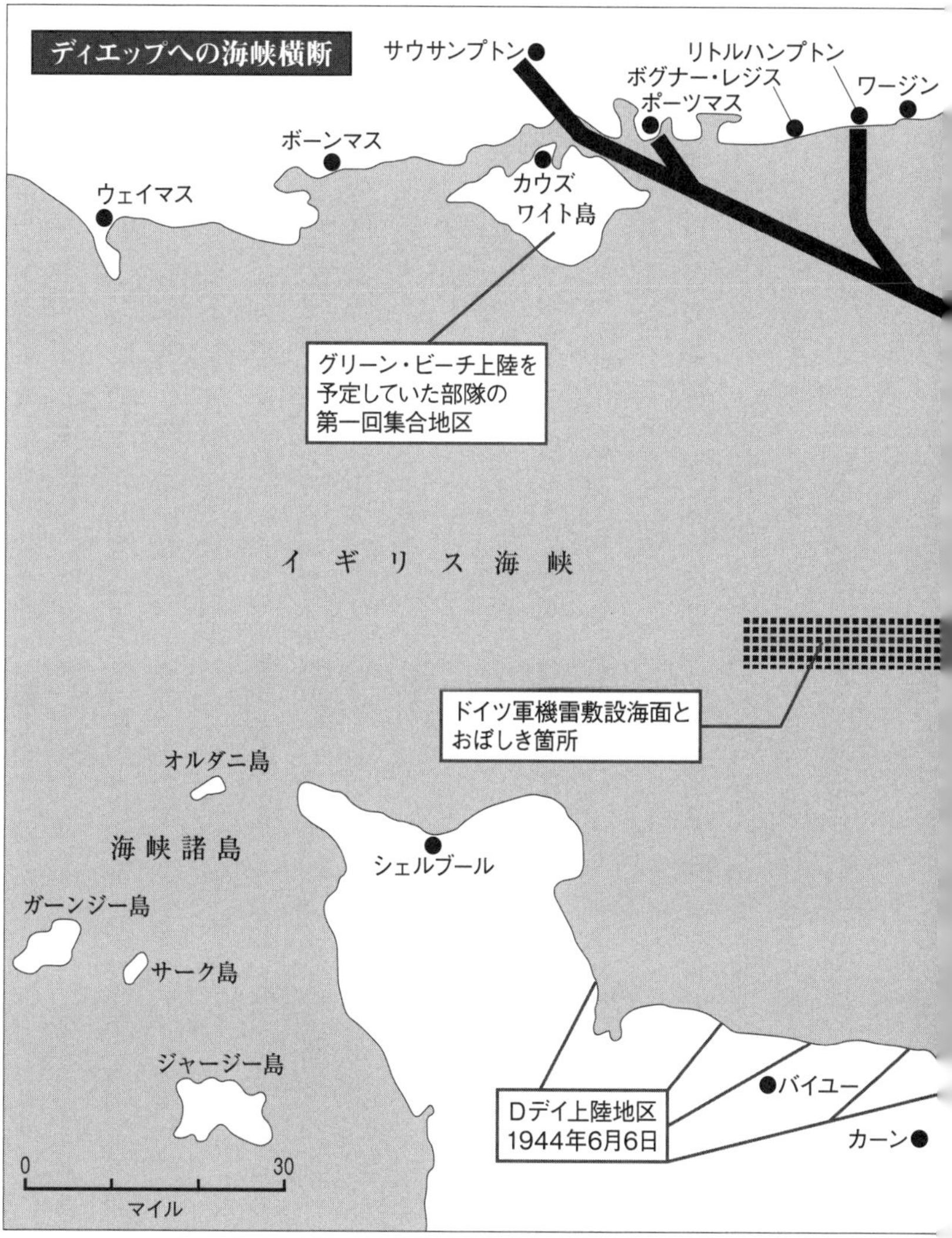
ディエップへの海峡横断
サウサンプトン
リトルハンプトン
ボグナー・レジス
ワージン
ポーツマス
ボーンマス
カウズ
ワイト島
ウェイマス
グリーン・ビーチ上陸を
予定していた部隊の
第一回集合地区
イ ギ リ ス 海 峡
ドイツ軍機雷敷設海面と
おぼしき箇所
オルダニ島
海 峡 諸 島
シェルブール
ガーンジー島
サーク島
ジャージー島
Dデイ上陸地区
1944年6月6日
バイユー
カーン
0
30
マイル

た。彼は紙幣で二ポンドを取りだして、ブラッキーに渡した。

「やあ、やられた！　そいつに二度とお目にかかれるとは思ってもいなかった」と、ブラッキーはあきれていた。「しかも今月にね。あんたがずばりいった通りに。あんたは本当に変幻自在のスプークだぜ。なにもかもお見とおしじゃないか？」

「その通り、わたしは歩きまわるお告げ人だからな」

「じゃ、いっしょに来てもらうか。あんたには一部屋用意してある。おれのよりもましなやつだ」

船室は小さな部屋で、壁には折りたたみの寝床が取りつけてある。トタンの洗面台とその上の黄色味がかっている鏡。ジャックは抽斗《ひきだし》をあけて、雑のう二つをしまった。

「ところで、今度は本当にいくのだろうね？」

ブラックウェルはうなずいた。

そのあと、要旨説明でわかったことだが、諸命令はまったく同じだったが、相違するのはパラシュート部隊のかわりにイギリス・コマンド部隊が出動し、上陸に先だっての空爆が中止となったことである。南サスカチェワン連隊は前回と同じく、暗号名《コード・ネイム》グリーン・ビーチのプールヴィルに上陸することになろう。

駆逐艦〈キャルピ〉号が旗艦で、そこから全上陸が指揮される——オレンジ・ビーチ、西方のヴァレンジュヴィル＝シュル＝メルの前面から、東方のベルヌヴァルのイエロー・ビーチまで。この旗艦にはロバーツ将軍と幕僚が乗っていて、麾下のカナダ軍各連隊、戦車部隊、コマンド部隊、他の海軍諸艦船、そしてアクスブリッジの戦闘機兵団《ファイター・コマンド》第一一集団の管制室などと、直接に無線連絡が

―4―

とれるようになっている。また伝書バトも旗艦に乗せてあって、なにかの手違いで無線連絡がとだえた場合に、それらを使用して通信をイギリスに送ることになろう。

ひとたび上陸するや、南サスカチェワン連隊の第一の目的は、橋頭堡《きょうとうほ》を確保し、それによって、カナダ・クイーンズ・オウン・キャメロン・ハイランダーズ連隊を上陸させて、ドイツ軍の一師団司令部があると思われている、アルク＝ラ＝バタイユへの途上にあるサン・トーバン飛行場攻撃への道をひらくことである。

プールヴィルの写真が幾枚も回覧された。これらの写真は町が中心になっていて、レーダー・ステーションではない。シ河が海に流れ入っていて、小石の浜が拡がり、ひとかたまりの家々、そして東と西には高く白い断崖がある。ジャックはようやくその任務が、まさしく容易ならぬ困難をともなうものになりそうなのを、実感しはじめていた。前に中佐がロンドンで見せた写真は、レーダー・ステーション中心のものであった。いま彼の見るところでは、ステーションのある崖《がけ》は険しく数百フィートの高さがある。狙撃兵と機関銃座が洞穴やたこつぼに設置されていて、日中、浜にいるものなら片端から、撃ちたおすことができよう。ジャックはまたプールヴィルのあまりに小さいのを知ってびっくりした。文字通り、ディエップからの街道が急角度に曲がっている周辺に、家々がばらばらに立って群れをつくっている。一軒のホテルが屈曲部の海寄りにあり、街道の反対側には教会がある。道はそれから丘を登って二つに分岐する。一つは左へ別の村プティ・タプヴィルへ通じ、そしてもう一つは断崖上にあるヴァレンジュヴィルへつづいている。

プロムナードの一方の端になる浜辺には、カジノがあり、そのうしろにチューダー様式まがいの梁《はり》を持つ建物があって、電灯用の発電機を備えている。大通りの両側にはいずれも、住宅がいくつかと数軒の店舗があり、そして一列になって高い家々がプロムナードに面している。

少し大きな家々がばらばらになって、プールヴィルを見おろす丘腹に、木の間がくれにのぞき見られる。それからほかに、農家らしい住居が、田野のなかに散在していて、土地がレーダー・ステーションの方へ次第に高くなっている。シ河はリジェンツ・パーク・カナルの広さぐらいかと思う程度で、それに渡してある橋は幅が約三〇フィート、両側にコンクリートの手すりがある。これはいずれにしてもどうでもよいことで、ジャックとその仲間たちは河の東側、つまりステーションのある断崖の真下に上陸する予定になっていた。少なくともジャックにとってこれはうれしいことであった。その橋を渡ろうとするのは自殺するのも同然となるだろう。おろかにも渡ろうと試みるものをせん滅するべく、火線を固定して訓練を重ねた火器によって、固く防備されているからである。

各中隊はそれぞれ特別の目標を持っていた。〝D〟中隊は東へ向かい〝フォー・ウィンズ農場〟という変わった名称の農場をおさえる。ここは丘の上にあって、サン・トーバンへの道路を制圧できる。〝C〟中隊は南西へ進撃して、輸送自動車修理工場といくつかの機関銃座を破壊し、それからドイツ軍の士官集会所を占領して、できれば捕虜ならびに鹵獲《ろかく》書類を持ち帰る。〝B〟中隊はプールヴィルを通過しつつ、敵を掃蕩《そうとう》して、その向こうにある鉄条網で囲まれた構内を調べてから、東へ転じる。〝A〟中隊は東へ向かいディエップをのぞむ丘陵上のステーションへの道を登り、またディエップの正面攻撃を制圧するであろう沿岸砲兵隊と戦うことになる。ディエップの占領は他のカナダ軍諸連隊にゆだねられる。

—4—

輸送小隊はそのブレン・ガン搭載車と、フォードV8型エンジンの小型無限軌道車をあとに残していく。そのかわり、トミイ・ガンで武装して、特別部隊として〝A〟中隊付となるのは前回と同様であり、指揮官ももともとの小隊長レスリー・イングランド中尉である。彼らの任務は、レーダー・ステーションに通じる途上の防御拠点を撃破するのを援助し、それからジャックとそのチームに掩護を与える。あらゆる中隊はのちに浜へ引き返し、そこに待機する上陸用舟艇によって帰還させられることになろう。

ジャックは事前の空爆が省略されたという情報に不安を感じていた。カナダ軍はこのことの意味するものを、現実に把握しているのかどうか？　ことにディエップに正面攻撃をかける諸連隊にとって、それがどのようなものとなるのかを——。彼同様、カナダ兵もイギリス沿岸の対侵略防衛態勢については、よく心得ている。いざという時になれば、火焰《かえん》放射器が海を燃やす。有刺鉄条網が水面下に沈めてあって、浅瀬を徒渉して来るものをずたずたに引き裂いてしまう。鋭い竜の歯のような杭《くい》が渚《なぎさ》にうえつけてあって、戦車の無限軌道を破壊する。そのうえ、運よくこれらの障害を逃れたものがいても、埋められた地雷が待っている。それに浜にいるすべてのものが絶えず砲火のもとにさらされるように、慎重に計算して火線を固定してある大小の砲が据えられている。ドイツ軍もまた同じように手きびしいもてなしを用意してないと予想するのは、理に合わないではないか？

ジャックは要旨説明を聞いて戻るとき、下のドックを見おろした。疲れたという恰好《かっこう》の兵隊たちが、シャツを腕まくりして、たたずんでいた。腕組みをしているものもいるし、Vサインを仲間に示しているものもいる。その相手たちは上甲板からさかんに手を振っている。別離というものには何かカーニヴァルのような雰囲気があり、ニュース映画にでて来る大西洋横断航路の船が、サイレンをボー、ボーと鳴らして去っていき、テープが船から岸へ投げられるといった光景を、彼に思いださせた。

姿は見えないが水兵たちが命令を叫んでいた。鉄の繋船柱《けいせんちゅう》から手首ほどの太さのロープを梃《てこ》で動かしているものもいる。スクリューが汚れた水をかき回しはじめた。船はその瞬間まで固い絆《きずな》で岸と結ばれた生気のない鉄の塊だったが、いまや自らの心臓、力、精神を持つものとなって息吹きだしたのである。クレーン、倉庫の鋸歯状《きょしじょう》の屋根、停まっている軍のトラックなどのつらなる光景が、ジャックの眼をかすめて去っていく。岸辺の兵隊たちはまだ手を振っているが、もはやその姿は次第に小さくなっていた。彼らは前途に横たわるものに関係がない。彼らはあとに残されている。しばらくのあいだ、彼らの身は安全である。ジャックはなかば彼らをうらやみ、なかばあわれに思った。

ドアにノックの音がし、あけると、外にはスチュワードが礼儀正しく立っていた。

「RDFの専門家の方と思いますが？」

「そうだが、ご用は？」

「船長からのおことづけです。ブリッジにいる船長のところまで、おこし願いたいとのことですが」

思いまどったが、ジャックは男のあとから、兵隊でいっぱいの甲板《デッキ》を通って、ブリッジの昇降階段へいった。彼は歩きながら、エンジンが速度を増し、船が彼の下で震動しているのを感じた。ジ

—4—

ャックがブリッジを昇っていくと、船団は、その昔、陸に接近するものを妨害した古い波瀾《はらん》に富んだいくつかの砦《とりで》をあとに残していきはじめ、次第に岸辺が遠のいていった。そして両側に他の船舶が近づいて船団にくわわった。彼がブリッジにはいったとき、空襲を告げるサイレンが悲しげに鳴りはじめた。彼はホープ・コーヴのレーダー・ステーションのことを、侵入機を追跡している沿岸各地の他のステーションの友人たちのことを思った。ちょうど敵機が、南へ向かっているこれらの艦船のあとを追い、艦船の位置・速度・方向を報告しているのと、同じようにである。

船長が彼の方へ顔を向けた。

「あなたはレーダーの専門家ですね?」

「そうです」

「あなたにできるかどうか、わたしにはわからんことだが、船の装置が壊れてしまっている。現在はどうせ使うつもりはないのだ。敵にシグナルを捉《とら》えられるといかんからね。だが、どうにかしてもらえると、ありがたいのだ」

ジャックは無線室にいってみた。雰囲気はいきいきとしていてしかも落着きがある。モールス信号がカチカチと通信を送り、遠く数百マイル彼方から音楽が聞こえてくる。彼は装置の裏蓋《うらぶた》をはずした。なかの真空管は冷たかった。二、三すばやく点検してみたが、故障の判断はつかなかったし、テスト用具も時間もなしに修理は無理というものである。彼はこのことを船長に説明した。

ジャックは半時間ほどブリッジで時間をすごし、チョークのように白い断崖が次第に小さくなり、最後には水平線の彼方に沈んでしまうのを見ていた。いかにも夏の宵らしい宵であった。休暇となると数えきれないほどキャンプ生活をして暮らした南沿岸の浜を眺めるにつれ、郷愁のような想い出がよみがえってきて、二度とそれらを見ることがないかもしれないと感じているためか、すべてはその昔よりもさらに甘く楽しいものであった。

ジャックは父親のことを思った。父と最後に会ったのは、戦争初期のことで、死を迎える少し前のことであった。空襲中に病院に訪ねたのだった。ちょうどジャックが進級したばかりで、父親は感動してくれた。そしてまたいつも口癖のようにいっていることを、念を押して話したものである。イギリスという国がいかに立派な国であるか、国のために、やって来る者すべて、とくにナチを相手に武器をとって戦うことは、いかにすばらしいことか、と。

ジャックは顔に風を受けながら立ったまま、船首がゆっくりと汐《しお》に向かって上下するのを、眺めていた。彼はなぜ自身が奇襲に参加したか、その本当の理由を、心のうちで認めていた。それは父親の希望にそうことであり、もしできるものなら、必ずや父は自身でそうしたに違いないからであった。彼の父親が一家の生命と希望と自由とを与えられたその国に負うているものを、ジャックは彼なりにそのなし得る最上の方法で返そうと努力していたのである。

下甲板へ降りていくと、兵隊たちは出征に際して給与されたライフル銃やステン・ガンを点検していた。特売日の肉屋のおやじよろしく、銃剣をといでいるものもいる。ジャックが気がつくと、レッドがベンチの上にしゃがみこんで、ステン・ガンを分解し、部品が床の新聞紙の上に並べてある。レッドはさかんに口のうちでぶつぶついっていた。

「どうしたね?」とジャックは彼に声をかけた。

「どいつもこいつも、やくざなしろものだぜ。どうせまたにせの出動をするもんと思っていたのさ。フォード一号とかいっていた。それでおれたちの多くは、自分のステンを持って来なかったのさ。それでいまちょうだいしたのがこいつさ」

「どこか工合が悪いのかい？」

「工合が悪いなんてもんじゃない。お粗末なもんなんだ」とレッドは説明した。「大急ぎの大量生産ときてるから、リヴェットの頭は突きだしたままだし、それが動かないときている。あんたも銃をもらったら、こんなふうにばらして、こいつらにちょっとやすりをかけて磨きあげた方がいいぜ。こいつらはひどいもんさ、工場で荷造りしたときのままで、グリスがついたままだ。このろくでなしは二〇発も撃てばだめになるな。それで仕方がないからやすりをかけてできるだけのことをしているわけさ。ほかの連中も大勢、同じ苦労をしているぜ」

方々でおさだまりのポーカーが始まっていた。兵隊のなかには船の酒保から、チョコレート——これはクーポンなしではめったに手にはいらない——シガレット、くだものの罐詰《かんづめ》を仕入れて来たものもいる。ジャックは南アフリカ産のモモの罐詰を二つ買った。戦争が始まってから味わったことのないぜいたくである。二つ目の罐のモモをたべ終わったとき、肩に軽く手をかけるものがあった。振り向くと、まだ会ったことのないひとりの軍曹と顔を合わせた。

「なんだね？」とジャックは訊ねた。

「わたしはロイ・ホーキンズというものだ」と男は説明して、「野戦保安部の。あんたの面倒を見に来たんだよ」

「それだったらもう一〇名もいる」とジャックは答えた。

「いま一一名になったのさ」とホーキンズはあっさりといった。

ふたりとも次になんといってよいものか、言葉に迷った。ふたりとも相手の心のうちを読んでいた。この軍曹はおれを殺すことになるかもしれない。おれはこの男を殺さねばならない仕儀になるかもしれない――と。

「じゃ、また」とジャックはいって、「みんながわたしを殿様あつかいにしてくれている。船室も一つ占領しているし」

「わたしは〝A〟中隊の指揮官に会って来る」と、ホーキンズはいった。

ジャックは甲板を歩いていく途中、セシル・メリットと出会った。

「ジャック！」と大佐は歓迎の手を差しのべて、「立ちよって、話していかんか？」

ジャックは大佐のあとから客室にはいっていった。エンジンの音が通風筒《ヴェンチレーター》を通ってひびいてくる。

「とうとうやる時が来たな」とメリットは戦闘服の上衣のボタンをはずしながら、「外国へいくのは初めてかね」

「ハイ」

「この旅が最後にならないように祈るよ」

ふたりは声をそろえて静かに笑った。

「ところで」とメリットは言葉をつづけて、「本当のところこのレーダーの仕事というのはどういうものなのかね？　向こうでのきみの任務はなにをするのかな？」

—4—

「残念ながらお話できません。大佐どのが捕虜にならないという保証はないのですから」

「そうか。そうまでいうのならば致しかたない。わたしはわかっていれば、もっと助けになれるのじゃないかと、考えていたのだ」

「知っているものが少なければ少ないほど、よろしいのです」

ふたりはしばらく雑談をしてすごした。それからジャックは礼をいって部屋をでて、甲板へ歩いていった。ジムがやって来て、そばの手すりにもたれた。彼らはそのまま黙っていた。船内にいる兵隊のうちどれだけのものが、もう一度陽の沈むのを眺められるのだろうか？　ベルがどこかで鳴った。スクリューが背後に白い泡をたててはっきりと船跡を残している。

「ワイト島のことに戻るが、わたしのシルヴァーと呼んだ男に、なにごとにもあてはまるようなうまい言葉を、きみがいったのをおぼえている。今度の旅ではそんな言葉はないのかね？」

「シルヴァーって誰のことだったかおぼえていないけど」と、ジムは静かに答えて、「あ、そうだ、やつに違いない……」

「名前はいわないで」とジャックは急いでとめた。「名前じゃない。いまいってるのは知恵のある名文句のことだよ」

「あなたの気分と態度次第ですよ」とジムは答えた。「たとえばアザンクールの戦いを前にしてのヘンリー五世の言葉だってありますよ、いま寝床にはいっているものどもは、その勇気を軽《かろ》んずるものである、なんとなれば彼らはこの場にのぞんでいないからだ――などとね」（一四一五年一〇月二五日イングランドのヘンリー五世はパ・ド・カレー近くのアザンクールで、自軍に三倍するフランス軍を撃破した。有名な一〇〇年戦争中の出来事である。シェイクスピアの『ヘンリー五世』でもこの戦いが扱われている）

「わたしならベッドの方がいいね」とジャックはあっさりいってのけて、「そういうのはごめんこうむりたいよ」

「わたしも同じですね」とジム。「わたしはなにごとについても即座には考えられないんです、ジャック、例外はおそらくあなたのお国の作家、トーマス・ミドルトン（一五七〇?～一六二七。主として劇作に専念した）が一七世紀に書いた、〝運命と喧嘩《けんか》するのはむだなことだ〟というのだけです」

　ふたりはしばらく黙ったまま立っていた。それからジムが口をひらいた。「でも、シ河のことを少しお話しましょう」

「シ河？」ジャックはけげんな口調であった。「というのはなんだね？」

「プールヴィルを流れている河ですよ。その河を調べる暇のないのは惜しいと思います」

「なぜ？」

「わけはルイ一四世時代にさかのぼって、一七世紀のことですが、彼の宮廷にロングヴィル公爵夫人というひとがいて、ディエップの市民といさかいを起こして、市民につかまりそうになったことがあるのです。もうちょっとというところで、彼女は追跡を逃れたのですが、それは馬がほんの少し速かったからなんです。が、その馬がシ河を歩いて渡るとき、つまずいたために、袋が裂けて、一財産、つまり銀貨で、一万クラウン、なんといってもたいへんな宝ですが、泥のなかに落としてしまい、なくしてしまったのです」

「命を失うよりも、その方がいいね」

「それがまさしくあなたの運命ですよ」

—4—

またもふたりは沈黙したまましばらく立ちつくしていた。彼らの頭上では、水夫たちが船のシルエットを変えるためにつくった、布製のにせ煙突が、風にバタバタと鳴っている。ある中立国の旗が船尾ではためいているが、これもまた不意に襲って来るドイツ軍の偵察機をだますためである。

ジムははにかみながらジャックに顔を向けた。

「わたしのガールフレンドの写真を前に見せましたかね？」

「いや」

「ここに一枚持っているんです」

ジムは胸のポケットをあけて、一枚の写真を取りだした。たそがれの光のなかでその写真をのぞくと、あいそのよいぽっちゃりとした地味なイギリス娘の顔が、彼を見返している。

「可愛いね」と彼はいって、「きれいな娘さんだよ」

「本当ですか？　ところで、彼女、カナダが気に入るでしょうか、どう思います？」

「どうして気に入らないと思うんだね？」

「なにしろものすごく広いんです、隣りの家が五〇マイル離れてるなんてざらなんです。冬になれば屋根までとどく雪。彼女のいるサセックスとはいささかわけがちがう。でも、彼女の気に入るものがいろいろとあると思うんです」

「おそらく、きみがその主なものさ」とジャックはいって、その背中を叩いた。

手すりにはいま兵隊たちが鈴なりになって、なにも見えない暗い海を眺めていた。いよいよ戦闘におもむくわれわれに、神のご加護がありますように、とジャックは思った。これまでもたびたび考えたように、ポーランドに残っている親戚《しんせき》たちがどのように暮らしているか、気がかりであった。もしも収容所から逃れて、まだ生きているとしたら——。やっと、いま自分たちはいくらかでも助けになるものを、返しにいこうとしているのに……

彼は下甲板に降りて、ベンチに腰かけ、ロフティが手榴弾に注意をくばりつつ、導火索を取りつけているのを見守った。それから各手榴《しゅりゅう》弾《だん》のハンドルをベルトにかけている。ホーキンズがジャックのそばに姿を見せた。

「そのなかのいくつかを使わしてもらうよ」と彼はいった。

「いいとも」ロフティは顔をあげずにいって、「おれには四つあればいい」

「ありがとう」

ほかのものたちも集まって来て、腰をおろした。バッドはシガレットの袋をみなに回した。

「あんたの出身地は?」とホーキンズは訊ねた。

「レジャイナの近くだよ」

「あんたは?」

「フォート・マクマレー」

「わたしがみんなに秘訣《ひけつ》を教えてあげるよ」とジャックはだしぬけに口をひらいた。

「秘訣を教える、スプーク、それで?」

「費用は一文もかからない。しかもあんたがたの命を助けるかもしれないのだ。上陸用舟艇に乗ったら、頭をうんと低くする。銃弾をよけるためだけではなく、レーダーというのはほかの目標よりも金属を捉えやすいからなのだ。金属は高くなればなるほど、捉えやすい。だから鉄かぶとを低くしておく」

—4—

　時間がたっていった。兵隊たちはジョッキや食事用の金属カップでココアを飲んだり、シガレットをふかしたり、靴の紐《ひも》をゆるめたりしているし、またテーブルの上や、ハンモックのなかで、それに床上で眠ってしまったものもいる。ジャックは自分の部屋に戻った。フレンチーが彼の寝床に腰かけ、シガレットを吸いながら、上衣のボタンをはずしていた。彼のまわりに〈デイリイ・ミラー〉紙を拡げて、その上にステン・ガンの部品をならべてあり、荷造りしたときのグリスをハンカチで拭《ふ》いている。

「どこへいってたね、スプーク？」とフレンチーは訊ねた。

「頼まれてね、船のレーダーを見て来たのだ」

「どうかしたのか？」

「作用しないんだ」

「というとどういうことになるんだい？」

「とくにどうということはないがね。船長は昔の航海者のように羅針儀《コンパス》だけを頼りにするわけさ。引き返すのはむつかしいよ、もしそのことを考えているとしたら」

「いや、考えてないぜ」

「じゃ、向こうにつく方がいいわけか？」とジャックは訊ねた。

　フレンチーは吸殻を洗面台に押しつぶして、「そうでもあり、そうでもないのさ。おれはいままでドイツ軍とこんなに接近したことがない、いまは一刻一刻、やつら《ジェリィ》に近づいている。海の上じゃまるで淋《さび》しいって感じだ。一機ぐらい敵の飛行機がおれたちをかぎつけたってかまわないぜ、前にもあったことだから」

それとも敵のレーダーが、とジャックは思った。その方がずっと悪い。その理由は防衛側に、彼らの接近しつつあるのを早期に知らせることになるからだ。

「フランスへいったことがあるのか?」彼はフレンチーに訊ねて、話題を変えた。

「いいや」

「でも見たいとは思っていたんだろ?」

「初めてってのは、いつも楽しみさ」とフレンチーはさりげなくいって、「あんたはどうかね? おれにどうしても納得がいかないのは、あんたがこんなひどい仕事を承知したことだ——生きて帰れるか、それともやつらかおれたちに撃たれるか、そのどっちかだ。この危険を引き受けるのに、ゼニ、たくさんもらったんだろ」

「ばかな、一文ももらっちゃいない。おそらくあんたよりも給料も低い。あんたはカナダ軍にいる、いいかね。イギリス軍よりもずっといいのだ」

「じゃ、あんたはイギリス陸軍のひとか?」

ジャックは首を振って否定した。

「と思っていたよ。その戦闘服はまるで身体に合っちゃいないからな」

「あんまり問いつめないで欲しい、フレンチー。なにも話せないことになってるのだから」

「でも、なにを考えてるかは、話したっていいんだろうが」

ジャックは言葉をとぎらせた。彼は子供のころのことを思い起こしていた。おかしな話だ、こんな場合に思いだすなんて？　父母が先になってキドーシュ（ユダヤ教の祈禱文）を読み、短いお勤めをすませてから、金曜日の夜にはろうそくに火をともして、週ごとの儀式がある。安息日《サバト》の夜にでる食事はきまっていて、ロクシェン（スパゲッティよりも細いめん類）、チキン・スープ、それから愛情のこもったローストしたかボイルしたチキンがつき、一切の仕事は毎金曜日の日没までに終わっているので、休日のような雰囲気のうちに食事をする——そうした想い出がよみがえってくる。

ジャックが五歳になり、英語を充分に読み書きできるようになると、父親は年上の友人である律法師《ラビ》に頼んで、彼にユダヤ教の教理を学ばせた。ラビはポーランドでのユダヤ人虐殺の際にひどい傷を受けていたのだった。ラビは背の高い、品位のある老人で、長い黒ひげをあごからたらし、よく似合う長い黒服をまとっていた。先生は辛抱強く日用祈禱書《シデュール》のなかのそれぞれのヘブライ語を鉛筆で指して、ジャックが正確に発音できるようになるまで、ゆっくりと繰り返し繰り返し読んだ。

先生はジャックの心を魅了すると同時に、なんとなくいやな感じを持たせる癖の持ち主であった。かぎタバコである。少年が好奇心をそそられてじっと眺めていると、強い刺戟のある匂いの粉が、老人のほおひげのなかを通って、はじめに一方の鼻孔から、次に残る鼻孔から吸いこまれて消えてなくなっていく。でも彼は先生の癖をがまんしていた。それというのは聖書のなかに現われる英雄たち、たとえばユダ・マカバイ（前二世紀ごろのユダヤの愛国者、国を守るために死す）やダヴィデ（前一一〇〇年ごろのユダヤの王、巨人ゴリアテをたおして国を救った）の話が楽しくてならないので、ジャックは先生にせがんで、それらの話をしてもらったからである。老人はいつもそれぞれの話から教訓を引きだした。ダヴィデとゴリアテの場合の教訓は、生きていくためにはおそれをいだくな、ということだった。ひとを迫害するものは強くなればなるほど、たおれにくくなるだろう。

「家での暮しのことを思いだしていたんだ」と、ジャックはフレンチーにありのままをいった。「あんたがおれに思いださせるのは、誰だと思う?」とフレンチーは彼に訊ねて、「ものの本で読んだんだが、ナイアガラの滝の上を、綱渡りした男がいた。ある新聞記者が、もし落ちたらどうなると思うかと彼にきいたね。男はびっくりしたようだった。そしてこういったとさ。実にくだらん質問だ、どうなるかあんたはご存じだ。だが、わたしは落ちるはずがないのだ。向こう側でまた会おうぜ」

「あんたともな」

「神のご加護があんたにありますように」急にフレンチーの声はかすれていた。「それとともにわたくしどもの上にもまたありますように」彼は戦闘服のなかに手を入れて、ロザリオ(カトリック教の数珠)を引きだした。「天主の聖母、われらをお護《まも》り下さい」

「わたしはユダヤ人だよ」とジャックはいった。

「神はただひとり、ましますだけなんだ」とフレンチーはいった。「おれたちはみんなただひとりの神をあがめているが、ときどき、名前を違えているのさ。詩篇九一の言葉をおぼえているかい?『たとえ千人はあなたの左に倒れ、万人はあなたの右に倒れても、その災《わざわい》はあなたに近づくことはない』というのを」

—4—

「小さいころ教会堂《シナゴーグ》で、よく唄《うた》ったものだ」とジャックはみとめた。「いった通りだ」とフレンチーは確信に満ちていた。「神は同じなのさ。神はわれわれの側について下さるぜ」

ドイツ軍もまた祈りをささげているのではないかな、とジャックは不安のうちに思った。が、その考えを口にはしなかった。危険と死とが目前に迫っているとき、訊ねずに残しておいた方がよい疑問があるものである。

船は、フランスから一一マイルと一二マイルの間の個所で停船し、部隊は上陸用舟艇に移ることになっていた。舟艇は、巨大な四角い艇首のぶかっこうな救命艇のように、船の両舷《りょうげん》の吊柱《つりばしら》からぶらさがっている。この距離は充分に計算した結果、波が一番高くなった際でも、ドイツ軍のレーダーがそこまで探知することはできないだろうとの確信があったのだ。上陸用舟艇は低い上部構造になっているので、敵のビームの下に、無事もぐり込めるに相違ない。ほぼ真夜中に近いころ、ジャックはベッドから飛び起きて、冷たい水で顔を洗い、剃《そ》刀、ひげ剃り用のブラッシ、石鹸、フランネルの下着類を小さな包みにまとめた。それを彼は補給部の特務曹長に預けた。ウェッブ特務曹長はその包みに札をつけた。

「ごらんの通りわたしはまだ青色の雑のうを使っています」とジャックはいって、「こいつは一マイル離れていても人目につきます。取り替えていただけませんか?」

「だめだね、どこにも予備がないんだ」

「第二師団の記章を肩につけるのはどうです?」

それは空色の四角な布で、それがないと、カナダ第二師団に属するものではないなと目をつけられることになろう。

ウェッブは肩をすくめた。

「遅すぎるよ、スプーク。まるっきり予備がないんだ」

「そう、じゃまた」

「幸運を祈るよ」

部屋に戻る途中、ジャックはバッドに逢った。

「これが要るんじゃないのかな？」バッドは、海軍の空色のキャンヴァス製でふくらますことのできる救命胴着《メイ・ウエスト》を手渡した。ジャックは上衣をぬいで、救命具をつけて、その上に上衣を重ねた。そのとき、船のタノーイ（拡声装置）がアナウンスを始めた——各人そのメイ・ウェストをいくらかふくらませておいた方がよい、ドイツ軍の機雷原を通過することになるから、といった。〈プリンセス・ビアトリクス〉号は高速度でばく進していた。水夫のひとりが、船首が機雷をつなぐケーブルを切断し、それから船首のたてる波が、近づきすぎるおそれのある機雷をそらす助けにもなるのだと説明して、心配顔の連中を安堵《あんど》させた。その船の後にひきつづいて他の艦船も機雷原の隙間にはいった。〈プリンセス・ビアトリクス〉号が先導に当たっているので、南サスカチュワン連隊は薄明のなかで、敵地への一番乗りということになった。

ロフティが彼らに近づいた。タイプした紙片をひらひらさせている。

「今週の訓練予定表だよ、みなさん。中止となったものをごろうじろだ。本日は断崖登はん、小隊による攻撃、手旗信号。明日は、哨戒、武装演習、崖登りときたね」
「それは、まだそれほどかけ離れたこととはいえんと思うよ。明日は一日が終わるまでに、駆けたり、崖登りをやったり、完全武装の教練をしたり、飽き飽きするほどやることになるだろうからさ。賭《か》けてもいいよ」とジャックはいった。

＊

南へ約一一マイル、ヴァレンジュヴィルの村では、プールヴィルの西になる崖上にある、ドイツ陸軍第八一三砲兵中隊事務室の外の掲示板に、二枚の紙片がとめてあった。一枚はハーゼ将軍の特別命令であり、もう一枚は八月一九日の訓練予定表の細目である。

〇六四五～〇七〇〇時——フリューシュポルト（早朝体操）
一〇四五～一一四五時——ゲシュッツ・エクセルツィーレン（砲術教練）

＊

ジャックの嬉《うれ》しくなったのは、第一回奇襲の中止となった〈インヴィクタ〉号でのときのように、彼の護衛にあたる連中が話しかけるのを遠慮しなくなったことであった。おそらく切迫した軍事行動の予想と危機感とが、あらゆる彼らの感覚を鋭くし、彼らをより密接につないで一体としたのだ。

「あんたは耐えられるかな?」とロフティは愉快そうに訊ねた。

「なにに?」とジャックはきき返した。

「敵のやつらがおれたちに喰《く》らわせるものにさ?」

「わたしなら足手まといにはならない」とジャックはいった。

「じゃ、訓練をやったことがあるのかい?」

「スコットランドのコマンド部隊のキャンプでね。あんたたちのいたアクナキャリイではない。別のところだ」

「でもフレンチーはあんたは陸軍のひとじゃないといってたが。どうしてそれをやることになったんだ?」

ジャックは微笑した。非公式にキャンプに参加するために、どれほど計画的に考えて年間休暇を犠牲にしたかを、彼に話すわけにいかなかった。バッドがせきばらいをして、海につばを吐いた。

「あすこでの訓練でなにが嫌いだといって、一番にあげたいのは」と、ロフティは質問をすすめないで、話をつづけた。「ターザンみたいに、綱にすがって河を渡ることだったよ」

「われわれのいく先では、そのことは必要なさそうだ」と、ジャックは安心させるようにいった。

「わたしはいまでもおぼえているが、子供のころ、木登りや、樋《とい》登りなどに夢中だった。学校から帰ると、家の裏手へそっと回って、樋を登り、それから横の樋づたいに自分の寝室の窓からなかへはいり、階段を降りた。台所に姿を見せて、母親をおどろかそうとしたものだ」

—4—

「あんたがどうしてはいったか、おっかさんは気がついてたのかい？」

「気がついていたよ。ある日家の外へでて見ると、わたしが横樋にぶらさがっているのを見つけたのさ。可哀想に、母は気絶してしまった」

バッドは声をだして笑った。

「おっかさんがいまのあんたを見たら、また失神することうけあいだぜ」

彼とバッドは別れというよりも、それ以上のものを含めて、うなずき合いながら歩み去った。それは互いに賛意を示し合う挨拶であった。ジャックは自分がみなに受け入れられたのを知った。そしてこれを知ったことであるさびしさが生まれてきた。彼はこれらの男たちのことをほとんど知らないし、もはや知る機会も持ち得なかった。束の間の奇妙な結びつきのあと、彼らはそれぞれ離れの道をいくことになろう。生きのびて、いろいろなことを知りすぎているために捕虜にしてはならぬ男の奇怪な話を思いだすひとたちも、ただぼんやりとおぼえているにすぎなくなるであろう。彼らも彼の本当の名前を知らず、ただジャックとかスプークとか呼んでいただけなのだから——。

手すりのはるか下で、海が泡だって燐光《りんこう》のように輝いていた。ジャックはホイットスタブルの小石だらけの渚で、夜になって水しぶきが同じように輝いていたのを見たことがあった。そこは、航空写真で見たところでは、やがて彼らが上陸するはずの浜とそっくりであった。彼は自分の生涯で、一見孤立しているかに思われるさまざまの出来事を、ちょうどテイト准将に会ったそのあと、レスター広場で腰をおろして思いにふけったときのように、思い起こしていた。ランニング、游泳、サイクリングの好きなことが、彼を適格にしたのだった。ラジオの魅力にとりつかれたのは少年時代からであった。賜暇のとき、わが家へ帰るかわりに、コマンド部隊の訓練を受けさせるようにしたものは、いったいなんだったのか？　なぜカードをやったり映画を見たりするかわりに、フォーブズ・スミスを相手に、銃剣術を習ったのか？　ジャックはジムが運命についていったのを想起した。潮の香のする大気を呼吸しながら、彼は考えた——いまさらどう考えても、考えるにはあまりに遠くまで来てしまったかもしれないが、彼の生涯は偶然にか、神の摂理によるのか、ことによると計画的に、はるか向こうの暗い浜辺で直面する仕事のための、長い準備にすぎなかったのではないか？

そして彼とともに上陸することになる兵隊たちはどうなのか？　このことが目的で、バッドはその製材所を離れて来たのか、ジムは勉学を中止し、そしてレッドは平原から乗り込んで来たのか？　このためにソードンは仕事をやめ、メイヴァーは銀行をすて、シルヴァーは平和時の職を離れたのか？　この時こそ名射撃手スラッセルの技倆《ぎりょう》を発揮させるためなのか？　ロフティに旅興行について射撃の腕を磨かせたのは、またスモーキーにナイフ投げを学ばせたのは、彼らの前途の生活の在り方のなかに、すでに組み込まれていたためなのか？

制服姿のスチュワードが、メリットの客室のドアを、静かにノックした。

「どうぞ」不意に眠りからさめて、大佐は大きな声をだした。

「朝食でございます」と、スチュワードは重々しい口調でいった。運んで来た盆の上には、ティー・ポットと、白いカップとソーサー、それからビスケット三つをもった皿がのせてある。

—4—

「ほかに用意したものがございます。本日、非常にお役に立つかと存じますが」

彼は薬壜《やくびん》を取りだした。メリットはラベルを見てびっくりした。〈スローン塗擦剤。リューマチ、座骨神経痛、腰痛、その他手足のこり、疼痛《とうつう》に特効有り〉

「だが、わたしにはリューマチや神経痛の気《け》はもちろん、ほかの痛みもないのだが」

「いいえ、閣下、これには薬ははいっておりません。ウィスキーでございます。船長の好意でございまして、ご武運をお祈りしております」

喜んで、メリットは戦闘服の上ポケットのなかに、しっかりとその壜をしまった。

下甲板では、それほどゆとりのあるふうにはいかない兵隊たちが、目をさましはじめていた。

「さあ、起きた、起きた、目をあけるんだ。貴様らのつっ立った撃鉄《コックス》から手を離して、靴下《ソックス》をはくんだ」

「起きろ、起きろ!」

「さ、やくざな足をだして、この野郎!」

兵隊たちはハンモックから飛びだして、固くなった手足をのばし、筋肉をほぐして、金属カップにいれた温かく甘いお茶をもらうために行列をつくった。空気は濁っている——息と、汗と、全速力で航進していく船に特有の金属的で油くさい臭いとが入りまじっていた。主な照明はことごとく消してあって、兵士たちのいるところには、数個の赤い電球がぼんやりと灯っていて、緊迫感を強めていた。

エンジン・ルームのベルが鳴った。将校たちは伝声管に向かってしゃべった。船体の揺れが前よりも激しくなくなり、やがてまったく動揺がなくなったので、突然、波のまにまに流されているような感じがした。

エンジンは足の下でかすかに呟《つぶや》いていて、それにつれて兵隊たちは赤い色に照らされた通路に列をつくり、階段を昇って、なま暖かい暗闇にでた。まだ岸からざっと一二マイル離れてはいるけれども、兵隊たちはしゃべるにもささやくようにして、動作も静かにしていた。

海軍の下士官たちが耳なれない命令をくだしていた。ハンマーを手にした水兵たちが、上陸用舟艇を支えている繋船索を固定した鉄栓を打ちぬくために、かたわらに立って待機していた。一方、上陸用舟艇の乗組員——各艇につき四名の水兵と、三隻につき一名の士官とが、それぞれの部署で用意万端おこたりなく待ちかまえていた。舟艇は、ジャックの見たところ、一風変わっていて、航海に堪えそうに見えなかった。長さおよそ三六フィート、幅およそ一〇フィート、一隻が一小隊とその装備を含めて輸送できる。艇のあるものはアメリカ側の設計で建造してあって、全部木製、せいぜい防げるのは石程度である。ある艇では担当の士官なり下士官が、船尾の小さな待避所から、彼らの指揮下にある艇を監督していた。

まもなく、すべての舟艇が海上におろされた。そのフォードV8型エンジンの二つの排気装置が、夏の日の湾めぐりという平和な旅を始めるときのモーターボートのように、ぼっぼっぼっと鳴っていた。母船の水兵たちが昇降用の網をおろした。そして兵隊たちは、用心しながら降りていく。手をかわるがわるに動かして、指のつけ根が固く粗い網の側面にこすられると、口汚くののしり声をあげた。ジャックが見ていると、スラッセルがいる。ブロンドの髪を耳にたらしているメイヴァー、

—4—

それからレッド、チャーリー、ジム、シルヴァー、フレンチー、そしてロフティ。最後はスモーキーでガムを噛《か》んでいる。彼のベルトにはナイフが吊してあった。

「どうぞお先に、クロード」とホーキンズがばか丁寧をよそおった。

「いや、どうぞお先に、セシル」と、ジャックはラジオでなじみの台詞《せりふ》をいった。

「待て」と暗闇からジャックに命令する海軍士官の声がした。「お前はその艇ではないぞ」

「乗るぜ」とジャックは切り返した。

「こいつ、いかんといったらいかんのだ。もう一個小隊乗船しとる。お前は四号艇だ。残れ！」

「あんたの間違いだ。おれはレーダーの担当なんだ」

「レーダー担当もくそもあるもんか。お前は四号艇だ。いいか」

口喧嘩が低くおさえた声で、暗い甲板上につづいた。その間にもカナダ部隊の兵士たちがぞくぞくと彼らのそばを通って、手すりを越え、網にすがって、艇に降りていく。

ジャックは手すりを飛び越えた。

「あとで処罰するぞ」と怒った声がした。

「好きなようにしてくれて結構。だが、あとのことだ」とジャックはどなった。

「どうしたんだ?」とすでに艇のなかにいるものがきいた。

「あぶなく艇に乗りそこなうとこだったのさ」

「待ってたぜ、スプーク」とロフティが安堵の声をあげた。

彼らはみな艇のなかで身をかがめた。わずか半インチの外側で、海水が灰白色の船腹をひたひたとうっていた。烈しくなった排気装置からでるガソリンの臭いが、彼らの方へ吹き流されて来る。一方の側には水音だけの暗い海と、まだ見たことのない大陸とがある。反対側には、水兵たちが鉤《かぎ》竿《さお》で突き離したので、母船の船腹が鉄壁のように垂直にそびえ立っていた。ぼんやりと、ジャックに見分けのついたのは、暗闇のなかにあるかないかのように、手すり越しにのぞき込んでいるいくつかの顔であった。

「大丈夫か、みんな」と、ささやきに近い声が訊ねた。

「アイ、アイ、サー」

「第一号、OKか」

「OKです」

「発進しろ」

ベルがチリンチリンと鳴った。それはマイル・エンド・ロードを走る無蓋《むがい》バスの車掌や、「お声をかけて、一つお求めを」とアイスクリームの行商をしている青と白との三輪車の連中を想いださせた。だがいまでは、「一つ求める」はRAFの隠語では弾丸に撃たれることで、多分に死を意味している。ジャックはその想いを振りはらった。

小屋のようにお粗末な操舵室《そうだしつ》で、下士官が双方のスロットルをひらいた。一瞬、木製の艇は、海水が泡だつ間、ぶるんぶるん震えていた。それから艇は発進した。暁を前にして薄明のなかで、幾隻もの母船の周囲で、他の舟艇群が、燐光を放つ泡のやじりを淡く引いて進んでいくのを、彼は見るというよりもむしろ肌で感じ取っていた——それらはもっとも東方の目標に向かう第三コマンド部隊と、もっとも西方の目標に向かうロヴァット卿指揮下の第四コマンド部隊とであった。

*

—4—

フランス沿岸から内陸数マイルになる、とある村のホールで、海の風光や潮騒《しおざい》から離れて、蓄音機の針が上下しながら、一枚のレコードが回転し、テナーの声がラウドスピーカーを通して金属的に歌っていた。

カップルたちは踊りはじめた。何名かは将校で、夏の白い礼服を着ている。残りは民間人で、戦時には不似合いなディナー・ジャケット姿である。壁の前には踊らない人びとが立っていて、グラスを手にして、音楽の調べをハミングしている。おぼろな灯《ひ》が、渦巻くタバコの青い煙を通して、揺らいでいる。

娘たちは空軍婦人補助通信部隊《エル・エヌ・ヘルフエリンネン》に所属していた。民間人は戦争特派員、カメラマンたちで、過去二日間娘たちに、勤務中やまた勤務明けにインタヴューして、記事の取材をやっていたのである。彼女たちの活動ぶりを写真入りの記事にして、新しく応募するものを力づけると同時に、彼女たちのことを心配している母親たちを安心させようという企画である。

制服の連中はドイツ空軍第三航空軍に所属するパイロットたちであった。八月一九日の気象予報は、朝は晴れだが、午後から曇って雲がたれこめると告げていたのであった。こういう状態はイギリス空軍の攻撃を助けることになるとは考えられないので、そこで三名につき一名のパイロットという割合いで、二四時間の賜暇を取るのを許可されたのだった。そこでいくらかでも楽しく時をすごそうというわけで、この催しになったのだ。

時おりカップルたちはホールからでて、二重になっている灯火管制用のカーテンをくぐって、八月の暗闇のなかで、新鮮な乾し草の香に満ちている暖かい空気を吸って足を停め、それから腕を組んで乾し草の山や、樹々の陰に、歩み去っていくことになろう。

少しでも光の洩《も》れるのをおそれて、目張りした上に、シャッターをおろした窓の陰で、近くの家々の初老のフランス人の農夫やその女房たちは、音楽の調べが耳ざわりになり、といって文句をいいにいけるものでもないので、眠れずに目をさましていた。

*

海上ではいま、風が前よりも冷たくなり、しぶきの潮の香が強くなった。ときどき、波が急に高くなって、船首や両舷にぶつかって、なかにいる兵隊たちの戦闘服をしめらし、顔をぬらす。

ジャックの眼は次第に暗さに馴《な》れてきたので、操舵室のぼんやりとしたシルエットを見分けることができた。時計を見ると、針は三時二一分過ぎを指していた——イギリスの夏時間である。それは大陸時間よりも一時間早くなっている。五時一〇分前に到着の予定だから、戦闘開始までに八九分を余すだけである。

バッドが紙の束を彼に渡した、どれもトイレット・ペーパーをちぎったくらいの大きさだ。

「なんにするんだ？」ジャックは彼に訊ねた。

「その上にフランス語でなにか書いてあるんだ」とバッドは説明して、「まだ暗くて読めないが、会ったフランス人に渡せってことだ——これがただの奇襲で、侵攻じゃないと教えるんだとさ。どっかに姿を隠して、かかわりあいになるなって警告するのだ」

「その警告ならわたし自身が肝に銘じなければいけなかったのさ。いまとなっちゃ遅きに失するがね」

「おっしゃる通りさ、ジャック坊や」と、ロフティがあいづちをうった。「いまとなっては遅すぎるのもいいところだ」

—4—

ドイツ軍の沿岸哨戒艇五隻がディエップ港の護りにつくため、ブーローニュを出発していた。それらの艇には強力なエンジンを装備した木造のモーターボートが、護衛にあたっていた。このボートはドイツ海軍では、潜水艦追跡ボートとして知られているものである。それらは第一四一一号、第四〇一一号それから第一四〇四号とであった。

指揮ボート第一四一一号に乗っている艇隊指揮官ヴルムバッハ中尉は、風が西南西で、風力二、次第に強くなるのを前もって知っていた。〇三〇〇時をすぎた直後、風の方向が変わって、自分たちのボートのエンジンの音が吹き流されていき、驚いたことに、ほかのエンジンの音がヴルムバッハの耳にはいってきた――しかも自分の艇隊のものではなかった。

無線を封止し、艇の信号灯を明滅した。相互に相手を認める信号は灯火ですることを、出発前に船団と指揮官との間に、とりきめてあったのだ。もしかしたら別のドイツ海軍の船団で、そのことを前もって通告されていなかったということも考えられたが。あるいはたびたび海峡を渡って来るイギリスの高速魚雷艇――目標を発見次第すばやく攻撃をおこない、それから得意の逃げ足の速さを頼りに、さっとイギリス側へ脱兎《だつと》の如く遁走《とんそう》してしまうやつかもしれなかった。

ヴルムバッハのランプの合図に確認信号が返って来ないので、そうなると船は外国のものと推定してもよいのではないか？　しかし――どういう方法で確認したらよいものか？　これはなかなかむつかしく厄介なことであった。船は味方で、さまざまの理由があって応答をしなかったのかもしれない。哨戒の役目を勤めるものが眠っているとか、ただランプが見えなかったということだってある。また応答はしたが、そのランプを見おとしてしまったのかもしれない。また誰何《すいか》に対して、正確な承認をだすのをしばらく忘れてしまったのかもしれない。

こうしていろいろと、そうあってもおかしくないし納得のいく理由が、ヴルムバッハの心のうちに浮かんでいった。彼は返事を待ってもう少し時間をかすことにした。一〇分を二〇分に延長して、その上、念のために五分を追加した。が、まだ応答はなかった。ヴルムバッハはいやます不安の念に駆られながらも、四時一二分前まで待った。その時になってもいまだに応答はなかった。幾隻かの船は敵だと彼は確信した。そこで、彼は照明弾を撃ちあげた。

たちまち、沿岸を目指して進む上陸用舟艇の驚くべき全貌《ぜんぼう》が、あからさまにされた。そして双方

—4—

が互いに相手を認めるや否や、ともに火蓋を切った。新鮮な夜の大気に、突然強烈な火薬の臭いがまじった。とぎれなくつづく砲声のとどろき、負傷者の悲鳴と叫び声が、高くあがった。曳光弾《えいこうだん》が赤い投げ槍《やり》のように空に線を描いていき、目もくらむオレンジ色を中心にした焰《ほのお》の環《わ》は直撃弾のしるしであった。ヴルムバッハはこの船団の目的に疑問を持たなかった。声をからして彼はラジオ・オペレーターにおそろしい言葉を叫んだ。「侵攻だ!」

切迫した危険は、ラジオ使用禁止のあらゆる必要性に優先した。必死になってオペレーターはキイを叩いて、それからスイッチを動かしてその送信が届いたかどうか、聞こうとした。だが、第一四一一号ボートは、至近弾のために激しく動揺し、周囲の海は湧き立っていて、ゆれている狭いラジオ室のなかには、むなしい空電妨害の甲高いきしり音以外、なにも聞こえるものはなかった。

「アンテナです。指揮官どの! アンテナが撃ちたおされたのです!」

「ほかの方法で通信できんのか?」

「だめです」

「四〇一一へ信号を送れ。向こうのラジオで送信できるかどうか、訊ねろ」

すぐ返事が帰って来た。「不可能。アンテナ破損」

ヴルムバッハはランプ信号で各ボートに、負傷者をおろすために、即刻ル・トレポールへ向かうように命令した。それから残る船団——うち一隻は撃沈されてしまっていた——に、なるべく岸に近づき、満潮を利用してディエップ港に向かうようにと、命令を与えた。

砲声はいまだに双方の側から絶え間なくとどろいていた。死傷者は、上陸用の舟艇に囲まれているのだった。ヴルムバッハは直撃弾を目撃し、忘れることのできない轟音《ごうおん》と、破裂したボイラーからスチームが烈しく噴出していく音を聞いた。ヴルムバッハは、揺れ動く小艇のなかで足を広くふん張って、そこに立っていながら、情況の皮肉さに圧倒された。疑いもなく岸にいる部隊は、この戦闘を毎週起こっているありきたりの遭遇戦の一つと見すごすのだろうが、彼だけは違っていることを知っていた。彼のみは迫りつつある危険の範囲を知っていたのである。彼は数多くの艇が矢のように大陸の浜を目指して進んでいくのを目にした。しかもドイツ海軍が費用を惜しまずに設備してくれたあらゆる精妙な無線装置にもかかわらず、彼は岸にいるものに、刻々と、彼らに近づきつつある危険を警告する方法を、なに一つ持っていなかった。

*

《ジュビリー》作戦部隊の護衛に任じていたイギリス海軍の諸艦船も、このドイツ軍艇隊については同様に、原因不明の技術的故障のために、報知を受けずにいたのであった。その朝〇一二七と、また〇二三三とに（いずれもイギリス・ダブル夏時間、つまりグリニッジ標準時よりも二時間早い）ニューヘイヴンとビーチイ・ヘッドと二つのレーダー・ステーションが、敵の船舶が大陸沿岸をディエップへ向かって航行している旨を、報告していた。この情報は送信されたが、理由不明で、旗艦〈キャルピ〉号はそれを受けていなかった。他のイギリス艦船はこのラジオ通信を正しく受信していたが、旗艦から命令のでるのをいたずらに待っていた。ところがいつまで待っても命令が下達されて来ないので、それらの艦船では、そのラジオ信号を重要なものでないと判断したのである。かくて《ジュビリー》船団はそのまま航行をつづけていった。

—4—

誰かがジャックの肩にさわった。ロフティである。彼は下におろしている方の手に壜をさげている。

「がぶっとひと飲みやらんかね？」

「なんだい？」

「ラムさ。やるかね、スプーク」

「ラムは嫌いなんだよ」

「でも、ラムの方は嫌っちゃいなかろうよ」

誰かが水筒をジャックに差しだした。彼は一口飲んだが、強い酒なのでむせてしまった。

「そいつは海軍支給のもんだよ」とシルヴァーは念を押して、「あんたがたライミーがグロッグというやつさ」

上陸用舟艇はことごとくラムを用意していたが、それはまさかの時を考えて支給されたものだった。マレイ・オーステンは艇が母船を離れる前に、自分の中隊の員数よりも、ラムが一壜多いのに気がついたのだった。彼は壜を支給している海軍の下士官といっしょに壜を渡して、誰がごまかそうとするか目を光らしていた。オーステンの勝ちだった。彼は残りの一壜を、中隊の補給部軍曹——〈プリンセス・ビアトリクス〉号でイギリスへ戻る任務をおびているもの——に渡した。

「大切にとっておいてくれ。帰って来てからいっしょに一杯やるから」と彼はいった。

決してすべての部隊が上陸前に、ラムを飲みつくしてしまったというわけのものではない。特務曹長ダンカーリイは個人の意見として、暑い夏の日には水の方がはるかに大切になると確信していた。そして多くの他の兵隊たちも彼と同様、水筒に水を入れていく方を選んだ。しかしいよいよ未明を前にして、ジャックは冷えた身体のなかを、火のように走りめぐる酒をありがたいなと思った。

そのとき、大空いっぱいに、突然、みどりっぽい光が爆発して、きらめくばかりに輝いた。誰もかも本能的に身をすくめた。東の方から不意に、思いがけなく、砲声がとどろいた。照明弾が落ちていき、巨大な星がいくつも尾をひいて、海を、はるかな海岸の波うちぎわを、広漠とした水平線を、急にめくるめくほどまぶしく、アーク・ランプのような強さで明るく照らしだした。

ジャックは鉄かぶとをぬいで、舷側越しにのぞいて見た。歩兵を乗せた上陸用舟艇、戦車を搭載している大型の舟艇、平底船のフラック・シップ——載せているのが高射砲《フラック》なのでその名がある——などを含めて、全船団が各方面に展開している。照明弾は情容赦なく、外科用のメスが骨をむきだしにするように、それらの姿をあからさまにさらけだしていた。スクリューの起こす泡、排気装置から噴きだす煙、煙突からでる煙の流れなどが、彼の目に映じた。岸にいる監視兵が、この侵攻船団に気がつかないなどというのは有り得ないことではないか？　ジャックは照明弾が消えるとまた艇のなかにうずくまった。砲が火を噴き、鉄の舌を烈しく動かしている。砲口の閃光が、一瞬、近くの艇を影のように見せた。

「いったいどうしたんだ？」とジャックはささやいた。

—4—

「わからんよ」とレッド。「とにかくおれたちは気づかれたんだ」

「どうかな」とバッドは期待するように、「岸からはそう遠くまで、見ることのできないものさ。おそらくまだ岸まで六、七マイルはあるはずだ」

「六〇マイルぐらい離れてりゃいいのにな」とフレンチーはいった。

「おれもそう願うぜ。こいつが猟ならば別だがよ」とレッド。

しばらくは静かだった。すると若い兵士のひとりが、いらいらしながら怖しさに声をからして、大部分の連中の気持ちを反映したかのように口をひらいた。「とうとうのっぴきならなくなったのか」

軍曹がその方を見た。

「おれたちはそのために来たんだぞ。若いの」と彼はやさしくいった。

「軍曹、あんたは自分を納得させているのさ」と、チャーリーが艇尾からやり返した。ほかの連中は笑いを洩らした。それで緊張がほぐれた。舟艇は泡をたてながら進んでいった。

＊

断崖の上に高く立っているフレイヤの格子づくりのアンテナ反射器は、ゆっくりと左の方へと回っていって停止し、それから右の方へまた半円を描いていって停止し、そしてふたたび元の方へ回転していく。巨大な反射器、土地のひとにいわせると聞き耳を立てているのを思わせるものの下には、それとともに回転するちっぽけな小屋がついていた。

　この小屋のなかには方向探知担当のオペレーターがいて油断なく、なにかの目標がスクリーン上に現われてきた際の、アンテナ角度を読み取ろうとしている。

　下の赤レンガで建造した防塞、トート組織がつくりあげた部厚いコンクリートでおおわれた建物のなかには、多くのステーション勤務員たちがいた。距離解読のオペレーター、またヘッド・アンド・ブレスト・テレフォンをつけて、聴くこととしゃべることとが同時にできるプロッター（図表を記す担当者）もいる。彼の電話は特別地上通信線で、ディエップの野戦航空警報センター、ディエップに半マイルのゴルフ・ホテルの一階の一室にある第一部隊の名称で知られている分析センター、そして町から一マイルのピュイにある彼らの指揮所に、つながっている。

　このフレイヤはヴュルツブルク型レーダー四装置に、材料を提供していた。これらのレーダーは、レ・プチト・ダルからフェカンの北東約一〇〇マイルのサン・ヴァレリ＝シュル＝ソンムまで、一列になって展開している。フレイヤは遠距離の目標について受信したあらゆる情報を提供する。これらのヴュルツブルク型はそのあと、その装置の作動範囲および能力内にはいってきた敵機や敵船を、処理することになる。

　分析センターでは、これらのレーダーからはいるすべての情報、および望遠鏡で監視している哨戒兵の気づいた細かい事象を、一般情況表示板に記録する。この表示板はテーブルになっていて、その上に戦闘機、船舶、船団などの位置が、模型や小板で示されているが、この模型などは、フランス沿岸の地図の上を移動させるようになっていた。オペレーターたちは三交替で勤務した。その

—4—

仕事は重大にして慎重を要するものであった。フレイヤからでたプロットは、ヴュルツブルク型からでたプロットと、正確に相関させて照合されねばならなかった。そうでないと一機の飛行機が三つの航跡を示し、事実、別々の三機であるかのように見えることも起こり得るのである。これは地球の屈曲によってもたらされる難問で、しかもその現象は大きく拡大されるので、もともと不正確なフレイヤが個々の爆撃機をつきとめるために、ヴュルツブルクと満足のいく協同作業をおこなうという工合にはいかなかった。

それぞれの航跡は記録され、異なる各司令部——戦闘機、爆撃機、沿岸哨戒機——は敏速にそれぞれ所属機の確認をおこない、そこで、空もしくは海からの侵入者はたちまちのうちに発見されることになるだろう。

全レーダー班、つまり第二三レーダー中隊——それは北部フランス空軍管区通信連隊無線測量（レーダー）中隊に所属している——の指揮官は、二八歳になるヴィリー・ヴェーバーで、一七ヵ月前から中隊の指揮をとるようになった。その前は関連のある連隊の副官をしていたのであった。彼は職業軍人である。ベルリンに生まれ、一九三三年にそこで、物理学、数学、化学について、大学入学許可をとった。一九三六年に歩兵として軍にくわわる前に、国際特派員として短期間ベルリンで働いたことがあった。

彼は軍にはいったとき、歩兵部隊に回されたが、当時、ドイツ空軍の全将校は初期訓練を、歩兵大隊で受けねばならないことになっていたからであった。

一九三七年、彼は形式上、空軍配属となったが、ベルリンの陸軍無線通信情報部で訓練された。

彼はポーランド戦争に終始参加し、その後、ベルギー、北部フランスで無線通信連隊の副官となった。

ヴェーバーの任務は、なにか侵攻軍らしい徴候があるという情報がはいった場合、まず地区の戦闘機中隊に、ついで海軍に報告することであった。そして彼の言葉によればすべての〝飛び入り〟にも情報は提供された。フレイヤ二八型は空中距離一五〇キロで、波長は二・四〇メートル、それは海上五マイルないし一〇マイルになると、波の高さで能力を発揮できなかった。しかし崖上という高さのために、上部構造を持つ船舶を電波にとらえることはでき、大きさにもよるが、最大限三八キロ、約二〇マイルまで有効であった。

フレイヤ・レーダーは海峡を渡って来る空中もしくは海上からのなんらかの攻撃に対して、早期警報の鍵《かぎ》となっていた。ブルヌヴァル奇襲以後その警戒護衛は強化されてきていた。勤務明けのレーダー・オペレーターもすべて、就寝時間や余暇をさいて、彼らのステーションの防衛に助力をおしまなかった。コンクリートの防塞の周囲には、土の垣がつくられたが、これは一つにはそれを隠すためだし、一つには攻撃を防ぐためであった。

三交替の終番勤務（夜一二時から翌朝八時まで）オペレーターは、その朝〇三四五に、ディエップから三五キロのところに一つの目標を捉えた。ただちにヴェーバーに報告された。

「海上に五縦列の船舶が認められます」

ヴェーバーは地図の碁盤目と照合した。

「目標は移動しているのか？」

—4—

「いや、静止状態であります」

ピュイの指揮所で、ヴェーバーは地図を点検した。五縦列の船舶となれば、あまりに大きな目標で、なにかの間違いという余地はない。一隻の船、そう、それならば誤謬《ごびゅう》もあり得るかもしれない。一団といっても、間違いがないとはいえない。しかし五縦列となると、誤りのあるはずはない。彼は引きつづきステーションと連絡を取った。船舶は約一時間静止したままでいたが、やがてすべてが、いまだにはっきりと五列になったままで、陸地へ近づきはじめた。

ヴェーバーは同僚および装置に絶対の信頼をおいていたので、彼にとってこのことはただ一つのことを意味していた。かねて予期していた侵攻である。あるいは少なくとも、五つの異なる集団を含む相当兵力の上陸である。

○四四五時に彼は海軍の第二船団保安部へ電話を入れた。そこがあらゆる疑わしい船舶の国籍を判定する責任をおびている。電話の相手にでた将校は書類を調べた。

「五縦列というのは聞いておらんです」と、彼は疑わしそうに、「ディエップに○五○○到着の予定で五隻の船が、ブーローニュを出発しています。なお護衛のために三隻の潜水艦追跡艇がついています。どうして五縦列とわかったのですか？」

ここでヴェーバーはしばらく言葉をとぎらせていた。レーダーはドイツ側でもイギリス側同様に、いまだに極秘である。実際いかなる方法でその目標を発見したかを、暗示することもできないのだった。このため目標の存在について疑いが起こる場合があるだろうが、その際彼の伝えたことの正確なのをたしかめた方法を、科学的に説明できる立場に彼はいなかった。

「繰り返しますが、これらは五隻の船でなく、五縦列の船舶群です。だからブーローニュからきた小船団ではあり得ないのです。もしもその船団ならば、東から現われるでしょう。ところがこれらの船の群は北方から接近しつつあるのです」

「なにかの間違いですよ」と、海軍の将校はひややかに答えて、電話を切った。

ヴェーバーはふたたび彼のステーションと連絡を取った。船団は着々と接近しつつある。彼はヴルムバッハ中尉が海上で経験したのと同様に、いらだつもどかしさを感じていた。そのとき中尉は接近しつつある船団に気づきながら、アンテナを撃破されたため、岸にいる同僚に警告できなかったのであった。

ヴェーバーはまたアンヴェルモーにある第三〇二歩兵師団の当直将校にも電話を入れた。この師団はこの沿岸地区の防備に責任がある。

「この時間に貴官を起こしてしまって、申し訳ないが」と、彼は身分を明かし、弁解するような口調でいった。「だがわたしの受けた報告では、国籍不明の船舶が五縦列をつくって、着々と沿岸に接近しています。もしもそれらが現在の航路を維持し、かつ敵ならば、わたしの推測ではディエップを目指していて、約二五キロの戦線になるでしょう」

「海軍の意見はどうです?」すぐに目をさまして、当直将校は訊ねた。

「海軍ではブーローニュからのドイツ船団だと考えています」

「貴官はそうでないと確信しているのですな?」

「わたしはなにごとについても確信していません」とヴェーバーはあっさりといって、「しかしわたしの推断によると、これらは船団の一部ではあり得ないのです。もちろん、たいしたことはなに一つないのかもしれませんが、貴官には報告しておくべきだと考えたのです」

「お世話をかけましたな」とその将校はいった。そしてただちに彼は上司に警告した。

結果として陸軍、海軍および空軍の各部隊は行動を起こした。その間にヴァレンジュヴィルの沿岸砲兵隊はロヴァット卿の率いるイギリス・コマンド部隊の猛攻撃を受けて、多くの砲を破壊され、数名の捕虜を連れ去られた。ヴァレンジュヴィルの砲兵隊は海軍の管轄下にあった。残余の砲兵隊は陸軍の指揮下におかれるようになった。

—4—

ディエップの海軍当直将校は、ヴェーバーの警告を無視することによって、まったく知らずして九ヵ月以前、パール・ハーバーでアメリカの海軍将校の冒した懐疑的態度を、繰り返したのである。その将校はレーダー・オペレーターに、基地を目指して飛来している飛行機群は友軍に相違ないと、誤って得心させてしまったのだ。いずれの場合にもレーダー装置などは正確な警告を発していたのだが、その管理にあたる人びとがそれらの通信を読み違えてしまったのであった。

5

GREEN BEACH

空はまだ暗かった。まもなくそれは灰色に変わることだろう。上陸用舟艇のなかに身をかがめた兵隊たちは、吹いて来る風に目を細め、徐々に近づいて来る陸地の方をうかがって見た。ジャックは前方の険しい崖《がけ》を、見るというよりは肌で感じ取っていた。艇の後部で下士官もまた崖に目を注《そそ》いでいたのであった。ベルが烈しく鳴った。兵隊たちは息をひそめてその音をののしった。きっと岸にいる歩哨《ほしょう》はその音を耳にしたに違いない。二つのエンジンが後進のために全速をだしていて、艇尾では海水が水車のための水流のように湧き立っていた。

彼らは接近しすぎていたし、東へ寄りすぎてもいたのである。レーダー・ステーションはおそらくあの崖上にあるのだ、とジャックは思った。胸が激しく鼓動した。ベルや艇のエンジンの騒音が、敵を警戒させたに違いない、という反応と恐怖がそうさせたのである。彼らは少し逆もどりして、それから西へ九〇度方向を転じた。艇は舷側《げんそく》を上げ潮にさらして、もたもたと動いていた。が、ゆっくりと西へ進みはじめ、プールヴィルの方へ、浜と並行に航進していった。闇はいまや薄れつつあった。兵士のひとりが時計をちらっと見た。ちょうど五時二〇分前をすぎている。一〇分たらずのうちに上陸することになろう——それからはどうなることか?

特務曹長エド・ダンカーリイは、艇のなかの兵士たちを眺めて、彼らはなにを考え、なにを感じているることかと、心のうちにいぶかしさをかきたてられている自身に気がついた。兵士たちの表情には、内心の思いは現われていなかった。少し前に、一、二の兵隊が互いに手を握り合っていた。ただそれだけである。ダンカーリイは空が明けそめていくにつれて、ますます白くなっていく断崖《だんがい》を見守った。そして心のなかで、ほとんど驚嘆に近い気持ちにうたれ、なんてことだ、こりゃあイ

—5—

ギリスそっくりじゃないか、と思った。

一つの灯が断崖の上で回転していた。背後の船舶を探し求めているサーチライトのようにまぶしくエドには思えた。だがジャックには、違う角度から見ているし、岸に沿って遠く離れているので、茫《ぼう》とまたたいている灯にすぎないように思われた。これはアイリ灯台で、ブーローニュから来るドイツ海軍の船団を導くために、とくにともしたものであった。


ブラックウェル軍曹は通信機械でいっぱいの大きな袋を運んでいて、通信小隊といっしょに艇内にしゃがみ込み、岸に動く気配が現われるのではないかと、用心深くうかがっていた。彼のそばにはフランク・ポール・フォーニス——みんながハンクと呼んでいる兵士がいる。戦前、ハイ・スクールにいるころ、ハンクは民兵隊の一員であった。そして彼の所属連隊が動員されたとき、ただちに志願したのだった。彼はつねづね兵隊になりたいと思っていたので、いまその希望の実現したのを、しみじみと実感していた。

彼の右手には灯台が時をおいてまたたいており、そして次第に近づいてはっきりとして来る大地の茫としたかたまりと、丘腹をなかば登ったところにある一軒の建物の窓らしいものから洩《も》れるかすかな光とが、彼の目にはいった。ゆっくりと岸辺が形をなしてきて、家々や大きな建物のいくつかのおぼろな輪郭さえが、わかるようになった。と、ほとんど一直線の前方から、一かたまりのまばゆい光が、中空にクリスマス・ツリーのように、ぱっと輝き渡るのを見た。それらの光はゆらゆらと上下してただよい、それから同じようにゆらゆらと彼の方へ近づいて来るかのようである。近づくにつれて速度を増していった。それから一束の乾いた木の棒が折れるような音をたてて、それらは頭上に線を引いていった。生まれて初めて、ハンク・フォーニスは砲火の下にその身をさらしたのを感じとった。


ジャックの乗っている舟艇で、ひとりの兵士が彼にささやいた。

「艇長からの伝言だ。次に伝えてくれ。上陸の用意をしろ、とな」

それぞれの舟艇で、兵隊たちは固くこった筋肉をほぐし、肩や肱《ひじ》をゆるやかにして、本能的に傾斜板《ランプ》の方へ動きはじめたが、スペースがあまりなかったので、その動きはほとんど目につかぬほどだった。上陸用舟艇が浅瀬にはいると、この傾斜板が降ろされて、兵隊たちはことごとく飛びだしていく。それから、ロバーツ将軍が激励したように、目標に達するまで、しゃにむに、駆け抜くことになろう。

「もう一杯どうだい?」とフレンチーがさそって、ジャックに水筒を渡した。ジャックは丸く鋭いふちの呑《の》み口を唇にあてて、生《き》のラムをごくりとひと飲みした。彼は黙って水筒を返した。いまは誰ひとり口をきくものはいない。話す時間はすぎ去ったのだ。何か巨大な動物が息づいているように、みなの息づかいがひとかたまりになって、ほかの物音といっしょに、ジャックに聞こえてくる。真鍮《しんちゅう》のバックルがなにかにふれる音、床の金属部分にきしむ靴の鋲《びょう》、ライフル銃の遊底をしめる音など。エンジンもうささやきのように低い。艇が岸の方へ転じると、波が艇尾にしきりとぶつかって来る。

兵士たちは不馴《ふな》れなライフル銃の弾倉がしっかりと工合《ぐあい》よくおさまっているか、安全装置をはずして引金が起こせるようになっているか、銃剣がしっかりと取りつけてあるかなどを、点検していた。トミイ・ガンとブレン・ガンを受け持つものは、ベルトにつけた細長い弾倉入れを、なんべん叩いてみたかわからない。そのなかに装塡《そうてん》したマガジンのはいっているのを、確かめるためだった。その動作は自動的なもので、訓練を受けた兵隊の反射的行為といってもさしつかえない。ジャックの推測では彼らはそれと気づかずにそうしていたのである。

「あと五秒だ。いいか」とささやきが口から耳へ、口から耳へと、艇のなかで伝えられていく。

「各員用意」釣り傾斜板の陰から低い声で命令がでた。

「用意はいいか、軍曹？」

「ハイ」

「では、元気でな。みんな、いよいよの時が来たのだ」

留車装置《ラチエット》がはずされたので、歯車が回転を始め、ギヤが金属的な音をたてて、傾斜板は二本のケーブルに吊《つる》されてきしりながら降ろされた。

傾斜板は無様な恰好《かっこう》で浜に降りると、しぶきをあげ、烈しく泡をかきたてた。艇首がスロープになっている水底の小石のなかに突っ込み、乗りあげたので、思いがけないショックのため、走りだそうとしてなかば立ちかけた兵隊たちは、バランスを失ってたおれた。エンジンは全力をだし激しく後進を始めて、艇の完全に岸に乗りあげ着地してしまうのを、避けようとした。

「つづけ……」と将校が叫んだ。全員が彼につづいて立ちあがり、集団競走のランナーのようにばらばらになった。それから浜辺を目指して走りだした。両足をピストンのように動かし、靴の鋲や踵《かかと》で、荒れ狂う牛の群れのように石を蹴《け》っていく。浜は険しかった。そこを登るのは、夢のなかでうなされてクルミ林の丘を登るときのようにむつかしかった。

小石のざくざくいう音は、ホイットスタブルの浜で、カキ養殖場の小屋近くの苔《こけ》だらけの防波堤を横に見て走っていた少年のころを、ジャックに思いださせた。グリーン・ビーチも同じ潮と海藻の香がする。同じように夏の朝のしめりけが大気のなかに漂っている。ジャックは護岸の陰にとりついた。彼の護衛にあたる連中は両側に散開して、彼を見守っていた。カナダ部隊を別にすると、浜全体は静かだった。そして海から見たときに思ったよりもずっと暗かった。

ロイ・ホーキンズは彼の右側の浜に、いくつか小さなボートが引きあげてあるのを見つけて、びっくりした。その正体をつきとめる余裕はなかったが、あまりに場違いなので、伏兵か防御拠点を隠しているのかもしれないと、怪しく思った。彼らの背後では、上陸用舟艇がすでにすばやく浜から後退にかかっている。通信小隊を運んでいる舟艇がその傾斜板をおろすと、ドイツ軍の機関銃が火を吹き、浜辺めがけて撃ちまくる銃弾が小石を飛ばし、はね弾となって散る。小隊の多くのものが負傷した。ブラッキーも片足に重傷を負った。ハンク・フォーニスとその戦友のジョン・マクラウドとは、負傷しなかった数少ない兵隊たちのなかにはいっていた。彼らは浜を疾走して護岸を目指した。壁は高さが約八フィート、上には有刺鉄線が張りめぐらしてある。ワイヤ・カッターを持った兵士たちが、ただちに戦友たちの肩にのぼって、針金を切って通路をひらこうとした。ホーキンズが見ていると、カナダ兵の幾名かは爆薬筒でそれを破壊しようとしていた——細長い金属筒に

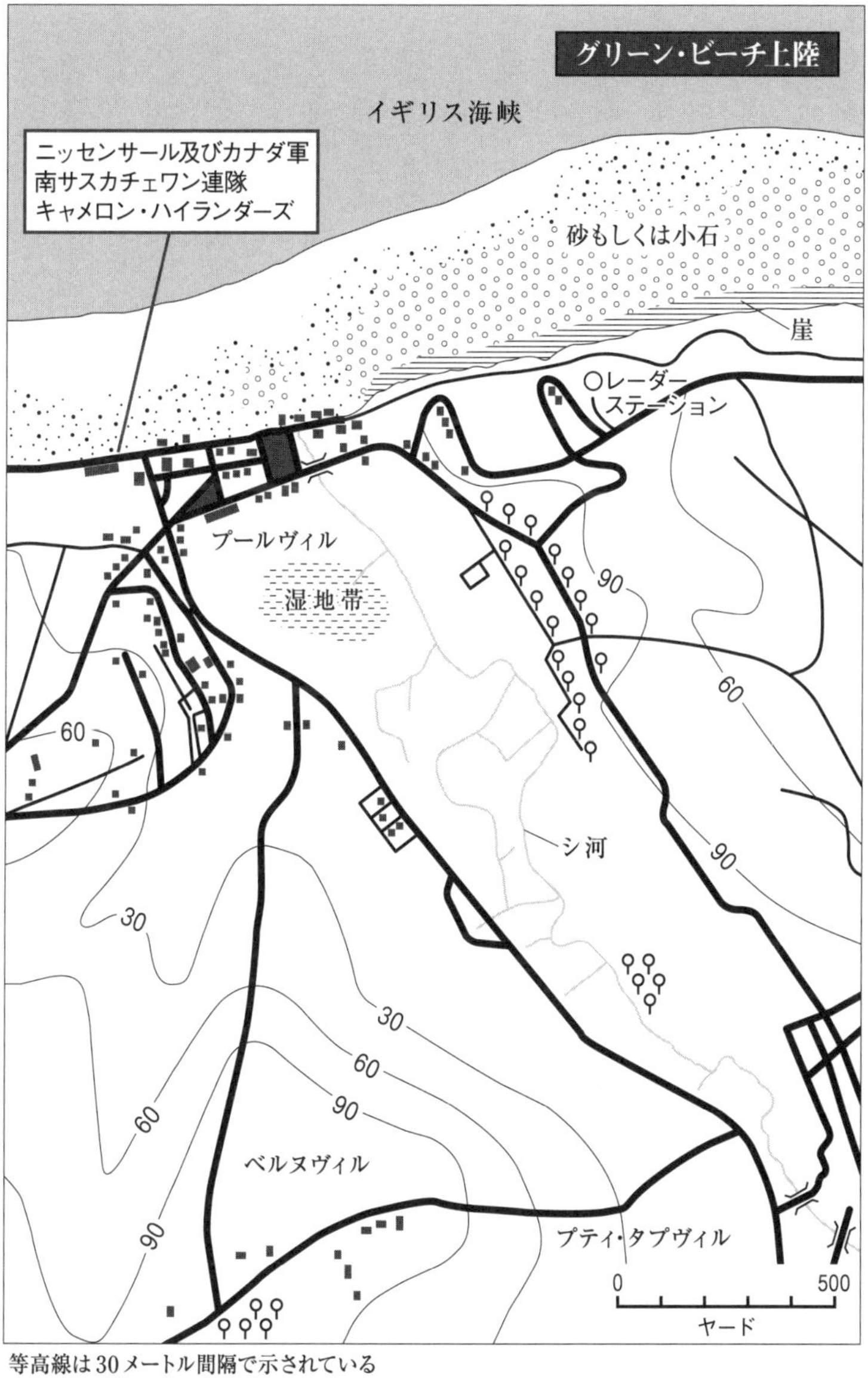

等高線は30メートル間隔で示されている

爆薬をつめたもので、これを鉄条網に投げてその上に渡して爆発させるのである。この爆薬筒が大きな発条《ばね》の上にあるかのように、ゆらゆらしていて、やがて導火線の火がかすかに燃えているかと見ると、消えてしまった。

あらゆる方面から、辛抱強くカッターを使う音が、ジャックに聞こえてきた。まるで金属の頭髪を刈る忙しい理髪師を想わせる。その時彼は白い板に黒ペンキで、〈ミーネン〉（地雷）と不吉な一語の書いてあるのに気がついた。ほかの兵士たちも、鉄条網に沿って一定間隔をおいて、同様の掲示板のあるのに気づいていた。鉄条網は何か巨大なウワバミの細い背骨のようで、岸壁のある限り、ずっとのびつづいていた。フォーニスとマクラウドとは、切りひらかれる狭い間隙《かんげき》のできあがるのを待って、進撃しようとしている兵隊たちを残して、護岸に沿って歩いていった。五〇ヤードばかりいくと、梯子《はしご》が壁に立てかけてあり、上の鉄条網に隙間がある――おそらく浜へでるためにドイツ軍が残したものらしい。マクラウドは梯子を登った――フォーニスの意見によれば、壁を越えて、プールヴィル入りをした南サスカチェワン連隊の一番乗りは、まさに彼マクラウドであった。

兵隊たちのうしろと上とで砲火のひびきがしているというのに、この小さな町は静まり返っていた。彼らにはなんの動きも目にはいらなかった。そこで彼らは道を走って横切り、小屋のなかに身をひそめて、窓から外をのぞいて、ひどく孤独な感じに駆られ、そして一段落したという思いとともに、次はどうしたものかとまどった。マクラウドは牝牛《めうし》を一頭見つけて、あいつを撃とうといいだした。フォーニスはその銃声が注意をひくおそれがあると考えたので、マクラウドにやめにしろと注意した。

—5—

副官ブキャナン中尉は、浜から小さな町を見渡して、なんというおだやかなたたずまいなのかと、感嘆した。そのとたんに、彼の心地よい幻影は粉々にうち砕かれた。断崖の砲座が一斉に火蓋《ひぶた》を切ったのだ。明るくなりつつある空に、オレンジ色の火花が点々と炸裂《さくれつ》した。カナダ兵たちは、そのとき、束の間の輝きのなかで、屋根、破風、曲がった大陸風の煙突などの輪郭を、目にした。その間、曳光弾《えいこうだん》が空を横切って、赤と緑の線を引いていった。その有様を眺めていて、ブキャナンは兵士のひとりが楽しげに叫ぶのを聞いた。

「見ろよ、こいつあ七月四日（アメリカ合衆国独立記念日）よりもすごいぜ！」

またリハーサルや訓練を思い起こして、さも狼狽《ろうばい》したように、叫びかけるものもいた。「おい、こいつらドイツ野郎は実弾を使ってるぜ！　おい、審判《アンパイヤ》はどこにいるんだ？」

「四八時間の賜暇には向かないとこだぜ」と誰かが叫んだ。

フレンチーがジャックの方へ顔を向けた。

「そう長いこといるところじゃないと思うぜ」と彼は静かにいった。

「おれもだ」とジャックは答えた。そういいながら、四八時間たってもまだ自分がここにいるようなら、屍体《したい》になっているに違いないと、彼は思った。

メリット大佐は大隊本部詰めの将校たちや兵士たちとともに、あらかじめ司令部に選んでおいたギャレージ目がけて、浜を力走していた。そのギャレージは防波堤になっている護岸を越えて約一〇〇ヤードの個所にあった。

誰かがダンカーリイにステン・ガンを渡し、携帯していくのを命じた。そこで、片手にライフル銃、残る片手にステン・ガン、という勇ましい姿で、彼らのあとを追い、左方へ向かった。軍曹ひとりと一個小隊の兵隊が彼のうしろにいた。彼らは無事に護岸にとりつき、ほっとしてそれにもたれた。一方、兵隊たちは伸縮自在の梯子をいくつか運んで来た。それらを登って、彼らは鉄条網を越えた。

そのときイギリス空軍のスピットファイヤ機が数機、海から非常な低空で飛んで来た。砲が火を吹いた。ダンカーリイが見ていると、円錐《えんすい》形の火がディエップから、飛行機の編隊目がけて、まっすぐに飛んでいく。そのあと、彼は梯子を登って壁を越えた。彼は部下を率いて空地を横断して、一軒の家の半地階を占拠した。影のようなうす暗さのなかを数名のものが駆け抜けていく。味方か敵か？　幸いにも友軍である。彼らは左へ移動した。すると一群のカナダ兵たちが、垣根の下にうずくまっているフランス人と話をしているのを見た。

「やつはなんなのだ？」とダンカーリイは兵隊に訊ねた。

「やつのいうには、ドイツ兵がわれわれを待ちかまえているそうです」と、いやな答えが返って来た。

ジャックは鉄条網に隙間を見つけた。登っていってそこを抜けた。彼のグループの一団もそのあとにつづいた。プロムナードの向こう側に、一列に家々が並んでいた。まだ相当に暗いので、機関銃を撃ってきているが、射撃音と反響とが入りまじって、どこに銃座があるのか、正確に判断するのはむつかしい。彼らは手近の家の壁にぴたりとへばりついて、銃撃の一時休止するのを心待ちにし、自分たちの位置を確保しようとしていた。

ジャックの頭上で、目ざまし時計がベッド・ルームで鳴りだした。上陸用舟艇の機関室のベルのように、不意に音高く鳴りひびいた。と、同時に彼の鉄かぶとから数フィート上の窓のよろい戸が音をたててひらかれた。中年の女が外をのぞいた。明け方早くから激しい物音がするので驚きあわてたのである。やっと彼女は兵隊たちに気がついた。

「まあ！《モン・デイユー》」と、彼女はおそろしさに悲鳴をあげた。それから、あわててよろい戸をばたんとしめた。

*

ディエップ港を外海から護《まも》るための、貝殻をしきつめた石のL字形の突堤の外で、ドイツ軍の曳き船《タグボート》第三二号が、あげて来る潮にのって、ふとったアヒルのようにゆらいでいた。その船を指揮している掌帆長マクス・アハテルマンはたったいま海軍の水先案内ヴィルヘルム・ヘデリッヒを乗船させたところで、ふたりは狭い操舵室《そうだしつ》に立って、引き綱の束の上に足をかけ、茫と次第に明けそめていく水平線に、視線を走らせていた。彼らはブーローニュから船団を先導して来る潜水艦追跡艇第一四一一号からの認識信号を待っていたのだ。信号のあり次第ふたりは迎えにでて、水先案内を移乗させ、曳き船《タグボート》は日の出前に港へ帰って来る予定になっていた。

潮は三分以内に変わるはずであった。霧はない。船団は四五分以内、大陸時で〇五〇〇には到着の予定になっていた。そのとき、驚き仰天したことに、待っている小船五隻と、小さな潜水艦追跡艇幾隻かのかわりに、彼らの見たものは見おぼえのない駆逐艦数隻と小艇の一団の黒い影だった。距離はおよそ一・五海里のあたりであった。

ふたりの男には、これらの船がどこのものか見当がつかなかった。はっきりしているのはそれらの船が、港へ案内することになっている船団ではないということであった。航路をはずしたドイツ海軍の艦船かもしれないが——またそうでないかもしれない。もし、ドイツ軍のものでないとしたら、どこのもので、なんのために来ているのか？　これらの疑問に応えることは、どれもこれも不安をかきたてるばかりであった。そこでヘデリッヒはただちに港内への避難命令を発した。

タグが向きを変えているとき、岸に駐在している歩哨たちも、海上はるかにエンジンの音を聞いた。〇四三五に、ディエップ海軍通信所に次のように報告した。「未確認船舶群プールヴィル正面にあり」

通信所では夜間認識誰何《すいか》を閃光《せんこう》で発信したが、なんの応答もなかった。通信所と常備の海軍哨戒艇——ディエップ港外の防衛にあたっているものとは、未確認船舶群が担当海域にあることを、沿岸の各通信所に知らせるために、警戒ロケットを打ちあげた。それでもなお、接近しつつある船のいずれからも、応答はなかった。

通信所の当直将校は、このことで責任をかぶるのを、避けようと考えた。彼は直属上官、地区港湾指揮官に報告し、後者は「未確認船舶接近しつつあり」の警告を、ル・アーヴルの海軍通信担当将校に伝えた。どう処置するかは、彼の決定にまかせたのである。

この将校はただちに問題をトルーヴィルの海峡沿岸指揮官に報告し、後者はそれをパリの司令部にいるフランスでの海軍作戦担当提督、海軍最高当局に伝えた。だが、この通信が北フランスを渡っていく間に、ル・アーヴルの当局は、自らの判断で行動を起こそうと決意した。そのころ、ディエップの東ビュイから西のヴァレンジュヴィルへかけて、多くのエンジンのひびきが、沿岸に渡って聞こえていた。断崖につくられた隠れた監視哨では、監視兵たちが望遠鏡で、友軍の認識灯があればよいがと、目をこらしていた。が、彼らの目にしたのは岸を目指している船舶群の黒い輪郭だけであった。〇五〇五、命令がル・アーヴルから港湾指揮官へ、それからディエップの通信所へと、通信経路をたどって戻って来た。「集中攻撃を開始せよ」

すぐさま特殊信号ロケットが打ちあげられた。八月の空高く、光る海のはるかかなたでそれは炸裂し、七つの緑色をした星となって別れ別れになった。その信号を見て、ヴァレンジュヴィル、ディエップ、プールヴィルの沿岸に設置された全ドイツ軍防衛陣地の砲列が、一斉に火蓋を切った。

＊

プールヴィルの両側の断崖は銃砲座でハチの巣のようになっていて、機関銃は広い浜のどこへでも向けられるので、目もくらむ烈しい焰《ほのお》を吐きだした。銃弾がジャックとその仲間の頭越しに海に飛んでいき、しぶきをあげ、小石を飛ばし、石を砕き、コンクリートの護岸を細かにけずっていく。南サスカチェワン連隊のあるものはまだ壁の下にいて、明るさを増していく光のなかで、壁が大きな石を粗くコンクリートでつないでできているのを知った。鉱石と石英が岩石のなかでちりばめられたダイヤのように輝いていた。右手には、白い崖が、サセックス沿岸を想わせるように、岬の遠くまでつづいており、一方、海は下の岩にぶつかって砕けている。左手はシ河の泥の多い河口の向こうにまた丘陵があり、ところどころに細長い灰色のコンクリートの壁と、砲座の平たい屋根が目立っている。この頂上に、フレイヤのアンテナがあってゆっくりと回転している様子は、まるで巨人の耳のようで、その耳をそばだて、一時とめてはまた動いていくように見えた。

　レッドはジャックの隣りにうずくまっていたが、不意に、前にたおれた。まるで地面にものすごく貴重なものを見つけて、なんとしてもそれを拾おうとしたかのようであった。ジャックは彼に声をかけた。レッドは応《こた》えなかった。ジャックは彼をゆすぶった。レッドはジャックのそばに力なくころがった。その右眼の上に、ほくろのような小さい穴があり、まわりはピンク色をしているが、そこを除くと、その顔は急に、青白く、蠟細工《ろうざいく》のようになっていた。かすかに血が穴からにじみでた。レッドはまったく息絶えていた。

　いまは明るさを増していた。ほかの舟艇ではまだ上陸がおこなわれていて、兵士たちを浜に吐きだしていた。傷ついて小石の上にたおれているものたちがいるし、水にひたって背を丸くし、もだえ苦しんでいるものたちもいた。大隊本部はすでにギャレージに設置されていた。そのそばのブロックの上には埃《ほこり》だらけの車が二台うちすててある。被占領地フランスでは民間人にガソリンの配給はなかった。通信兵がヘッドフォンをつけてラジオ装置の調整をおこなっていた。彼らのまわりの戦闘員すべてには、とかく忘れられがちの連中だ。砲弾が外の道と、護岸のそばに落ちて、コンク

―5―

リートを痛めつけ、埃がゆっくりと漂い落ちていき、鉄かぶと、顔、肩などをおおっていった。埃まみれになった兵士たちは不思議と、誰もかも同じように見えた。このため、ジャックはそのグループの全メンバーの見分けがつかなかった。彼らは彼を探すのにさほど苦労しないですんだ。それというのはジャックの青色の雑のうと、金髪、袖《そで》に師団標識をつけていない事実のためである。

一弾がトンネルを抜ける急行列車のように、大気をつん裂き、うなりをあげて飛んで来た。ジャックは身を投げてプロムナードに平たくなり、口を開け耳を抑えて、鼓膜を爆発から守ろうとした。ジャレージのなかのラジオ・オペレーターが辛抱強く、マイクに向かって繰り返し叫んでいるのを耳にした。「アク、ビーア、コルク、ダン、そちらどうぞ。どうぞ」と。

そのとき砲弾が炸裂した。空気は埃と、石の破片と、苦痛と恐怖のわめき声と悲鳴とに満たされた。海からの風が、濃い朝霧のように、埃をゆっくりと吹き流していった。ジャックは平たい荒れ地を越えて真向かいに、家々の裏側を見ていた。家々は妙にとがった屋根をし、窓の上にもとがった部分がついていて、よろい戸が開け放たれて壁にバタンバタンとぶつかっている。ドイツ軍兵士たちが、チョッキやシャツ姿で、ひらいた窓から、いまもなお彼らを狙《ねら》い撃ちしていた。

ホーキンズが見ると、寝巻姿の人びとが玄関という玄関に群がっていた。ふとったフランス人が、ひとりパジャマの上にオーヴァーコートを羽織り、口にシガレットをくわえていたが、上陸部隊を見て驚いたあまり、火をつけるのを忘れていた。

「じゃまだ！　陰に隠れろ！」とホーキンズは英語で彼らをどなりつけた。が、人びとは彼の言葉がわからないし、自分たちに迫る危険にも気がついていなかった。右側は道で、家々の立つ急な勾《こう》配《ばい》がそこまでくだって来ている。とある庭には天使の像が、装飾用の池の傍に建ててある。青地に白くリュ・ド・ラ・メルと記した町名の札が壁に打ちつけてあった。これらの家々のちょうど向こうで道が二つにわかれていて、左はプールヴィルへ、右は険しい丘を登っていく。ジャックの目に映ったのは、教会の塔、丘腹をくりぬいてつくったいくつかのギャレージ、テラスの梁《はり》から吊りさげたいろいろの花の飾り鉢であった。なにか全体の風景におそろしくちぐはぐのものがある。それがなぜなのか、ジャックはすぐにわかった。

彼らは間違った場所に上陸したのであった。

上陸用舟艇ははじめ東へいきすぎ、あやうく崖にぶつかるばかりになったのであった。そのあとではるか西寄りの、シ河の遠い堤に兵士らはおろされてしまったのだ。そこは注意して避けようとしているドイツ軍宿舎のちょうど向かい側だった。ジャックは当然考えられていたよりも、レーダー・ステーションから少なくとも四分の一マイルも遠いところ、もしかするともう少し遠くにいたのだ。ステーションに達するには、途中ドイツ軍の抵抗を撃破していかねばならないことを意味していた。

背後の浜はすでに惨澹《さんたん》たる様相を呈していた。一隻の上陸用舟艇は直撃弾を受けて、波のまにまに漂い、炎上している。兵士たちは浜を渡り、鉄条網を越えてせっかく進出したのに、いま固い赤味をおびたアスファルトの道路上につぎつぎにたおれていた。海上では、一隻の駆逐艦が油くさい黒煙の雲を煙突から吐きだして、キャメロン・ハイランダーズ連隊の上陸を掩護《えんご》していた。早朝の風がこの煙を黒い霧のように、浜を越えてプールヴィルの方へ吹きつけ、屋根や建物の輪郭をおぼろにし、恵み深くも負傷者の苦しむ姿や、戦死者のいたましい恰好を隠して、その上ドイツ軍が防戦に全力を発揮するのを妨げていた。

＊

砲声と低空を飛ぶ飛行機の爆音とで、ディエップはリュ・ド・ラ・バールの花屋の二階の住居にいるポール・ブルネは目をさました。烈しい砲声はただごとではない。いつものただの演習とは違う。これまで海上でよくある小規模の遭遇戦が起こったり、たびたびイギリス空軍の偵察機がやって来たのも、理由はここにあったのかもしれない。彼はニッカーボッカー風の服を着た。なんとなくこの方が、長い普通のズボンよりも、緊急時に活動しやすいと考えたためである。ズボンはひざのところでたるみができ、向こうずねは長靴下でつつまれた。それから民間防空隊の白い鉄かぶとをかぶって、街へでていった。誰かが興奮した声で、半地階から呼びかけた。

「イギリス兵が来たのだ！」

イギリス軍？　長い間待っていた上陸侵攻が本当に始まったのか？　ブルネが見ていると、ほかの人びともなにが起こったのかと、通りへでて来ていた。ブルネは狭いサン・レミ街道に沿って、教会の方をうかがって見た。イギリスの軍服らしい姿の三名の兵士たちが――実際はカナダ兵だったのだが――ブルネが彼らに気づくのと同時に、向こうも彼に気がついた。ブルネの鉄かぶとにはドイツ軍風のカムフラージがしてあるのと、その大陸風のニッカーボッカーから、兵隊らは彼をドイツ兵に間違いなしと思った。とにかく、ぐずぐずしている場合ではない。ひとりがライフル銃をあげて、発砲した。銃弾はブルネの頭上の壁から石のかけらをはね飛ばした。彼は急いで本通りの方へ頭をさげて逃げ帰った。両度の大戦に参加して国のために戦ったというのに、まさか味方から撃たれるなんて思ってもみなかったことだろう！

ポール・ブルネの店から東へ半マイル、ディエップの港湾指揮官の事務室では、数名の海軍の軍服に身をかためた人びと——海軍建設監部の全メンバー——が、彼らの上司、海軍建設技監フランツ・ヴァイスからの電話のかかってくるのを待っていた。上陸侵攻のおこなわれた際、彼らの任務はディエップ港の施設を爆破することであった。たしかに侵攻であるがために、命令は遅れているのではないか？

港湾主任、ヴィルヘルム・マインハルト中尉はすでに任務通り外港へ通じるはね橋上にでていて、連合軍の艦船が入港を強行する場合に備えていた。別の破壊班はデュケーン低地の満潮用水門と、カナダ低地近くのポンプ場のそばに、待機していた。爆薬に点火するための弾薬筒はそれぞれの個所にその朝、取りつけてあるので、すぐにも点火できる。必要なのはただ命令のみである。だが電話は鳴らなかった。それで彼らは緊張し、不安な沈黙のうちに、タバコをふかし、テーブル上の電話を見つめて、ベルがチリンと鳴ったら、すかさず受話器を取りあげようと、待ちかまえていた。

〇六〇〇時、フリッツ・メッツガリー軍曹は、宿舎の窓かまちにパジャマ姿で腰かけていた。その家はディエップとプールヴィルのちょうど中間の丘の上にある。砲声に目をさましたのだったが、

—5—

そのとき彼は、港湾指揮官の事務室で待っている軍人たちと同様に、指令の来るのを待っていた。

彼は師団司令部付の弾薬係軍曹で、砲弾、薬莢《やっきょう》、手榴弾《しゆりゆうだん》その他の武器供給を主に扱っているので、彼は自分のことを時によっては〝死の会計係〟と皮肉っていうことがあった。上陸侵攻を撃退するのが必要となるかもしれないとしたら、彼の立場はきわめて重大であった。もしかすると、これは防御態勢を試すただの演習の一つであるかもしれない？　ハーゼ将軍はかねがね常時警戒のことを決定しておられたではないか？

だが砲声のつづいたとき、メッツガリーは上陸演習ではないとさとった。彼はオートバイにまたがり、ディエップの司令部へ走った。彼の任務を果たさねばならないかどうか、確かめるためだった。電話線が切られ、ラジオ連絡も困難となりつつあっても、なお弾薬の補給は充分に必要量を満たしていた。全面緊急事態なので、彼は歩兵部隊とともに、負傷したカナダ兵を収容するのに、手をかすようにとの命令を受けた。

＊

プールヴィルじゅうで、窓という窓がいまひらかれて、とまどったドイツ兵たちが、口々に叫んでいた。「どうしたんだ？」

これもまた対奇襲訓練を、熱心すぎる軍団が予告なしに彼らに課したのではないのか？　一軒の家の戸が乱暴にひらかれて、六名のドイツ兵が駆けだしていった。ひとりは片手で上衣《うわぎ》を着ながら、残る手にシュマイザー（短）機関銃を引っさげていた。もうひとりは走りながらズボンをずりあげていた。ジャックの背後で、スモーキーがステン・ガンをあげて、引金をひいた。銃弾の流れが壁にはね返った。ドイツ兵たちが、手足を振って、ゴム人形のようにたおれた。スモーキーは口の端からガムのかたまりを吐きだして、空のマガジンを充塡《じゅうてん》してあるのと取り替えた。ジャックには眼前にいるのが本当の人間だとは、ほとんど考えられなかった——たったいま生きていたのが、次の瞬間には死んでいる。だがあのときレッドは生きていたのに、いまは死んでいるのだ。ジャックは初めて敵の砲火にさらされた人びとに生まれてくる一種奇妙な感情を経験していたのであった。つまりなんとなく自身はこの事態そのものにまき込まれているのでなく、ただ一定の距離をおいてそれを眺めていて、わずかに興味をそそられているオブザーヴァーにすぎない、という感情である。だから銃弾は彼を傷つけることがないだろう。彼がじっと静かにしていれば、敵は彼に気づきもしないし、そしてみんな国へ帰れることだろう。

「進め！」というマレイ・オーステンの叫びが、この危険な白昼夢を破った。「移動するんだ！もたもたしていれば、敵は射程をつかんでしまうぞ！」

その言葉に、〝A〟中隊の兵士たちは地面から、それぞれ個々に隠れていた戸口や建物の壁の陰から、立ちあがってでて来た。ジャックは彼らとともに家々の背後の空地を横切って疾走した。ライフル銃と機関銃の弾丸が、雨あられと地上にふりそそいだが、彼には一つも当たらなかった。彼は向こう側の壁にもたれて、息をととのえようとした。彼は写真でプールヴィルのだいたいの配置を知っていたが、早朝、爆発と爆風にゆさぶられ、空気は火薬の煙で霧のようになり、烈しい臭いをを発散させているとなると、黒白の写真と現実の世界とを一致させるのはむつかしかった。いま目の前にしているのは、赤瓦《あかがわら》の屋根、白い垣根、幾年も夏の日にさらされて色あせたよろい戸、それからまったく不調和な花々、奇妙なくだもののようにきらきらしている碍子《がいし》をつけた電柱などである。

フォーニスとマクラウドとは、〝B〟中隊の一班とともに上陸したが、たちまち砲火の下にさらされた。みな地面にうち伏せた。フォーニスは前へ疾走して、建物の壁の陰に身をひそめた。彼は二階の窓に手榴弾を投げ込んだ。爆発とともに窓ガラスが粉々になって道路いっぱいに飛び散った。そこで銃剣つきのライフル銃をかまえて、彼はもっとも手近のドアを開けた。そこは半地階になっている。彼が手榴弾を投げ入れた階へ、木の階段が通じていた。彼はライフル銃を肩にかけ、拳銃《けんじゆう》を引き抜いて、なにが上にあるのか、またなにものが上に待ちかまえているのかわからないので、びくつきながら、ゆっくりと油断なく、階段を登っていった。

ドアが半びらきになっていた。彼はその外で足をとめて、なかで木が燃えてはぜている音のしているのに、耳をすました。手榴弾で火を発したのに違いない。飛び込んだ方がいいか、それとも待っている方がいいか迷った。彼は行動をおこそうとして、不意になんてばかなまねをする気になったものかと思った。武装したドイツ兵が相当数いるのに、まだ一度も撃ったことのない六連発の拳銃片手に乗り込めば、飛んで火に入る夏の虫といったことにならないものでもないのだ。そこで彼は抜き足差し足で階段を降りて分隊のものといっしょになった。

彼は分隊長にトミイ・ガンを貸してくれと頼んだ。だが伍長《ごちよう》は気がすすまないらしい。ふたりが談じ合っていると、建物のなかの火がひろがって燃えあがり、ドイツ軍将校がひとりブリーフケースを片手にして、玄関に姿を現わした。もう一方の腕は身体から完全に吹き飛ばされていた。将校には護衛をつけて浜へ送り、手当てを受けさせるようにした。フォーニスは立ち去っていく彼を見守りながら、同じ人間に対して自分が大きな傷を与えてしまったことに、戦慄《せんりつ》してしまった。

＊

教会の右手へ、浜から約二〇〇ヤードのところで、道はプールヴィルをでて激しい登りになっており、それから二つに分岐している。左の道は、プティ・タプヴィル、サン・トーバンそれから飛行場の方へくだっていく。いま一つの道は丘を登って、林を抜け、ヴァレンジュヴィルへ通じているが、そこではすでにロヴァット卿の指揮するコマンド部隊が、砲兵隊を攻撃していた。

ずっと浜に近く、そしてオテル・ド・ラ・テラスの右に、狭い径《みち》が断崖へ登っていた。浜全体を見おろすすばらしい景観を楽しめる家々の門は、この小径に面していて、ちょうど車を入れるくらいの広さになっていた。プールヴィルでも一番堂々とした家の一つ、ラ・メゾン・ブランシュ（白い家）の近くで、崖の頂上は平坦になっていた。この建物は真白な化粧しっくい塗りの非常にしっかりしたもので、広い前庭に向かってひらく両びらきの門があり、その右そばに門番小屋まである。建物のある高地からは、そこに宿泊しているドイツ軍将校たちが客に自慢してみせる、北フランスでも屈指の、すばらしい海の風光が眺められるのであった。

将校たちは前の晩にパーティを催して、夜を徹して昇級を祝っていたのであった。敵の奇襲に向いている特別な日時についてのルントシュテット元帥の警告、および八月一〇日から一九日までにとくに警戒を要するというハーゼ将軍の特別命令にもかかわらず、将校たちの多くは眠りについてまだ間がなかった。またあらゆる命令に違反して、土地の娘たちをパーティに招待し、夜おそくまでむりに引き留めていたのだった。いま、思いもかけぬ砲声がとどろき、まごうかたなき戦闘のひびきがはっきりと浜から聞こえてきた。娘たちは恐怖にとらわれた。どうしたのかしら？　着物を着て家へ帰った方がよいのじゃないのかしら？

将校たちは砲声をそれほど気にしていなかった。たびたびあることで、イギリスの高速魚雷艇が、ちょっかいの攻撃をしかけて、逃げだしたためだと説明した。それが原因だとしたら、騒ぎは始まったときと同様に、不意に静まることだろう。最悪の場合でも、また面倒な対上陸演習をやっているだけのことだろう。だが白い家《ラ・メゾン・ブランシュ》は浜をはるか下に見おろすほど高いので、心配することは少しもない、などといっていた。

そのとき、将校たちは廊下を走る聞きなれない軍靴の音に気がついた。鍵《かぎ》をおろしたドアがライフル銃の床尾でぶち破られた。多くの将校たちや当番兵たちは、なかば服を着たりまたは裸のままで起きあがろうとしたが、ついに立てずに終わった。娘たちが気の狂ったようにたてつづけに悲鳴をあげていると、カナダ兵たちは二ヤードの距離で、彼女たちの同伴者たちを容赦なく撃ちたおしたり、銃剣で突き刺したりした。それから彼らは五人の娘たちを集めた。ブラとパンティだけのもいれば、あわてて乱れた衣服をくしゃくしゃになった頭からかぶったものもいて、恐怖と目のあたり展開されたむごたらしい死にざまのショックで、すすり泣きをつづけている。ひとりの伍長が、ニヤニヤしながら彼女たちを家からだし、庭を横切っていき、それから曲がった道をくだって、大隊本部の方へ連れていった。

ハンク・フォーニスは独断で行動し、もっとも近い家のドアをけとばして開けた。通路を少し広くした程度のホールは空っぽであった。台所にもひとけはない。それから階下の居間も同じである。訓練通り、用心して、彼は木製の階段をのぼっていき、踊り場のとっつきのドアを開けた。部屋には古風なダブル・ベッドがあり、驚いたことに、フランス人とそのかみさんとが、ぜんまい仕掛けの時計人形のようにすわっていて、恐怖と驚愕《きょうがく》で目をみひらいていた。男は両手をあげて叫びはじめたが、フォーニスはフランス語は少ししかわからなかった。そして彼にあびせられた奔流のような哀訴の言葉はまったく理解できなかった。彼は残る一部屋、上の階ものぞいてみたが、誰もいなかった。彼は寝室に戻った。

「よろしい《グッド》」と彼はいったが、フランス人を安心させようと思って、「よろしい《ボン》」とつけくわえた。

男は微笑して、両手をおろした。

「ああ、ボン」男はほっとしていった。

「ボンだよ」とフォーニスは同意を示して、通りへでた。

教会からの道を渡って、ジャックたちが身をひそめて待避している家の端に、オテル・ド・ラ・

—5—

テラスが建っていた。白いしっくい造りで、前面が曲面になった張りだし窓があり、きれいなイボタの木の生垣、そして壁の一つにはこう記してあった。《ミシュラン観光案内ご推薦》ホテルの名称の由来になっているテラスは、張りだし窓の上にあり、そこには花の咲きみだれている数個の赤い小鉢が、梁から吊してあった。白と栗色の柵《さく》が取りつけてある別のテラスは、海を見おろすいくつかの寝室の外側にあった。

これらの部屋の一つに、ホテルの主《あるじ》エミール・サデは眠っていた。息子のミシェルとその妻とは前の晩に、パリへいっていた。ミシェルは一九四〇年にフランス軍の砲兵隊に勤務していたのだが、ラ・ロシェル付近で捕虜となったのだった。彼は脱走してプールヴィルに帰り、そこで父親とホテルの経営をつづけてきた。いうまでもないことだが、観光客はなかったが、トート組織、つまりドイツの強制労働団によっておこなわれている新要塞《ようさい》建設に従事している、上級のイタリアおよびベルギーの技術者の一群を、世話しなければならなかった。

突然サデは目をさました。浜へ通じる道から大きな音がしたのだった。爆発音、叫び声、銃を撃つひびき。奇妙な光がカーテンを通してちらちらし、十数人の重い靴音がホテルのそばを駆け抜けていくような気がした。なにが起こったのか？　もし灯火管制下に明かりが見えているとしたら、たいへんなことが起こったのだろう。それとも白い家《ラ・メゾン・ブランシュ》で騒いでいたドイツ将校が、町なかにでてそのつづきをやっているかもしれない？　そうだとすると、少し厄介なことになるかもしれない。

彼は寝室の窓を押しひらき、酔っぱらいときめつけて、どなりつけた。

「そんなに明かりをつけて、なにをやってるんです？　いったい全体——」彼はがなった。

フランス人のひとりが興奮してどなり返した。「知らないのか？　イギリス軍が上陸したんだ。防空壕《ぼうくうごう》へはいった方がいいぞ」

イギリス軍！　サデは服を身につけた。他の寝室の窓やドアもひらいていた。イタリア人やベルギー人たちが眠そうな目で、廊下にでて来た。そのとき、ホテルの壁は絶え間ない巨大な砲のとどろきに、うち震えていた。しっくいの白い粉が天井から落ちて来る。ホテル中で爆撃に堪えられるくらい頑丈なところは一個所しかない。サデは宿泊人たちの先頭に立って、静かに主階段を降り、それからホールの下へ通じる煉瓦《れんが》の階段、へりのすりへっているのを降りて、地下室にはいった。地下の空気はひやっとした。なんとなく金属的でもある。棚にならべられた数多くのワイン壜《びん》の埃だらけの口が、まるで銃口のように彼らの方へ向いていた。地下室の天井は、何本もの金属のたがで弓なりにカーヴしていて、そこにはさびがつきはじめていた。みなはしめっぽい薄暗のなかに立って、足もとのところどころに盛ってある、結晶状のネズミ取り薬に気をつけていた。それはネズミが大事なブドウ酒のコルクの栓やラベルをかじらないようにと、注意してサデが石の床に置いたものであった。彼らは黙って待っていた。互いに不安な気持ちに駆られて顔を見合わせた。頭上の通りでの叫び声や、駆けていく跫音《きょうおん》。見ることはできないが聞こえて来る烈しさを増す戦闘のひびきに気づいていた。もしもサデがフォーニスの言葉を聞いていたら、それに同意を示したことだろう、「ボンだよ」と。

ちょうど同じころ、ヴァレンジュヴィルの断崖を横切って、町長のシャルル・アブラームがカフェ・デュ・ヴァル・ダイリの入口からでて来た。彼は砲声を耳にし、空に照明弾を見て、朝もこんなに早くからこの騒ぎはどうしたことかと、いぶかしく思った。部下のひとりが戸口に立っている彼を見つけて、興奮して飛んで来た。

「イギリス兵が来たんです！」と彼は説明した。

「イギリス兵？　ばかなことをいいなさんな」

「じゃ、これを見てごらんなさい」と、吏員はこれ見よがしに、ウッドバイン・シガレットの空き箱を示した。

—5—

プールヴィルからレーダー・ステーションへの一番の近道は町の東側で、橋を渡っていくのであった。この橋に達するには二つ道があって、一つはオテル・ド・ラ・テラスと家並のうしろを通っていき、いま一つは教会の方へ上り、それから自分たちのいる前の道に沿って左へいくのである。ジャックは壁にへばりついて、どちらが安全だろうかと考えながら、機会を待っていた。一瞬、砲撃が中止された。砲手が装塡に手間どっているか、崩れた壁や欠けた石から立ちのぼる埃の雲が、目標を見定めるのを妨げているか、どちらかだった。ジャックは道を渡る危険を冒す決心をした。

「走れ！」と彼は叫んだ。動きながら彼は頭上に砲撃の鋭いうなりを聞いて、道に身体を投げつけるようにして平たくなった。彼は「電撃《ブリッツ》」（ドイツ軍が夜間に小編隊で実行した英本土爆撃）のときに同じような音をさんざん耳にして、逃げる余裕のないのを知っていたのだ。砲弾が着地すると同時に、大地はせりあがり、呼吸困難となって、かわらや石や煉瓦のかけらが、雨のように降って来た。

数秒間、彼は横になって、あえいでいた。砲撃が始まった。騒音が神経をずたずたにするばかりにひびく。大砲の残酷なとどろきが絶え間なしにつづいて、砲弾は炸裂し、カタカタと唄《うた》うような機関銃の音、それらはジャックの頭のなかから一切の思考を叩《たた》きだした。彼はしゃべろうとし、わめこうとしたが、誰が彼の言葉を聞けるだろうか？　ひっきりなしの崩壊と音響は耳をつんざくばかりであった。

彼は立ちあがって、通りの向こうの家並の陰に走った。ほかのものたちも彼につづいた。手近のドアには鍵がおろしてあった。ハンドルを靴でけとばし、バッドのライフル銃の床尾で羽目を叩き壊した。内部にはいると、そこは台所で、ニンニクと、ゴロワーズ（フランスのタバコ）とキャベツのスープの匂いがした。ジャックはさらに奥の部屋にはいっていった。冷え切って長い間走りつづけ、浜で突撃し、その上容赦ない砲撃を受けたので、〈ビアトリクス〉号の船上でたべたあの罐詰《かんづめ》のモモが、猛烈な生理的な要求となってきたのだ。

「どこへいくんだ、スプーク？」ロフティがきいた。ジャックは階段をのぼろうとしていた。

「なにをしようってんだ？」

「うんちだよ。ボーイ・スカウトでいつもいわれていたのさ、身体を軽くして動けとね」

ジャックは階段を登りきらないうちに、粗末な便所を見つけた。二つの石の足台が小便のために緑色に変わっている。そしてその間にくさい穴がある。彼はその上にしゃがみ込み、ズボンを下におろした。つまらないことだが、まわりの壁にはユリの花を浮きだし印刷にした灰白色の壁紙の貼ってあるのに、気がついた。頭上の窓の蝶番《ちようつがい》がさびてなかば開いている。家全体が震動した。よろい戸が、砲弾の落ちるたびに、ゆるんだ歯のようにカタカタと鳴った。

—5—

「おい、ジャック、大丈夫か?」

「大丈夫、ただ紙がない」

階段を駆けあがって来る靴音がした。

「これを使えよ」

それは舟艇のなかで渡されたリーフレットである。彼はそれを読んでみた。「フランセーズ! セシ・エ・タン・クー・ド・マン・エ・ノン・パ・ランヴァシオン」(フランスのみなさん! これは奇襲であって、上陸侵攻ではありません)

その通りだ。

「いままでで一番役に立ったぜ、そいつがよ、スプーク」とバッドはいって、「工合はどうだい?」

「もう大丈夫だ」とジャックは答えて、ズボンをずりあげた。ふたりはいっしょに階段を走り降りた。

外の道には動くものは何一つない。例外は発煙筒からうず巻いている黒雲だけである。その煙の輪を通して、負傷者が烈しい苦痛のあまり力なく、地面を引っかいているのが目にはいった。カナダ部隊の通信兵のひとりが、ギャレージから空地を渡って走りだした。四角形の第一八型セットを背中にし、その長いアンテナをゆらゆらさせている姿は、一〇〇ヤード離れていても、恰好の目標となる。丘の中腹のたこつぼのなかに身をひそめているドイツの狙撃兵《そげきへい》が——彼は、埃をさけるため、無煙火薬の銃弾を折りたたんだ新聞紙の上の五発入りの挿弾子にきれいにおさめて、目前においていたが——ライフル銃を持ちあげた。マウザー・カー98Kで、ツァイスの望遠照準がつけてある。〝カー〟はカラビーナーの略でカービン銃を意味し、Kはクルツ、短いを意味している。そのライフル銃は基本的には一九〇八年――カナダ兵が現に使用しているイギリス製のリー・エンフィールド銃よりも一八年後に創製されたものを、短くした型なのである。

　あらゆる射撃の名人と同様、その狙撃兵は急がなかった。通信兵を撃ち殺すのは、普通の兵隊を殺すのよりも、敵にとってははるかに重大な損害となるであろうことを、彼は心得ていたのだ。通信兵は部隊間と、指揮官と部下との間の連絡に欠くことのできない存在だからである。彼は一瞬、カナダ兵を照準の精巧な十字の中心に捉《とら》えたが、その走るのに合わせて、かすかに彼の前に狙いをつけていたので、目標は弾丸の方へ飛び込んでいくことになるだろう。彼は引金をひいた。通信兵は糸で吊《つ》られたマリオネット人形のように空中におどりあがって、それからセットの重味で仰向《あおむ》けにたおれた。両腕両足をわずかの間、動かしていたが静かになった。ラジオ・アンテナだけが、たおれた槍《やり》のように揺れていた。

　朝はもう明るくなっていた。一階の窓に引いたカーテンの隙間からジャックは生活の匂いのするさまざまのものを見た。マリゴールドを生けた花瓶、写真の隣りにある十字架、木のマントルピースの上に置いた磨きあげた真鍮の時計など。

　こうした家々の向こうに橋があった。そして仮兵舎が遠くの堤の上にあり、それから水平射撃用のスリット（細長い切り口）のついているコンクリートのトーチカも、いくつか目にはいった。もっとも近いスリットから彼らに向けて焔が噴いた。銃弾が道におどりあがり、赤いターマック（タールと砕石を混合した舗装）にたくさんのみぞを刻み、そこから煙があがっていた。

—5—

「あの野郎がいるかぎり、ここはどうも通れないぜ」とジムが砲火のひびきに挑むようにわめいた。「あのコンクリートはどう見ても厚さ一フィートはある」とフレンチー。「迫撃砲でもないかぎり、やつらをやっつけるわけにはいかないぜ」

「おれが片づけてやる」とチャーリーが断乎《だんこ》たる口調でいい放った。「おい、ライフルを預ってくれ。あん畜生を追いだしてくれるから」

彼がライフル銃を投げると、バッドが受けとめた。チャーリーはベルトから手榴弾を二個はずし、ピン・リングを歯でしっかりとくわえ取って、吐きだした。彼は銃撃がしばらく休止するのを待っていた。銃手が空になったマガジンを取り替えるわずかな時間を盗んで、彼はトーチカに突進し、スリットから二つの手榴弾を押し込み、爆発する前に逃げ帰って来た。

「銃をくれ」とチャーリーはぽつんといった。バッドがそれを彼に返した。

グループのなかの数名が負傷していた。ひとりは首のうしろに重傷を負っていて、呼吸するたびに、血がどくどくと噴きだして上衣にしたたり落ちる。

「どこかに待避させた方がいい」とホーキンズがいった。彼らは負傷者をなかば持ちあげ、なかば引きずるようにして、空家の階下の部屋に運び入れた。そして上衣を切り裂き、止血しようとした。不意に、表で大きな騒ぎ声が起こって、砲声を消し去るほどであった。

「後生だから、投げないでくれよ！」とメイヴァーが叫んだ。ジャックは表へ走りでた。キャメロン・ハイランダーズの部隊が上陸し、通りに来たのだ。メイヴァーは窓から手榴弾を投げ入れようとしている兵隊ともみ合っている。

「なかにいるのはいまいましいジェリーじゃないんだ！　仲間だぞ！」

＊

橋の海側に、ドイツ軍は堰《せき》をつくって河口を封鎖したのだった。水が深くなっているようだった。右側は、この堰のために野原が湿地に変わり沼のようになっていて、戦車の渡ることは不可能だし、走って徒渉するのもむつかしい。ヤナギや湿地になじみやすい樹々が両側の堤に生い繁っていた。

湿地帯を越えて、遠く堤の上では、まるまると肥《ふと》ったノルマンディの牛の群れが、のんびりと草をはんでおり、銃砲の音にも頭をあげようとしなかった。その牛の群れの向こうのスカイラインにはまたしても、屋根だけを地上に見せて、地中に埋められたコンクリート造りの建物のあるのに、ジャックは気がついた。大きな砲の砲身がいくつも、まるで金属の指のように、野原と樹々と生垣とが溶け合う緑を背にしている目標という目標に向けられていた。ジャックが見ていると、カナダ兵のなかには堤をおり、泥水に飛びこみ、しぶきをあげて泳いで渡っていくものがあった。橋を渡るのが一番早く、一番容易な方法ではあったが、彼の予想通り、レーダー・ステーションに近い道の両側にある陣地から、必ず掃射を受けることになった。〝A〟および〝D〟中隊の前進部隊はここですでに大きな犠牲をはらわされていたのだった。橋の上にはもう兵隊たちが折り重なってたおれていて、まるで一団の兵隊が欄干の間に横になり、眠っているかのようである。ジャックが見ると、向こう側で、メリット大佐が部下を叱咤《しった》激励し、砲火を縫って橋を渡らせようとしていた。もしも兵隊たちがためらうようなら、彼は鉄かぶとをぬいで、小学生の通学カバンのように皮ひもで鉄かぶとを打ち振り、兵隊たちの方へゆっくりと歩いて、「来いよ、みんな、来いよ。やつらをやっつけちゃおうぜ！」と叫んだことであろう。

この大佐の雄姿を眺めて、戸口や家屋の間に待避していたカナダ兵たちは飛びだして、雄叫《おたけ》びをあげ、争って橋を渡って疾走していった。向こう側についたものは、すぐさま狙撃兵用の壕に飛び込み、あとから来るものを掩護した。撃たれて戦死者の上にたおれるもの、よろよろと崩れおちるものもいた。弾丸が雨あられとメリットの周囲に落ちるが、不思議なくらい一発としてあたらない。彼は無傷のまま立ちはだかっていた。その姿には見るものをふるい立たせずにはおかないものがあり、ジャックは勇気と指導力とを別にして、なにかほかのもののあるのに気がついた。不撓《ふとう》不屈の精神である。

メリットは叫んだ。「前進しろ！　前線を強化しなければならない、それもできるかぎりすみやかにだ！　わしといっしょにいくものはいないか？」

ジャックは軍曹のひとりがそれに応じるのを耳にした。「みんないっしょに、いきますぜ」

「じゃ、前進しよう」

大佐は先頭になって道を進んでいった。ジャックは心のうちに感じた。「もし大佐が生きのびるようなら、おれも生きのびるぞ」

彼は仲間の方へ顔を向けた。

「次の休止に、おれはロングヴィル公爵夫人の役目をやるぜ。あの河を渡るつもりだ」

彼の隣りにいるフレンチーがうなずいて、同意を示した。

「あれを見たかい?」と彼はジャックにきいて、首を閘門《こうもん》に釘《くぎ》づけにした板の方へ向けた。《ペシェ・アンテルディ》(魚つり禁止)

「銃猟も禁止になってないのが、残念だよ」

スラッセルは彼らから一〇フィートばかりうしろの戸口にいたが、彼のあとからそこに待避して来た肥った小柄な兵士に顔を向けた。

「いいかね」とスラッセルは真剣な口調でいった。「おれはあの連中といっしょに、向こうにいくことにするぜ、もしあんたも移動するなら、いまがいい。掩護するぜ」

「いやだ、スラッセル」とその肥った小男はかみついた。「死ぬのはいいが、ひとりじゃいやだ。あんた、先にいけよ」

「よし」とスラッセルは答えて、彼は走った。

彼らは誰もかも一斉に走りだした。舗道に烈しい蛩音を立て、それから橋の上にうつろな音をひびかせて——。ジャックの口はからからになり、背の筋肉ははね返る弾丸に本能的に思わず知らず反応して堅くなった。メイヴァーは彼と並んで走っていたが、不意に足をとめて、前にたおれ、水に飛びこむときのように両腕を前にのばした。スラッセルがそばにかがんで、メイヴァーをころがしたが、もう完全にことされていた。

スラッセルはメイヴァーの戦闘服のポケットを開けて、脱出用キットを取りだした。ワイト島で渡されたときから、ふたりで中身を分け合うことになっていたのだ。羅針儀、ホーリック錠は必要

―5―

になるかもしれない。彼は袋を自分のポケットに押し込み、それから仲間のあとを追った。特別部隊を指揮していたレスリー・イングランドも弾丸にあたった。そのトミイ・ガンは旋回しながら河に落ちていった。かかとが耳のあたりまで持ちあがり、それからどさりと仰向けにたおれた。マレイ・オーステンがその傍にひざまずいた。

「負傷か、レス?」オーステンは急いで訊《たず》ねた。銃弾が頭のすぐ上の欄干にあたって、コンクリートのかけらがあたり一面に飛び散っていた。

「その通り、このばかめ!」とイングランドは元気をだしてやり返した。「ここに横になってるのを、なんのためだと考えてるんだ?」

オーステンはふたたび駆けだした。友が口をきくのを聞いてほっと安心したのである。気の毒だがそこにとどまっているわけにはいかない。任務のために丘を登らねばならないのだ。走っていくと、一弾が、彼の肩にあたった。その衝撃でバランスを失った。彼はよろよろと欄干にもたれかかり、すべって、欄干越しに泥水のなかへ落ちていった。

「進め!」とメリットは元気づけるように彼に叫んで、「そこからあがって来い! うろうろするのをやめて、戦うんだ!」

冷たい水にオーステンは気を取り戻し、向こう側の堤を勢よく登った。濡《ぬ》れネズミになり、ベルトから藻をぶらさげていた。

「つづけ!」と、彼は叫んで、走りつづけていった。

道は幅約二〇フィート、なに一つ遮断物となるものはない。両側は小高い堤か、それとも雑草の生えた高みになった場所かの、いずれかであった。

ラルフ・〝レッド〟・ニール軍曹は、イングランドのたおれたあと、特別部隊の指揮を引き継いでいた。彼は部下を率いて道の左側に沿って前進した。ジャックとその一団が弱いけれども掩護したので、ニールの一隊は右へいくことができた。一隊は幸いにも暴風雨用の水路に身をひそめた。足の両側を土でせばめられているが、敵の目標となる部分はずっと少なくなっていた。

ジャックは丘を見あげた。フレイヤのアンテナはいまだに回転していた。そして浜で見たときよりもはるかに大きかった。それも当然で、そのときには前よりも約二〇〇ヤードは近づいていた。前方には気落ちするほど掩護となるものがない。地面の浅いくぼみ、ハリエニシダの小さな茂み、一かたまりのイラクサ、それから掘ったばかりの墓穴のようにきれいな黒い矩形《くけい》の凹座掩体。見ていると、ドイツ兵の鉄かぶとが不意に、淡い灰色の石炭バケツのように出現する。すばやく狙い撃ちをすると、たちまち安全な場所にもぐってしまう。狙撃兵はすべて無煙火薬を使っているので、カナダ部隊は相手の動きを見るか、ライフル銃に陽があたって磨きあげた部分がきらめくかするときに、やっと発砲個所を発見できるにすぎない。

迫撃砲やもっと大きな砲になると、その位置を推測する必要はなかった。砲口から閃光をだしておのずと所在を明らかにしたからだが、そうとわかってみたところで無益なことであった。二マイルも離れていては、リー・エンフィールド銃や、そしてすでに砲弾もつきようという二インチの小迫撃砲がものの役に立つだろうか?

ジャックは慎重にあたりを見回し、そしてプールヴィルの方へくだる丘を振り返って見た。メリ

—5—

ットはいまだに橋の近くに立って、彼にならって橋を渡るように部下を督励していた。銃弾の旋風のなかにいながら、驚くべきことに彼はかすり傷一つ受けていなかった。右手、内陸の方に数軒の家があり、窓は開け放され、よろい戸はまぶたのようにあげられていた。いくつかの家々には仰々しくやぐらを真似したものがついており、複雑な装飾つきの軒端、チューダー様式の梁、模造の塔もあった。フランスの田舎に見かけるぞっとする建築である——ぞっとする理由はほかにもあった。開いた窓からはドイツ兵がひょいと姿を見せて、発砲すると、ふたたび視界から消えてしまう。命がけのパンチとジュディの人形芝居を演じる、生ける人形といってもよい。ジャックはまたも道を見あげた。まっすぐ正面、やや右よりに、平屋根の一階建の家がある。壁にあけてあるスリットから、幾挺かの機関銃がすでに慎重に計算したうえで、彼らの前方の空地を掃射している。もしこのままここにいたら、いずれ撃ちたおされることになるのは確実であった。

＊

その前の晩のたそがれ時、リヒャルト・シュネーゼンベルク大尉、ピュイ周辺防衛地区指揮官は、予期されている連合軍上陸に対してまたまた演習に参加すべき旨を、その都隊に命令していたのだった。日曜、月曜とすでに警戒態勢演習を二回も召集していたので、彼の部下は三回目には熱意のなさをあからさまにしていた。何回、訓練をやったら大尉は満足するのか？　昇進してから、なんで彼は張り切っているのか？

こういう非難はいろいろの方法で示されていた——諸命令がぎりぎりのところまで誤って解釈されたり、上官たちに聞こえはするが見えないところで、悪口雑言が吐かれるといったふうである。リハーサルは大尉の期待していたほど順調には進行しなかった。大尉は意志の堅い、きわめて有能な将校なので、訓練を夜になるまで持ち越した。

空はいつになく晴れているようであった。大尉は〝対上陸〟用と称している巨砲が、浜に放置されたままになっているのに気がつき、いささかめんどうくさくなった。そのとき彼は砲を断崖上に設置するよう命じてあったのだ。そこで彼は部下に砲の移動を命じた。なかにはぐずぐず文句をいう兵隊もいて、演習は夜中の三時までだらだらとつづいた。部隊がいよいよ消灯しようとしたそのとき、海上はるかに砲声がした。これはそれほどおかしなことではなかった。もっとも士官のなかには、いつもよりも砲声が高く、烈しすぎると感じたものもいた。

「勝手に撃たしておいたらいい」とシュネーゼンベルクはあっさりいった。彼も演習でうんざりしてしまっていたのだ。彼らはそれぞれ宿舎に戻った。およそ四時ごろ、シュネーゼンベルクが服をぬいでいると、同僚の将校が彼に会いにやって来た。

「大尉」と彼は不安気である。「まだ撃っているようです」

「ぼくを寝かせないつもりなら」と、大尉は手きびしくいって、「もう一度訓練の召集をかけるか」

事実、彼のいう通りになってしまったのだ。水曜日の朝の六時、演習を終わって三時間とたたないときに、彼の部下たちは戦闘行動にはいることになった。彼の指揮所は浜から延び拡《ひろ》がっている二つの突堤の中間にある、崖上にあった。早朝の霧のために、シュネーゼンベルクには突堤の先端

—5—

は見えなかった。が、海上におぼろげな影の動いているのはわかった。彼はこの事実を一〇〇ヤード離れている海軍通信分隊に報告した。海軍では報告に感謝の意を示したが、これはおそらくブーローニュから到着予定の船団だから心配にはおよばないだろうと説明した。沿岸の遠くへでている監視員たちもあきらかに同じような誤りを犯していたのであった。

そうこうしてふたりの将校が話し合っているうちに、突然、霧がはれあがり、彼らの真正面に、マストにユニオン・ジャックの旗を高々とかかげた一隻の軍艦が姿を現わした。イギリス海軍だ。シュネーゼンベルクと通信分隊の将校との会話は、はたととまった。大尉の部下はただちに火蓋を切った。

シュネーゼンベルクの指揮所は、カナダ・ロイヤル連隊の目標の一つであった。連隊長はダグラス・キャットー大佐だった。一時間のうちに連隊は多大の損害を受けた。反撃が熾烈《しれつ》をきわめていたためであった。しかし大佐は頑強に敗北を認めなかった。彼は数名の将校と無傷の兵隊たちをかり集めて、一斉に断崖をよじ登りはじめた。頂上のドイツ軍の機関銃座を攻撃掃蕩《そうとう》しようとした。

シュネーゼンベルクは登って来る敵の姿を見て、その大胆不敵な勇気に満ちた行動に感動して、カナダ兵の進撃を阻止するだけにして、射殺しないようにと命令を下した。最後にキャットー大佐と約二五名の将兵は、断崖の途中に生い茂っているエニシダと、銃弾とにはばまれて、進むことも退くこともできなくなり、ついに降服のやむなきにいたった。

指揮官として、キャットー大佐はシュネーゼンベルク大尉のもとへ案内された。戦闘を越えて互いに賛嘆しないではいられなかった。ふたりの将校はおごそかに敬礼を交し、手を固く握り合った。

そして大佐は大尉の部隊の技倆《ぎりょう》をほめたたえた。

6

GREEN BEACH

断崖《だんがい》からのおどろおどろしい砲撃の音と、多くの飛行機の爆音とに、プールヴィルとレーダー・ステーションとの間にある丘の上の農家で、ヴァレール・ミュイッセンはせっかくの眠りからさめてしまった。一瞬、彼は横になったまま耳をすましていた。これはいつもの対上陸演習だと思うが、砲弾の炸裂《さくれつ》と岸からの叫びにただならぬものがあった。なにか違ったものがあった。戦争なんだ。彼は女房をゆり起こした。彼女はふたりの娘たちを起こした。家族そろって暗闇のなかで衣服を身につけた。

ミュイッセンは四八歳、ベルギー人で、第一次大戦の際に、将校として軍務に服したことがあるので、連合軍はいつか必ず上陸侵攻すると思っていた。それでその時の歓迎のことまで考えていたのだった。こんな場合にと、手近な勝手に置いた鋤《すき》を手にして、裏口に近い土のやわらかい場所に細長く浅い壕《ごう》を二つ三つ掘りはじめた。どう考えても、家のなかにいるのは危険であるし、待避する地下室はない。だからせめて壕を掘って難をのがれたいと考えたのだ。壕の深さが一八インチほどになったところで、彼は女房と娘たちを呼んだ。彼女たちは外へでて来て、壕のなかに身をひそめた。

ミュイッセンは羊や牝牛と狭い所有地とを持っていて、ことに家畜には関心が深く、それで生計を立てていた。彼はフランドル人で、学校教師の息子だった。若いころには農業をやろうなどとは露ほども考えていなかった。そのころベルギーでは、フランドル系の人びとはほとんど第二級の市民と見られ差別をつけられていた。もっとも教育のある人びとはフランス語を話していた。少年ミュイッセンはフランドル人からではなくフランス人から、ギリシャ語やラテン語を学ばねばならな

—6—

いのだった。当時の彼の野心はベルギーの外交官として成功することだったので、これを固く心に秘めてルーヴァン大学で学位を取った。そのあとである。彼はフランス人の娘と恋仲になって結婚した。そのころの田園地方のフランスの家の例として、フランスから数百マイル、もしかすると数千マイルも遠い所に、娘を住まわせるなどという考えは、好まれるはずがなかった。そのため彼は自分の野心を放棄せざるを得なくなった。そこでミュイッセンは妻の実家に近いディエップに腰をおちつけ、いろいろと仕事に手をつけたあとで、プールヴィル郊外の農場を買ったのである。ドイツ軍がこの地区を占領した際、家を徴用された人びとの棄てた犬が増えて、彼はかなりの羊に被害をこうむった。が、彼と家族とはドイツ軍からなんの干渉も受けなかった。

　ミュイッセン家の四人の家族は不安におののきながら壕のなかにいた。ヴァレールは壕が新しい墓のような恰好なので居心地がよくなかったけれども、頭上の明けゆく空に、白い航跡を残して飛んでいく飛行機の群れを眺めていた。この奇妙な隠れ場所から、彼はイギリス風の戦闘服の兵士たちが、シ河にかけた橋を駆け渡っていくのを、眺めた。そこにいて若い兵士たちが無造作に数多く死んでいくのを見るのは、老兵にとって堪えられない気持ちで、その昔のフランダース（第一次大戦に激戦のあった地方）の経験がよみがえってきた。二七年間、彼が心の底に意識して秘めてきた光景と音とが、いまあざやかに恐ろしいくらいによみがえってきた。見たことのない兵隊たちが、遠くなので小さくなって、プールヴィルの家から家へと身をうつしているのが、彼の目に映じた。それから一〇名か一一名かの一団の兵隊たちがこちらへ向かって来た。遮蔽物《しゃへいぶつ》にしようとイラクサの茂みや、浅い穴に身を落として、迫撃砲弾の炸裂するのを待ち、それから飛びだして、頭をさげ、最後の爆発で土くれが周囲にまだ降っている間に駆けて来る。ミュイッセンの農場は道の右側の方にあった。それらの兵隊はその道を、彼の家の側にたどって登って来ていたのであった。

空気はさわやかであった。兵士たちはわずか三〇ヤードほど離れている個所にいた。軽機関銃を搬《はこ》んでいるものがいるし、第一次大戦で見おぼえのあるライフル銃を携えているものもいた。迫撃砲をかついでいるもの、拳銃《けんじゆう》だけのものもいた。この男は他の連中がカーキ色の雑のうを持っているのに、空色の雑のうを右腰のところにさげている。それに彼は軍服に階級章をつけていないし、そのほかの記章もつけていない。兵隊たちはイギリス兵だなとミュイッセンは思った。少なくとも彼らはイギリス兵の服を着ていた。彼の時代には将校だけが拳銃を持っていたもので、将校の武器を携行しているが将校のしるしである星章も王冠章もつけていないこの男は、なにものなのだろう？

「どうしました？」と彼は英語で話しかけた。「あんたがたはどこのひとです？」

「カナダ部隊だ」とひとりが叫び返した。「あんたは？」

「百姓です」

「じゃ、おれたちと同類だね。どうして英語をしゃべれるんだね？」

「学校で習ったのです。ベルギーで。それから前の大戦のときに軍隊でね」

「じゃ、おれたちから離れていた方がいいぜ。おれたちは長いことこっちにとどまっちゃいないんだから。こいつは奇襲で、上陸侵攻じゃないんだ」

「お元気で！」とミュイッセンは彼らに呼びかけた。壕のなかに身をひそめながら、若かったら、

—6—

もう一度、昔に返って若いひとたちといっしょに戦うのに、と心のなかで思った。

「あんたも元気でな、おじさん」と、空色の袋の男が楽しそうに答えた。


ジャックは地面に身を伏せて、草の上に平たくなり、できるだけ弾丸を避けようとした。ほかのものたちも彼の両側に、これまた横になっている。彼らのはるか前方、丘を登ったところで、ひとりのドイツ兵が、トーチカ近くのたこつぼに移動しようとした。チャーリーは銃の狙《ねら》いをその敵に向けたが、突然、前のめりにたおれた。ひたいを撃ち抜かれている。たおれながら、その指がしまり、ライフル銃は発射して、がたんと死者の手から離れた。彼らの背後にいるカナダ軍の軍曹が叫びをあげた。

「迫撃砲はどうした！　迫撃砲がいるぞ！」

迫撃砲はあるが弾薬がまったくない。ブレン・ガンが勇ましく鳴りだしたが、トーチカにとじこもるドイツ軍は、一フィートもあるコンクリートに護《まも》られている。銃弾はいたずらに壁の上に踊って、わずかにそれをけずり取るのがやっとであった。

「こんな場合にどうすればよいか、みんなに見せるとするか」と、誰かが冷静にいうのをジャックは聞いた。

メリット大佐が前に乗りだして来た。歩きながら彼は手榴弾《しゅりゅうだん》のピンを引いた。彼はトーチカのなかの銃手が、右か左かに死角を持っているに違いないのを推測していて、これに賭《か》けて、コンクリート壁に接近していった。マガジンを取り替えるために、一瞬、発砲のとまったときに、メリットは手榴弾をゆっくりと内部に投げ入れ、爆発にそなえて身体を地面に伏せた。

オーステンは〝A〟中隊を率いて、道のへりに沿って草地を渡って、丘の頂上を目指して進んだ。機関銃の銃口がいくつも彼らの方へ向けられた。一隊は攻撃を受けるのを避けて、地に伏した。村から見ると、丘陵はなめらかで平坦《へいたん》なように思われ、草もすべて刈り取られているようであったが、実際に登ってみると、幸いなことに、ここかしこに細い水はけの溝や低地があって、それに人間ひとりが隠れられるくらいの深さがあるのに、ジャックは気がついた。彼らの真正面に、コンクリートをつめて固めた大きなドラム罐が四つ五つ道路上にころがしてあり、有刺鉄線でつないである。有刺鉄線はそこからさらに野原の方へずっとのびている。彼らはこういう障害物の間隙《かんげき》を走り抜けねばならないのだが、間隙ははるか丘上のさまざまの銃砲で制圧できるのは確実で、橋の場合とまったく同じであった。

「煙幕を張れ！」とエド・ダンカーリイはどなった。

兵士のひとりが発煙筒に点火して、それを風上に投げた。豆の罐詰ほどの大きさの、そのカーキ色の罐はゆっくりところがって、だしぬけに爆発し、黒煙の雲を波のうねりのように拡げていった。ダンカーリイは浅い溝のなかで、煙の濃くなるのを待っていると、急に上衣《うわぎ》の袖を引かれるのを感じた。まるで誰かが袖を引っ張ったようである。と、つづいて焼けるような痛みが胸を走って拡がっていった。撃たれたのであった。

黒煙が道いっぱいに拡散すると、ひとりの将校が「つづけ！」と叫んだ。兵士たちは立ちあがり、駆けだした。無我夢中で走っていくと、いつか煙と障害物は彼らの背後になっていた。数ヤード前

―6―

進したが、損害は大きかった。彼らはまたしても、草の上に伏した。そのとき、一弾がダンカーリイの靴のかかとの一方をもぎとった。彼の脚がまるで針金で引かれたようにびくっと踊り、足くびの感覚がなくなった。徐々に感覚が戻ってきて、それとともに鋭い痛みが襲ってきた。弾丸は彼の足の裏にあたったのだった。

　頭上では、スピットファイヤ機とドイツ空軍機とが入り乱れて、旋回、横転、急降下などをおこない、機関銃と機関銃とが烈しい音をひびかせていた。ときどき、パラシュートが、青空に白く鮮やかなうねりをつくって見せた。ダンカーリイが注意して見ていると、丘に残されたわずかばかりの木の茂みが、十字砲火で木端《こっぱ》みじんにされてしまった。それから銃弾が彼の周囲の埃《ほこり》のなかに容赦なくめり込んで来た。すばやく横転して避けようとする間もあらばこそ、彼は右の尻《しり》に激烈な苦痛をまたしても感じた。足の感覚が一切なくなり、意識が次第に薄れていった。迫撃砲弾が彼のうしろと、前とに落ちた。二つとも五〇フィートぐらい離れているところだ。その炸裂で彼は気を取り戻した。ドイツ軍は彼らを夾叉《きょうさ》砲撃して、距離を求めている。次の一弾が彼らの命を奪うかもしれない。兵士たちの何名かは絶え間なく耳を聾《ろう》する騒音と、砲弾の落下と同時に烈しく揺れ動く大地とに、気が遠くなり、立ちこめる煙と埃とにむせて、臆病風《おくびょうかぜ》に吹かれてひるみはじめていた。

「進め！」と、ダンカーリイは自身の傷を忘れて、口早に叫んだ。「さ、いこうぜ！」

　彼は先頭に立って丘を登っていった。次の砲弾は背後に落ちて、ひとりとして傷ついたものはなかった。いくつもある狭いくぼ地に負傷者ははいっていき、やがてそこで息を引きとった。負傷者に手を貸している兵士たちもいた。どうにかこうにか、一握りの兵士たちは、ドイツ軍の放棄したトーチカの壁にたどりついた。軍曹のひとりがダンカーリイのそばにたおれた。その口、顔の半面、片手が血だらけなので、ダンカーリイには傷の程度の見当もつかなかった。ふたりは朝の陽の光を浴びながら横になり、一時しのぎの待避場所に感謝しながら、苦痛と出血のために、失神しそうになっていた。

「何を考えてるかわかりますかい?」と軍曹は傷のため苦しそうにゆっくりとした口調で訊《たず》ねた。

「なんだ?」とダンカーリイ。

「こういうことですよ、曹長。二度とあんたとあんたの猛訓練に、文句をつけまいとね。やっと教練の意味がわかりましたぜ」

ふたりはじっと横になって戦闘を見守っていた。あたかも一切が夢まぼろしであって、苦しみや漂っているいやな臭いの煙がやがて消え去るように、まもなく眼前から消えてなくなるかのように感じられた。砲のとどろきのなかに、ダンカーリイはメエーメエーとふるえをおびた山羊《やぎ》の鳴声を聞いた。どこか壊れた建物の陰につながれているのだろう。自身農民なので、持ち主はどうなったのかしらと彼は思った。誰がいつ、山羊の乳をしぼるつもりなのだろう。ダンカーリイは自分の立場を忘れて、相対峙する両軍の十字砲火に閉じこめられている、可哀想な、悪意のない、おびえている動物に、深いあわれみをおぼえていた。

＊

—6—

ドイツ軍の第五七一歩兵連隊指揮下の大隊本部は、ディエップとプールヴィルとの間にある断崖の上に、そびえ立っている一五世紀の城のなかにあった。指揮官ヘルマン・バルテルト中佐は決心した。現在、ディエップ西方、七マイルのウーヴィル＝ラ＝リヴィエールに配置してある、分遣中隊を呼び戻そうというのだ。

浜では戦闘の結果がどうなるか判断は不可能であったが、初期の報告によると侵攻軍は損害甚大で苦戦と伝えられていた。が、たとえそうであっても、敵は頑強に戦いつづけており、いまだに橋頭堡《きょうとうほ》を確保するおそれがあった。伝令兵たちが確認したところでは、軍用電話線が数回線切断されていた。故意によるか砲撃のためかははっきりしていない。もし時機を逸すると、増援部隊を呼び戻すことができなくなるかもしれなかった。

彼はそこでウーヴィルへの電話線のテストをおこなわせた。回線はまだ接続していた。そこで彼は指揮官の少佐に、イギリス軍がディエップおよびプールヴィルに上陸中の旨を告げ、そこで強力な分遣隊を大隊本部へ至急出動させるように命じた。なお分遣隊はディエップを去る約四マイルのオートーへの路《みち》をとり、それからプールヴィルから二マイル離れているプティ・タプヴィルの十字路を通過していくことに決定した。

バルテルト大佐（この場合も敬称）は、イギリス軍が上陸しているものと思っていた。というのもカナダ軍もイギリス風の戦闘服を着ていたのと、それからまだカナダ軍の捕虜がなく尋問をしていないためであった。彼がこの特別の経路を採ったのは、パリからプールヴィルへの道が、ディエップからル・アーヴルへの幹線道路と交叉する場所だからで、もし侵攻軍が内陸への進撃を意図するとしたら、この交叉点を通過するものと見たからであった。

ウーヴィル分遣隊を指揮する少佐はこれらの命令を受けて大いに喜んだ。思いがけなく部下が戦闘に参加して殊勲をたてる機会を得られるばかりでなく、また日頃彼の主張しているように、その部隊がスピーディに、しかも静かに、燃料や特殊な機械の整備も必要なしに、移動できるという事実を、実戦でテストできるからである。それというのは、彼の部隊は自転車を装備していたのだ。

ただちに、彼は派遣する全員に自転車を持って、指揮所前の道路に整列するように命じた。彼らはみごとに戦闘態勢をととのえて、水筒、小さい雑のう、ライフル銃、防毒ケープ、鉄かぶと、自動火器、それに予備の部品と、肩からかけるようになっている余分の弾薬帯などを用意していた。命令が読みあげられ、分遣隊の指揮にあたる大尉が乗車を命じた。各兵士は平素の訓練通り、一糸乱れずに行動を起こし、直立したまま右足をペダルにかけ、まるでひとりの人間のように、一斉に左足をあげてサドル越しにおろした。

だが、これほどの重装備で、しかも迫撃砲や余分の弾薬でものすごい重さになった状態で自転車に乗る練習はこれまで一度としておこなわれていなかったのであった。軍用の自転車は武装した乗り手を運ぶのに充分な頑丈さを具備しているものだが、このときの異常な状態に堪えるほど堅牢《けんろう》ではなかった。

次から次へと、スポークが折れて車輪からはずれ、車輪がぺしゃんこになってしまい、乗り手は道路にほうりだされた。

増援部隊はわずか二マイル離れているオートーへつくのに二時間を要した。

*

ジャックは道路の内陸側にある非常用の排水路のなかに身を横たえていた。エド・ダンカーリイからは約一〇〇ヤード離れていて、ジャックの護衛兵たちは彼をめぐって人間の扇のように拡がっていた。彼は夏のかぐわしさを心地よく嗅《か》いでいた——野原の新鮮な乾《ほ》し草、温かい草のしとね、子供のころケントの崖《がけ》で嗅いで以来初めて嗅ぐ強く烈しい匂いのする白い花など。なんという名前だったかなと、彼はとりとめもなく考えた。どのようにして種は海峡を渡って来るのだろうか——もともとフランスのものなのか、それともイギリスのものなのか？

頭上の空は戦闘機でうずまっていた。空《から》の薬莢《やっきょう》が彼らの周囲一面に、雨のように降って来た。騒音はいよいよ烈しさを増した。彼がそれに馴《な》れてしまったのか、それとも両耳が鈍くなったのか、避けることのできない音の効果のように、いまでは平気でいられる。耳おおいをつけて騒々しい製鋼所で働いているようなものだった。

用心しながら彼は首をもたげて、他のSSR部隊の様子をうかがおうとして、背後の丘に目を走らせた。コンクリート・ブロックの近くでは、道に点々と兵隊の姿がころがっていた。カーキ色のものもいるし、ドイツ軍の灰緑色のもいる。誰ひとり身じろぎさえしない。彼らの周囲には、戦死者の残したもの、散乱しているライフル銃、鉄かぶと、発煙筒など。それから放棄された二インチ迫撃砲、壊れたラジオ・セットなども見られる。煙はまだ濃く海上をおおっていた。燃えている舟艇があてどなく漂っていて、水に隠れている岩礁に乗りあげ、知らぬ間に潮の加減で動きだすまでそのままでいることになる。遠くで命令する声と、それに応じる声、機関銃のひびき、ライフル銃の音、迫撃砲を撃つ鈍い轟音《ごうおん》などがした。だが、それらが味方のものか敵のものか、識別するのはむつかしかった。朝の熱い陽光を受けて横になりながら、空の胃のなかのラム酒はジャックの身体全体に、いい知れぬものうさを拡げはじめていき、そのために何もかもが奇妙に大切なことではなく場違いのように思われてきた。

彼はレーダー・ステーションの方を見あげた。いまでは前よりもずっとはっきり見えるようになっていた。堅固なコンクリートの建物で、周囲には土と砂のうをつみあげて、高い爆風よけの塀がつくってある。アンテナの下には小さな小屋が付属していて、アンテナとともに回転し、そのなかにオペレーターがいる。ジャックはすぐ気づいたのだが、イギリスのレーダー・アンテナで匹敵するものと較べて違っているのは、フレイヤ・アンテナにはこれまでに内陸を探索できるような完全な変革がおこなわれていなくて、ただ一八〇度以内で回転するだけである。なぜこれが明瞭《めいりょう》かというと、回転板上の小屋と下のコンクリートのブロックハウスとを、太いケーブルで連結してあるために、そうすることができないのであった。これでわかるのは、ドイツ軍はまだ送像器《トランスミッター》に直接同軸ケーブルを使用しており、それに対してイギリスのセットは回転電磁結合《ローテイティング・エレクトロマグネティック・カプリング》の採用に成功していたので、チェイン・ホーム・ロウおよびグラウンド・コントロール・インターセプションのセットのアンテナは、ケーブルに拘束されずに三六〇度くまなく完全に円を描けたのであった。

機関銃座と狙撃兵《そげきへい》用の壕が、ステーションとそれをめぐる鉄条網との間の地面に、いくつとなく

—6—

掘ってあった。

ジャックはなすべきことをよく承知していたけれども、暑さと、周囲の光景と音響による反応のために、なかば茫《ぼう》となっていた。彼は無理矢理立ちあがった。彼のボディガードたちもまた立ちあがった。道路は右へ曲がっていて、そこは広くなっていた。一方の側に石を取りはらった細長い場所である。平和なときには、オートバイに乗った連中が、ハイウェイを離れて車をとめ、車に乗ったままパイやパンを、ボルドーのブドウ酒といっしょに腹のなかに落ちつかせながら、景色をうっとりと眺めたのである。いまその砂利をしいた空地は、またも踏み越えねばならない障害を意味していたにすぎない。

彼らはいまだに道の右側にいたので、ステーションを取りまく機関銃座から、いくらか身を護ることができた。別のドイツ軍が半マイル離れているフォー・ウィンズ農場の方の野原越しに彼らを攻撃してきた。が、敏速に行動しているので、誰ひとり負傷しなかった。彼らは道が右へ折れる第一の曲がり目に達した。それから左へ曲がって丘の頂上を回り、道はディエップへ通じている。上部が路になっている堤の向こう側に、マレイ・オーステンは中隊の戦闘指揮所を、そして生垣の間に着弾監視所を設置したのだった。ここは堤のために、レーダー・ステーションの防衛部隊からは物陰になっていた。ただ背後の野原越しの攻撃には開け放しも同然である。

ジャックはオーステンの顔色が異常に蒼《あお》く、苦しそうなのに気がついた。オーステンは自身で感じている以上に、傷のために血液を失っているのに違いない。その戦闘服に滲《にじ》んでいる血のひろがりは、丘の下にいたときと較べて、大きさが二倍になっていた。だが、苦しく、弱っていくのをどれほど感じたにしても、オーステンは見たところいつもと変わらぬほど士気旺盛《おうせい》であった。彼は片腕をレーダー・ステーションの方へ振った。

「あすこにあんたの目の敵《かたき》があるぜ、ジャック！」と、彼はおおげさな身振りでどなった。「あんたのステーションだ！　欲しかったら――自分のものにしろよ！」

彼の言葉があまりに突然だったので、ジャックは思わず笑ってしまった。「最善をつくしますよ」と彼は答えた。

「正面攻撃をするには兵力が充分でない。あのステーションは厚さ二フィートはあるコンクリートのなかにおさまっている」と、オーステンは話しつづけた。「あいつを壊すには砲が必要だ。こっちにいる前進観測将校に関係地図を渡して、海軍へのラジオ連絡を頼んだが、いままでのところなんの結果もでていない。アンテナの一部が撃ち壊されてしまったのだ」

ジャックは用心しながら堤にはいのぼってあたりを偵察しようとした。砕石の鋭い角が、厚い戦闘服のズボンのひざにあたって痛い。道路の縁でとまると、そこで違った角度からステーションを眺めることができた。一二フィートも高さのある鉄条網がそのまわりに延びていて、潮風のためにさびていた。そのうしろには杭《くい》から杭へと一本の鉄線を張りめぐらして、内部の護りにしてあった。中央には八角形のコンクリートの敷地があり、唯一の狭い入口は、彼らと向かい合っているが、爆風よけの塀が堅固にそこまで延長させてあった。四角なコンクリートの建物の上で、金属アンテナ、みごとな梁《はり》のかたまりが、いまは間近なので醜悪なほどに大きく見え、巨大な前世紀の怪鳥が、餌を求めて翼をひろげているかのように、ゆっくりといったり来たりしていた。

—6—

ジャックは暑く暗い部屋のなかにいる勤務員たちに思いを馳《は》せた。頭上、足もと、周囲は厚いコンクリートで安全を確保してあり、みな黙々と裸電球の下で働いているのだ。ブラウン管はあのなじみある光の〝ブリップ〟(発光輝点)を見せていることだろう。暗緑色の背景に薄緑になって現われるのを――。それから方向探知オペレーターが低く早口に方向を読みあげている。プロッターはディエップの野戦航空警報センターと直通になっている、ヘッド・アンド・ブレスト・テレフォンの送話口に向かってしゃべっている。コーヒーで汚れた陶器のカップの数々、ノートブックと鉛筆などが散らかっている机、部屋全体がくさったような息と、タバコの煙とで、吐きけを誘うくらいにむっとする。しかし勤務員たちはそんなことに気を取られる余裕はないに違いない。頭上で絶え間なく空中戦がおこなわれているので、ものすごく多忙をきわめていることだろう。

マレイがいみじくもいったように、彼のレーダー・ステーションは目前にあった――わずか二〇〇ヤードの距離である。イギリスにいる多くのレーダー専門家たちは――その大勢のなかにはジョーンズ博士やプリーストのようなひとまでも含めて――敵の秘密の宝庫ともいうべきものに、これまで近づくとあらば、喜んで彼と立場の交換に応じたことであろう。事実、ジャックは実際に現場にいるのが自分であることに、心のうちで驚いていた。ホープ・コーヴで任務についていて、彼はフランス沿岸にある対抗ステーションの数々や、その設備、その技術について、思いをめぐらしたものであった。フレイヤの波長を知っていたし、マルヴァーンではプリーストの教えを受けて、アンテナのおよその高さも心得ていたので、ウォトスン＝ウォット方式を用いて、理論的に性能図表を推定から割りだしてみたこともあった。それがいま、理論が現実となったのだ。屋内に隠されている秘密がいかなるものであるかを、発見しようとする瀬戸際に立っていた。なにを発見するかわからないという旺盛な興味が、危険な情況にある懸念など、なにもかも彼の心のなかから追い払ってしまっていた。彼は勾配《こうばい》からずるずるとすべり降りた。

「もっと近づいてみるつもりだ」と、彼はまわりの騒音にまけないように、大きな声をふりしぼって、「できるだけ掩護《えんご》してくれ、頼む」

オーステンはふたりのブレン・ガン銃手に合図した。他のカナダ兵たちが予備のマガジンを運んで来て、彼らは弾薬入れを開いて、銃手が煙でよごれた銃身から空《から》のマガジンをはずし、再装塡《さいそうてん》するためにほうり返してよこすと、ただちに新しいマガジンを渡せる用意にかかった。

ジャックはスラッセルとホーキンズの方へ顔を向けた。

「用意はいいかい?」

「ああ」とスラッセルは落ちついていた。

「いつ、やるね?」とホーキンズ。

「いまから始める」ジャックは彼らにいって、戦死した兵士のライフル銃を拾いあげ、マガジンを点検した——なかには八発あり、一発は撃つばかりになっていて、安全装置をはずしてある。彼は撃鉄を起こして、はいずって前進を始めたが、青色の雑のうが背からずれて胸の方へ落ちてくるのを毒づきながら、途中の切り株や、刈り取った灌木《かんぼく》の陰になるようにして進んでいった。

敵の気づく前に、彼は一五ヤードほど前進したのだった。弾丸が烈しく彼らのまわりの地面に突き刺さった。

—6—

「戻れ！」ジャックは急いで叫んだ。

彼らはやむなくできる限り早々に退却した。

「危ないところだった！」ジャックはぽつりといった。

「ウェリントンもウォータールーで、そんなことをいってたな」とジムはいった。

銃弾がいよいよ烈しく彼らの周囲に降りそそいで来た。

ホーキンズが口をひらいた。「一握りの連中であすこへいこうとするのは正気の沙汰《さた》とはいえない。ドイツ軍一個中隊が、あのステーションを護っている。しかも穴のなかにもぐり込んでいるのだ。やつらを追いだすには、戦車がいるぜ！」

ホーキンズは正しかった。現在の状態で自力でステーションにとりつこうとするのは、死して英雄の名で呼ばれるだけのことになろう。彼らは道から約三〇フィートさがった。そこにはまばらではあるが藪《やぶ》があって、遮蔽物の役目をいくらかしてくれるので、内陸の野原越しに狙って来る狙撃兵を避けることができた。彼らのうしろには、道とはいえない程度の広さの小径《みち》が、草の茂る堤の間を縫ってプールヴィルへくだっていた。生垣はこの夏、刈り取られなかったと見えて、小径の上で適当に交叉していて、暗いトンネルをつくり、ところどころで陽光が洩《も》れてまだらになっている。

ジャックは彼を取り囲むカナダ兵たちを眺めた。多くのものが傷を負っていた。またたとえ彼らすべてが健在でも、はっきりいって充分な火力を備えていないので、第一次大戦以来のリー・エンフィールド銃、まだ効果未知数のステン・ガンとブレン・ガンとで、コンクリートの砲座に肉迫することになる。攻撃すれば、目標を占領する少しの望みもなく、いたずらに死に急ぐだけのことになるだろう。ジャックは浜近くにある大隊本部に戻ろうと決心した。そこからラジオ連絡を取って駆逐艦でこの地区を砲撃できるかどうか、また同じくらい効果をあげられる迫撃砲を手に入れられるかどうか、確かめようと考えた。

ジャックは自分の青色の雑のうをはずした。

「大切に預っていてくれないか」と彼はロフティにいった。

「おれがいっしょにいくぜ」とスラッセルはいった。

「おれもいくよ」とフレンチーもいった。

ジャックは彼らを眺めた。同行できるのを喜んだが、なぜ護衛を買ってでたのかと、ふと疑問もいだいた。彼の命を救うためなのか、それとも負傷したとき、命をおとすのを確認するためなのか？

小径はばらばらの白い砕石や砂利《じやり》でおおわれているので、妙にすべりやすく、濡《ぬ》れた苔《こけ》の上を走るような感じであった。たびたび、彼らはずるずるとすべって、もう少しでたおれそうになった。落ちて来る榴霰弾《りゆうさんだん》の鋭い破片は、彼らの頭上のみどりの小枝を打ちくだき、そして銃弾が生垣の上部をなぎはらうと、木の葉が紙ふぶきのように地上にまき散らされた。

小径は橋の近くでつきていた。ジャックはその径がプールヴィルへいく裏道になっていたらと望んでいたのだったが、いまや兵隊たちの屍体《したい》で埋められている、橋を渡らねばならないことになった。

血まみれのカーキ色の軍服を着た兵隊たちの群れのなかに、まだ呼吸をしているものがいようと

—6—

は、とうてい考えられないことだったが、ジャックは火急を要する場合というのに、そのなかを踏みわけていく気にはなれなかった。沼沢地は渡渉を受けつけない。そこで彼はいきなり欄干の上に飛びあがった。銃弾は足の下のコンクリートにあたって破片を飛ばしたが、誰にもあたらなかった。彼らは向こう側で欄干から飛びおりてプールヴィルを横切り、大隊本部を最初に置いたギャレージの方へ走っていった。内部の数台の自動車はいまや埃と砕石におおわれ、上部と泥よけとは落ちて来た石で、あちこちにへこみをつくっていた。建物の奥の窓という窓は破れてしまっており、ガラスの破片があたり一面に散らばっている。負傷したカナダ兵たちは、担架やケーブル上に横たわったり、奥の壁にもたれたりしていて、顔という顔はどれもショックと出血のために蒼味をおびた灰白色に変わっていた。

「司令部はどこだ?」と、ジャックは一番近くのカナダ兵に訊ねた。その男は力なく浜近くのカジノを指した。しゃべるだけの気力も残っていないのだ。白いカジノの建物の上階はすでに砲撃を受けて破壊されてしまっていたが、その下部の方はまだ大丈夫のようであった。

ジャックはきゃしゃなドアを開けて、入口のホールに踏み入った。額入りのポスターがずらり並んで、ディエップ、ル・トウケ、チンザーノ、デュボネなどワインのたぐいの魅力を広告している。装飾用電灯のブラケットが電線で壁から吊《つ》りさがってぶらぶらしていた。窓ガラスは粉々になっているが、窓枠は元のままでギザギザになったガラスの破片が縁取りになっていた。カナダ部隊の通信兵がひとり床にかがんで、セットの調整に忙しかった。

「キャルピへ通信を頼む」と、ジャックは息をはずませていった。「スタディを砲撃してくれとな」これはレーダー・ステーションの暗号名である。

「あんたふざけてんのか？」とその通信兵は、ジャックを見あげもせずにいった。もう長い間、旗艦とのラジオ連絡はとだえていたのだった。ジャックが口をひらこうとしたとき、迫撃砲弾のヒュルヒュルといううなりを耳にして、彼らは平たく伏した。砲弾はプロムナードで炸裂した。おそらく二〇フィートほど離れていようか。建物は烈しく揺れ動いて、コンクリートやしっくいのかたまりが彼らの上に降りそそいだ。通信兵はセットのダイヤルの埃を吹いて、ハンド・マイクにコール・サインを落ちついて繰り返しはじめた。外に目をやると、荒れ果てた道路上に、ほかの通信兵の屍体があるのに、ジャックは気づいた。セットを背にかついだままである。

「敵は通信兵を慎重に狙っているのさ」とその通信兵はいった。「やつらはおれたちの送信器を使って、おれたちの所在を確かめてんだぜ、畜生！　だから迫撃砲の攻撃がさっきみたいにすぐ近くに追って来るのだと思うな。通信を送るたんびに、おれたち自身をやつらに引き渡してるようなもんさ。ドイツ軍の野郎たちのなかにゃ、おれたちの波長を使って、退却しろだの、戦況についてなんだかんだとごたくを並べて来るやつもいるぜ」

「認識用の暗号はどうなってるのだ？」とジャックはいった。

「あるさ、でも戦況が混乱して忙しくなると、いちいち使ってるわけにはいかないのだ。通信が本物かどうか調べようとしてるうちに、こっちの位置をつかんで迫撃砲を撃って来やがるのさ」

彼はセットから目を離して、イヤフォンをはずした。

「応答なしだ」と彼はにがにがしくいって、「向こうのセットがいかれたか、こっちのがいかれたかだ。朝からずっとこの有様なんだ」

「くそッ！」

ジャックは絶望してあたりを見回した。レーダー・ステーションへ突進しようというのならば、もっと兵力がいるし、もっと烈しい掩護射撃も必要なのだ。が、どうしてどこに求めたらよいのか？


—6—


部屋の奥のうち砕かれた窓から断崖が眺められた。狙撃兵たちは内部の行動を見定めてから、整然と射撃してきた。ジャックは外の建物の裏手にある狭い庭に飛びだして、狙撃兵の射撃を避けるために壁に身をよせた。

負傷者がここにも運ばれていたのだった。彼らは不平をいうでもなく、ケープの上や、埃だらけのコンクリートの上にじかに寝ていて、半身は日だまりにいて、半身は日陰にはいっていた。

そこにはまた一〇人か一二人ばかり、戦争だというのに袖なしの木綿《もめん》の夏衣を着たフランスの娘たちがいた。トマトや長いフランス・パンを入れた籠《かご》を持っているものもいる。また落ちついてテーブルをととのえ、その上にトマトやサンドウィッチを盛った皿や、水やワインのはいった罎《びん》をならべている娘たちもいた。彼女たちはカナダ兵たちの金属のコップに水やワインをつぎ、負傷者に手をかして飲ませている。その若々しく美しい顔、それからピクニックにふさわしい夏の衣服とのかもしだす光景は、周囲の破壊と荒廃をいっそう毒々しく浮きだしにしていた。娘のひとりがジャックの方へ顔を向けて、早口になにかいったが、彼にはその言葉を理解できなかった。

彼はそばにいるフレンチーに顔を向けた。

「おれたちがここにとどまらないのを、知らないのじゃないか、今日帰ってしまうということをさ？　ここにいちゃ娘さんたちの命があぶない――撃たれるかもしれないだけのことでは、すまないぞ」

「それも承知だ。娘たちはおれたちといっしょにイギリスへいきたがっている。連れて帰れと頼んでいるんだ」

「しかしそれはできっこない。あのリーフレットを読まなかったのか？」

「読んでの上で、いきたいと望んでいるのさ」

「後生だから、娘さんたちをここからだしてくれ」とジャックはいった。「コンクリートの壁に囲まれた死の罠《わな》だ、ここは。手遅れにならないうちに、彼女たちを連れだせないかな？」

「あの娘《こ》たちはいかないぜ。おれたちとイギリスへいくと、心にかたくきめてかかっているんだ。命を賭けておれたちを助けてるのさ」

ジャックは肩をすくめてやむを得ないなというふうな様子を見せた。ありがたいことにこれは彼の問題ではない。だがあきらかなことは、相当数の舟艇がすでに浜の沖で沈没したり、砲撃で破損したり、またあてどなく漂流したりしているので、兵隊たちが彼らだけでも脱出できたら、それこそ幸運というべきで、フランスの民間人を連れて帰るなどというのは論外であった。たとえ兵隊たちが全部舟艇にたどりついたとしても――干潮のときに、四分の一マイルにわたる浅瀬を、砲火を冒して駆けぬけていくのは容易なことではない――簡単にいって彼ら全部をイギリスへ輸送するに足る船舶に、こと欠いているだろう。

—6—

彼は壁の陰に腰をおろしてよりかかり、鉄かぶとを脱いだ。走るときに深くかぶりすぎていたので、頭が痛かった。彼は汗にまみれた髪をうしろになでつけた。丘を登ったこと、そしてレーダー・ステーションが難攻不落の堅塁なのを知ったことから、彼はなんともいいようのない疲労を感じて、けだるくなった。彼は興奮剤のピル二錠のうち一錠をのみくだした。多分、いくらかの助けにはなるだろう。娘のひとりが彼にうれたトマトを手渡してくれた。彼はそれをがぶりとやりながら、礼をいうように頭を振った。

イギリスへ逃れたいという娘たちの希望が、ジャックに自身の立場の恐るべき危険を、まざまざと思い起こさせた。彼は部隊とともに来ることを、自分の意志できめたのだった——なんという信じられないほど愚かな話だろう——特異な情況に巻き込まれるのを安請け合いして、そのうえ、多くの危険を冒すということを実際に考えもしなかったのだ。そのとき彼は昔、年老いたポーランド人の律法師《ラビ》から聞いた、ゴリアテをたおしたダヴィデの話を思いだした。しかしもしもダヴィデの投石器が切れたとしたら、どうなっていたことだろう？　きっと聖書のなかの話は違った形になっているに違いない。ダヴィデは危険を冒す前に算定しつくしていて——生き残ったのであった。ジャックも算定を立てての上で承諾したのだったが、彼の算定にはあるいは誤りがあったのだろうか？

おかしなことだが、戦前、服やタイやシャツを買う場合、彼はあらゆる柄を見つくして、一つ一つじっくりと検討してから、買うものを決定するのが癖になっていた。しかし兵士に変装してフランスへいくのをなにげなく提案されたとき、生きて帰ることができなければ、屍体となって外地に残ることを認めるのを了解した上で、即座に承諾したのだった——まるでこの種の奇妙な提案を充分に妥当なものと受け入れたかのように。

まさか、いざ脱出というその時に、たとえ舟艇が残っていなくとも、カナダ兵たちは冷血にも彼を射殺しはしないだろう？　が、なぜしないときめられるだろうか？　彼らは彼らなりに命令を受けているのだ、ちょうど彼が命令を受諾したのと同様に。いまさら条件を検討したり変更したりしようとしても、遅きに失するのだ。彼はジムの引用した言葉を思いだした。〝運命と喧嘩《けんか》するのはむだなことだ〟彼の運命は外国の浜辺に野ざらしとなることだったのか？　確実にそうならないようにする唯一の道は、彼らに——ドイツ軍と同時にカナダ兵たちにも——打ち勝つことである。彼が実行するために来たことを、巧妙にやりとげることであった。それから脱出するのだ——なんとしても。

「いこうぜ」彼は荒々しくいった。「ここをでよう」

「どこへいく？」とスラッセルは訊ねた。

「オーステンのところへ戻る。ここにいても援兵は望めない」

「あっちへいって、どうするてんだ？」とフレンチー。

彼らがカジノの外の空地を横切って走りだしたとき、迫撃砲の一弾が護岸の近くに落ちて、彼ら三名の足をすくった。ジャックにはスラッセルもフレンチーも見えなかった。濃い埃が陽光をさえぎり、彼の咽喉《いんこう》に、コウモリの毛皮のように、厚くへばりついてしまっていた。彼は咳《せ》き込み、あえぎながら立ちあがって、走りだし、よろめき、咳き込みながら、大通りを走り、橋を越えて、生

—6—

垣の間の道をたどった。やっと堤にたどりつき、オーステンの隣りにたおれこんだ。フレンチーがいっしょになった。

「スラッセルはどこだ?」ジャックは声をからした。彼は迫撃砲弾をおぼえているし、その爆風、熱と埃——炸裂したときの烈しい効果が記憶に残っている。レスは撃たれたのに違いないと彼は思った。可哀想に。彼のグループの約半数がすでに戦死していた。それなのに彼はなにをしとげたといえる? 砲火を浴びて丘を二度ばかり駆け登っただけだ——なに一つ、まったくなに一つ成就していない。

「通信はできたか?」オーステンは訊ねた。

ジャックは首を振って否定した。

「通信兵がやってみたが、彼のセットは役にたたなかった。掩護してくれないか、もう一度ステーションの裏から登ってみる」

「望みはないぞ」

「発煙筒があれば都合がいいんだが、あるかい?」

「ない。負傷者が増えるだけだ。あの狙撃兵どもは近くに寄って来ている。だんだん狙いがよくなっているのだ」

ジャックは立ちあがった。

「どこへ行くんだ?」

「発煙筒を探しにいくのさ」

「おれもいくぜ」とスモーキーはいった。

彼はジャックの選びたくない相手だった。スモーキーは水筒の栓をあけて、口にあてがった。

「なにを飲んでるんだ？」

「ラムさ」

「気がおかしいんじゃないか、この暑さなのに」

「ラムはいつだって飲むさ。おれにはジュース同様なんだから」

ジャックはふたたび小径をくだりはじめた。野原の方からドイツ軍の命令する声が聞こえてくる。数分前にいたところよりもずっと近づいている模様である。早いうちにさっさとステーションに達しないかぎり、丘全体がドイツ軍の制圧するところとなるだろう。彼とスモーキーは大通りをむっつりとひた走りに走っていった。タイルや石の破片、表戸でさえが蝶番《ちようつがい》からはずれて吹き飛ばされ、まるで大地震の跡のようにあちこちに散らかっていた。そこで彼らはメリット大佐と会った。その顔は蒼ざめ張りつめていた。その眼のまわりには黒いくまがでていた。ジャックは大佐のあまりの変わりように、思わずぞっとした。

「あちらで援軍が欲しいのです」ジャックは丘を指していった。「迫撃砲と発煙筒もです。そうでないとステーションを攻撃できません」

「できるだけのことはする」と、メリットはそくざに答えて、「だがやつらがわが部隊に与えた結果を見てくれ。やつらはわが方をずたずたにしてしまった」

彼は戦死者と、死に瀕《ひん》しているものたちとを、抱くような仕草をして見せた。

損害は甚大だったが、それで得たものは何であったか？

彼は数ヤード向こうで一分隊を指揮している伍長《ごちょう》に声をかけた。ひとりの兵は二インチの迫撃砲を運んでいた。

「進め！　彼といっしょにステーションへいけ！」

ジャックは先頭に立って彼らを率いて橋をとって返し、野原を渡ったが、そのときドイツ軍はわずか三〇〇ヤードに接近していて、その砲火は前よりもはるかに正確になっていた。わずか数名の援軍が〝A〟中隊に到着した。

ジャックは疲労困憊《こんぱい》の果て、乾いてあたたかい地面に、ぐったりと腰をおろした。これ以上に兵員と火器とを集めようとしても、それは徒労だった。それに現在の小兵力でステーションに攻撃をかけるのも、同じように無益といえた。どうあっても自身の力で背後によじ登らねばならないだろう。ひとりならばあの露出した電線に接近できる程度の死角が、あの防衛網のどこかにあるかもしれない。ふたりとなれば発見されるところも、ひとりであればうまくいくことも考えられる。それにいまとなっては、それだけがフレイヤの秘密を白日の下にさらすことのできる方法と思われたのであった。

去年の秋のことだった。イギリスの南沿岸にある、各リスニング・ステーション（ラジオ聴取所）は、あらゆるドイツ側のラジオ送信を聴取し監視していて、フレイヤ型レーダーのオペレーターの発信した一定の通信を傍受したことがあった。彼らはラジオを通じ暗号を使用して、接近しつつある航空機のプロッティングについて、管制センターにくわしい報告をおこなっていたのである。

これらの暗号をとくのは、イギリスの暗号解読者たちにとって、比較的に容易な仕事であった。それによってイギリスのレーダー専門家たちは、フレイヤ型ステーションの長所、能力を分析することができた。これらのラジオ送信は不意に中止されたが、それはドイツ側がイギリスの方式にならって、レーダー・ステーションと管制センターとを陸線で結ぶようになったためである。もしもこの電話線を切断されれば、ジャックの見るところでは、いま彼と向かい合っているフレイヤ型ステーションのオペレーターたちは、激烈な空中戦を追跡しているので、やむなくただちにラジオ送信に切り替えることになるだろう——そうしなければ報告を管制センターに送ることができなくなり、烈しい空中戦のさなかで、全ドイツ軍のレーダー・スクリーンに危険な空白が生じることになろう。

しかもラジオがしゃべりだした瞬間に、サセックスやハンプシャー沿岸の移動聴取設備は、すぐさまその送信に波長を合わせることだろう。これらの通信は記録され、分析され、そして一群の数字や暗号文字から、専門家たちはこの特別のフレイヤ型が修正されているか改良されているか、また一部に推測されているように精密な装置なのかどうか、あるいはすでにその秘密のわかっている比較的に素朴な装置のままなのかどうか、そう時間をかけずに発見することになる。

もしオペレーターたちがラジオを使用しないとしたら、その理由は彼らが安心して作業を中止し、その任務を第三のまったく未知のステーションなりステーション群なりに引き移して、別の波長で作業の継続できることを、了解しているためだろう。だから、いずれにしても、多くのことを知ることができるのだ。フレイヤそれ自体の秘密をさらしてしまうか——それとも第三のレーダー網の存在を明白にしてしまう結果になるだろう。

ブレンとステンで、できるだけ掩護してくれ。登ってみるつもりだ」とジャックはオーステンにいった。

「気ちがい沙汰だ、ジャック。とてもいきつくことはできまい。丘を登りだしたそのときに、やられてしまうぞ」

「その危険は承知のうえだ。もしやつらに見つからなくとも、あんたがたがやることになるのさ。いずれにしても選択の余地はないのじゃないかな？　とにかく、いくぜ」

興奮剤がアドレナリンを彼の血のなかに入れたので、ジャックは神経が張りつめ、鋭くなり、頭の軽くなったのを感じた。また胃に鈍い痛みの来るのを感じた。彼はもともとラムを好かなかった。そのとき、暑気と、繰り返して丘を駆け登り駆け降りた働きとで、ますますラムがいやになった。こんな時に、腹が痛むとは！

「おれたちはいっしょにいくぜ」と、ホーキンズは戦死した兵のリー・エンフィールド銃を取りあげて、弾丸をこめた。

「おれもだ」とロフティはいった。

「ばかなまねはやめろ。そのかわり掩護してくれ」とジャックは彼らに叫んだ。

―6―

*

〇六二五時、内陸ほぼ八〇マイルのアミアン郊外にある家屋の居間を改装した簡単な事務室で、電話のベルが鳴った。国防軍第一〇装甲師団を指揮するヴォルフガング・フィッシャー将軍の司令部である。当直将校は日常的なきまりきった連絡だと思って、受話器を取り上げた。驚いたことに、相手は第一五軍司令部の大佐で、興奮した声が聞こえてきた。

「イギリス軍がディエップで二〇キロにわたる戦線で上陸をおこなった。ヴァレンジュヴィルからベルヌヴァルへかけてである」と彼は告げて、「第一〇装甲師団はあらゆる不測の事態に対応し得るように待機する。情況はいまなおやや不況であるが、最高警戒の命令がいつ発令となるやもしれない。よって貴官はただちに第二級警報の行動を採るがよろしかろう。なお、この電話をGSOのIにつないでくれ」

これは参謀部の作戦将校である大佐のことで、将軍のためにかかる事項の処理にあたっている。当直将校は内線電話の交換も管理しているので、大佐の内線にプラグを挿入し、ブザー用のハンドルを回した。大佐が受話器を取り上げると、小さい金属の蓋《ふた》が、交換台の彼の内線番号の上に落ちるようになっている。だが、返事はなかった。番号は恨みがましく当直将校を見返している。ベッドのそばの電話のブザーがかしましく鳴っているのに、それでも大佐が眠っているはずはない？

当直将校は二度目のブザーを鳴らした。バス・ルームにいるということがあるかもしれないからだった。が、それでも返事はなかった。大佐はその部屋にいないのだ。八月一八、一九日の危険期間中なのに、命令に違反して、おそらく外泊したのに相違ない。察するにガールフレンドと一夜をすごしているのかもしれない——当直将校がまず思いついたのはこのことである。その第二の思いは彼の自由になる短い時間内に、大佐の所在を見つけだすことだ。戦争中も、よりによってこの一

—6—

夜という時に、このような不運な目にあおうとは気の毒なことだ、と彼は上司に一抹の同情を感じながら、第一五軍の大佐にふたたび話しかけた。

「ただいま返事がございませんが」

「身体の工合《ぐあい》でも悪いのか？」

「わかりかねますが」

「よろしい。では、将軍の副官につなぎなさい」

「ハイ、ただいま——」

今度は受話器がすぐに持ち上げられた。当直将校はもの思いにふけりながら自身の受話器をおろした。数秒もたたぬうちに、副官から電話がかかって来た。

「待機の姿勢をとるように」と命令があった。「全指揮官にディエップ地区の地図を配布できるように手配すること。それから第八一軍団への電話線を確保しておくこと。よろしいかね」

当直将校は軍用交換局へダイヤルを回して、カントルーの軍団への線を要求した。数秒間待たされたあげく、困惑気味の交換手は線が不通であるといった。故障か切断か、そのいずれかである。軍団への連絡はとれないのだ。当直将校はその情報を将軍の事務室に報告した。

「では、ただちにラジオで連絡せよ」との命令がでた。

しかしこの二つの団隊の間には、あらかじめラジオ連絡のための準備がおこなわれていなかったので、これまた不可能であった。そこへさらに悪い事態が重なった。第一〇装甲師団司令部の保存地図のなかには、ディエップに関するものが、なに一つなかったのである。他の沿岸地区のはあるが、ディエップのはないのだ。将軍は怒りたけった。なんというおろかしさだ！　軍団と電話・ラジオの連絡がとれず、そのうえ、連合軍の全力侵攻に対して、その日反撃しなければならなくなるかもしれない沿岸地区の地図がないとは？

「地図を用意しろ！」と将軍は険悪な口調でいったが、その様子はまるで部下が奇蹟《きせき》をおこなって、地図をつくりだせるかのようであった。だから手近に地図の求められるのは、七〇マイル離れているリールの師団兵站《へいたん》部である旨を将軍に説明する役目にあたった将校は、一同からすっかり同情の目で見られた。が、事は実行されねばならない。

さっそく運転兵が叩《たた》き起こされて、小型トラックを用意し、護衛兵をつけて、できるだけ早くリールへ車を飛ばしていき、そして保管倉庫にあるディエップの地図を、手あたり次第ごっそり持ち帰るよう指示を受けた。運転兵は師団司令部に出頭すべきかどうか訊ねた。誰ひとりはっきりした答えはだせなかった。もし敵の上陸が深刻なものならば、師団はそのころには北へ移動しているかもしれなかった。やっと、運転兵はまず師団司令部に戻り、もし師団が出動していたならば、ディエップへの道を走って途中で追いつくように、指令を受けた。

その間にラッパ手は待機の知らせを吹き鳴らし、また当番の伍長たちは、部屋から部屋へ、兵舎へと駆けめぐり、眠りこけているものを起こして歩いていった。あらゆるトラック、あらゆる装甲車輛《しやりよう》が、すみやかに出発し得る準備をととのえはじめた。

同じころ、さらに内陸のヴェルノンでは、親衛隊《SS》アドルフ・ヒトラー旅団が同じような命令を受領していた。ゼップ・ディートリッヒの司令部には、全周辺地区の精密な地図が多数、用意してあった。将兵は数分以内に出動準備を完了し、携帯口糧が渡され、予備の燃料罐を充満し、タイヤの空気、エンジン・オイルの量も点検を受けた。それから将兵は車輛のそばに立ち、さらに命令のくだされるのをじっと待っていると、朝日が静かに昇っていき、あかあかと大空に輝いた。

*

―6―

ブレン・ガンが、つづいてステン・ガンが鳴りひびいた。オーステンの部下たちのライフル銃を持つものは一発ずつ撃ちはじめた。ジャックは弾薬の欠乏してきたのを知っていた。彼は戦死したカナダ兵のベルトから手榴弾二個をはずして、それらのハンドルを自分のベルトに吊《つる》した。いずれ役に立つときが来る――自身が捕虜になるのを避けるだけのためにも。

ロフティが青色の袋を返した。そのなかには道具類やラジオのテスト器具が入れてある。ジャックは前進のじゃまにならないように、それを片側に吊すようなあんばいにした。それから、ライフル銃を取りあげ、道を走って渡った。反対側で彼は溝のなかに身を伏せた。頭上で、平和の日々のつづいたときの名残りの針金の切れはしが、風に揺れていた。この垣根は私有地の境になっていたのに違いない。一本の樹に、ペンキ塗りの掲示板を針づけにしてあるので、そのことがわかる。ジャックは皮肉な思いでそれを読んだ。《狩猟禁止。無断で立入るものは法律で罰せられるおそれがあります》よろしい、彼はその危険を冒すことになるだろう。

雑のうが道具の重みで前にすべってきたので、彼はそれを押し戻し、ねじれた針金の下を、腹ばいになってはっていった。雑のうのバックルが針金に引っかかった。彼はそれをはずそうと懸命にもがいた。汗が全身から吹きだしてきた。もしドイツ兵に発見されれば、死をまぬがれることはできない。ジャックは思い切って大きく前に乗りだした。バックルがはずれて、針金は大きなヴァイオリンの弦のようにビューンと鳴った。ジャックは難関を切り抜けた。

彼は一瞬、横になったまま、呼吸と、心臓の鼓動とを、鎮静させようとつとめた。少なくともあと五〇ヤードをはい進まねばならないからだ。肺と心臓の落ちついたところで、彼はゆっくりと注意して身体を動かし、ひじで前進を始めた。地面は荒れていて、固く、しかも険しかった。とげとげしい砕石、灌木の鋭い切り株、茂みなどが、その手に切り傷をつけた。身につけている救命胴着《メイ・ウエスト》が、拘束衣のように胸をしめつけるが、はうのをやめて、上衣の下の紐《ひも》をゆるめるわけにはいかない。数ヤード進むたびに、彼はうつ伏せになり、顔をぴたりと地面につけ、少しでも自分を目標になりにくくして、その間に呼吸を整えた。一度、背後をちらっと振り返って見ると、道の向こうに六、七個の鉄かぶとと、同じ数ほどのライフル銃の銃口が覗《のぞ》かれる。彼らはことごとくしっかりと彼に狙いをつけていて、まるで呪《のろ》いの指が並んでいるかのように思われる。彼のボディガードたちは、たとえまだ敵の目が彼を捉《とら》えていないとしても、彼から目を離さずにしっかりとかまえているのだ。

ジャックはやっと丘陵の最初の縁《へり》の下、数フィートの個所についた。彼はおそるおそる頭をもたげて、正確にいってあとどのくらい進まねばならないのか、見ようとした。断崖のはしまで約一〇〇ヤードは離れていた。草原の向こうには海がひろがり、まだ煙でかすんでいるところがあり、破

—6—

損した舟艇が波のまにまに漂流していた。左側は道がカーヴしていて、先の見通しはきかない。彼の見る限りでは、レーダー・ステーションの搦手《からめて》は防備が手薄のようである。たこつぼはプールヴィルか、でなければ道の方へ面していた。おそらく砲座の設置にあたったドイツ軍参謀は、攻撃はそれら両方面からおこなわれるものと考えたのだろうが、それは確かに理にかなったことだった。ジャックはさらに数フィートはいあがり、静かに横になった。頭上ではドイツとイギリスの戦闘機が、旋回し、急降下して、烈しい戦いをつづけており、銃声が絶え間なくひびいてきた。榴霰弾が彼の周囲に降りそそぎ、やわらかな土に突き刺さった。彼は時間も距離もすべて念頭から払い去って、ひたすらはいつづけた。見られてはならぬということだけが、心にかかる。一切がそのことにかかっている。成功するか、失敗に終わるか、生か死かだった。

そのとき、彼の切断せねばならない電線が、目にはいった。全部で八本、四本ずつ二組になっていて、壁の四角な穴から、堅固な金属製の三本脚のマストへのびていた。ステーションはスロープに建てられているので、これらの電線を構内からだして、小さいマストに取りつける必要があったのだった。道の角度のために、一本の足は残る二本よりも短くなっていた。電線はマストから鎧装《がいそう》地下ケーブルにつづいていた。ジャックは雑のうを前に回して、一番大型のワイヤ・カッターを取りだし、二番目のものを、ズボンのうしろポケットに押し入れた。最初のを取り落とした場合に備えてのことである。他の道具を選択するゆとりはなかった。彼は用心して雑のうのバックルを元通りになおし、肩から吊り紐をはずして、そのまま伏せていた。両ひじでわずかに身体を起こして、壁を調べてみた。

完全に死角になっている。ステーションのこちら側には機関銃座はおろか、たこつぼすら見あたらない。彼は大きく息を吸って、急に立ちあがり、マストの短い足を登りだした。容易な仕事だが、構内の背後をパトロールしているものがいれば、すぐにも発見されるにきまっていた。ジャックは頂上についた。カッターをのばして、最初の電線を切った。それは地上に落ちた。ついで彼は第二、第三、第四の電線を切断した。それらを切っているときに、頭上で銃声がした。銃弾が金属の蚊のようにうなって、耳もとをかすめた。敵が彼を狙っているのか、それとも背後の〝A〟中隊を狙っているのか、彼にはわからなかったが、それはこの情況では、どうでもよいことであった。弾丸はおそろしく身近に飛んで来るので、いずれにしても、いとも簡単に彼は撃ち殺されるのだ。

彼はつづく二本の電線を切った。だが最後の二本は手の届かないところにあり、木の支柱に固定してあった。彼は身を乗りだして、第七番目の電線をつかんだ。細くて丈夫なところは、イギリス陸軍のドン八号のドイツ製といえる。それは彼の体重を支えて、のびるにしたがって彼を上下に静かにゆさぶっていた。ジャックは残っている電線を切り、それから烈しさを増してきた銃声を耳にしながら、彼を支えている最後の線を切断した。彼は約一五フィート墜落した。その衝撃を弱めようと彼はころがっていった。雑のうを残して、丘をころげ落ち、とうとう道についてしまった。

銃弾の流れが彼の周囲の表土をはね飛ばしたが、彼は無事だった。任務をなしとげた興奮で、彼は自分が不死身なのだと思った。メリット大佐と同じなのだ。弾丸は絶対にあたらない。この危険な陶酔感にひたりながら、熱気、危険、安堵《あんど》、反動、ラム、それから覚醒剤《ベンゼドリン》などがめちゃくちゃに混ぜ合っている混乱した感覚に誘われて、ジャックは道を走り渡って、オーステンとその部下たちのなかに飛び込んでいった。

—6—

一九三八年にユダヤ人の両親といっしょに、シュトゥットガルトからイギリスへ逃れて来たWAAFつまり空軍婦人補助部隊の軍曹が、布製の背の椅子に腰をおろしていた。隣りにいるのは空軍の軍曹で、彼はワルシャワへの第一回空襲の際、家族をひとり残らず失っていたのであった。

彼女たちはカーキ色に塗った移動車のなかにいて、車はサセックス沿岸のバーリング・ギャップ近くの丘陵地に駐車していた。ふたりの前には木のテーブルがあって、移動車の長さいっぱいの大きさで、二台のラジオ受信器と、二台の蓄音機のターンテーブルとが置いてあり、そのそばには黒い録音用の円盤がある。ふたりはイヤフォンをつけ、両手で絶えずセットの工合を調整していた。移動車の内部のまわりの壁には、フランス沿岸のさまざまの地図が貼ってあり、町や丘などのなかには、地図の上にかぶせたセロファンカヴァーの上から、赤や青のクレヨンで丸く囲まれたものもあった。移動車には窓がなく、屋根に取りつけた三個のヴェンチレーターが、海から吹いて来る微風に回転していた。バッテリイ用の発電機を装備したトラックが近くに駐車しており、そして一組の複雑な受信用アンテナもそなえていた。RAFの当番兵が、トラックの陰で、お茶をいれていた。

WAAFの軍曹がスイッチを動かした。彼女の前の録音用円盤が回転を始めた。その上のアームが一秒ばかり震えながら宙に浮いていたが、やがて盤上に降りた。針が新しい溝を刻みだした。ポーランド人の空軍軍曹がこれを見て、ヘッドフォンをはずした。

「なにか起こったのか？」とドイツ語で彼女に話しかけた。その言語がふたりには一番自然だったのである。

婦人軍曹はうなずいたが、相変わらず調整に忙しかった。

「プロットよ」と彼女は簡単にいって、「新しいステーションがいましがたラジオを使いだしたわ。とてもはっきりと声高に。陸線が故障したといってるわ。破損して、一時的に不通なのよ」

「正確にはどこだね？」

彼女はさらに調整して、送信のもとを確定しようと努力しながら、録音はつづけられていった。彼女はあいている手で、メモ帳の上に数字をなぐり書きして、その紙を引きちぎった。空軍軍曹が壁の地図の前に立って、地図のごばん目を点検していった。

「ディエップの西方だ。あのフレイヤ二八に違いない。もう数ヵ月もラジオ通話を使用していなかったのだ。これは役立つに違いない。さっそく司令部と連絡した方がいい」


丘腹には、レーダー・ステーションからそこへかけて、強い朝の陽が射していて、気色の悪くなるほどおそろしく暑い。負傷した兵たちは横になって、苦痛のために眼はどんよりとし、血を失って顔は蒼白く変わっていた。

ジャックは口をひらいた。「わたしはプールヴィルへ帰ってみる。それから内陸のプティ・タプヴィルの十字路へいくつもりだ。もし戦車がディエップに上陸していれば、あのあたりについているころだ。たとえ一台でもここへ連れてくれれば、あの爆風よけの壁を木端みじんにして、ステーション内部に突入できる」

—6—

彼はまだこの目的を完全に放棄しているのではなかった。迫撃砲がなく、海軍の砲撃が望めないとあらば、砲撃なしに目的を達するには、戦車が唯一の方法である。彼らは小径をくだりはじめた。ロフティは左の袖を切り離して、腕に受けた傷のまわりに包帯を巻きつけていた。スモーキーは水筒を傾けて、うがいをするように、ラムを口のまわりにしたたらした。ジムは蒼白《そうはく》な顔をして、黙ったままだ。バッド、フレンチー、シルヴァーは油断なく、なに一つ見逃さないように目をくばり、なに一つ口もきかなかった。そして少しはずれたところに、ロイ・ホーキンズがいた。

「おれはずっとあんたに目をつけていたよ、スプーク」と、スモーキーがしわがれ声でいった。

「弾丸がだめだったら、ナイフで仕上げをしようと思ってた」

「そいつはドイツ野郎に取っておくんだな。おれは今朝のボートで国へ帰るぞ」

「そこまであんたに運がついてるかな」とバッドはいって、「あの浜の修羅場を見てみな」

彼らは海の見えるところへ来ていたのだった。潮が急速にひいていき、浅瀬には点々と屍体が残されていて、ひく潮の流れの変わるのにつれて、くるりくるりと回っていた。濡れた鉄かぶと、しめった岩の上に打ち棄てられたステン・ガンやブレン・ガンの磨いた部分に、陽があたってきらめいた。波よけは大きな年を経たみどり色のむし歯のように、石と石とのなかに深く喰《く》い込んでいた。そして海藻の長くて黒いかたまりが、燃える舟艇から流れでた油ですでに真珠色になっている海に、縞《しま》模様をつくりだしていた。潮が烈しくひいているので、もう舟艇は浜へ近づくことができない。冒険に駆られて舟艇の無骨な艇首が、試みに煙から抜けだして岸へ近づけば、海水がただちに舟艇の周囲で噴泉のように沸き立つことだろう。ドイツ軍の砲兵隊がすかさず、新しい目標に攻撃を集中するにきまっているからであった。

逃げるには、この浅瀬を三〇〇ヤード以上走りに走って、やっと海が泳げる深さになっている個所にとりつくことである。しかも、その間、断崖からの烈しい十字砲火を冒していかねばならないだろう。バッドは正しかった。脱出は容易なことではない。だが、それでもバッドには捕虜になるというぜいたくが許されている。ジャックはどうしても脱出しなければならないのである——でなければ、あるのは死以外のなにものでもない。

7

GREEN BEACH

ジャックは兵隊ではないけれども、おのずから彼のグループの指揮をとる立場に立っていた。

「電線を見つけたら片端から切断しろ。ドイツ軍の監視兵がわが軍の所在を認めると、迫撃隊や砲兵に電話報告をしているに違いないのだ」

話しながら彼は頭上の一本の樹に釘《くぎ》でとめてある電話線を二本断ち切った。ほかの連中も、電柱からのびている電線を何本も切り離した。それから彼らは狭い径《みち》を駆けくだり橋を渡った。いまでは死というものに慣れてしまったのか、数分前まで仲間だった人びとの屍《しかばね》を踏み越えて走っていくのが、少しも苦にならなかった。

メリット大佐は二度目に橋を渡りながら戦死してたおれている大勢の兵士たちの間から、明るい褐色の靴が色もあざやかに突きでているのに、気がついてびっくりした。連隊でこのような靴をはいているのはただひとり、レス・イングランドである。特別部隊の指揮をとっていたのだ。彼もまた戦死者の仲間入りをしてしまったのか？　メリットは近づいて、ほかのいくつかの屍体《したい》を片づけて、確かめてみようと思った。イングランドはまだ生きていたが、重傷を負っていた。数名の担架兵たちが急ぎ足に通りすぎようとした。メリットは彼らに命じて、イングランドを浜へ運ばせるようにした。幸運にも、彼らが浜に到着したとき、一隻の上陸用舟艇が煙幕をくぐって近づいていた。イングランドはすぐさま艇に収容された。だが、彼のきびしい試練はまだ終わっていなかった。彼が移された駆逐艦に魚雷が命中し、その艦は見る見るうちに沈んでいった。甲板《デッキ》の下で、罠《わな》にかかったごとく、せっかく銃弾での死をまぬがれたというのに、ただおぼれ死ぬのを待つばかりになったのかと観念したそのときに、イングランドは沈みゆく船腹に、魚雷のぶちあけた割れ目のあるのに気づいた。その外は明るいグリーンの海。痛む重傷にもめげず、必死になって彼はその穴の方へ泳ぎつきそこを抜けたとたん、艦は下へ落ちていった。彼は息をつめて、海の表面に浮かびでた。間もなくほかの艦が彼を拾いあげた。彼は本国につきその夜のうちに病院に収容された——特殊な色の靴のお蔭《かげ》で、命を救われたのである。

—7—

ジャックの一隊は無事大通りについた。舗道は爆風や砲弾のために、屋根から振るい落とされたかわらで、あたり一面うずまっていた。彼らは小さな教会堂のそばで足を停めた。教会は磯から集めて来た大きな石で造ってあって、壁の厚さ三、四フィートぐらいで、違った石を互いちがいに並べてあった。木のポーチを塗った栗色のペンキはすでに色あせてしまっていた。泡のようにふくれているところもあった。壁にはめこんだ金属板に建立の日付のあるのをジャックは読んだ。一六四八年とある。太陽はステンド・グラスの窓を通して、青、赤、オレンジと光り輝いていた。内陣には、粗末な木の祭壇の上に、一本の蠟燭《ろうそく》がともっていた。彼らは教会の壁にピッタリと寄りそって、待っていた。手の下に石のぬくみが感じられ、建物のお蔭ではるか丘からの砲撃を避けられた。独・仏の両国語で記したミサの知らせが、カシの木のドアにピンでとめてあった。

ロイ・ホーキンズは鉄かぶとを脱いで、額の汗をぬぐった。信じられないようなことだが、まだ見たこともない同年輩の男たちから隠れるために、教会の玄関に身をひそめているのだ。彼はその男たちをなるべく見たくなかったし、顔を合わせるのはいうまでもなく避けたかった。しかしそれにもかかわらず連中は、できるとなれば、彼を殺してしまうだろう。彼の方が先に相手を殺さないかぎりは、必ずそうなることだろう。

どちらの側も、誰ひとりとして、彼らの生命が幾分もつのか、それとも何年もつのか、わかっているものはいなかった。しかもそれでいてこの事実を、なんの疑問もなしに当然のことのように受け入れていた。そして彼らの周囲では、見も知らぬ人びとの家が、一生をかけて営々辛苦の果てにきずきあげたおそらくは財産の一切をふくめて、烈しい損害を受け破壊されてしまっていた——なんのために？　ひとつながりの磯を守るか、取るかということのためにか？　ホーキンズはうんざりしながら考えた——こんなことはまったく意味のないことである。誰かほかに同じ考えを持っているものが、味方だけでなくまたドイツ軍のなかにもいるだろうか？　ジャックの低いイギリス訛《なま》りの声に、彼ははっとして現実に引き戻された。

「この教会のちょうど向こうを左へ登ると、道が二つに分かれている。左の道はサン・トーバンとプティ・タプヴィルへ下っていく。プティ・タプヴィルはディエップ＝ル・アーヴル幹道にまたがるただ一つの村だ。戦車隊はディエップからその道を通って、プールヴィルへ来るに違いない。レーダー・ステーションの脇へ登る、おれたちのさっきまでいた道を通る危険を冒すはずはないからだ。だからその十字路までいって、戦車と会おうと思う、どうだい？」

「とてもそこへはいけまい」とロフティはいった。彼の傷は烈しくうずきだしていて、彼の感じた以上に血が失われてしまっていた。その顔は蒼白《そうはく》で、両眼は落ちくぼみ、まっかに充血している。まるで燃えている石炭のようだ。

―7―

「あまり選択の余地はないのだよ」とジャックはいい返した。

「おれたちはあんたといっしょにいくぜ、スプーク」とスモーキーはいった。その声音は不明瞭でかすれていたが、シロップのように柔らかだった。

「よろしい。だが、そのラムは置いていってくれ。でなければいっしょにはいかせない」

「おれはいっしょにいくぜ」

スモーキーの顔は汗でびっしょりと濡《ぬ》れ、古いブランディの色をしていた。その顔がぐっとジャックのそれに間近く迫り、双眸《そうぼう》が太陽の光を受けて細められた。熱気とアルコールとがスモーキーの心を泥酔させてしまっていた。そのものすごい体力にひそめられた耐久力と強靭《きょうじん》さとが、かろうじて彼を両脚で立たせていた。ジャックは嫌悪と感嘆とをまじえて彼を眺めた。

「やつらが装塡《そうてん》するために休止するのを待とう。その隙に出発だ。いいか」

ほかのものたちはうなずいた。ひとりスモーキーだけがそっぽを向いており、水筒を振ってラムの残りがどのくらいあるかたしかめている。一瞬、砲撃がやんだ。彼らは一斉に道を渡って疾走した。砲撃の再開される前に丘を数ヤード登った。

勾配《こうばい》は安全な教会のポーチで見て、考えていたよりも、ずっと険しかった。そして靴底の鋲《びょう》がなめらかな熱い舗道ですべった。家々が道の両側に列をなしていた。右側にある家並は丘にくいこんで建ててあり、白いペンキ塗りの欄干がそれぞれのヴェランダについていて、二階の窓という窓にはよろい戸が閉ざしてあった。平和な時には、一家そろってそれぞれの家で来る夏ごとに暮らし、そしてあの空っぽのヴェランダには、ほしたタオルや水着が取り散らかしてあったり、またバケツや鋤《すき》がおいてあったりしたことだろう。いまはひとの住むけはいはまったくうかがわれなかった。庭には草が生い茂り、手入れをしたようすもない。

　ジャックやまた彼と同行している連中の誰ひとりもが、気づいていないことだったが、彼らの行動をじっと好意をもって監視しているものがいた。ヴァレール・ミュイッセンである。彼の家の外にある壕《ごう》から、彼は、水分の多い川べりの低い草地を越え、道に沿って半マイルほど見通すことができた。頭をめぐらすと、彼らに攻撃をくわえているドイツ軍も目にはいった。人間狩りをされているものと、それをやっているものとの双方を、同時に眺められるというのはまことにめずらしいことだった。それはまざまざと遠い昔の記憶を呼びさました――彼が第一次大戦で経験した騒音、臭いそれから恐怖とを。壕の新鮮な土の香は、フランダースの腐敗した土の悪臭と変わり、そして英語で叫んでいるのを聞いた若い兵士たちは、若き日々に親しみ、ともに戦った仲間となった。ミュイッセンはあの戦争で頭部に重傷を負い、そしてイギリス軍野戦病院で手厚い看護を受けたのであった。イギリス軍のカーキ色の軍服姿の若者たちが、野原の向こうの道をおもちゃの兵隊のように走っていくのを眺めているうちに、その傷が陰うつな太鼓のように鳴りひびきだした。彼の唇が声にならずに動いて、いつか祈りをあげていた。「主よ、なにとぞ彼らのために盾となり、護《まも》りとなり給わんことをお願いいたします――」

　キャメロン・ハイランダーズの兵隊が何名か、ジャックのグループと合流し、道の向こう側を一列縦隊になって進んでいった。壁の陰になっているので、狙撃兵《そげきへい》たちから身を護ることができるのだ。二つの道にはさまれた狭い三角形の土地に、ホテルがあり、その白ペンキの色はあせ、そして

—7—

赤い色のパゴーダ風——つまり東洋の寺院の塔を想わせるアーチが入口に立っていた。《アメリカ・スタイルのバー》という看板が吊《つ》りさげてあり、きれいに花を咲かせた草木が石の鉢に植えてあった。彼らはしばらく壁によりかかって、この建物のなかにドイツ兵がいはしまいかと、警戒していた。壁の暖かさがかまどの煉瓦《れんが》のように、もたれた背中から伝わってきた。それから彼らはまた進んでいった。堤の上に群がり咲いている赤や黄の花々のまわりで、蜜蜂《みつばち》がものうげにうなりながらとび回っている。

ジャックには信じられないくらいだった——いま占領された国にいて、死の危険にさらされ、見たこともない路《みち》を進んでゆき、死にもの狂いで、会えるか会えないかわかりもしない戦車を探しているなどとは——。きっとどこかで笛が鳴りひびき、そこでみなぐったりと腰をおろして、お茶やコーン・ビーフにありつき、それから軍歌をうたいながら兵舎へ行進して帰っていくのではなかろうか？　これは戦争であって、あの見せかけのただの演習ではないのだというのは本当なのか？ジャックは気持ちを落ち着かせた。

「進もう」と彼はいった。「道を渡るんだ——いまだ！」

彼らはプティ・タプヴィル街道に面しているホテルの陰へ走った。彼らの左側には、シ河からの水にひたされて牧草地が瑞々《みずみず》しくみどりの色も濃く、湿地となって拡《ひろ》がっていた。彼らは根気よく前進していった。烈しい暑さである。汗が彼らのシャツを濡らし、額に流れ落ち、眼や首筋がひりひりした。彼らは道の左側にある果樹園に着いた。数多くのリンゴの木が針金の棚におおいかぶさるように繁茂している。榴霰弾《りゅうさんだん》の鋭い破片が樹々にあたりつづけているので、空気はリンゴのうれた実のかぐわしさを烈しく発散させていた。

不意に、ジャックは思い悩んだ。もし十字路に着いても戦車が来ていなかったら、どうしたものかと。そうした情況にどう行動すべきか、彼はホーキンズと相談した。

「おれは捕虜にはならないね」ホーキンズは即座に答えた。「必要とあらばフランスを横断してピレネー山脈へいき、それからスペインを通って、イギリスへ戻るよ」

「この軍服姿じゃ、その望みはないといってもよいだろう。それにフランス語はだめときているし」

「それでも機会がまるっきりないわけじゃない」とホーキンズはいった。

彼らは黙って十字路まで歩きつづけた。左側はゴールポストの立っている空地になっていて、村の少年たちがフットボールをやる場所だ。それから菓子店がある。右側は二台のポンプを備えたガソリン・スタンドになっているが、ガソリンはない。頭上の空は真っ青で、砲声がはるか彼方からひびいてくる。夏の雷のように、遠くでおどろおどろしく脅かしているだけである。ジャックは舗道のタールのとける臭いを嗅《か》いだ。十字架は暑さのなかでかすみ、かげろうのようにゆらゆらしていた。

右手の一軒の家から話声が洩《も》れてきた。彼らははっとして互いに顔を見かわした。ジャックが見ると、黒塗りの車が陽光のなかで輝いていた。その建物の近くに停めてあるシトロエンのセダンだ。それらは彼らが初めて目にした民間人の車だった。彼らが同時に思いついたことは、その車をおさえて、ディエップへ向かえば、途中で戦車と出会えるだろうということであった。

—7—

フレンチー、ジム、ホーキンズ、それからジャックはその車に駆け寄った。運転台のドアには鍵《かぎ》をおろしてないが、イグニション・キイはない。一同はその家へいってキイを貸してもらおうと考えた。彼らは用心しながら玄関へ歩いていった。ライフル銃を前におろし、必要とあらば持ちあげて射撃態勢のとれるように用意していた。ジャックはこぶしでドアを叩《たた》いた——ノッカーはなかったのだ——それからなかば期待に胸をおどらせながら、そしてなかば不安におそわれながら、互いに顔を見合わせて立っていた。しつけというものは一生ついて回るものらしい、おかしな話だと、彼は思った。戦争という重圧を受けていながら、他人の戸口をけやぶることができないで、丁寧にノックして開けてくれるのを待っている。売りものを持たないセールスマンの心境のような感じをジャックはいだいた。

ドアが開いた。小さな黒い口ひげをはやし、空色のシャツとだぶだぶのズボンをつけたフランス人がホールに立っていた。その顔は蒼白であった。

「やつに話せ」とジャックはフレンチーにいった。

「急いでディエップへいかなくちゃならんのだ」と彼はフランス語でいった。「車のキイが欲しい」

「あなたがたは?」

「カナダ兵だ」

「カナダ兵ですって、信じられない」その男はすばやくひとりひとりを眺めた。その眼はトカゲの舌のように、チョロチョロしていた。

「キイをだしてくれ」フレンチーが語調を強めた。「プールヴィルに上陸したばかりなのだ」

「ぐずぐずするな」とジムが突然、英語でいって、トミイ・ガンの銃口をフランス人の腹に押しつけた。フランス人は早口に大きな声でしゃべりはじめた。両手を上にあげて、まるで捕虜になったような恰好《かっこう》だった。

「裏手へ回れ――急げ！」とジムは叫んだ。彼は男が誰かに警告しようとしたけはいを見破ったのだ。ホーキンズとフレンチーは家の横を回って走った。武装していないドイツ兵がこっそりと裏口から抜けだして来た。彼らはドイツ兵を捕えて、玄関へ引き立てていった。フランス人はますます早口にしゃべりまくり、肩をすくめて、両手を天まで届けとばかり高々とあげている。

「なんていっているのだ？」とジャックは訊ねた。

「面くらったそうだよ」とフレンチー。

「馬鹿をしでかすよりずっとましだ。キイをよこせ」

「持ってないといっている。やつの車じゃないそうだ」

彼らは意味もなくいい合っている。まるで夢のなかの話みたいだ。丘の向こうで砲がかすかに鈍い音をたてており、機関銃が狂った金属のインコのように鳴きつづけている。そしてこうしている間にも、とり返しのつかない時間がどんどん失われていく。

「キイがなければ、車を動かすわけにいかない」と、フレンチーがぶっきらぼうにいった。彼はボンネットを開け、プラグをつかむや、引きちぎった。ついで彼は銃の床尾でディストリビューターを叩き壊した。

フランス人は大声をあげだした。額の汗がニスのように光っている。彼はおびえきっていた。

—7—

「この捕虜を連れていこう」とジャックはいった。若いドイツ兵を残していくのは危険なことだからである。ドイツ兵はやっと一〇代をぬけたばかりの年頃で、降服のしるしにおとなしく両手をあげている。誰かが紐《ひも》を見つけて男の手首をしばりあげた。

陽はますます暑さを増してきた。道にはどちらにも人影がない。土地の人びとは表戸をしめ、よろい戸を閉ざしてじっと家のなかに閉じこもっているか、それでなければ、最初の砲声を聞くや否や、抜け目なくさっさと逃げだしたかの、いずれかに違いない。

カナダ兵たちは菓子店の近くで、地面に腰をおろして、環《わ》をつくった。そこならば四つの道全部に目がくばれる。彼らはライフル銃やステン・ガンを道の方へ向け、指を引金の安全装置のそばにおいて、待っていた。電話線が頭上高く軽くハミングしていた。ジャックは近くの電柱によじ登って、数本の線を切断した。

戦車が本当にここへ来ることは、間違いないのだろうか？　彼らは顔を見交して、不安になってきた。なにか手違いが起こったのではないだろうかと、誰もが心のうちにわきあがってくる懸念と闘っていた。被占領地フランスの十字路で待ついらだたしさと緊張、彼らのまわりにはおそらく数百、いや数千のドイツ軍がいて、疑いもなくまつわりついて離れない。不安と緊張は堪えがたいほどに、いや増してくるばかりだった。

そのころ、ドイツ海軍の将校数名がディエップ港近くの待避壕からおそるおそるでて来て、絶えず壁づたいに街を走り抜けて、浜と並行している主なプロムナード、フォッシュ将軍通りへ向かっていた。

＊

多くの電話線が切断されたか、破壊されていた。砲撃によるのか、崩れた建物のためか、それとも妨害行為によるのか、まだはっきりとわかっていなかったが、正確なニュースを手に入れるのは不可能であった。起こった事態を自身の目で確かめるのが、絶対に必要なことだと彼らは感じていた。彼らの目前の磯には、戦車、装備、屍体が散乱していた。幾輛《いくりょう》かの戦車は険しい小石の浜の途中で立往生していたが、砲はまだ射撃をつづけており、砲塔がなにか海の怪物の恐ろしい頭のように、ゆっくりと回転して、新しい目標を捉《とら》えようとしていた。ある戦車は動きがとれなくなって、海水のなかに沈み、砲も沈黙していた。一台の戦車はそれを運んで来た舟艇のおろした傾斜板の上で静止してしまい、前部を海にひたして、四五度の角度で立っていた。また他の戦車は険しい小石の浜を登り終えて、プロムナードに達していたが、そこでやはり停止してしまっていた。海辺に沿う建物は軒並、火につつまれていた。一方、舟艇のなかには波うち際に打ち棄てられて、むなしく漂い、乗組員の戦死してしまったものもあった。戦車は火焔《かえん》を吐き、砲で攻撃をつづけているが、断末魔の苦しみを前にしての最後の気ちがいじみた熱狂のあがきとも受けとれた。弾薬がつきれば、

—7—

無害になり、戦争から脱落して、誰にも危険でなくなるのだった。海からの険しい勾配が、チャーチル型戦車の欠陥、無限軌道の弱さを曝露《ばくろ》したのだ。戦車のエンジンは激しく動いて、大きなクラッチを通して巨大なスプロケット・ホイールをむりやり回転し、三〇トンもある金属のかたまりをなんとかかんとか浜に登らせていくうちに、無限軌道のどこか一つながりを、はずしてしまったのだった。そこで戦車群は停止し、数ヤードの無用の無限軌道がそれらのそばの浜にころがって、ネックレスのように輝いていた。ドイツ軍が戦車を撃破したのではなかった。浜の勾配がこの勝利のもとだったのである。いまはもう役に立たないそれらの長い二本の排気パイプは煙突のような形を見せていた。それは戦車を六フィートの深さの海でも活動できるようにさせるためのものだった。戦車の恐るべき戦力は減少していった。やがてカルガリー戦車連隊の搭乗員たちは、猛獣のクーガーとかチーターとかライオンとか勇ましい名前を持つ重い鋼鉄の装甲のなかで汗みどろになり、ついに捕虜になるだけのことだった。

ドイツ海軍の将校たちはこれを発見して、喜びで胸をわくわくさせて結末を期待していたが、彼らが戦車の苦境に興味をよせたのには、もっと狭い了見から生まれた理由もあった。つまり軍同士の競争心である。ドイツ陸軍は最近、海軍の協力を得て、数回にわたって対侵攻演習をおこなったのだった。そのなかには対戦車攻撃もふくまれていた。ディエップの港湾指揮官は戦車が浜の小石で小高くなっているところを、乗り越えることを験してみるのがよいと、要求した。かくて戦車はことごとく擱坐《かくざ》して動けなくなり、進退の自由を失ってしまったのであった。港湾指揮官はこの事実の例証にたいへんに満足していた。

「これでイギリス軍の戦車がここに上陸できないのが、はっきりしたわけですな」と確信をもって彼は主張した。ドイツ陸軍はこの結論についてはなにがしかの留保をしていた。戦車に改良をくわえれば、多分小石の浜を渡って、陸にあがれるのではないかと。ところが、初めてのことではなかったが、海軍の連中は目前の事態からその見解の正しさを、そして陸軍の誤謬《ごびゅう》を証明できたものと感じていた。将校たちはそっと地下壕にもどって、この好ましい情況に大喜びであった。

三マイル南西のところで、このことをなに一つ知らずに、ジャックとその仲間たちとは、磯から離れることのできない戦車を、十字路でじりじりしながら待っていた。ドイツ軍の捕虜はしょんぼりと立って、うなだれていた。その手首はしばられたままである。元気のないのは彼ひとりだけではなく、捕えた方も次第に高まってくる不安の念に駆られていた。

「時間は?」とジャックは呪縛《じゅばく》を破るようにいった。

「一〇時二〇分前」とホーキンズが、自分の陸軍支給の時計を見て答えた。

彼らは考えていたよりも、ずっと長く陸にいたことになる。時間が分のようにすぎ去っていったのだ。シルヴァー、スモーキー、ジムは腰をおろして、菓子店の粗いコンクリートの壁によりかかり、鉄かぶとを脱ぎ、額の汗をふいた。シルヴァーは水筒を口にあてがい、中身を飲みおおした。

「地獄の真中よりも暑そうだぜ」と彼はぐちった。

土地の人びとも思いは同じだろう。いまだに生あるもののいるけはいはまったくない。プティ・タプヴィルは絵に描いた村のようである。なに一つ動きがなく、十字路を通る車もない。この明白なようすから生まれてくる感情が、八月の焼けるような暑さのなかで待ちくたびれているみなを一様に苦しめた。誰もがそっと隣りにいるものの思いを、その目に読みとろうとしていたが、その思いを読みとってしまうと、相手の視線を故意に避けた。そこにどんな希望のきざしを読みとることができたろうか？

—7—

＊

〇九四七時、トールコワンの第一五軍司令部で電話のベルが鳴りひびいた。

「総司令官からのお電話だ」と、気ぜわしい言葉が聞こえた。ルントシュテット元帥は彼の司令部で、頭を色で染めたピンと小旗とで、ドイツ軍防衛拠点と、連合軍侵攻位置とを明示してある壁地図に囲まれて、ブザーの鳴っている電話の受話器を取り上げた。

「第一五軍がでております、閣下」と副官は告げた。

「よろしい」

ルントシュテットはディエップ周辺の戦況について、必ずしも明瞭《めいりょう》に把握しているわけではなかった。第一報は第一五軍司令部からはいって、〇六三〇時に彼のもとに届いていたのであった。

「第八一軍団司令部からの〇六〇五時の報告によれば、ディエップに空爆がおこなわれ、敵軍はベルヌヴァル、ディエップ、プールヴィル、キベルヴィルで上陸侵攻を企図している」

フランス沿岸約二五キロにわたっての戦線で、日中、同時に上陸がおこなわれたのは、全戦争期間を通じて、これが最初のことである。これらの上陸が大規模な侵攻の前ぶれであるかもしれないということは、充分にあり得るといってよい。ルントシュテットはさらに詳細な報告がはいり、事件の様相を明確に描くことができるようになり、それによって連合軍の意図を推定したいと希望して、心待ちに待っていたのであった。ところがいっこうに報告が届かないので、彼は第一五軍に、第一〇装甲師団、親衛隊アドルフ・ヒトラー旅団に進撃待機、第二級警戒の命令を下すように命じたのだった。彼はまた空軍の第七航空師団に、敵軍の上陸企図を告げて、来襲して来るやもしれない敵爆撃機を、ドイツ空軍が途中要撃するのに必要な準備のとれるように手配した。

そのあとばらばらの報告が、しばしば矛盾し混乱しながら、到着しはじめた。第八一軍団司令部の参謀長は〇七三二時に、プールヴィルの上陸は撃退されたと、報告してきた。が、ディエップへの空爆は継続されていた。キベルヴィルの情況は「いまだに不明」であった。八分後の〇七四〇に、フランス駐在海軍提督からディエップの港湾指揮官への電話線が不通となったと、報告してきた。ディエップの海軍通信所はラジオで通信してきて、「イギリス軍はディエップにて上陸をつづけ、駆逐艦数隻が沿岸に煙幕を張りつつあり。現在までに戦車一二輌上陸せり。一輌は炎上中」と報告した。

ルントシュテットはそこでカントルーにある第八一軍団司令部のクンツェン将軍と話した。敵の意図に関して、将軍の見解はどうかと。クンツェンの意見では、この攻撃は純粋に局地的な作戦であるように考えられるという。全面的攻撃のための橋頭堡《きょうとうほ》をきずくに足る兵力を、輸送したようには見受けられない。事前に空爆はおこなわれなかったし、それに上陸を支援している海軍も小艦船にすぎないようである。ルントシュテットは確信を持ちたかった。もし間違った判断を下せば、た

—7—

いへんな事態になる。彼の受けているきわめて乏しい報告では、決定的な結論の根拠とはならなかった。だがもしも彼が誤った結論に達すれば、一切の非難はすべて彼の上に集中することになろう。そこで彼はそれまでに得た情報を、オランダ、ベルギー、北フランスにいる各司令官に伝達し、そして全兵力にただちに最高警戒態勢につく準備をさせた。ますます相矛盾する報告が、イギリス軍の戦闘機、駆逐艦、上陸用舟艇および連合軍の全般的意図について、伝えられてきたからであった。

その理由は、上陸部隊がイギリス陸軍型の戦闘服姿なので、ドイツ軍はいまもってすべてイギリス軍に相違ないと思い込んでいたためであった。〇九四〇時に、第三〇二歩兵師団が反撃を開始したという報告があった。「ディエップそのものにおける情況については、いまなお詳細不明」と通信は慎重を期していて、「さらに西方、プールヴィル近郊にて、上陸継続中の模様。キベルヴィルの情況は不明……敵がサン・トーバンに向けて侵攻を企図する可能性、依然として存在す」

これはルントシュテットの予期していた以上に深刻なものであった。さらに内陸深く侵攻軍が進撃し、そしてその速度が速くなればなるほど、彼らを制圧することはますます困難になろう。また、損害にくわえて、敵はいろいろな任務を遂行できるかもしれないし、その目的のために諜報《ちようほう》員を同行して来ていて、彼らを残留させていくかもしれない。あるいはすでに占領軍に対して反抗しているレジスタンスのグループに武器を与えるかもしれないのである。ルントシュテットは第一五軍に追いかけて命令をだすことを決心した。第一五軍司令官ハーゼ将軍は電話線の向こう側で黙って耳を傾けていた。

「第一〇装甲師団を第八一軍団司令部クンツェン将軍の隷下において、ただちに現況の打開に向かわせる。第一〇装甲の前衛は一〇〇〇時に、主力は一一〇〇時に出動する」

第一〇装甲師団の当直将校は〇九五一時にこれらの命令を受領した。そくざに、フィッシャー将軍はその師団の前衛部隊に、ディエップへ向けて北部に移動するように命じた。部隊指揮官たちが関係地図を要求したときに困った事態になった。ディエップは大きな港である。部隊はその中央部か、それともその周辺に、進撃すべきなのか？　リールへ地図を取りにいった車はまだ戻って来ていない。しかし司令官は地図がアミアンに到着するや否やすぐさま伝令兵に持たせて、オートバイを走らせることを確約して、一応その場を切り抜けた。

いまルントシュテットはその立派な事務室に腰をおろして、情況を考察していた。たんに戦況のみでなく、自身の立場についても考慮していたのだ。装甲師団に属する車輛の機械の状態に、不安なもののあるのを、彼は知っていたのである。それらは数ヵ月間ロシア戦線に出動していたものであった。多くのものはオーヴァーホールが必要だし、なかには取り替えなければならないものもあった。それにまたガソリンの全般的な欠乏は、当然、新しい運転兵の訓練不足をもたらしていた。もしも師団が機械的故障のために遅延するようなことになれば、装甲部隊の機能は失われ、壊れたトラックにつめこまれた歩兵になりさがってしまうので、師団には将軍の準備し得る一切の援助が必要であった。そこで彼はさらに二回、電話をかけた。

一つは国防軍作戦部長ヨードル砲兵大将へで、彼の処置を告げた。他に必要な提案なり意見なりがあるかもしれないのを考えてのことだった。ヨードルには格別の意見はなかった。

第二のものは第一〇装甲師団の前衛と指揮部隊とに、航空部隊の掩護《えんご》を依頼したのであった。一

—7—

二〇〇時に、トルシ＝ル＝グランとトルシ＝ル＝プティ地区の上空でである。それから二時間半後に、ヌフシャトルの上空で主力部隊のためにも。これでどうやら車輌の上空を安全に維持できるに違いない。ルントシュテットは心のうちに感じていた――万一の場合を考えて、打てるだけの手は打ったのだ、それ故もし戦況がわが方に不利となっても、自身の決定を安心して弁明できる。

　トラックや無限軌道車の長い列が、アミアンを出発して、地ひびきを立てながら北へ向かっていった。その列が市の郊外にさしかかったとき、まず最初の機械の故障が起こった。幾台かのハーフ・トラック（後輪が無限軌道になっている）とトラックが輸送隊から離れて道の右側へ寄って、停止した。運転兵の報告では、エンジンがオーヴァーヒートしたうえ、古タイヤが暑さのためにパンクしたのだ。場合によっては、たとえば埃《ほこり》のついたプラグとか、へこんだイグニション・ポイントとかいうようなこまかい不調整が、破損を引き起こすこともある。兵隊たちは車から飛び降りて脚をのばせるのがありがたかった。縦隊指揮官たちはプラグやポイントを清掃したり、パンクしたタイヤを取り替えるように運転兵に命令し、そうしてふたたび車輌を動かせるようにしようとしたところが、こんどは道具袋がないと答えるものがでて来るし、また道具袋を持っていてもそれを使いこなせないというものがいた。なお悪いことに、進行中の無限軌道車群に、やがて速力をおとすように命令が下された。それというのはゴム・タイヤ付の無限軌道内輪を持つハーフ・トラックが、使い古されているのですべりが烈しかったり、またあまりに暑くなったためゴムが煙をだしはじめたためである。全縦隊が速力を落として、着実なペースを維持しないかぎり、アミアンへの帰還はおろか、ディエップにも断じて到着できないことになろう。

＊

ドイツ軍には——また操作可能のラジオ・セットを持たない戦闘中のカナダ部隊にも——わからないことだが、撤退の暗号とその時間《一〇三〇に征服》が、数すくなくなった残存の通信兵たちによって、〇九〇〇直後に発信されていたのだった。それは、分隊から分隊へと、口頭で伝えられていった。次第に、南サスカチェワンとキャメロン・ハイランダーズの将兵たちは、プールヴィルの浜辺の方へ後退を始め、彼らを引きあげさせる舟艇の着くのを待っていた。しかしドイツ軍の弾幕が激烈なために、いまや残る上陸用舟艇は一隻たりと無事に岸辺に接近できなくなった。黒煙が八月の海の上を雷雲のようにおおっていた。イギリス海軍の艦艇が、次から次へと、断崖《だんがい》上のドイツ軍砲兵陣地に、一斉射撃をあびせるたびに、黒雲の背後からオレンジ色の閃光《せんこう》がほとばしる。浜辺にはあたり一面に、屍体が散乱している。遺棄された雑のう、弾薬盒《だんやくごう》、ライフル銃、ステン・ガンなど。そして燃えつづけている舟艇は傾斜板をおろし、小石の間に固く喰《く》い込ませて、潮の引いたあとにとり残されていた。プールヴィルにいるものは誰ひとり、一〇三〇にイギリス空軍機が頭上に来ないのを、そしてイギリスの飛行場から飛来するのに要する時間からして、掩護できるのは早くて一一〇〇であるのを、さらに撤退時刻がそのため三〇分延長になったのも、知らなかった。

このために草原から来た将兵らのなかには、半時間も早くグリーン・ビーチに引きあげて来たものがいた。そのためカジノにはいり込むなり、または家々に隠れるなり、あるいはすでに担架に横

—7—

たわって並んでいる負傷者といっしょに岸壁の下にいるかして、待っていなければならなかった。

　南サスカチェワン連隊の連隊付特務曹長ロジャー・ストラムは、片足に重傷を負っていたのであった。三名の兵士たちが彼を火線から運びだして、樹の下におろした。彼はじっと痛みをがまんしながら、肝腎《かんじん》の時に戦場にでられない、身の不運に烈しい怒りを感じていた。繁茂している木からたれさがっている枝と枝、丈高い雑草とが、彼と兵士たちとをドイツ軍の目から遮蔽《しゃへい》していた。若い兵士たちが前線の恐るべき殺戮《さつりく》から逃げ帰って来ると、特務曹長の有名などら声が、まるで肉体を遊離したかみなりのようになって、彼らの上に落ちて来て、びっくり仰天させた。

「わしは負傷しとるかもしれんが、いまだにこのやくたいもない大隊の特務曹長なんだ！」と彼は大声を張りあげて、「ただちに前線に引き返せ！」

　兵士たちはそくざにきびすを返していく。しばらくののちほかの兵士たちがストラムを浜へ運んでいった。そこでメリットは彼が負傷者の列のなかにいるのを発見したのだった。大佐は身をかがめて、苦痛にあえぐストラムになぐさめの言葉をかけた。ストラムは肩をすくめた。この危険は戦いの常であり、兵隊ならば不平をいうべき筋合いではない。その傷も彼を悩ませることはできないようである。本当に大切で、重要なのは、彼が連隊とともに戦闘に参加したということなのだ。

「兵隊連中はとかくわたしを年寄りあつかいにしてましたよ」と彼はあっさりと、しかも誇りをこめていった。「だが、やつらの鼻をあかしてやりましたぜ」

　ジャックがまず最初に、アスファルト道路を砕いているような鋼鉄の、甲高いひびきが遠くから聞こえてくるのに気がついた。それからほかの連中も、次第に高まり、近づいて来るその音を耳にした。彼らはひとり残らず顔を明るくして立ちあがった。

「戦車だ！　いよいよ来るぞ！」

彼らは興奮してスロープを登って十字路にでて、チャーチル型戦車のぶこつななつかしい先端が、彼らの方へ進んで来るのが見えるものと期待していた。しかしパリとル・アーヴルをつなぐ幹道は、どちらを見ても目の届くかぎり何も見えなかった。その騒音はそれらの方角から聞こえてくるのではなく、真正面から聞こえてくるのであった。

「野原を横切って来るんじゃないのか？」誰かが思いつきをいった。

「そんなことはあるはずがない」シルヴァーはしわがれ声でいった。「見てみろ！　あいつはドイツ野郎だぞ！」

「え！」

一同はぞっとして正面の道の一番近い角を見つめた。そこを曲がって、灰緑色の軍服姿の兵隊が二列になってその姿を現わした。

彼らは見なれない小銃を斜めに背負い、迫撃砲弾と予備の弾薬盒とをつないでさげていた。そのうえ彼らは自転車に乗っていた。

ジャックはその時になってなぜあのような音がしたのか、その理由をさとった。鋭くとがった砕石が彼らの車輪についているタイヤを切り裂いてしまったのであった。それで裸になった金属のリムのままで、懸命に走って来たのだ。兵士たちは第五七一歩兵連隊の機動部隊の一部で、ウーヴィ

―7―

ルから駆けつけて来たのだ。自転車が壊れてしまった兵士たちは、後方からやはり二列になって行進して来た。

ジャックたちは戦慄《せんりつ》して呆然《ぼうぜん》と立ちつくした。ドイツ軍の方もまた驚いたようだが、いち早く行動した。彼らは自転車から降り、車を棄てて、道の両側に伏せて、銃をかまえた。ひとりがジャックたちをめがけて一弾を放った。弾丸は大きくはずれたが、それで呆然となっていた気持ちが一掃された。

「浜へ戻ろう！」とジャックは声をからした。彼らは一斉に道に沿って駆けだした。捕虜は手を前で縛られているので、一同と歩調を合わせるのがむつかしかったが、どうやらおくれずについていった。

「おい」とスモーキーがよたよたと歩きながら、大形《おおぎょう》に声をかけて、「この厄介な対戦車ライフル銃を、なにも俺がかついでいくことはないだろう。この野郎はなにも持っちゃいないんだぜ？」

彼は手をのばしてドイツ兵の袖《そで》を引っ張った。一同は一瞬、駆ける足を停めた。ドイツ兵は不安げにスモーキーを眺めていた。どういうことになるのかわけがわからないのだ。

「手を自由にしてやれ」とバッドはいった。

スモーキーは右手をのばしてナイフを把《と》った。その刃は長く切れそうである。若いドイツ兵はそれを見て恐怖にとらわれた。いよいよ殺されるのか？　彼は悲鳴をあげて、縛られた両手を振って、必死になにかを訴えようとしていた。

「ナイン、やめてくれ、たのむ！」

「やつはお前が殺そうとしていると、思ってるぜ」とバッド。

「まだ、そんなことはしねえよ。とにかくほざくのをとめてくれ」とスモーキーはいった。

バッドは大きな掌《てのひら》を若いドイツ兵の口にあてがった。彼は歯をむきだしにして烈しく抵抗し、もみ合った。スモーキーのナイフが陽の光のなかできらめいた。紐はぱらりと地上に落ちた。バッドは手を離した。ドイツ兵は立って、おどおどと手首をさすっている。

「さ、これを持って、黙るんだ」と、スモーキーは相手がその言葉を理解できるかのような調子でいって、対戦車ライフル銃を差しだした。ドイツ兵はそれをかつぎ、命のつながっているのにほっとした様子であった。彼らがふたたび足を早めたそのとき、背後に機関銃が鳴りだし、道を掃射し、頭上数インチの樹の枝々をなぎはらっていった。

「道を離れろ！」とジャックは叫んだ。

彼らは右手にある果樹園に逃げ込んだ。のびた草が膝《ひざ》の高さまでとどき、並んで立つ樹はいずれも、枝もたわわに真っ赤なリンゴの実をつけていた。背後の十字路から迫撃砲が咳《せ》き込みはじめ、枝々が揺れて、実が降って来た。フレンチーは片手をのばして高い枝から熟した実を取ろうとした
——足もとに落ちているものよりおいしそうだったからだ——そのとき彼は悲鳴をあげた。手のあったところが、ピンク色の砕けた骨と血まみれの肉の塊に変わっている。血が彼の戦闘服の袖から勢よくしたたり落ちていた。彼は膝を折って崩れ落ちると、失神した。バッドがその戦闘服を破り取り、白いガーゼの包帯をフレンチーの腕に、止血器のように強く巻きつけた。

「彼を運んでいかなきゃならない」とバッドはいった。

—7—

「大丈夫だぞ、フレンチー」とジャックは心中の思いとは裏腹に、相手をはげました。「たいした傷じゃない」

「ああ」とフレンチーはかすかに意識を取り戻して、低い声でいった。「じきによくなるだろう」

その顔は蒼白《あおじろ》く、汗で光っており、もう、その頰が落ちくぼんでいた。銃弾が彼らの頭上の葉をしきりと落としはじめた。迫撃砲弾が三〇ヤードばかり前方に落ちたので、彼らはフレンチーを連れて、果樹園の奥にころげこむようにして逃れた。榴霰弾が鋭い刃を持った雨のように降って来た。そのとき、飛んで来た一弾がはねてフレンチーのこめかみにあたった。傷痕《きずあと》は目につかぬほどだ。ジャックが彼の上衣をひらいて、耳をあててみたが、鼓動は聞こえなかった。死んだとは信じられなかった。おそらく、ショックが大きかっただけなのではないか？

「やつの認識票を探してんのか？」スモーキーは荒っぽい口調で訊《たず》ねた。

「いや、ロザリオだ」ジャックはちらっと小さな十字架を示した。その小さなロザリオはフレンチーの汗で濡れているのが感じられた。彼が手を離すとそれはフレンチーの上衣の外にでている紐の上に落ちた。ジャックは数時間前船上で交した短い会話を思い起こした。「運命と喧嘩《けんか》するのはむだなことだ——」フレンチーの運命は見たこともない、リンゴ園で死ぬことになっていたのか？彼らすべての運命はディエップ近くのここで命を失うことになっているのか？　彼は息をとめんばかりに迫り高まってくる恐怖をやっと鎮めた。ジャックはカトリックの祈禱《きとう》を知らないので、フレンチーの死を迎えて、二年前父の亡くなったときその遺骸《いがい》に唱《とな》えたユダヤ教の祈りを想いだして、その言葉を繰り返して唱えた。

「たとえひとが一年生きようと、はたまた一〇〇〇年生きようと、彼の得るところのものはそもなにか？　彼はあたかもこの世にあらざりしものの如くであろう。ほむべきかな生と死とをつかさどる神を――」

それからユダヤ人の習慣で、ジャックは一握りの草を引き抜き、そしていった。「かくてその町の人びとは大地の草の如くに栄えるであろう」

彼は立ちあがった。彼らはフレンチーを残していかねばならないし、あとはドイツ軍が彼を処置してくれるのを、希望するだけである。あの十字路でいだいていた楽観と安心とは、いまや急速に消え去っていった。砲兵隊の猛攻撃のもたらす絶え間ない不協和音、目に見えない機関銃のひびき、いやまして近づきつつある死の恐怖などによって、彼らは疲労の極にあり、呆然としていた。弛緩《しかん》が強くなりあらゆる動作を鈍くした。足がやけに重く感じられ、筋肉がゴムのようになっていた。急いで脱出しなければという想いが頭のなかで脈打ちながら、どうやって逃げたらよいのかその方法がつかめない。

ジャックは戦闘服のポケットをあけ、脱出パックを取りだして、ホーリック錠を分けてやった。みなは感謝しながら錠をかんだ。やがて糖分が彼らの血のなかにはいり、前よりも軽快な気分になって、立ちあがり、ほとんど機械的に、道と並行して走りだした。まだ果樹園のなかである。彼らは砲火の下を走りながら身をかがめた。彼らはからくも追尾して来るドイツ軍の約二〇〇ヤード前にいた。門が見つかった。そこを抜けて道の後方にでた。彼らの左側に並ぶ家々の一軒から、一挺《いってい》の機関銃が火を吐いた。それを避けようとして、ホーキンズは道の脇の生垣に飛び込んだ。そこには深さ約二〇フィートの空堀が隠されていた。まっさかさまに落ちながら、ズボン吊りがぷつんと切れた。ホーキンズは手榴弾がころがり落ちて爆発しないようにベルトにしっかりとおさえつけた。彼は一瞬、ふらふらになって横になった。が、やっと立ちあがり、片手に鉄かぶとを持ち、残る手でズボンをおさえながら、仲間に追いつこうとして駆けていった。

彼らはそのとき険しい堤に近づいていた。右側は河へ向かって、色合いの違う緑色の布をつぎ合わせたかけぶとんのように、畑地が拡がっていた。迫撃砲弾が彼らの前方の道に、つづけざまに落ちた。彼らは小さな農家の陰にかくれた。小屋からガチョウの一群がでて来て、かしましく鳴き立てつつ、頭を地面すれすれに突きだして、羽根をうしろに拡げた。

「鳥の畜生どももまでいまいましいが、ドイツ野郎の味方になってるぜ」バッドはにがにがしげにいった。ガチョウの群れは彼らに突きかかっていき、ズボンや膝を突き刺し、白い翼をバタバタさせて、地面から飛びあがったりして怒りをむきだしにした。ジャックたちはガチョウをけとばしたり銃の台尻《だいじり》で追いはらおうとしたが、ガチョウのくびはゴムのパイプのように自由自在に曲がる。鳥は彼らにまつわりつき、打たれてものののしられても、いっこうに平気でいる。しかたなく彼らはふたたび走りだした。地面に近くなるように頭をたれて。ガチョウは怒って鳴きながら、彼らのあとを追いかけて来た。彼らは垣根を越えた。ギャーギャー騒いでいるガチョウは垣の向こう側を、鳴き声をたてて、彼らと歩調をそろえて走っていた。頭上にはますますスピットファイヤ機が数を増してきていて、目標に射撃をくわえ、旋回して夏空を飛んでいく。

「鏡でここにおれたちのいることを、飛行機に知らせることはできないのか？」と、バッドは望みをかけていった。

「だめだ」とジャックは答えて、「パイロットが鏡の反射を見たときには、二マイルも先にいっている」

「ラジオを送れないのか――うしろにいるドイツ野郎をやっつけてくれと」

「ラジオ・セットがない」

「セットなら道にころがってるぜ」

バッドは戦死した通信兵の背中に革紐でくくりつけられたままになっている、一八号セットを指さした。

「掩護してくれ、取ってくるから」とジャックはそくざにいった。残る連中は伏せて道路のへりから頭をもたげただけで、ライフル銃とステン・ガンとをかまえ、背後の丘を越えてドイツ兵の現われるのに備えた。ジャックは道のまんなかへ走りでて、カナダ兵のそばに膝をついた。セットの背負具の金属の締め金に手をふれると熱くなっていた。彼はセットを戦死兵の両肩からはずして、元いたところへ持ち帰った。アンテナはまだついている。彼はスイッチを入れ、ダイヤルを回して、ヘッドフォンを耳にあてた。が、セットはその持ち主と同様、沈黙していた。彼は裏蓋《うらぶた》をはずしてみた。銃弾がバッテリイを貫通して、主要電池線を引き裂いてしまっていた。

「やられている」と彼は報告した。ジャックはそのセットを肩にひっかけた。ほかのセットからバッテリイを見つけられるかもしれない。

「動かせるのかい?」と、ロフティは訊ねた。

「多分ね。新しいバッテリイがあっての話だが。しかしおれには、飛行機や〈キャルピ〉号の波長がわからない。奇蹟《きせき》を演じるわけにはいかないぜ」

「この苦境を切り抜けても、スプーク、おれたちはどうしようもないかもしれないぜ。うしろを見ろよ、坊や」

畑地を横切って、道の両側をくだって、ドイツ兵がいまや彼らの背後に近づきつつあり、遮蔽物になるものは手あたり次第に利用していた。ホーキンズはフレンチーのライフル銃で撃った。先頭のドイツ兵たちは丈高い草のなかに身を投げ沈めて、応射してきた。残るドイツ兵たちはいまだに走るのをやめない。ジャックはまるで催眠状態にあるかのように彼らを見守った。敵は驚くほど絶対不敗の信念に燃えているようであった。

「また駆けだすんだ」と彼はあきらめたようにいった。

彼のすぐあとにつづいているシルヴァーが、急に咳き込んだ。まるで息が咽喉《いんこう》の途中でつかえでもしたかのようだった。彼はばったりと前のめりにたおれた。弾薬盒の真鍮《しんちゅう》のバックルがアスファルトをかき削った。それから彼はゆっくりところがって、溝のなかに落ちた。

ジャックはそのそばにひざまずいた。

「どうした？」と彼は訊ねた。

シルヴァーは声がだせなかった。唇がなにかいおうとして動いた。そのときには彼の顔は鉄かぶとの陰で蒼白になっていた。シルヴァーは咳き込み、濃い血があごに流れて、つばといっしょにねばねばになった。腹を撃たれていたのだった。彼は死に瀕《ひん》していた。誰も彼のためにしてやれることはなかった。

「どこをやられたんだ？」と彼らのそばにかがんだロフティがきいた。

「はらわただ」

「もういけねえな」とスモーキーはいった。

「可哀想に」と、ジャックはいって、立ちあがった。彼らには彼のためになに一つしてやれることがなかった。がそれでいて、ジャックは彼を残していくのに忍びなかった。メイヴァー、スラッセル、レッド、チャーリー、フレンチー、そしていままたシルヴァーである。彼のグループのなかの六人が故郷を離れて数千マイルを旅してきたあげく、ロンドンとパリとの中間にある、あまり名の知られていないさびれた海辺の町の近くの、溝や畑地で、そして道路脇で、死んでいったのだ。ジャックは彼らひとりひとりのことを、深く知る機会がまるでなかった。本当の氏名を知っているのさえわずかにすぎない。いまとなってはもうおそらく永久に多くを知ることはないだろう。彼は想いを彼らの家族の上に馳《は》せた。彼らのカナダにいる肉親たちは、その父親なり兄弟なり夫なりの死にざまを知る機会があるのだろうか？　しかしどのようにしてそのひとたちはそれを知ることができるだろうか？　彼らに肉親があるのかどうかさえ彼は知っていなかった。彼が彼らのことを知らないように彼のことをほとんど知らない多くの人びとが、命令によって彼を護らねばならなくなり、――そうでなければ彼をどうしても殺すことになるとは、なんと皮肉なめぐり合わせであろうか？

「いこう！」これらの思いを振りはらって、ジャックは叫んだ。彼らはまたもや走りだした。そして追尾して来る敵軍の目視範囲外に、やっとでるところまで走りつづけた。それから次第に速度を

—7—

落とし、歩きだしてからほっとした。彼らはほとんどホテルの塀近くまで来ていた。そこは交差点になっている。その向こう、ヴァレンジュヴィルに通じる第二の道の反対側には、大きな家々が並んでいてきれいな眺めである。鍛鉄製の門、広い欄干、日覆のついているヴェランダなどは、丘から追跡されて来たものにとって、おかしくないくらい不似合いな背景に思われた。平和なときならどれほど多くの家族が、あのヴェランダでデッキチェアーに身体をやすめ、そばに冷たい飲みものを用意して、朝日をめでていたことであろうか？

ジムがうしろの方で声をからして叫んだ。

「あすこにラジオ・セットがあるぞ」

「どこだ？」

「あの可哀想なやつの背中だ」

彼は右手の溝にたおれている通信兵の屍体を指さした。ジャックはその兵隊とセットとを見すごしてしまったのだった。その想いが遠くはるかな世界をさまよっていたためである。興奮剤はまだ、かすかにゆっくりとした速度ではあるけれど、アドレナリンを身体中に回していた。彼は頭の軽い感じがした。もしかするとあのセットは働くかもしれない？　やってみる価値はある。いまの立場ではなんであろうと験してみる価値がある。もしも彼が〈キャルピ〉号と接触できれば、支援砲撃なり空軍の援助なりをもたらすことができるからであり、追跡者が逆に追われるようになるかもしれない。それはもちろんなにもかもきわめてわずかな希望であるが、それでも希望が残されている。ただそれだけのことにしても——。

「おれといっしょに来てくれ。あれを取りにいってみる」

銃砲撃はしばらく停止していたのだった。彼らの背後、道路の曲がり角からドイツ軍が姿を見せるまでのことであったが、絶えずうなりつづける遠くの砲声を別にすると、唯一の音は、固く熱い道路にぶつかる彼らの靴の鋲のたてる音ばかり。彼らは溝のなかに身をかがめ、ロフティが道の小高くなっているところをはって、通信兵の屍体に近づいていった。ジャックはその顔から数インチ離れている草の葉を、一匹のテントウ虫がゆっくりと、はい登っていくのを見守っていた。と、そのとき、彼のうしろで乾いた棒のパシッと折れるような音のしたのを聞いた。ジムが苦痛と驚愕《きょうがく》のあえぎをあげた。

「撃たれたのか？」とジャックは訊ねた。

「肩をやられた。たいしたことはない」

その瞬間、ジャックは鉄かぶとの後方に烈しい衝撃を感じた。あたかもうしろから鉄鎚《てっつい》でガーンと一撃を喰らった思いであった。目から一瞬火が飛びだしたようで、なんにも見えなくなった。彼は前にたおれた。そして彼の背中で、ラジオ・セットがけとばされたかのように、おどりあがった。その金属のケースが弾丸から彼を救ったのであった。だがつづいて弾丸が飛んで来れば彼はもう助からなかったかもしれない。彼は横になったまま反射的に行動し、ころがりながらライフル銃をあげて、弾丸の飛んで来た方角へ、闇雲に発砲した。そのときロフティが道を横切って別のセットを引きずって来た。彼らは溝にはいったりつぎは道をすべったり、走ったりしながら敵から離れようとした。

—7—

あと二〇〇ヤードばかり走れば、彼らは十字路や教会をすぎ、大隊本部につけるだろう。浜はおそらく一分たらずのところにあった。まるでホイットスタブルやサウスエンドの宿のおかみの広告のように聞こえるなと、ジャックは思った。海へ一分、各室水道・湯の設備あり、食事は別テーブル。機関銃の音が彼の思いを絶ち切った。ドイツ軍の二番手のパトロール隊が、別な道の曲がり角を回って進撃して来たのだった。ドイツ軍は彼らの方へ向かって、丘を着々と登りはじめていた。

彼らは前後を敵に抑えられ、夾撃《きようげき》されてしまった。

「弾薬はどのくらいある？」と彼はきいた。みんな地面に本能的にうずくまっていた。ジャックの頭はガンガン鳴っていた。目の昏《くら》む思いで、いまにも気を失いそうである。まるですべてがひとごとであるかのような感じがした。

「三〇発」と、ホーキンズは答えて、拳銃《けんじゆう》の弾丸を新しくつめかえた。

「マガジンが二つ」とジムはいった。

「九発、それと手榴弾が一個」とスモーキー。

「こっちも同じだ」とロフティ。

「できるだけ近づけろ、その方がたくさんやっつけられる」

「あまり近づけすぎちゃだめだ」とロフティは静かにいって、引金に力をいれた。

先頭のドイツ兵が両手をあげ、道の脇に倒れながら苦痛のあまり小銃をほうりだした。残るドイツ兵たちは樹々を盾にとり、機関銃を撃ちだした。煉瓦やコンクリートの欠片がジャックとそのグループの上に雨のように降って来た。

ここから脱出できなければ、それで一切の終わりだと、ジャックは燃えあがるような痛みのなかで、淋《さび》しく思った。それにしてもなんという恐ろしい死にざまだ。彼はもはや左の目がきかなかった。が、不意に、右の目でフランスの民間人が丘を少しくだった個所に、三人も立っているのを認めた。みな六〇代の男で、赤ら顔、がっしりしたからだつき、イギリスの漫画家が描くフランス人にそっくりといってよい。ふたりはベレー帽をかぶり、三番目の老人は黒の平たいキャップをかぶっている。この男の左のえりの折り返しにはなにかキラキラしているものがつけてある。ジャックは目を細めて、きく方の目の焦点を合わせようとした。やっと彼にわかった。その老人は第一次大戦の勲章をつけているのだ。それらは明るい色のリボンの下で、金と銀とに輝いている。それにしてもいったいなにをしているのだろう？　どういうひとたちなのか？　彼らはひとかたまりになって、プティ・タプヴィルの方から来るドイツ軍を眺めている。ちょうど、火線からははずれているのだ。

ロフティとジムはライフル銃をあげて、それぞれ二発ずつ撃った。ドイツ軍に距離をおかせるためにである。フランス人たちはジャックとその仲間たちを見渡して、やっと彼らのいるのに気づいたというふうであった。それから老人たちはゆっくりと振り返って、丘の方へ忍び寄るようにして登って来るドイツ軍を、ふたたび眺めやった。一方なり他方なりが発砲するたびに、老人たちは頭を左へ向けたり右へ向けたりして、それを繰り返し、まるでテニスを見ているときのように動かしている。その間彼らの顔は重々しく感情をあらわにしていなかった。

ジャックの推測では、老練の兵士であったろう彼らは、ドイツ軍が溝のなかにいる一握りの兵士

7

たちを、やがて制圧してしまうのをよく知っているに違いなかった。時間の問題——おそらくせいぜい数分間の問題にすぎない——なにかの拍子で脱出の機会に恵まれないかぎりはである。ジャックの全身はその時、烈しく襲ってくる苦痛にさいなまれていた。たとえ、そろりとでも、動くのが苦しかった。しかし、彼は動くか、それともいまいるところで死ぬか、そのどちらかになるに相違ない。そのとき、突然、銃声がとだえた。思いがけなく開始されたときと同じように——。彼はおそるおそる首をあげた。身体が新しい危険にそなえて緊張しきっていた。

勲章をつけた老人が丘を彼らの方へ登って来ていた。ゆっくりとシガレットをふかし、銃撃などどこ吹く風かといった風情《ふぜい》である。日曜の朝の散歩をしているつもりなのかもしれない。ジャックのグループの背後になる丘の縁でドイツ軍の下士官が部下に命令を叫んでいた。彼らはすでに民間人を撃つのをおそれて、発砲を中止していた。どうせ脱出できるはずはないのだから、侵攻軍とはいつでも対決できる。しかしフランスの民間人を撃ったとなると、当然、査問会がひらかれ、厄介な質問を受けるし、へたすると懲戒処分になる心配がある。

その老人はかなつんぼか、めくらか、それとも泥酔しているか、もしかするとその三つの全部なのかもしれない——と、ジャックはとてつもなく理に合わない思いをいだいた。ドイツ軍の両グループは、老人が射程にはいると、かすかに銃をさげた。老人は歩きつづけていた。右にも左にも目をくれずに、カナダ兵たちのいる道を渡るところまで来てしまった。そこで彼はちらっとジャックに視線を走らせた。そくざにジャックは老人の勇気のほどをさとった。ふたりの目が合った。老人の通信ははっきりしている——わしが発砲を抑えている、それを利用して逃げだせ、といっていた。

老人は立ちどまったり、歩調をゆるめたりなどしないで、ゴロワーズから青い煙をあげながら、しっかりと歩きつづけていた。彼はふたたびまっすぐに前を見つめていた――だから彼は、ジャックたちが塀から飛びだして、ものすごい速さで走り、ホテルや教会を通りすぎて、海辺へ向かうリュ・ド・ラ・メールをくだっていくのを目にしなかった。

「裏へ回れ、庭へいくんだ！」とジャックはあえぎながら叫んだ。

彼らは一列になって横道を走った。フランス娘たちのなかにはまだそこにいて、負傷者に包帯をしてやったりしているものがいたが、瓶や皿は空になり、中庭のなかはジャックが前にきたときよりも、さらに人で混乱していた。立っている隙間さえないといってもよいほどであった。彼は疲れきって奥の塀にもたれた。まだ左の目がはっきりときかないし、痛みがゆっくりと右の目へ拡がってきて、視覚がかすんできた。人びとの形がぼんやりと動いている。目が見えなくなるのか？　頭を撃たれたのか？　茫《ぼう》と、なかば水のはいった手桶が地上に置いてあるのが目についた。彼は鉄かぶとをぬいで、水を掌ですくい、顔にかけた。

たちまち、痛みが薄れていった。ほとんど完全に目が見えるようになった。鉄かぶとを回して調べて見ると、後頭部に深くへこみがある。堤から彼を撃った弾丸がある角度ではね返って来て、あたったためである。この弾丸が頭部をおおう鋼鉄に激突して、鉄かぶとと全体を深くかぶらせるようにしてしまったので、血行を悪くし、左目の神経に障害を与えたのだ。

「大丈夫だ」彼はゆっくりと感謝するようにいった。「ぴんぴんしているよ」

「むろん、そうとも、スプーク」とバッドがあいづちを打って、「始めからおれはそう思ってた。

—7—

だが、これからいったいどうする?」

「この庭をでて、そのセットを調べてみよう」とジャックは答えた。「ここじゃ息をするゆとりもない」

彼らは横道へもどっていき、塀のそばにかがみ込んだ。ジャックは背中からセットをおろして自分の前に置いた。ロフティは自分の発見したセットをその傍にならべた。ジャックはこのセットのスイッチを入れ、イヤフォンを頭につけて、ダイヤルを回しはじめたが、これももう一つのと同じで、なにも聞こえなかった。彼は本能的に空軍の雑のうをあけようとして、はっと気がついた。というの間になくしてしまっていたのだ。

「銃剣をかしてくれ、誰のでもいい」と彼はいった。

バッドが鞘《さや》から剣を抜いて手渡した。ジャックは剣先をドライヴァーがわりにして、裏蓋を開いた。バッテリイはしっかりしている。もしこの二つのセットを持って、トテナム・コート・ロードのEMI工場の仕事台にいれば、わずか三〇分で、各セットを一度ばらして、それからさまざまの部品を使って一つものを容易に作りあげられるのだが、とジャックは思った。トテナム・コート・ロード。もう一度見ることができるだろうか? それからカッテージ・ロード、ボーやイーリング・ブロードウェイ、あるいはロンドンのどこでもよい。彼は銃剣の尖端《せんたん》でゆがんでしまっているソケットから、真空管を静かにはずしはじめた。

「気をつけろ!」とジムが叫んだ。ジャックはすばやく頭をさげた。迫撃砲弾が中庭の塀の向こう側に落ちて、埃を彼らの頭上に降らせた。負傷者や恐怖に襲われたフランス娘たちの悲鳴が聞こえてきた。そこで彼はひざまずいて、コンデンサー、コイル、真空管などから、しっくいや煉瓦の埃をはらい落とした。だが、むだなことだった。爆発で真空管二個が壊れている。

「だめだ」と彼はまわりにしゃがんでいる仲間たちに告げた。「両方ともアメリカ製だ。やられてしまっている」

「それと同じようになるな、おれたちもすぐここをでないとなると。ドイツ野郎がそこらじゅうにいる」とジムはいった。

軍曹がひとり彼らのそばを駆けていった。

「ドイツ軍の増援が大部隊で丘を降りて来るぞ！」と彼は叫んで、「やつらに一泡吹かせてやるんだ！」

「なにを使うんだ？」

「あすこにブレン・ガンがある」彼は中庭の方へ手を振った。ジャックは走り入って、誰かが塀に立てかけて残していったブレン・ガンを握りしめて、とって返した。

「中庭にいる娘たち！」と彼はどなった。「もっとマガジンをだせ！」

娘たちと負傷者のなかで手助けのできるものたちは、キャンヴァスの弾薬盒から新しい挿弾子を取りだして、マガジンにつめている。ロフティが対戦車ライフル銃を運んで来た。スモーキーが捕虜のドイツ兵に持たせたものである。

「捕虜はどうした？」バッドは彼に訊ねた。

「なかにいる。ほかにも幾名かいるよ。やつらは脱走しそうもないぜ」

―7―

「やつらがどうしようと、いまはかまっちゃいられない。おれのいま心配なのは、おれたちが逃げだせるかだ」

それは自分も同じことだと、ジャックは冷静に考えた。だが、彼自身ばかりか、傷を負って浜辺に横たわったり、カジノのなかに集まったり、あるいは家々の壁の下に待避所を見つけたりしているカナダ兵すべてにとって、助かる最善の道は、多くの上陸用舟艇が岸辺に近づけるようにするため、ドイツ軍をできるだけ阻止して時間をかせぐことであった。

上陸用舟艇は、もちろん、やすやすとはいって来るわけにはいかない。熾烈《しれつ》でしかも正確な砲火の下にさらされているし、海はいま干潮で浅くなっているからだった。しかし一ヤードでも岸に近づけば、疲れきって負傷している兵隊たちが熾烈な砲火の下で浅瀬を駆けていく距離が、それだけでも短くなった。一、二名のカナダ兵たちがリー・エンフィールド銃を持って、ドイツ軍との戦闘に参加した。ドイツ軍は広い輪をつくって冷静に活動していた。もしも彼らがドイツ軍の前進をはばむことができさえすれば、浜辺にいて撤退を待つ兵隊たちや艇のなかにいる連中を助けることになるのだ。白い断崖の高みに掘ってつくられている遮蔽・掩体された銃座から、敵の機関銃が怒りたけった猿のように鳴きわめいていた。ジャックは手にしたブレン・ガンを撃ちつくし、ほかのを取りあげた。ドイツ軍の銃手を浜の目標からそらそうと思ったのである。それも空になると、彼はずっと精密な対戦車ライフル銃を握りしめ、その大きな薬莢《やっきょう》を銃尾につめた。

そのライフル銃は肩にあてて撃つにはあまりに重すぎるので、彼は地上に伏せて、断崖の暗い穴の入口の一つに、じっと狙《ねら》いを定めた。そこから機関銃の焔《ほのお》がオレンジ色の舌を閃《ひら》めかしていた。

ローズハーティで習った狙いの規則通り……照星の先端が照尺Ⅰの肩部と一線になったとき……引金に最初の力をくわえる……。

不恰好な銃は発射すると台の上で烈しく反動した。

彼はそれをおろして、顔の汗をぬぐい、崖《がけ》を見やった。機関銃は沈黙していた。それっきり火を吐かなかったが、ほかの機関銃座から、彼らめがけて乱射してきた。

ジャックとその仲間は戦死したカナダ兵たちの屍体の陰にうずくまり、それを遮蔽物にして、しっかりと発砲した。こうして戦死者でさえが絶望的な防衛戦をつづけている兵士たちを助けたのであった。

中庭では娘たちと負傷者が、ほとんど弾薬を使い果たしてしまっていた。浜辺へ降りていくと、部隊を乗せた舟艇が幾隻か砲撃を受けて炎上していた。それらの周囲には、飛び込んだり、投げ込まれたりして茫となった連中が、戦死者や死に瀕した兵士たちをかきわけて泳いでいた。

そこへ漂う黒煙を破って軍艦が出現し、直射程で断崖の正面を狙って、片方の舷《げん》の砲で一斉射撃をおこなった。白亜《チョーク》、人間の身体、砲、装備などが、子供のおもちゃ箱をひっくり返したように落ちてきて、はるか下の磯にぶつかった。頭上では、スピットファイヤ機とマスタング機の群れが、海上すれすれに飛んで来て、艦船を攻撃しているユンカース88型機や他のドイツの双発機に、襲いかかっていった。その騒音の激しさのため、大声で叫ばないかぎり話し合うこともできない。だから兵士たちは容易に聞こえない言葉をしゃべるために息を切らすよりも、親指をあげたり、さげたりしてサインをしたり指さしたりする方を選んだ。

—7—

ジャックは灰緑色の軍服と、石炭入れのような鉄かぶとのドイツ兵たちが、レーダー・ステーションの下の丘をくだって、畑地を横切り、走ってくるのを、それからフォー・ウィンズ農場の方からも迫って来るのを見た。オーステンや〝A〟中隊はどうなったのか？　全員、戦死したのか？

カジノのなかでは、カナダ軍の多くの負傷者が、壁によりかかっていた。戦友たちがシガレットに火をつけて、彼らの口にくわえさせてやっている。だが、タバコを吸うのはおろか口もきけないほど重傷のものたちもいた。彼らはもう死んだも同然の様相であった。ジャックとホーキンズが戸口に立ったときには、なかはもういっぱいで人のはいる余地がなくなっていた。ひとりのブレン・ガンの銃手が自身の銃を取りあげて、反撃のため勇敢にも戸口から走りでていった。前進して来るドイツ軍のパトロール隊が埃のなかにうつ伏せになりながら、発砲した。一弾がホーキンズの肩をかすめて、その戦闘服の肩章をはぎとってしまった。第二弾はブレン・ガンの銃身にあたり、銃手の手首に反跳した。彼は銃を取り落とし、苦痛の叫びをあげた。ジャックとホーキンズは彼をなかに引きずりこんだ。が、彼は苦痛のため錯乱状態になり、ふたりを相手に暴れて、外にいなけりゃならないと叫んでいた。外では、ドイツ軍がまた立ちあがって、こちらへ走って来た。

部屋は混乱していて、もはや立っているのがやっとである。その間、断崖の頂上に陣取っていて、海軍の砲撃をまぬがれた機関銃座から、破れた窓越しに銃弾の流れが注《そそ》ぎ込まれた。弾丸は奥の壁に、同じ高さで並行に穴の列をいくつもあけていく。はがれたしっくいから飛び散る埃が、暑い汚れた空気のなかに、霧のように立ちこめる。わめいているものがいるし、苦しさにうめいているものがいるし、狂ったようにマガジンや弾薬を探しているものもいる。わずか数秒のうちに建物全体が敵にまったく制圧されてしまうのは明らかであったからだ。しかしどんな事態であろうと降服よりはましに思えたのだ。

ジャックはベルトのうしろから手榴弾二個をはずして、あらためて前に吊《つる》した。もし負傷したら、両方のピンを引き抜けば、即死する。そのうえ彼に近づいたドイツ兵も運命をともにする。

彼は脱出セットを取りだした。薬が二錠だけ、万一の場合のシアン化物のカプセルと、興奮剤一錠とが残されていた。彼は興奮剤をのみこんで、シアン化物のカプセルをポケットに入れ、入れものを投げ棄てた。そのうえでホーキンズの方へ顔を向けた。カジノの約半マイル東に、煙を通して海上にかすかな動きを認めていたのであった。

「あすこに上陸用舟艇がある。思い切って岸近くまではいって来そうには思えないが、あすこまでの距離を泳ぎきれれば、艇にいきつけるかもしれない」と彼はいった。

「相当あるぞ」とホーキンズは答えて、「数百ヤードはある」

「軍服姿でスペイン国境まで、フランスの被占領地帯を数百マイル歩いていくよりもよい」とジャックはいい返した。

外では銃声が烈しくなった。兵隊たちは夢中になってむりやり部屋へはいりこんだ。ジャックは一時ホーキンズと離れ離れになった。部屋はパン屋のかまどのように熱く感じられた。

天井から落ちるしっくいの埃が霧のように立ちこめ、壁が爆発のたびにゆらいでいる。あまりに混雑しているので、負傷者の上を踏んでいくものがある。すると傷を負ったものたちは苦痛に堪えかねて、悲鳴をあげる。ブレン・ガンを手にしてうろうろしている連中がいる。暑さと、絶え間の

—7—

ない烈しい爆発音と、それから何が起こっているのかわからぬためにうろたえて、なかば狂っているのだ。戸口からでていって、防御位置につこうとする兵士たちもいた。彼らのうちに生き残れるのを望めるものがいるだろうか？　ジャックは二錠目の興奮剤がアドレナリンを身体のなかに流していくにつれて、考えた。どうしてもあの舟艇につくように努力することだ。それが彼の唯一の望みである。降服するのは、あるいは野獣のようにここで死ぬのは、無益なことである。しかし進撃して来るドイツ軍に三方から包囲され、背後が海となれば、ほかにチャンスが得られるだろうか？　ひとりの兵士が上衣《うわぎ》を引き裂き、白いチョッキをちぎり取って、それを振ろうとした。

「ドイツ野郎に降服した方がいい」と、彼の叫びはかすれていた。「弾薬はない。なぜ、むだに死ぬんだ？」

誰かがそれに賛成した。それに反対して、どなり返すものもいた。

「撃つのをやめろ！」と頭を血に染めた包帯で巻いた男が叫んだ。「こっちがやめれば、ドイツ野郎もやめるだろう。こんなことは、無意味だ。おれたちに勝ち目はないんだ」

ジャックの目の前に、ぬうと顔がつきだされた。チーク材に彫刻したようなあさ黒い顔で、汗が光っている。スモーキーだ。鉄かぶとをなくしていて、その濡れた髪にしっくいの屑《くず》がまつわりついていた。

「おれは断じていやらしいドイツ野郎の畜生などに降服はしないぞ」と叫んで、ナイフを引き抜き、ひじで兵士たちをかき分けていった。

「頭をさげて参りましたなんぞと弱音を吐くやつの咽喉笛《のどぶえ》を、これで叩き切ってくれる——降服したいという野郎は誰でもだ」

「貴様、酔ってるな」と誰かが叫んだ。ジャックは彼の酔っているのを知っていた。スモーキーは左手に水筒をさげていて、その口にあてがっていた。ラムの香が彼のあごからたれて強く発散していた。彼の目がジャックの目と合った。

「おれはたしかに酔っている、スプーク。戦死したキャメロン部隊の兵隊のを、いただいたのさ」

誰かが銃身に白のチョッキを結びつけて順送りに手渡していた。

「やめろ!」スモーキーが烈しくどなった。「降参するやつはおれが切りきざんでやる。が、その前に、ここにいるこいつをやる」と彼はジャックへ顔を向け、水筒を投げ棄てて、相手の戦闘服の前をつかんだ。

ジャックはその手を払いのけた。

「おれたちをこののっぴきならないところに引きずりこんだのは」スモーキーは言葉ももつれがちに、だみ声をあげた。「もとはといえばこのまのぬけたレーダー専門家のためなんだぞ。おい、ここからでる方法を見つけろよ、スプーク」

「おれは逃げるぜ」とジャックは答えた。「うまく切り抜けるつもりだ」

「どうやって?」

「浜を渡るんだ!　そうするのさ」

「あすこはもう墓場同然だ。屍体が幾重にも積みかさなってる。わからねえのか?　望みなんぞありゃあしねえ。撃たれるのが落ちよ」

—7—

ジャックは振り返って見た。ホーキンズなり、ジムなり、ロフティを探したかったのだが、周りは見も知らぬ連中にかこまれていた。その兵士たちは疲労し、うつろな目、傷ついたほお、包帯をした頭や腕をしていた。負傷し、精力をつかいつくした兵士たちは、十数回も生まれ変わったほどに、数時間のなかに圧縮された暴力や恐怖に満ちた死を、目撃してきたのであったし、また彼らの心は烈しく絶え間ない砲撃の下で、麻痺《まひ》し、もうろうとしていた。

そのとき、もはや充分な思考力を失ったのに近かった。一方には迫り来る敵、背後に拡がるのは約七〇マイルの海、彼らの直面しているのは、怖るべき二者択一であった。すぐにも降服して、公正な取り扱いを受けるのを期待するか、それとも弾薬のつきるまで、この狭い悪臭をはなつ部屋で発砲をつづけ、奇蹟に近い救援の来るのを望むかである。ジャックは彼らに自分の考えを訴えることはできなかった。彼らはそれぞれ自分自身だけの問題をかかえている。彼は自分のことをうまく処理しなければならない。そのとき数フィート先にロフティの姿を認めた。彼は人混みを縫って戸口に進み、その目でドイツ軍の接近の工合《ぐあい》を見届けようとしていたのであった。ジャックは彼の袖をつかんだ。

「おれは脱出するつもりだ。あの煙の下に舟艇が来ている」と彼はいった。

「いっしょにいくぞ」とホーキンズは応じた。彼もこれが唯一のチャンスなのをさとっていたのである。

「よし、発煙筒を集められるだけ集めよう、それからやってみよう」

ジャックは口のうちに、最大の危険、緊張のときに用いられるユダヤ教の祈り、シーマの語句をつぶやいた。「聴け、おお、イスラエル、われわれの神、主はただ一つなり」

彼が見ていると、ジムは十字を切り、そしてロフティの唇は出血のために蒼白くなっていたが、その宗旨の祈禱をつぶやいていた。彼らにとってもまた真理に直面したときなのである。運命と争うのはむだなことなのだ。数分のうちに彼ら全員死ぬこともあり得るのだ。

大勢の連中が彼らを取りまいて熱をこめて意見をのべたてた。

「たちまち殺される。それより捕虜になった方がいい」

「おれは捕虜にはなれんのだ」とジャックは簡単に答えた。「逃げだすつもりだ」

「おれもいっしょにいくぞ」とスモーキーがナイフを振ってがなった。彼はジャックにつっかかり、その腕をつかんだ。

ジャックはそれを振りちぎり、相手を拳《こぶし》で打とうとしたが、大勢の人びとがごった返していて、身体をすり寄せたりかぶさりかかって来たりするので、拳骨《げんこつ》を振りあげるのがせいぜいであった。逃げるとしたら、いまをおいてはない。唯一の出口は海に臨んでいる窓である。ガラスは壊れてしまっていたが、金属のさくがまだ残っている。

「窓を壊せ！」とジャックは叫んだ。

十数名の頭越しにジムとホーキンズが、銃の床尾で金棒を叩き壊しはじめるのが見えた。

「おれといっしょにいくものはいるか！」

口々に叫び返す声で、混乱が起こった。賛成するもの反対するもの。前に乗りだして来て、ジャックの計画を訊ねるものもいた。

—7—

「走れて泳げるものだけだ！」ジャックは彼らに大きな声で答えた。「負傷者には、残念だが、チャンスはない。だが、そのひとたちにやる気があれば、おれたちを助けることができる」

「どうして？」と血にまみれた包帯で片腕を吊した兵士がたずねた。

「煙だ。あるだけの発煙筒を使って、おれたちが海の方へ走っていくとき、そいつを浜へ投げるんだ！」

ジムは戦闘服のボタンをはずして、船上でジャックに見せた娘の写真を取りだした。彼はそれを、お守りのように、右手でしっかりと握った。

「発煙筒はあるか？」とジャックはどなった。

答える声がした。「ここにあるぜ」

「よし、そいつを投げてくれ！」とホーキンズはいった。

最初のは入口から、二番目のもそこから投げられた。三番目と四番目のは、窓からであった。二個は壊れていて、地上に落ちてもそのままころがっていた。残る二個はシュウと音をたてて燃えだし、やがて煙の雲を吐きだしたが、薄すぎて遮蔽の役に立ちそうもなかった。ジャックとほかのものたちが、風に吹かれて薄れた煙の動きを、がっかりしながら見守っているとき、海の方へ流れた発煙筒の煙越しに彼らの頭上を通って一弾が飛び去っていき、崖の側面に何ごともなく落ちた。爆薬ではなく、発煙筒なのだった。濃い黒煙が火山の噴煙のように烈しく噴きだした。

「あの煙が護岸の上にかぶさるようになったら、でかけよう！」ジャックは叫んだ。

数名のものがすぐに戸口に駆け寄ったが、なかに飛びさがった。烈しくそそがれる弾丸が戸口の上の横木をめちゃくちゃに削りとった。

「窓だ！」ホーキンズの声はかれていた。煙は確実に彼らの方に流れ漂って来ていて、奇妙で不自然な闇を濃くしていく。

「いまだ！」

ジャックは窓に飛びあがり、乗り越そうとした。

「おれを残していくわけにゃいかねえ、イギリス人のスプーク野郎！」とスモーキーがほえたてて、ジャックの戦闘服のうしろをつかんだ。ジャックは横だおしになり、スモーキーはうしろにたおれたが、ジャックにつづいて窓の敷居を飛び越えた。手にナイフを握って——。スモーキーのあとはホーキンズ、つづいてジム、それからロフティ、それからもうろうと影のように見える連中が飛びだした。顔をこわばらせ、筋肉を引きしめて、鉄かぶとのないもの、空手のもの、全武装のままでライフル銃まで持っているものなど。ドイツ軍捕虜も彼らとともにそとへでた。

「走れ！」ジャックはそう叫ぶや、両脚をピストンのように動かして走った。そのとき迫撃砲か、大砲の弾が射程距離の短かったためか、カジノの裏に落ちた。その炸裂《さくれつ》の衝撃で、誰もかも、危うく足をとられてたおれそうになったが、よろめきながらからくも、立ちなおった。ジャックはちらっとうしろを見やった。煙と埃がカジノのあったあたりの空気を暗くしていた。その上に、ライフル銃、梁《はり》、割れがわら、屍体、屍体の一部が高くあがって、落ちて来る。まるでスローモーションの映画のようだ。直撃弾を受けたようである。だが、ジャックはまだ生きているし、二本の足も生きていて、懸命に走ることができた。一挺の機関銃が警告するように丘の上で鳴りはじめた。捕虜

―7―

は地面に手と膝をべったりとつけてすわり、祈りでもあげているように見えた。それから背後で急にたおれた。撃たれたか、撃たれたように見せかけたのか――。ジャックは走る足をとめて、たしかめるわけにはいかなかった。いまとなってはそれがわかったところで、どうしようもないではないか？　唯一の関心事は、海につくことであった。それからあの助けになる黒煙と上陸用舟艇とだ。またしても自動火器とライフル銃とが射撃を開始した。銃弾が甲高く空気を切り裂いて飛んで来て、彼らをかすめていく。危険のために茫となって走っていきながら、彼らは方向を左へとって、銃撃から逃れ、護岸の端の方へ走った。有刺鉄線の輪がまだほとんど手をつけないままでハードルのように放置してあった。約一〇フィート下の小石の浜には、戦前ならば毎年八月になるとビーチ・マットが列をなして敷かれたのであろうが、いまはこの護岸を遮蔽物にしようと、できるだけ鉄条網の近くにまで、カナダの負傷者を寝かしてある。担架にくくられて、すぐにも舟艇へ運ばれるようになっているものもいる。兵士たちは辛抱強く、不平もこぼさずに、決して到着しそうもない救助の手に希望をつないで、横たわっていた。

彼らはひたすら走りに走った。次第に薄れていく煙幕の下を、まだ約二〇ヤードは残している鉄条網の隙間を目指して――。銃弾の雨が彼らの足もとのコンクリートを削りとった。射撃が烈しさをくわえてきた。機関銃の連続射撃である。誰かが叫んで、うしろでたおれた。見なくともその兵士の身体が鉄条網の上に頭を下にして、ころがるのがわかった。そして無数の刺《とげ》が釣り針のように、その兵士の肉体に突きささり、悲鳴をあげるのを耳にした。

「飛べ！」と、ジャックは、護岸にあたる弾丸が増してきたので、叫んだ。

叫びながら彼は鉄条網をみごとに越して、脇に飛び降りた。そして二つの担架の間の狭い隙間に足をつけた。左側の兵士は意識がなくなにも知らない。右側の兵士は赤髪で二〇歳を越したばかりの年頃、南サスカチェワン連隊のもので、その身体には血に染まった灰色の毛布がかけてあった。

「逃げるのかい」彼はほほえんでいって、「次にはおそらくおれの上に飛び降りることだろう」

「かんべんしてくれ」ジャックは声高にいって、本能的に手をさしだした。男は首を振った。しっかりと毛布にくるまれているので、手の自由がきかないのだ。ジャックはわびるように、その髪をなでて、それからプロムナードに沿う鉄条網をすかして見た。誰もいない。ただ一〇フィートばかりうしろに、兵士がひとり頭を下にして、針金から吊りさがっていた。顔は向こうになっているが、血が両手からぽたりぽたりと絶え間なく落ちている。ジャックが見ていると、その男の右手からなにかが離れて、ひらひらと担架の間に舞い落ちた。ジャックはそれを拾いあげた。彼の持っていたのは、ジムのガールフレンドの写真であった。ジャックはそれを丸めて投げ棄てた。彼がまた走りはじめたとき、いっしょに走っている足音がした。左手を見た。ホーキンズが拳銃《けんじゆう》片手に、歩調を合わせて走っている。が、ほかのものたちはどうしたのか？　カジノからものすごい速さで走りはじめたときに、みなやられてしまったのだろうか？　ふたりは夢のなかのマラソン選手のように浜辺を走っていった。靴がくるぶしまで厚い小石のなかに沈んでしまう。一五〇ヤードばかり先に、ほかの個所よりも頑丈になっている波よけを見つけた。小石の間に打ち込み、苔《こけ》むしている朽ちかけた杭《くい》の集りにすぎないもののかわりに、これは見たところ、鉄道の枕木《まくらぎ》ほどの厚みのある堅固な杭が壁のように立っていた。杭と杭との間にはいくらか空きや隙間はあるが、それでも断崖からの

—7—

砲火を避ける遮蔽物には充分になる。もし杭の陰に隠れて走っておれば、掩護になるかもしれない。突然、ジャックはベルトをつかんで、前に膝をついた。ホーキンズが急いで彼と並んだ。「どうした?」とホーキンズは息をはずませて、「撃たれたのか?」

「いや、手榴弾だ。一つ落としてしまった」

「くそ!」

石の間をかき回しているうちに、ジャックはパイナップル型の手榴弾を見つけて、ベルトに戻した。ふたりはいっしょに駆けていった。

浜もそのあたりまで来ると、負傷兵の姿はなかった。だが、ジャックはドイツ兵がプロムナードで叫んでいるのを聞いて、恐怖にとらわれた。ドイツ兵のなかには立ちあがって、銃をかまえ、彼らに狙いをつけているものたちがいた。膝撃ちの姿勢で発砲したものたちもいた。しし鼻のシュマイザー銃、その他いろいろである。彼らはカジノに立てこもっていたカナダ兵が抗戦するに足る弾薬を持っていないのを承知していた。銃弾は容赦なく、ジャックとホーキンズにそそがれた。敵に追われて、必死になって駆けるふたりの心臓は、激しく脈うち空気をもとめてあえいでいた。波よけまで余すところ五〇ヤード。

いきつけるだろうか? できるだろうか? 「聴けおおイスラエル……われわれの神、主はただ一つなり……」

三〇ヤード、ふたりは左に折れて、渚《なぎさ》を渡っていった。押しよせる波が彼らの前に、小石の険しい隆起をつくっていたからだ。その頂はほぼ波よけの上部と同じ高さで、そこを駆けあがっていくのは、雨あられと飛び来る銃弾の前に一身をさらして自殺するようなものだった。やがて彼らは波よけに近づいた。さびついたボルトの頭は拳《こぶし》ほどの大きさがあり、青黒い貝殻の山からみどり色のひげのように、苔がたれさがっていて、ふたりの目の前の高さに気味悪く迫って来た。いまや浜をくだり、ひたすら波よけに接近した。ふたりは走りつづけていった。

ジャックは走りながら鉄かぶとを棄て、上衣のボタンをはずして、それをほうり投げた。水のなかでじゃまになるものはなにひとついらないのだ。夏の微風が汗にしみたシャツを通して、冷たく新鮮に感じられ、新しい力がわいてきた。そのときうしろからホーキンズの叫ぶのが聞こえた。

「ジャック、その空軍のシャツだ。空色をしてる!」

むろん彼は陸軍の兵隊が空軍の服を着ているはずのないのをドイツ軍が推測するのを考えて、カーキ色のシャツを執拗《しつよう》に要求すべきだったのだ。だが、いま救命胴着《メイ・ウエスト》が大蛇のように上から締めつけているのに、どうしてシャツがぬげよう? ドイツ兵がプロムナードで命令する声が聞こえた。叫んでいる声のなかでジャックにわかったのは、「ブラウ」という言葉である。青の意味だ。とすれば彼に関係あるに違いない。えい、くそ! どうしても逃げおおせなければならない。逃げるのだ! 逃げるのだ! その言葉が靴音といっしょになって独特のリズムをつくった。

海に近づくにつれて、小石は波に洗われて次第に小粒になり、丸くなって、光を増し、数インチの水の下で、琥珀《こはく》のように輝いていた。やがて海は彼らのくるぶしをひたし、ふたりは両側に噴泉のように、しぶきをあげて走っていく。休暇で浜へ来た最初の日の子供たちのようだった。波よけはこのあたりになると朽ちていて、杭と杭との間にかなりの隙間をつくっていた。ふたりは速度を

—7—

増してそこを駆けぬけていく。銃弾が材木に降りそそいだ。板を貫通し、やわらかい朽ちた木片を、ふたりの上に、青白い指のように、押しだして来た。また雨あられの嵐のように海を沸き立たせた。

ロイ・ホーキンズは泳ぐために鉄かぶとをぬぎ棄てた。彼は全身汗にまみれていた。その戦闘服の上衣の下に、許婚者が編んでくれた厚い毛のスウェーターを着込んでいたからだ。いま彼は上衣を、ついでスウェーターをぬぎ、片手で握っていた。彼女に多大の犠牲をしいたプレゼントを棄て去るに忍びなかったのだ。しかしウールは海水をたくさん吸い込むので、泳ぎはじめれば必ずじゃまになるのがわかっていたし、浮かぶか沈むかの相違をつくるとなれば、棄てざるを得なかった。

次第に深さが増して来る水と、次第につのって来る疲労とに、進む速度が遅れだし、ほとんど立ちどまるばかりになった。ジャックは水のなかに飛び込んだ。水深はやっと三フィートぐらい、手が下の砂にさわり、絶え間なくさざ波を立てた。ホーキンズも彼につづいた。ふたりはこの調子で数ヤード泳いだ。そのあと空気を吸いに、海面にでて、ふたたび潜って、海が泳ぎやすい深さになるまで、つづけていこうとした。

「潜っていけ、だがまっすぐはいけない」と、彼はあえぎながらいった。

塩水が顔にしみる。砲弾が炸裂した時飛ばした石の破片が傷をつけたのだ。水の冷たさがふたりの元気を回復させたが、この感覚を楽しんで時間をのばしているわけにはいかない。弾丸はいまだに彼らの周囲に烈しいしぶきをあげて落ちていた。

ホーキンズは舌に感じる海水の塩からさに、一瞬、びっくりした。彼がいつも泳いでいたところは、アサバスカ河、ユニオン・ギャップ、クリヤウォーター湖などである。海で泳いだのはこれが最初であった。ジャックと彼はジグザグ・コースをとって、海面下をしっかりと泳いでいった。ときどき、ひょいと浮きあがって空気を吸った。一度、ジャックが水面下でよく見ていると、銃弾は銀色の糸を引いて走り、海底に落ちると砂の煙をあげた。彼らはどうしても逃れることができないのだろうか？　煙幕まで五〇ヤードはあったが、黒く油じみた雲になかば隠されて、舟艇の方形艇首が、揺れ動いているのが目についた。

上陸用舟艇はゆっくりと回っていた。傾斜板がつかえて半ばひらいたままになっているのをジャックは認めた。海水が両側の隙間から艇内にはいっていた。おそらく艇は故障したのだ？　多分船者が死に絶えたのではないのか？　おそらくなにかが起きたのだ――それにしても、それはふた乗りにとって待避所になるし、息を整える時間がかせげるし、また、どうしたらよいか考えるゆとりもとれる。ふたりはひたすら泳ぎつづけた。海面にでて泳ぎたいという激烈な欲望を抑えながら――。潜水は彼らの疲れを早めるし、どれくらい浮かんで待たなければならないのか知るすべも、またないからである。彼らはいまでは海面すれすれになっていた。ほとんど疲れきってしまったことがあるし、それに潜ってまた浮かびあがるのは余計な努力を必要としたし、また銃弾が彼らに届かなくなったように感じたこともあった。

と、そのとき一弾が前方に落ちた。まさに煙の真只中《まつただなか》できっと舟艇を狙ったものだ。水の壁を通して来る衝撃波は、煉瓦の床に落ちたような感じだった。息の根もとめんばかりなので、ふたりはしばし、陸にあがった魚のようにぱくぱくやりながら、あお向けに浮かんでいなければならなかった。その間まわりの海は沸き立っていた。ふたりは煙幕のなかに疲れ果てて泳いでいった。ジャックはまた前方に、なにか茫と浮きでているものを見つけた。疲労した彼の頭脳では、一瞬、それを判断できなかった。が、やがてそれが舟艇の舷側なのがわかった。

彼は助けを呼ぼうとしたが、でて来たのはしわがれた声だった。誰ひとりその声に気づくものはいなかったらしい。舟艇は静かに回転していた、数秒のうちに、艇は動きだし、残されたふたりはおぼれて死ぬことになるだろう。エンジンのひびき、スクリューの回転音が聞こえた。そのあとで傾斜板のおろされたままなのに気がついた。ジャックは一蹴りしてゆらゆらしている傾斜板の金属の縁をつかんだ。ホーキンズもすでに反対側に取りすがっていた。

ジャックは艇内の水を蹴って、走って来る足音を耳にした。水兵が半ばひらいた傾斜板の上にかがみ込み、ジャックの手首をつかんだ。「安心しなよ、兄弟」というその声には、まぎれもないロンドン訛りがある。彼はゆっくりとジャックを艇内に引きあげた。ジャックはしばらく横になって、どうやらこうやら、身体を通路に押し入れたが、疲れ果てているので、それ以上、動くことはできなかった。水兵がまたも彼を持ちあげて、内部に引き入れた。ジャックはなかば意識をなくして、艇の底に横たわりながら、思いきり空気を吸い込んだ。彼はやっと半身を起こして、叫びたてた。

「仲間がいる！　仲間を救けてくれ！」

ホーキンズはまだ水のなかにいた。水兵は彼に気づかなかったのだ。誰かが早口に叫ぶのが聞こえた。「艇を回せ」

上陸用舟艇は浜の方を向いていていて、前面は防備が不足していたのだ。ホーキンズは深い絶望にとらわれた――ここまでたどりついたのに、おれを残していってしまおうとしている！　彼は片手で、艇の側面を弱々しくたたき、残る手で艇にしがみついて、必死になって叫んだ。「入れてくれ！ ここにいるんだ！ 入れてくれ！」

水兵がその声を聞きつけ、戻って来て、彼を艇内に収容した。艇内には六インチほどの海水がいったり来たりしていた。故障した傾斜板から侵水したのである。負傷者たちは踏み板の上に横になっているが、胸まで水の来ているのも気にせず、頭だけをだしていた。傷が重く動くことも自由にまかせないのだ。

「あんたは大丈夫かい？」水兵はロンドン子の口調で訊ねた。

ジャックはゆっくり見あげて、うなずいた。言葉をだす元気はなかった。それにいまになって横腹が猛烈に痛んできていた。息をするのさえ苦しかった。茫となって、苦痛にさいなまれながらも、どうしたわけかと思った。昔、ヘルニアにかかったことがあったかな？ 心臓の発作を起こしているのか？ 重い傷を負っていたが、冷たい海水のために痛みを感じなかったのか？ 彼は手を下の方へのばしてみた。指が手榴弾にさわった。彼はその上に寝ていたのである。彼の感じている痛みは、手榴弾のおうとつのある側面が、彼の肉に喰い込んでいたためであった。

8

GREEN BEACH

「こいつは、ここでは要らないだろう、兄弟」と水兵は手榴《しゅりゅう》弾《だん》の方をあごでしゃくった。

「あんたにはわからんよ、どうだか」と、ジャックはやっとのことで声をだした。海水のためにシアン化物の錠剤は、役に立たなくなったのではないかと、彼はふと思った。そしてホーキンズを見やった。ホーキンズは舷側《げんそく》にほっとしたようすでよりかかり、両眼を閉じていた。

舟艇は傷ついたみにくい海獣のように、やっと身体を動かして、おそろしくゆったりと回転していった。エンジンは一つだけしか働いていなくて、もう一つのはカヴァーをはずし、機関兵がものぐるわしいようすで、懸命にスタートさせようとしていた。ジャックの知識では、この種の艇は主として、二個のエンジンで航進するようにできていて、両方が同時に働かないと、確実に航行できなかった。

「あんたの拳銃《けんじゅう》は役立たずになったのじゃないか、ロイ」と、彼はまるで楽しむかのように話しかけた。そうとしたら、少なくともホーキンズには彼を撃てない。しかしふたりともまだ手榴弾を残していた。それにまだ故国に到着したわけではない。ジャックはまだ約束を守らねばならぬことになるかもしれないのだ。

「ほかに生存者はいるかい?」と彼は水兵に訊ねた。

「あんたに見えるだけさ。もう一つのエンジンの直るまで、うろちょろしてなきゃならないから、もう少し助けることができるかもしれない。そのうえで出発だ」

ジャックは空を見あげた。いまだに岸辺をすっかりおぼろげにしている黒煙がきれぎれに漂い流れていて、その隙間から、青い空がのぞいていた。あの浜で見たのと同じ空である。前に見たのと同じ空が、また見られる――しかもその相違はなんと大きいことだろう。彼の祈りは報いられたのだった。「主の御名《みな》に幸いあれ、その光栄ある御国《みくに》は永遠である……」

舟艇が回ると、白い崖《がけ》と、まだ発射している砲口からほとばしる閃光《せんこう》とが、ジャックの目にはいった。灰色の埃《ほこり》の雲がプールヴィルの浜の上に、大きなきのこのようにおいかぶさっていて、ところどころに炎の舌がめらめらとあがっていた。遠くから見ると、オレンジ色のスカーフが風になびいているようである。左手に、レーダー・ステーションと高い断崖《だんがい》のかなたに、いっそう高く黒雲がディエップをつつみ、黒煙の柱がいくつかそのなかに立っていた。戦闘はまだつづいていて、しかも大部分のカナダ軍将兵は脱出できないだろう。ところで勝ったのは誰で、負けたのは誰なのか？　そして彼はレーダー・ステーションの裏手に張ってあった電線を思いだした。彼は疑問をいだいた。成否のほどはイギリスへ帰りつくまではっきりと確かめるわけにはいかないだろう。

―8―

＊

ドイツの従軍記者とカメラマンたちは、前の夜、軍勤務の娘たちと踊りふけっていたのだが、その朝早く、自分たちが思いがけなく第一線の報道をできる、めったにない有利な立場にあるのに気がついた。彼らは起こされるや、車でディエップ郊外に急行した。そこで一将校が彼らに事態を説明した。連合軍――すでに捕虜となったものから推測して、主にカナダ軍とコマンド部隊で編成したとおぼしき部隊――がディエップおよびプールヴィルに、そしてヴァレンジュヴィルとピュイに、無暴な正面攻撃を企図したのであった。記者が自分の目でたしかめることをしたいと希望するなら、おあつらえ向きに、敵戦車群がディエップの浜に擱坐《かくざ》してしまっている。浜の険しいスロープ、ばらばらの小石が、戦車の無限軌道の連接桿《れんせつかん》を破壊したのだが、その鉄鋼は疑いもなく粗悪なものでつくってあったに相違ない。イギリスの鉄鋼がその堅さでルール（ドイツの工業地帯）産のものに劣るのは周知の事実である。それからプロムナードに接する高い護岸もまた障害となり、ここを越えた戦車は二、三輛《りょう》にすぎない。戦死をまぬがれた搭乗員らは、弾薬がつきるとともに、降服のやむなきにいたるであろう。

イギリス・コマンド部隊は、その間に、ヴァレンジュヴィルの砲兵陣地を攻撃、激烈な抵抗を撃破して、あきらかにそれを沈黙させてしまった模様である。詳細はいまだ不明であるが、これら侵攻軍は海峡を越えて逃れ去ったかに思われる。しかし空軍が彼らのイギリス帰還を阻止するであろうことは疑問の余地がない。プールヴィルにはカナダ部隊が上陸、強力なパトロール隊が内陸深く侵入してプティ・タプヴィルの十字路に進出した。しかしウーヴィルから出動した機動自転車部隊が、その地点に強固な陣地をきずこうとする敵の企図を、果敢にも阻止したのであった。

第一〇装甲師団は全面的に警戒命令を受け、北を指して沿岸へ向けて進行中であった。その優秀な指揮官フィッシャー将軍は、部隊の先頭に立って進発し、いかなる戦闘状態が発生しても対応し得る用意があった。将軍はハーゼ将軍と討議の末、もしも装甲師団が必要となるならば、もっとも効果のある方法で隷下《れいか》部隊を戦闘に投入することになっていた。こうして、防衛部隊は周到に戦ったので、奇襲はまたたく間に撃退されたのであった。連合軍の上陸用舟艇の大部分は破壊されてし

—8—

まっているので、これまた記者は自分の目で確認できるだろう。また上陸前に舟艇内で戦死をまぬがれたり、もしくはその後かろうじて上陸したイギリスおよびカナダ軍の将兵たちは、まもなく、降服する以外に道はなくなるだろう。これを要するに、このたびの戦闘はドイツ陸軍、空軍並びに海軍の勇気と機略とを、みごとに示したものだった。さらに注目すべきは、ドイツ軍兵士の多くが若い新兵であったことである。

記者は多大の興味をもって報道にあたれるだろうし、カメラマンも写真を撮りまくることができよう。しかし昨夜遅くまで起きていたのに、朝早く起こされ、思いがけなく外出することになったのだった。それでまず軽食を供したいと思う。どうぞご同行下さい、みなさん……といったわけであった。

特派員やカメラマンたちのなかの数名は平服という似つかわしくない姿でいるし、また大部分のものはひげをあたっておらず、目をしょぼつかせながら、幕僚たちといっしょに、古城の敷地内を歩いていた。その幕僚たちは白い夏の上着をきちんと着こなし、望遠鏡とシガーを手にしていて、このまごうかたなき勝利の戦いと結びつけて、彼らの姓名やまた写真でさえが公表されるのも、一向に嫌がるようすはなかった。

断崖のふもと、これら意気あがった話のおこなわれているはるか下、浜には多くの屍体《したい》や死に瀕《ひん》しているもの、弾薬をつかい果たし、砲口を力なく下に向け、沈黙してしまった戦車が幾輛も散らばっていた。それに炎上している舟艇もあるし、武器の類も投げ棄ててある。これが戦争の結果で、栄光に満ちた戦いの陰に隠されていて、口にするのをはばかる裏面であり、新兵募集のポスターには、絶対に描かれたことのない現実である。記者の多くはこのような惨澹《さんたん》たる光景を見るのは初めてであった。かくも烈しい損傷と死、夏の海と太陽を背景にしているのでなおいっそう血の凍るほどに怖ろしい。想像力に富んでいるだけに、彼らは茫然《ぼうぜん》となり恐怖のうちに立ちつくし、断崖の上にいて、下へ降りていかなかったのを、なによりも幸いに感じていた。

こうした乱雑をきわめ血にまみれた海浜には、第一四カナダ陸軍戦車連隊（カルガリー連隊）および歩兵三個大隊の将兵たちが、次第におとろえていく砲火の下で、彼らを引きあげる舟艇の到来を黙って待っていた。彼らは岩の陰とか、戦車の下とか、手で小石をかきわけてつくった浅い壕《ごう》とかを利用して、できるかぎり攻撃を避けるようにしていた。彼らはうっかり動くことさえできなかった。動けば攻撃の的となるからであった。崖の上からおそるおそるのぞいている民間人の目には、彼らもほかの屍体と変りがないように見えたかもしれない。だが彼らの士気はまだ失われてはいなかった。

ロイヤル・ハミルトン軽歩兵連隊の指揮官であるロバート・リドリイ・ラバット大佐は、部下の特務曹長が不意に叫ぶのを耳にした。

「あっ、あれをごらんなさい！」

ラバット大佐は望遠鏡を目にあてて見ると、白い夏服姿のドイツ軍将校たち、しゃべりあっている民間人たち、陽光を反射している望遠鏡、手にしたシガーなどが、はっきりと映った。その光景はどうにもがまんならぬものだった。すぐさま、彼は二名のブレン・ガン射手に、この予期しなかった目標を撃つのを命じた。銃弾は草をはらい、見物人どもはちりぢりに姿を消した。そのなかの数名は逃げ遅れて、これが戦争の一面だということを、最初でしかも簡潔に目のあたりにちらっとながめて、それとともに最後の息を引きとった。

＊

一三〇〇時、旗艦〈キャルピ〉号はディエップ沖の煙のなかを脱して、浜のようすを見るために、最後の接近を試みた。火葬の火のように燃えあがる舟艇や町の建物からは、黒煙がまだ盛んに立ちのぼっていた。海からの視界が非常に悪いので、監視兵たちは、この漂っている煙の霧をすかして、数百名の将兵たちが、負傷したり、崖や岩陰からの射撃のために釘《くぎ》づけになって、事実上いまなお戦車や舟艇の陰に身をかがめているのを、うかがい知ることは不可能であった。艦上からでは生きているもののいるけはいを認められなかった。煙をのぞけば何一つ動くものとてない。

＊

岬の上のバルテルト大佐の指揮所では、一将校がアンヴェルモーの師団司令部と、すでに電話で話し合っていた。

「イギリス海軍は遁走《とんそう》した模様であります。上陸兵力の残存部隊がいまだに各海辺におります。戦場を掃蕩《そうとう》する行動をお許し下さるよう、ハーゼ閣下にお願い申しあげたいのであります」

電話線の向こうでしばらく沈黙がつづいて、論議がおこなわれた様子である。やがて、ぶっきらぼうな返事が戻って来た。

「許可を与える。行動を進めろ。報告を遅滞なくおこなうことだ」

すぐさまドイツ軍第五七一歩兵連隊の各方面に散っている全分遣隊に、浜へ進撃する一般命令が伝達された。戦闘はほとんど終結していた。勝利は彼らのものなのであった。


奇襲後、ヴィリー・ヴェーバー中尉はディエップ東方のベルヌヴァルのレーダー・ステーションを、注意深く点検した。それは元のままで、損害はないも同様に思われた。機器を奪われかけたようすはないし、また運用に不都合を来たすような企てもなかったのだった。ブルヌヴァル奇襲のような方法がおこなわれなかったのを知って、彼はほっと安堵《あんど》した。彼は車を走らせて、丘を越え、プールヴィルへ向かった。彼は道で車を棄て、丘を歩いていった。フレイヤ型のステーションまでの間、草はゴルフ・コースのようにきれいに刈ってあった。下士官が彼に敬礼した。

「被害はどうかね？」とヴェーバーは相手に訊ねた。

「残念であります、中尉どの。戦死二名、負傷者九名であります」

彼は死傷者の氏名を告げた。

ヴェーバーはうなずいた。彼の部下の下士官連中はフランス、ポーランド、あるいは東部戦線で、戦闘の経験を持っていた。そして非番の兵士たちも——野戦病院にいた性病患者まで——かりだされて、沿岸を守る戦闘にあたったのだった。レーダー技術にたずさわるものまでが、プールヴィルからディエップへかけての道路上で戦ったのであった。彼らはステーションの見える場所で、命を落としたのであった。

＊

上陸用舟艇がゆっくりと回転するにつれて、なかの水がうずを巻いた。ジャックののんだ興奮剤が、暑さのなかで彼にめまいと、そして、頭が軽くなったような感じをさせた。彼の思いは船底にある木片のように、あてどなくさまよっていた。機関兵はスターターの円筒コイル《ソレノイド》を押した。第二エンジンが始動し、はじめはぎこちないようすであったが、やがて次第にしっかりとなった。舟艇はスピードをあげ、遮蔽《しゃへい》となる黒煙をあとに残して、沖へでていった。二機のユンカース88型機が彼らの頭上を飛んでいて、いつ襲いかかってくるかわからなかった。

「どこへいくのだ？」とジャックは操舵室《そうだしつ》の下士官に訊《たず》ねた。

「あの、高射砲艦《フラックシップ》へいく。水がはいりすぎてるので、自力では国へ帰れんのだ」

高射砲艦《フラックシップ》は煙幕のはるかはずれの前方にぼんやりとその姿を見せていた。平たい甲板の平底船で、高射砲を林立させて、波にもまれていた。ユンカース88型機のパイロットたちはいまや二機の単発戦闘機の来援を受けて、舟艇を発見し、その目指すものをはっきりと知って、攻撃を開始した。下士官はルイス・ガンをにぎり、叫びののしりながら、艇の揺れに調子を合わせて、両足をふんばって、銃の引金をひいた。空の薬莢《やっきょう》が、その発砲するのにつれて、雨のように甲板に降って来た。舵手は舵輪を動かして取舵《とりかじ》にし、それから面舵《おもかじ》にし、そしてまた取舵にして、爆撃手の裏をかこうとした。飛行機からの機関砲弾が装甲した傾斜板にあたって甲高い音を立てた。いくつかの弾丸は吃《きっ》水線《すいせん》以下の舷側に貫通して穴をあけ、海水が浸入して来た。

そのとき、高射砲艦《フラックシップ》の対空砲火が、ドイツ機めがけて、一斉に火蓋《ひぶた》を切った。飛行機は旋回して、徐々に沈みつつある舟艇をあとに残して岸の方へ帰っていった。次第に増して来る水の重みに、二個のエンジンがスロットルを全開にして働かせても艇を進めるのはほとんどむつかしかった。のろのろと、苦しみながら、艇は高射砲艦《フラックシップ》にやっと接近し、その舷側にぶつかったが、艇内の水はもう立っているものの膝まで届いていた。ひとり、またひとりと負傷者が手から手に移されて艦に収容された。ジャックとホーキンズは艦によじのぼり、あとから下士官と水兵たちがつづいた。海水はもうディストリビューターとプラグまでのぼっていて、二個のエンジンは咳《せ》き込み、ぶつぶつと音を立てていたが、ついに黙り込んでしまい、機関の重みで艇尾から急に沈みだした。やがて方形船首が海水にひたり、舟艇は沈没した。あとには泡がぶつぶつとあがって流れ、油が条《すじ》を引き、板ぎれや、物乞《ものご》いの鉢のように、逆さまになって漂う鉄かぶとが、残されていた。

高射砲艦《フラックシップ》の装甲甲板は真昼の陽光を浴びて、燃えるような熱さである。そこで横になっているのは、しかも帽子はなく陰になるところもないとなると、焼き網の上に横になっているようなものだった。生存者たちの濡《ぬ》れた軍服は、烈しい暑さのなかで、湯気を立てていた。

乗組員は海兵隊の連中で、ロンドン子が多い。

—8—

「あんた、大丈夫かい」とひとりがジャックに元気よくきいた。

ジャックはうなずいた。「お蔭《かげ》で助かったよ」

「まだ絶対安全とはいえないさ、だが、あん畜生どもから逃げだせれば、無事安全ということになる」と、彼はいま頭上で旋回している、ハインケル機やユンカース88型機の方へ頭をねじった。それら飛行機の群れはいま蜜《みつ》の壺《つぼ》にまつわるスズメバチのように、いくらか射程距離を離れて頭上を旋回していた。やがてユンカース88型機のパイロットのひとりが、高射砲艦《フラックシップ》の後部に死角のあるのに気がついた。その原因は艦尾に、左舷から右舷へかけてブリッジがひろがっているためである。まるでスローモーションのように、射程距離外からでて、ドイツ空軍機のパイロットは、平底船の背後から爆撃姿勢をとった。

「おでましだぞ！」と高射砲の砲手たちが叫んだ。部下が攻撃の準備にかかると、海兵隊の射撃指揮将校たちは待避した。

速度を落として飛来して来る爆撃機がブリッジの上を通過するや否や高射砲の最初の射撃は、飛行機の前で爆発し、二度目のは機に命中した。だが、一列になった爆弾がその時にはすでに落下中であった。ジャックとロイは魅せられたようにそれを眺めていた。第一弾は艦からかなり離れたところで爆発した。第二弾は艦のすぐうしろに落ちて、艦全体を烈しくぐらつかせ、太陽を暗くした。そして第三弾は艦の前方に落ちて、立ちならぶ砲をずぶ濡れにした。爆撃機が飛んで来ると、海兵隊は間断なくアク・アク・ガン（多連装高角砲）の砲列から弾幕を張るので、艦そのものが反動で激しく動揺した。一機が黒煙の尾を長く引いて、水平線の彼方に低空で姿を消すと、海兵隊員はこぞって、万歳を叫んだ。

ついで一機のスピットファイヤ機が真上で失速し、パイロットがパラシュートで降下した。高射砲艦《フラックシップ》は海面に大きくひろがって落ちたパラシュートの方へ舵を向けて進んだ。が、小型の海軍の艇が先を越してそれに近づくと、ロンドン子の水兵らはやじを飛ばし、ブーブーとはやしたて、またVサインをだすものもいた。このなじみ深いイースト・エンド風の有様にジャックは元気がでてきた。生きているということはすばらしいことだ——この思いは乗組員のなんぴとにも想像できないほど、彼にとってはとてもすばらしいことなのである。生き抜いたのだという実感、いまはまるで故国にいるのと同じようなものだという信念が、彼の食欲を誘った。この約一二時間というもの、数錠のホーリック錠を除くと、なに一つ口にしていなかった。

「何か食うものはないかね?」と彼は訊ねた。

「コーン・ビーフだけだ、相棒」

水兵のひとりが角型の罐詰《かんづめ》を投げてよこした。ジャックは金具を回して、それをあけた。ホーキンズと彼は指でその肉をつかみ取った。そのとき榴霰弾《りゅうさんだん》の鋭い破片が、なめらかな甲板《デッキ》をすべっていき、空の薬莢がふたりの周囲、あたり一面に音をたてて降って来た。鉄かぶとをかぶっていないので負傷する危険が、不意に、現実となって切迫してきた。彼らを狙《ねら》った数多くの弾丸を巧みに避けて来たのに、ここにいたって偶然にも傷を負うなんて、そんな非道な話はないだろう。ふたりは空になった罐を棄てて、下に降りていった。

斜方形の踏み段になっている狭い昇降階段を降りていくにつれて、ふたりはものすごい異臭を嗅《か》

—8—

いで、思わず足をとめた。金属甲板《デッキ》を照らす熱い太陽が、それをいっそう強めていた。死にともなう病的な甘さでおおわれた傷口の臭気、排泄物《はいせつぶつ》と吐瀉物《としゃぶつ》のまじった堪えがたい悪臭、なかば意識を失い、傷のために口のきけない兵隊たちが、その肉体的機能を働かせることのできないままに、横たわっていた。ジャックとホーキンズは下の方の階段に足をとめて、元は食堂だったところをのぞき込んだ。

木のテーブルが取りあえず一ヵ所にまとめて並べてあり、その脚と脚とを縄や皮帯でしばってある。軍医や衛生兵たちは血に染まった白衣姿で、テーブルの上を使って、応急手術をほどこしていた。その間、高射砲の射撃や、あたりに落ちる爆弾のために、床は左右に揺れ動き、上下にせりあがっては、またさがる。多くの負傷者は毛布につつまれて、担架の上にいたり床に並べておかれていたりしているが、不平もいわない。大部分のものは意識を失っているか薬のために昏々《こんこん》と眠っているのだ。顔を苦痛のためにゆがめ、苦しみを少しでも軽くしようと、腹や胸のあたりを夢中になって両手でしっかりと抑えているものたちもいた。

彼らすべての頭上で、食堂の天井は巨大な太鼓の皮のように震えて、対空砲火の不協和音を増幅する。ジャックとホーキンズは急いで、階段を昇り、帰っていった。このすさまじくも恐ろしい浮かぶ納骨堂にいるくらいなら、新鮮な空気のなかで負傷する危険を冒す方が、むしろはるかにましだと思われた。

ドイツ軍はじりじりと容赦なくプールヴィルの浜へ向かって進撃し、イギリス軍を広い半円形のなかに包囲していき、メリット大佐は最後の防御陣地を岸壁に沿って設定した。連隊の生き残りのうしろには、負傷者がおり、そのまたうしろは海である。次第にカナダ軍の砲火はおとろえていった。弾薬が底をつきはじめ、メリットはいまや降服の避けがたいのを感じていた。いやいやながら、彼は誰か白旗をかかげていくものはいないかと訊ねた。将校のひとりF・W・ホワイト少佐は白旗を見せるのは好みに合わないといって反対した。そのかわりにドイツ語に堪能《たんのう》なジョー・ウェイナー伍長《ごちょう》に命じて、ドイツ軍捕虜のひとりに攻撃を中止し、カナダ軍の降服を受諾するようにと伝言をいい含めた上で、釈放して自軍に帰らせることを提案した。この案が実行され、両軍の砲火は次第におさまっていった。

カナダ軍は武器を下に置き、オテル・ド・ラ・テラスの裏手で、三列に整列した。ホワイト少佐はそばに立つ伍長のひとりが意気消沈しているのを見て、その肩に手をかけ、静かにさとすような口調で話しかけた。「なあ、アルフ、ドイツ野郎どもと協調できるかどうか、見定めてやらにゃ、そうだろうが?」

南サスカチェワン連隊の将兵は、これからどうなるのかわからないが、あきらめと同時に威厳をもって待っていた。あるものらは戦闘服に戦列を保って、比較的スマートな恰好《かっこう》をしていた。あるものらは下着姿で、靴下なし、戦死者の靴をはいたり、救命胴着《メイ・ウエスト》を靴がわりに、裸の足にしばりつけて立っていた。これらの連中は救いあげてくれる舟艇を求めて、死にものぐるいで煙幕をかいくぐり、沖へ泳いでいったものの、そのかわりに煙の陰に果てしない海だけしかないのを、見つけだしたのであった。

―8―

泳ぎながら彼らは靴をぬぎ、ゲートルを取り、上衣《うわぎ》やズボンを引き裂き、そして重いので装備を棄て去ったのだった。そのあと疲れ果てて、救いの手の来ないのを知って、やむなく下着姿で岸へ泳ぎ戻り、降服するということになった。しかし敗北のショックと、真夏の燃えるような暑さのなかで約九時間にわたる激烈な戦闘の影響を受けているにもかかわらず、彼らの士気は高かった。

メリットは長時間、あきらかに奮戦してから傷を負っていたが、若い中隊長のひとりマキルヴィーン中尉が、その中隊を率いて浜へくだっていくのを、誇りに満たされて見守っていた。兵隊たちは三分隊でみごとに行進していく。南サスカチェワン連隊は戦闘に敗れはしたが、自尊心を失ってはいなかったのであった。これら若い兵士たち、すべて志願兵が、歩調をそろえ、昂然《こうぜん》と胸を張って進んでいく光景は、メリットにとってその日のもっともめざましくも誇りがましい想い出の一つとして、深く心に残されることになった。

オーステンが〝A〟中隊の生存者とともに、浜に到着したとき、メリットはその朝船上でスチュワードから渡された塗り薬の壜《びん》を思いだした。彼はそれをあけ、彼らは感謝の念をもってともにウィスキーを味わった。そのあとふたりは部下を率いて丘を越えて行進し、レーダー・ステーションのそばを通って、ディエップへと、前途に待ついつ終わるともわからぬ虜囚の歳月へ、近づいていった。

皮肉なことに、イギリス空軍の一機が、行進していく隊列めがけて、銃撃してきた。パイロットはドイツの増援部隊と誤認したのだ。彼らは溝のなかや、壁の陰などに隠れ、そして機が飛び去ると、暑い空っぽの路上でふたたび隊列をととのえた。

行進の途中、ドイツ陸軍の通信兵たちが、ジャックやカナダ兵らの切断した電話線の修理に、いち早くあたっている傍を、彼らは通りすぎた。やがてこれらの線を通じて、ドイツ軍の司令官同士の間で、祝いの言葉がかわされたのであった。一六五〇時、ひとまずカナダ部隊はディエップにある一病院に収容され、そこで負傷兵たちは囚《とら》われたカナダ軍の軍医や、ドイツ軍の軍医の手当てを受けた。それからさらに内陸にある煉瓦《れんが》工場に移動させられて、尋問を受け、記録を取られることになっていた。第八一軍団を指揮するクンツェン将軍は、第三〇二歩兵師団に祝電を送っているところであった。「敢闘を祝す。第三〇二師団、とくにディエップ守備隊に賞賛を呈す」

ハーゼ将軍の祝電になると、例の訓戒調の語句が末尾につけくわえてあった。「諸君の両眼と両耳とを常に働かせよ」

ルントシュテット元帥は陸軍最高司令部作戦部に向けて、ディエップ戦闘の結末に関し、もったいぶった報告を申告していた。「武装せるイギリス人は、ひとりといえども大陸に残存していない」

それからこの快適な事態をもたらすのに功績のあった各部隊にあて、次のようなテレタイプによる通信を送った。「本戦闘に参加せる全指揮官および各部隊に、余は賛辞と感謝の意を表するものである。全部隊の敢闘善戦を、本日、上司に報告した」

サン・ジェルマンの元帥には、ベルリンの総統《フューラー》から祝いの電話がかかってきた。「貴官から参加三軍の全部隊に、余の感謝と賛辞を伝達することを、とくにお願いする。将来もまた西方総軍諸部隊の各司令官並びに全将兵に、余は全幅の信頼をおくものである」

部隊はこうした賛辞や祝いの言葉で大いに満足したが、それにもまして兵隊たちにうれしいのは、

—8—

ディエップ地区の各兵に、高級ワイン一壜半、シガレット一〇本、ビスケット二箱が特配になったことである。戦闘員に関するかぎり、功績に対しては言葉よりもはるかに実のある処置だった。それにくわえて、一日分の前線糧食――A級、パン一〇〇グラム、肉五〇グラムが、全戦闘部隊に対して、二級アルコール飲料割当てといっしょに配給になった。この発表についてのせっかくの満足感の熱をさましたのは、空軍では各個人にもっと多くの特別配給があり、それも歩兵よりも長期にわたることになりそうだということを知った時であった。そこで各軍の歩兵部隊は、いつでもだまされていると感じたものである。

ドイツ軍部隊が戦闘の跡の残骸を、浜や街路で片づけはじめたとき、数人の新聞記者たちが、ラジオ番組のためにインタヴューを取材しようとして、弾薬および工具運搬車に同乗して訪ねてきた。

「遅すぎたね」とシュネーゼンベルク大尉は遠慮なくいった。「もうすんでしまった。終わったのさ、もう戦闘はない」

「それはどうでもいいんですよ」と記者たちはいった。「戦闘の騒音を録音したのが、わんさと車のなかにあるんだから」

シュネーゼンベルクはこの口達者な話にうんざりして、こういうまじめな問題のインタヴューには、いんちきは一切使用しないでくれと要求した。結果として彼の要求は無視されていた。大尉の母親は事実あとで放送を聴いて、その戦闘の熾烈《しれつ》さにびっくりして、息子の身を案じて便りをよこしたくらいであった。

一二歳になる学童、ジャック・デュボーストは休暇なので家にいて、家業のカフェ・デ・トリビュノーで、母親の手助けをしていた。このカフェはディエップの中心部にあり、そこでサン・ジャック通り《リュー》がグランド通り《リュー》とまじわるのだが、彼もまたその朝砲火のひびきに目をさました。戦いのおこなわれていくさまを、目のあたりに眺められるという誘惑に駆られて、彼は幾時間もあたりを歩き回り、危険など念頭になく、街から離れろという命令の叫びなども気にかけていなかった。午後も早く、上陸地点近くで、カナダ軍の捕虜たちがドイツ軍監視兵たちによって集合させられているのを眺めたとき、自分のできる範囲内で、捕虜たちの助けにならねばと決心した。彼は家へ飛んで帰り、手あたり次第に衣類や、客のために用意したサンドウィッチやチョコレートなどをかき集めた。それからこれらの品物を持って、とって返し、疲れ果て、元気をなくしている捕虜たちにあれこれと持参したものを配って歩いた。監視にあたっているドイツ兵たちは、少年のなすがままにまかせて、見て見ぬふりをしていた。

高射砲艦《フラックシップ》は午後から宵にかけて、何時間も頑強に航進していった。数機のドイツ軍機やイギリス軍機が上空で旋回したりしていたが、もはや攻撃は受けなかった。ほぼ九時ごろ、ジャックがサウサンプトンを離れてからおよそ二四時間後に、彼はたったいま残して来たばかりの海岸とそっくりの海岸が、かすかに輪郭を現わしたのを眺めた。瑞々《みずみず》しい緑なす草が同じく白い崖を、おおっていた。近づくにつれて、彼のなじみ深い垂直のＣＨＬレーダー・マストがいくつも立っているのが、目にはいった。もう国についたも同様であった。

—8—

風がいまは涼しく、丸いリヴェットの打ってある金属の甲板《デッキ》は午後にはさわれないくらいに熱くなっていたのに、いまは冷たく湿気をおびていた。ジャックのシャツとズボンは暑さでひあがり、固くこちこちになっていたので、海兵隊員のひとりが彼に戦闘服の上衣をくれたのだった。その日暑さがひき、夕の霧が海をおおうにつれて、それがたいへん役に立ってありがたかった。上衣のポケットの一つにはホイッスル用のなわがはいっており、両肩に赤と青の海兵隊の部隊標識がつけてあった。ジャックはそよ風を受けながら上衣のボタンをかけ、ホーキンズと並んで風を避けて高射砲の台座の近くにうずくまった。ふたりはともにその経験の影響を身にしみて感じていた。そして口をきく気持ちにはなれなかった。とにかく、なんといったらよいものか？　ジャックが学んだマームズベリー・ロード・スクールの教師のひとりで、ラテン語を引用するのが好きだったひとの言葉の一つに、〝ヤクタ・アレア・エスト〟（さいは投げられた）があった。彼は現在なに一つ変えることはできないのだ。フレイヤ型のオペレーターたちが、線を切ったときラジオ連絡に切り替えたかどうか、知るために、じりじりしながらただ待つ以外に道はないのであった。あの第三の秘密のレーダー・スクリーンというのは本当にあるのだろうか？　それともただの噂なのだろうか？

ふたりはうとうととしては、ふと目をさまし、またうとうととまどろんだ。そしてまだ追跡されている夢を見ていた。ふたりの夢の始まりは烈しい心臓のときめきと、警告の叫び声とに充《み》ちていた。真夜中に近く、ふたりが目をさましたときには、高射砲艦《フラックシップ》はニューヘイヴンの港に接近しているところであった。驚いたことに、灯火管制下であるというのに、港には照明灯があかあかと輝き、多くの船が入港するために列をつくっていた。信号灯が、岸との間に、点滅されていた。

「どうしたんだね？」とジャックは海兵隊員に訊ねた。

「港湾長がここで待機していろといっている。すでに岸壁についているすべての船を空にするまでは、もはや受け入れができないのだ。ＭＯ（軍医）が怒っているぜ。何名かはいますぐ陸へあげないと、死んじまうといってね」

高射砲艦《フラックシップ》は夜のうねりにもまれながら、二時間うろうろしていた。その間海は黒い油のように艦を洗って流れていった。胃のなかは空っぽだし、口は乾くし、身体は寒さと疲労とで震えている。ジャックとホーキンズは、ほかのものたちとともに、生きながらえたことに感謝し、黙って待っていた。ジャックの興奮剤の効果はそのころはすっかり消えてなくなってしまっていたので、彼は名状しがたい疲労を感じた。頭はずきずきと痛み、咽喉《いんこう》はひりひりした。やっと艦が照明灯の下にもやって、担架手たちが順送りに、負傷者を船から運びおろしはじめたとき、彼とホーキンズはほっとして、岸に飛び降りた。

照明灯が明るい白熱光をはなって輝いているのは、約三ヵ年にもなる灯火管制を経たあとではまったく不思議な感じであったが、そういえばここではなにもかもが不思議に思えた。移動酒保がとても甘いお茶のカップを配給し、シガレットも気ままに吸えるようになっていた。ふたりはありがたくお茶の饗応《きょうおう》にあずかった。誰ひとり彼らに声をかけるものもいなかった。

「これからどうする？」とホーキンズはジャックに訊ねた。

「ひと寝入りするよ。ここでうろちょろしているわけにはいかないから」

こんな時間にロンドン行の乗車許可証を取ろうとして、じたばたしても始まらない。まず眠る場所を探すのが先決である。朝になってから、テイト准将に会う手筈《てはず》をととのえればよいだろう。

ふたりは波止場をゆっくりぎこちなく歩いていった。あたりは軍と民間の救急車でごった返していた。彼らは低くなった鉄道線路を越え、大きな銀色に塗った繋船柱《けいせんちゅう》をいくつかすぎ、やっと円屋根をした白いペンキ塗りの板壁の倉庫にはいった。それはだだっ広く、救命艇か木の箱舟を逆さまにしたような恰好である。

内部はとても寒かった。運送用の木箱や粉袋が、コンクリートの床に積んである。戸口から射しているおぼろな光のなかでは、ほとんど足もとがわからないので、ふたりは奥へ進めず、袋の上で横になれる隅を探し、靴をゆるめるのがやっとであった。ふたりは深い眠りに落ちた。

＊

—8—

ドイツ軍は招かれざる客たちが残していってくれた貴重な装備を、すでに収集にあたっていたのであった。一二四二挺のライフル銃、一六五挺《てい》のブレン・ガンとステン・ガン、六〇挺の対戦車ライフル銃、五八門の軽迫撃砲、五〇挺の機関銃などがふくまれている。また二八輛《りょう》の戦車、二二門の重迫撃砲、六門の自走砲、三隻の戦車用上陸用舟艇、一台のジープ、それから焼け焦げているがそれでも使用に堪える上陸用舟艇も数隻ある。これらの艇は夜の間、錨《いかり》で繋留しておいて、翌朝、ふたたび潮で浮上するのを待つことにした。幾台かのチャーチル型戦車は慎重に浜から引きあげられ、作業行程に回され、きわめて厳重なテストをほどこされることになった。数ヵ月後、これらの精密な実験の結果に関して、イギリス諜報《ちょうほう》部員は全テストの報告と勧告のコピイを入手して、ロンドンの専門権威筋にそれらを送り届けた。これによってドイツの機械技術の完全さを充分に理解できたし、彼ら専門家が示唆している改良を、将来の戦車建造に取り入れることができた。

ディエップの浜でのもう一つの発見は、連合軍と同様にドイツ軍にとっても、結局、不満なものを生むことになり、さらに意にそわぬ結果をもたらす原因となった。一ドイツ将校が、ディエップの浜辺でイギリス軍降服のおこなわれている際、とある物陰からなにげなくその方を見て、カナダ軍の一准将がほかの士官たちのなかに立ちまざっていて、急にかがみ込んで、小石の下になにかを埋め隠したのに気がついた。ドイツ軍将校はすぐさま小石を取り除いて、防水布にくるんだ全ジュビリー計画のコピイ第三七号を発見した。このきれいにタイプし《軍事詳細計画書》と表記してとじてある書類を、准将は不覚にも所持したままで上陸した。それは奇襲の全貌《ぜんぼう》を扱っていた。そこでドイツ軍情報将校、高級指揮官およびルントシュテット元帥までをもふくめた人びとによって、徹底的に（かつ適所に批判をまじえて）研究がおこなわれた。

ハーゼ将軍はそのレポートで、この計画についてこう指摘している。「考えられないのは、なにゆえカナダ部隊が、プールヴィル近くに上陸した大隊を、戦車隊をもって援助しなかったかということである。ディエップ西方の丘陵およびフォー・ウィンズ農場に対して、プールヴィルから戦車隊を伴って攻撃するならば、それは成功を見たかもしれない……」皮肉なことに、ロード・マウントバッテンは原計画で次のように提案していたのであった。戦車隊はプールヴィルの西方、キャンヴィルで上陸させねばならない、そしてもしも橋梁《きょうりょう》がそのままであるならば、戦車隊はまさにディエップ南西にあたる高地を攻撃することになろう。

ほかのものはこの計画書を調べて、もっと直接に興味をひく点を発見した。追加L、第四項B二号にはいっているもので、それにはこう述べてある。「できれば、捕虜の両手を縛して、所持する文書を破棄させないようにすること」

これはカナダ軍の命令ではなかった。事実は彼らの意に反して挿入されたもので、価値のありそうな情報を集めるのに、危険を冒させないのを、確実にしようとしただけのことなのである。だがドイツ軍はこの発見を大々的に宣伝に利用した。ベルリンのラジオ放送は、この命令の結果として、「ディエップで捕虜となったイギリス軍将兵は、九月三日午後二時を期して、手錠をかけられることになろう」と発表した。この日時は大戦勃発《ぼつぱつ》の第三回記念にあたっていた。

イギリス陸軍省は、ただちに否定的声明を発表し、ドイツ捕虜の両手を緊縛したことは、まったくないと述べ、さらにいささか力を欠いてはいるが、「もしかかる命令が発せられていたとしても、禁止となったものである」とつけくわえてあった。結果としてドイツ側は報復措置の撤回に同意したが、一〇月八日からまたまた有効になり、手錠をかけるということになっただけに終わった。そうなったのにはそれだけの理由があった。小規模なイギリス軍コマンド部隊が、一方で、海峡諸島のサーク島に上陸し、若干のドイツ兵を捕虜とした。イギリス兵は逃亡をおそれてドイツ兵の手首を縛った。それにもかかわらず、ひとりが逃亡し、事情を報告したためなのである。報復処置として、一〇月一〇日からイギリスおよびカナダにいるドイツ軍捕虜も、手錠をかけられた。ディエップで囚われたカナダ軍およびイギリス軍の捕虜は、毎朝九時から夜九時まで、手錠をかけられることになった。戦争も末期に近づくと、連合軍側の手に落ちたドイツ軍捕虜の数が、ドイツの収容所にいる連合軍捕虜の数よりも多くなったので、これらの状態は次第に改善されるようになった。一九四三年一一月二二日、一三ヵ月以上経過したときには、手錠は完全に廃止された。そのような状態は二度と見られなくなった。

*

なにかが時をおいてジャックの横腹を叩いていた。彼はそれを避けて身体を動かしたが、あとを追うようにまた叩《たた》いてきた。しぶしぶ、彼は目をあけた。が、はじめどこにいるのかわからなかった——高い円形の天井、木枠や麻袋がある。ふたりの伍長勤務上等兵の憲兵が、彼を見おろしていて、両手を腰のうしろで組み、その左足の磨いた靴先で、あばらのあたりを規則的に突ついていた。

「おまえは誰だ？　おい？」とひとりが彼に訊ねた。

ジャックは眠いのでよろよろしながら立ちあがりながら、自分が誰で、どこにいるのか、またなぜここにいるのか、なんとか思い起こそうと努力した。やっと彼は自身の氏名を告げた。いまは故国にいるのだから充分に安全なのであった。

「わたしはＲＡＦの空軍軍曹だ。電話をかけなければならない。空軍省を呼ぶのだ」

「この大騒ぎの朝に、五時だというのに？」憲兵のひとりは疑わしげにいった。「ふざけてるのか？」

—8—

彼の同僚がうさんくさげに口をだした。「あんたが空軍軍曹なら、なぜ袖章《そでしょう》もない海兵隊の上衣を着ているのだ？」

彼はホーキンズの方を向いて話しかけた。

「こいつはなにものなんだね」

しかしホーキンズもジャックの素姓を話して助けの手をかすことはできない。なにしろ彼自身でさえ知らないのである。

「この男はレーダーの専門家で、おれたちはディエップ奇襲に参加したのだ。おれはカナダ軍野戦保安部の軍曹だ」

「それで、この倉庫で何をしていたんだね？」

「ひと眠りしていたのさ」とジャックはいった。「それにそんなふうな口のききかたをしないでくれ」

「あんたのＡＢ六四（兵士にだされる俸給簿）を見せて欲しい」

「ここにはない」

「あんたのは、軍曹？」

「おれのもここにはないよ。いまいった通り、ディエップから帰って来たばかりなんだ」

「それをどうやって証明するね？」

「だから電話をかけさせろといっているのだ。すぐにも証明してみせる」

「とてもおかしいぞ、おれのかんでは」と、最初の伍長が重々しい口調で同僚にいった。「ふたりを軍曹のところへ連れていって、意見を聞こうじゃないか？」

「あんたたちはこの男のことで、とんでもない思い違いをしている」とホーキンズはいって、「ジョン・グリーンに電話をかけさせてくれ。そうすれば彼があんたたちの軍曹なり将校なりに、すぐさま事情を説明するだろう」

「ジョン・グリーンとは誰だね？」

「おれの上官の少佐だ。イースト・グリンステッドのカナダ軍野戦保安部にいる」

「じゃ、ふたりはいっしょというわけか？」

不意に、ホーキンズは笑いだした。

「なにがおかしい、軍曹？」と口数の多い方の憲兵がいった。

「なんでもない」彼はまだにが笑いを洩《も》らしていた。ディエップ奇襲で、彼とジャックがいっしょに、実際並々ならぬ協力をしてきたことを、このどじな伍長たちに、どう説明したら納得がいくのだろうか？　彼らにしても、あるいはほかのものにしても個人的に関係していなければ、彼の受けた命令が、この廃物の海兵隊の上衣を着ているロンドン子を保護することであり――しかも彼が捕虜になりそうになったら殺さねばならない手筈になっていたのを、どうして信じられようか？

一同は低くなった鉄道線路を横切りはじめた。空気は海の潮の香をたたえていた。艦船はまだ負傷者をおろしていたが待っている救急車の数は少なくなっていた。もうかなり夜が明けそめていたので、建物やクレーンや、待避線で待っている列車などが見えるくらいになっていた。朝の五時、二四時間前、彼らはこの同じ海のはるか遠い岸辺、プールヴィルにいて、堤防の鉄条網を乗り越えようとしていたのであった。

—8—

一台の軍の車が彼らの方へ近づいて来た。一同はそれを通すために脇に寄った。憲兵たちは車中のカナダ軍の少佐に、機敏に敬礼した。少佐は窓ガラスをおろして、彼らに話しかけようとした。が、ホーキンズを見るや、その顔が安堵とともに驚きの色を示し、にっこりとした。「ありがたい、帰って来たな、ホーキンズ」と彼は親愛の情をこめて、「お前のニュースが聞けたらと思って、とりあえず駆けつけたのだ——帰還した兵隊に会うのは、お前が初めてだぞ！」

「いま、電話しようと思っていたところです」

少佐は後部のドアをあけながら、「うしろに乗ったらどうだ」とすすめた。そのとき、初めて彼はジャックを眺めた。

「この男は？」

「わたしが面倒を見ることになったレーダー専門家です、少佐」

「本当か？」

グリーン少佐は興味深げにジャックをしげしげと見守った。

「恐縮ではありますが、ご援助を願えたらと思っています」とジャックは少佐に話しかけて、「こちらの憲兵たちは、わたくしが海兵隊の服を着、俸給簿を持参していないので、カナダ部隊とともにディエップへいったと主張しても、疑っておる有様なのです」

話しながら、自分の説明が彼らにとっては、どうしても見え透いた嘘に思われ、ありそうもない話にとられても仕方がないのを、ジャックは理解できた。

「よろしい、伍長。彼に対する責任はわたしが全面的にとることにしよう」

「結構であります」

憲兵たちは敬礼し、この面倒な仕事から解放されて、ほっとしたようすで、歩調をとって歩み去った。ジャックはほっとして少佐の車のうしろの座席に腰をおろし、カナダ軍野戦保安部本部へ向かった。

ロイ・ホーキンズとジャックは約一時間後、イースト・グリンステッドで別れたが、そのときには、そのまま三〇年以上会うこともなくすぎて、ジャックが飛行機でカナダへいき、アルバータ州フォート・マクマレーにホーキンズの家を訪ねて再会することになるとは、ふたりとも想像すらしていなかった。事実、ふたたび顔を合わせることがあるだろうかなどという考えはまったくなかった。なにしろその八月の朝の六時半には、ふたりとも目前に差し迫った仕事がひかえていたからであった。まず、ホーキンズは誰かが片づけてしまわないうちに、サウサンプトンのドックからオートバイを引き取って来なければならなかった。彼はドックの入口で停止を命じられる場合を考えて、俸給簿をポケットに入れ、乗車許可証を用意して、サウサンプトン行の最初の列車をつかまえた。彼は自分のオートバイが残していったところにそっくりそのままの状態で置いてあるのを見て、ほっと安堵の吐息をもらした。サドルにまたがり、エンジンをキックして始動させると、イースト・グリンステッドへ取って返していった。

サウサンプトンをでて二〇マイル、疲れが次第にホーキンズを捉《とら》えだした。ホーキンズは一瞬、うとうととした——そして軍のトラックの下にすべり込んだ。彼は投げだされたが、怪我《けが》はしなか

—8—

った。オートバイの損害はハンドルが少しばかり曲がっただけである。トラックの運転手の方がホーキンズよりもびっくりして、彼に手をかしてオートバイを後部車軸の下から引きずりだして、ハンドルの曲がりを直した。ホーキンズはオートバイに乗り、今度はすっかり目をさまして、イースト・グリンステッドへゆっくりと走った。バスにはいり、ひと眠りしてから、彼はホルスターから拳銃を抜いて、海水でどれくらい損傷したか調べてみた。がっかりしたことに、金属にはもう錆《さび》がではじめている。特務曹長がそのようすを眺めていて、「磨かないといかんな」と同情した口ぶりでいった。

「いや、磨きませんよ」とホーキンズは簡単にいってのけた。

「どうして、せんのだね？」

「わたしのじゃないからですよ」

「じゃ、いったい誰のピストルなんだ？」

「あなたのですよ」

特務曹長はそんなばかな話はないと確信していた。彼のピストルは事務室のドアの陰にかけてあるはずだ。そこに置くのが習慣になっている。製作番号を調べてからやっと彼はホーキンズのいうことが正しいのを知った。ホーキンズは言葉巧みに、なぜ武器を借りねばならなかったか、とくと説明した。そのうえ、さらに言葉をつくして、返却する前によく掃除する旨を説明した。そのあとで、彼は婚約者ロウィーナを訪ねて、これまた言葉をつくして、彼女の編んでくれたスウェーターを、なぜ棄てて来る情況に追い込まれたか、その間の事情を打ちあけた。

ジャックはライギット郊外の農家にあるカナダ軍司令部に出頭した。ふたりの情報将校が、奇襲から帰還した生存者たちから事情を聴取するのに、多忙をきわめていた。ジャックは事務をとっている軍曹に、彼が特別命令を帯びて南サスカチェワン連隊とともにプールヴィルにいったことを説明した。

「その使命というのは？」と軍曹は訊ねた。海兵隊の戦闘服の上衣を着ていて、汚い破れズボン、塩で白くなった靴をはき、帽子もかぶらず、ひげだらけの見すぼらしいロンドン子に、彼はいっこう興味を持っていなかった。

ジャックにロンドンの空軍省へ電話をかけさせてくれるだろうか？

軍曹は外に公衆電話があると教えた。

「公用電話なのだ」とジャックは相手にいった。

「それで？　誰にかけるのかね？」

「テイト准将へだ。ＲＡＦレーダー部長の」

「お前、あたまがどうかしとるんじゃないのか？」

「ばかな！　なぜだね？」

「いいかそのひとが事務所にいると、どうしてお前にわかる、こんな時間に？　お前のいうひとがいて、事務所を持っているとしてもだ」

「で、いまは何時だ？」

「六時五五分」

—8—

「非常に大切なことなのだ」

ジャックの執拗《しつよう》な強い態度に、軍曹はたじろいだ。彼は聴取室へいき、中尉を連れて来てジャックに会わせた。

「どうしたというのだ？」と将校はそっけなくいった。「きみは海兵隊なのか？」

「ちがいます」

「では、なぜ海兵隊の上衣を着ているのだ！」

「ディエップからニューヘイヴンに帰る途中、高射砲艦《フラックシップ》のなかでもらったのです」

「きみのＡＢ六四は？」

「いま所持していません。わたくしはＲＡＦの空軍軍曹です」

将校は疑わしげに彼を眺め、まなざしにきびしさをうかがわせた。カナダ部隊は尋問するためにドイツ軍捕虜を連れ帰っていたのだった。英語をしゃべるドイツ兵が、戦死した兵隊の服を着込んで、スパイとして志願し、潜入しようとすることは、まったく有り得ないとはいえないことなのである。これは慎重に扱わねばなるまいと将校は考えた。

「きみがＲＡＦの空軍軍曹ならば、どういうわけで、階級章もない海兵隊の戦闘服を着ているのだ？」

「わたくしは南サスカチェワン連隊の一員として、プールヴィル——グリーン・ビーチに上陸しなければならなかったのです」

「なぜだね？——きみがＲＡＦのものなら」

「それは申しあげられません。極秘の任務ですから」

「証明できるかね？」

「空軍省へ電話して、テイト准将とお話し下さるだけで、わかります」

「番号を知っているのか？」

「ハイ、存じております」

「この時間にはおられんのじゃないか、おそらくは？」

「わたくしの話をたいへんおかしく感じられるのは、わたくしにもわかります。しかし誓って本当なのです」ジャックは誠意をこめて説明した。「どうか電話を拝借させて下さい。でなければ鉄道乗車許可証と、若干の金をお貸し下さい。そうすればロンドンへ参れますから。准将に報告することはきわめて緊急を要することなのです」

中尉は黙って彼を見守っていた。情況をよく考えようとしたのである。

「ではこうしよう」と彼はやっと口をひらいた。「きみに許可証をだし、それから護衛をつけよう。きみの番号、階級、氏名をいいなさい。その間に少し調べることがあるから」

ジャックと護衛兵は一五ハンドレッド・ウェイト（約七・五トン）のトラックに乗って駅へ向かい、ウォータールー行の次の列車をつかまえた。初めて民間人の席に腰をおろして、ジャックは人びとの態度から自分が汚らしい風体なのが、よくわかった。席にいて上の鏡にうつるおのが姿をつぶさに眺めやった。彼の着ている上衣の元の持ち主である海兵隊員は、肩幅の広い大きな男だったのに違いなく、服はずた袋のようにだぶだぶである。カラーが大きいので、下の青色のシャツがま

—8—

る見えである。髪は鳥の巣のようにくしゃくしゃで、帽子はなく、両のほおとひたい、鼻とあごとに、砂を吹きつけられたかのように、細かい擦過傷と切傷がある。炸裂《さくれつ》する爆弾や砲弾から浴びた煉瓦の埃と欠片が、弾丸のように痕《あと》をとどめている。プールヴィルで海に潜ったときに、海水が傷に刺戟《しげき》を与えたとしても少しも不思議ではない。とにかく、あれはどれくらい前のことだったか？　本当に数時間しか経過していないのか？　いまイギリスの列車に乗って、サセックス州を走りながら、もう一〇〇年も前に起こったかに思われてならない——もし起こったにしても。

同じコンパートメントに地味な服装の民間人たちは、ディエップ奇襲と、大きな見出しをつけた新聞を、むさぼるように読んでいた。「ディエップ地区に対する九時間にわたる奇襲攻撃。戦車と歩兵部隊の激戦。敵機撃墜八二機、損傷を与えたものはおそらく一〇〇機におよぶ。わが方の損害九五機、パイロット二一名は無事」ジャックは右側にいるひとの肩越しに〈タイムズ〉紙の第一頁を読んだ。向い側にすわっている婦人は〈デイリイ・メイル〉紙を読んでいた。「ディエップの戦闘に勝利をおさめた将兵は意気高らかに帰還した。彼我双方に損害甚大。だが目的は達成された。わが空軍は圧倒的に勝利を獲得、九五対一八二」

その人びとにとって、黙ってカナダ兵に護衛されている彼は犯罪人か逃亡者に、きっと見えたに相違ない。もし彼がいまディエップから戻ったばかりなのを、このひとたちに話したら、どんな顔をするだろうか？　最初はびっくりするだろう、まさかそんなはずはないからだ——もし本当ならどうして彼らと同じコンパートメントにいるわけがある？　彼らはジャックが幻影に惑わされていて、いささかばかじゃなかろうかと、思うだろう。もしそうでないとしても、はっきりと他人のものとわかる服をなぜ着ているのか？　と不思議に考えるだろう。もしあくまでも彼が主張し、ナイフを持ったスモーキーや、果樹園でのフレンチー、あるいは錠剤の箱を取りだしたソードン、それからシ河で部下を叱咤《しった》して橋を渡らせたメリット大佐などの話を聞かせたら、彼を気ちがいだと思うだろう。これらのことがらは彼らの狭い経験の範囲を越えたものだからである。だから、偏ったイギリスの人びとの心には、うろんで怪しく、眉《まゆ》に唾《つば》をつけて聞くか、半信半疑になるのは無理がない。もしそれでもなお彼が幸運に恵まれたことを強調し、その使命にまつわる特殊な情況を説明したら、それこそ彼を救いがたい狂人と知って——おそらく次のステーションで用心しながらコンパートメントを移ることだろう。

ウォータールー駅で、ジャックは地下の手洗所へ降りていって、顔と手を洗った。護衛兵が櫛《くし》を貸してくれた。そのあと地下鉄でウェストミンスターへでて、ホワイトホールの脇を歩き、リッチモンド・テラスを通りすぎた。そこにはわずか二日前に、彼の出頭した連合作戦本部がある。空軍省の建物で、当直の軍曹に彼は氏名を告げ、彼と護衛兵とは保安事務所に案内された。ジャックはユダヤ人に特別任務をまかせるなんてといった少佐がいればよいと思った。が、そこには彼の見知らぬ三名の将校がテーブルの向こうにすわっていた。電話が鳴って、そして見苦しいひげだらけの顔をしているのに、彼は自身で上階へ昇るのを許されて、テイト准将の部屋へいった。ふたりは握手した。

「きみが帰って来てくれたので、たいへん嬉しい」と、テイトはねぎらいの言葉をかけて、「最初の報告では、きみは捕えられ殺されたことになっていた。わしはきみが捕えられるはずのないのを知っているから、もちろん、その報告を聞いて、非常に悲しかった」

テイトはジャックの報告にじっと耳をすませていた。ジャックは当時使用し得る火力では、当初の計画のようにレーダー・ステーションを簡単に突破できないので、その計画をやむなく放棄するにいたった経過をくわしく報告した。ジャックはつづいて、どのように、またどういう理由から電線を切断したかを話し――その結果から彼の望んだことがわかるだろうということも話した。次は准将の話す番で、どのようにして南沿岸の聴取ステーションがいち早く、敵のシグナルを傍受し、その瞬間にレコーディングをおこない、分析したかを、ジャックに説明した。ジャックはただちに了解した。連合軍が現在ドイツ軍レーダーに関して知り得る情報の量は、もっとも決定的な重要性を持つものとなるだろう。

「きみと、きみを助けてステーションに肉迫しようとしたカナダ部隊の兵士たちのすべてに、厚くお礼をいう。われわれは多くのことを知ることになった。そのうえ、もちろん、ドイツ軍の使用している技術的装置について、多くの知識を得ることもできた。このすべてはすぐれた作戦上の価値を持っている。現在われわれはフレイヤの性能を知っているし、そして一台のフレイヤが作用不能になるとどうなるかも知っている。これは空中攻撃を計画するのに、またことにドイツのレーダー網を妨害しようとする際に、われわれの助けになるだろう。

われわれは現在、フレイヤについてきわめて多くのことを知っているので、それを妨害し、いちじるしい障碍《しょうがい》を引き起こすこともできる。将来、爆撃作戦のために飛行計画をたてるのに、フレイヤに関する知識を使うこともできるだろうし、結果としてわが方の作戦計画はさらに効果を発揮するようになるだろう。きみたちはまた聴取をおこなっている人びとに対して、ドイツ軍がフレイヤ型を運用するのに用いている技術に独自の洞察をおこなう機会をも与えたのだ」

いまや明瞭《めいりょう》になったことは、もしもイギリス側が敵のフレイヤ網の操作の妨害なり遮断なりに成功するならば、ドイツ側はその際、他に代替して使用できる組織を保持していないことである。もしも秘密の緊急時組織が当時あったとしたら、ジャックが陸線を断ち切ったそのときに、フレイヤのオペレーターたちはそくざにその組織に切り替えたことだろう。そうしないで、彼らはやむなくラジオによる直接の通話をおこない、そのために彼らの装置の性能と能力との詳細をあからさまに示してしまったのであった。

奇襲に出動させた自軍の航空機の数から、イギリス側はそのときに、どの程度の距離までドイツ側のオペレーターたちがそのプロッティングを進めることができたか、またフレイヤ型レーダーがそのなかに縦続《カスケイド》してはいって来る複雑な細目のすべてを処理し得る速度と正確さとを、算定することができた。これらの事実と計算から、ステーションの基本的性能を――また同一タイプの他のステーションすべての効率を、算定するのはほんの一歩のことにすぎない。

やがてイギリス側は、暗号名《ＥＭＩＬ》と呼ばれる、フレイヤ型レーダーを改良した修正が電子分割《エレクトロニック・スプリット》であることを発見した。この分割方法がドイツのレーダーに導入装置されたのは、クリスティアン・ガンザー（マグデブルクにある最大のドイツ・レーダー学校の主任教授）とその指導下にある技術家たちの力で、このことが変動しやすいフレイヤを正確な計器としたのであった。昼夜を問わず各方面に千里眼を働かすというハイムダルという神に護《まも》られている女神の名前を持つ、

—8—

このセットの秘密は、もはや秘密ではなくなった。フレイヤ型セットはいまや気の向くままに盲目にされるし、もっと狡猾《こうかつ》に立ちまわれば、そこにいもしない侵入者を、いると見せかけることもできるし、しかもフレイヤの責任をかわってとる他の護衛ステーションのないという確信をもってことが遂行できるのである。

ジャックはかかる知識がはかり知れないほどに価値のあるのを知っていた。彼の見解ではこれらの発見は連合軍にとって、侵攻をおこなうためにリハーサルを欠くべからざるものとした戦術的兵站術《へいたんじゅつ》的教訓と、価値をひとしくするほどのものであり、それはほかの方法では学びとることのできないものであった。

だから一切が本当にやりがいのある任務であったし、おそらく測りきれないくらいに価値のあるものだったのだろう。だが、もしジャックが、カナダ部隊の助力で達成したことがどのようなものであったかを彼らに話せさえしたら、どれほど大きな満足感を味わったことだろう。この知識が戦争の終結を早めるのに役立ち、戦術的爆撃の様相を変化させ、同時に爆撃機搭乗員とヨーロッパ要塞に将来上陸侵攻するものたちの損害を減少させるのを知れば、捕虜となった衝撃と憂うつ、そして負傷の苦痛も、やわらげられるかもしれない。

人間はみな同じというこの気持ちは、他の面でまた夫を失った夫人たち、父親を亡くした子供たち、そして二度と家に還《かえ》らぬ青年たちの悲しみにひたる両親たちに、多少なりとも慰めを与えるかもしれない。この敵中突破がなければ、長い長いあきあきとする、ときには不正確で、常に危険を伴う、諜報部員および定期的な航空写真による情報事項の収集という経過が、この問題のために採られることになったであろう。

ジュビリー作戦、ディエップ奇襲は、この長い継続的な経過を、一挙に短縮して、すばやく結果をもたらすのを意味したのであった。だが、ジャックはレーダーに関係ある誰とも同様に秘密を守る義務を背負っていた。彼はこれらの事実を誰ひとりにも明かすことはできないのであった。

テイト准将との会見の最後に、ジャックが翌朝九時ごろに空軍情報部長のジョーンズ博士と会うという約束がなされた。

彼は立ちあがって辞去しようとした。

「お話し願えませんか、閣下」と、ジャックは入口で問いかけた。「閣下はわたくしに任務を遂行できるとお思いでしたか?」

テイトはかすかに微笑をもらした。

「わたしはできると期待していた。だから、きみが戦死したと聞いたときに、びっくりしたのだ。わたしの考えでは、きみは必ず成功するたぐいのひとなのだ。わたしは隊できみに関して調べつくしていろいろと知っている。いいかね。それにカナダ部隊が必ずやきみの面倒をみるだろうと信じてもいた。確信を持っていた。わたし自身カナダ人だからね」

ふたりは手を握りあった。ジャックは部屋をでて、階段を降りた。カナダ軍の護衛兵の姿はもう見えなかった。怪しげな上衣を着ていたが、ジャックの話した通りなのに、さだめし安心したのだ。

ジャックはホワイトホール沿いに歩いていった。陽が照っている。カナダ軍の中尉が信用貸ししてくれた数シリングのなかから一ペニイだして、〈デイリイ・エキスプレス〉紙を買った。歩道に立

—8—

って、第一面の見出しを読んだ。「一大奇襲完了！　九時間にわたる戦闘を通じて、重要な経験を獲得、コマンド部隊はディエップを炎上させ、空軍は一八二機に損害を与えた」

スコアは立派なものだとジャックは思った。が、これはいまや始まりにすぎないだろう。地下鉄でイーリング・ブロードウェイへいくまでに、ジャックは残る四ページに目を通した。奇襲についてのニュースや解説以外にはごくわずかの記事しかなかった。一つはシルヴァン・フレイクスの広告でそれはまったく思いもかけない話題を提供していた。「ディエップからお持ち帰りのビーチ・コート……ぜひやわらかいシルヴァン・フレイクスでお洗い下さい……戦前、夏の日にコートをお買いになった際には、この軽快なコートが戦時にも、家庭で非常に役立つとは、よもやお思いにならなかったでしょう？……」

ジャックは駅からマトック・レーン二七にある母の家へ歩いていったが太陽は少しも輝かしく見えなかったし、あたたかくも思われなかったし、またなじみのある店々、映画館や、屋台店もいっこうに喜び迎え、魅力を見せているようには思われなかった。彼は家の近くにいるというのに、捕虜となったカナダ兵たちはいつになったらその家へ帰れるのだろうか？　もう一度彼らと顔を合わせられるだろうか？　彼はそうなることを心から念じた。それからあの教会の近くの丘の上にいた老フランス人。疑いもなく彼の命を救けるために自己を犠牲にしようという行動にでたあの老人に礼をいう機会があるだろうか？

彼はじろじろと不審げに彼を見ている人びとの視線に気づいた。軍の棄てた服をまとった浮浪者とでも思っているようだった。それもむりからぬことであった。結局、見かけから想像のつくはずがない――彼は海兵隊の服を着ている空軍の兵士であるが、連隊に属さない陸軍の兵士でもあり、氏名のない人間である。その考えが彼を面白がらせた。彼はわが家のドアを楽しげにこつこつと叩いた。母親がドアをあけ、びっくりして彼を見つめていた。なかなかわが子とは気づかなかったのだ。

「ジャック!」と、母親はやっと声をあげて、「いったいどうしたのだい?」

事故に遭ったのか、それとも空襲にでもぶつかったのか? このおかしな軍服、まるっきり身体に合っていないではないか? それにその顔……まったく見られたものではない。

ジャックは母に〈デイリイ・エキスプレス〉紙を渡した。彼女は見出しに目を走らせた。それから新聞を彼に返した。

「お前もいったのかい、ジャック?」ジャックのしたことが母親をびっくりさせるようなことはないだろう。事実、彼女は一度たりとびっくりしたことはなかった。

ジャックはうなずいた。彼は疲れきっていて、説明する気になれなかった――それに、いずれにしても、奇襲での彼の任務を話せるだろうか? 話せない。結局、なに一つ話せないのである。

「ただもう眠りたいんだ」

「ベッドはいつでも寝られるようになってるよ。あたしがいて本当によかった。もう一〇分もすれば、買物にでていたんだよ」

ジャックは二階へいき、服をぬぎ棄てて、バスにはいり、それからなじみ深い部屋で、なじみ深いのりのきいたシーツのなかにもぐり込んだ。数秒とたたないうちに、彼は深い眠りに落ちた。

その日は終日、ディエップの海岸一〇マイルの遠くまで、波は屍体を洗っていた。ドイツの役人たちは海が運んで来るまで、浮かんでいる屍体をそのまま打ち棄てておいたのであった。埋葬係は、浜や畑地や海に沿う町や村の路《みち》から死者を集めるだけの仕事で、すっかりくたくたになっていた。四日間、海は四七五名の屍体を洗っていたのだった。それは戦死したカナダ部隊の九〇七名の半数をやや越えていた。

*

この数字がカナダで関心を呼んだのは理解できた。カナダ部隊と名のつくものがこれほどまでの損害をこうむったのは、初めてのことだからであった。奇襲に参加してサウサンプトンから出発したカナダ将兵四九六三名のうち、約半数——二二一〇名——が、翌日、無事イギリスに戻って来た。約一八四〇名が捕虜となり、戦争の終結したときに自由の身となった。なかには収容所で死亡したものがあり、また負傷が原因となってイギリスで死んだものもいた。

五名に一名がジュビリー作戦で死亡するにいたったということは、高いパーセンテージを示したものと思われた。が、これは他の場合の死傷者と関連して考察さるべきものといえた——たとえば、空襲、沈没した輸送船や部隊輸送船、ロシアから極東へおよぶほかの一二の連合軍戦線での戦死者などである。

他の連合軍部隊における損害は比較的に軽かった。そのなかにはイギリス部隊の死者一四名、海兵隊三一名そして水兵七五名の戦死者が含まれている。行方不明および捕虜となったものはすべて計四六六名、これらのなかの相当数は後に死亡した。空軍（連合国を含めて）は六九名を失った。海軍の報告は七五名が戦死、二六九名が行方不明であった。アメリカのレンジャー部隊の死傷者数は五〇名中、一三名であった。

一九日の夜を徹して、ドイツ軍の一将校はディエップの機械技師カソー氏を伴い、全地区を視察して歩いて、できるだけ安全かつ敏速に非常に多くの屍体を処理する最善の方法を、専門家としての立場から、指示してもらおうとした。そこで提案されたのは、共同墓地にするという解決方法である。そしてジャンヴァル墓地にこの目的のために大きな壕が掘られた。屍体は一輪車で運ばれ、できるかぎり手早く埋葬された。なにしろその年の八月はとても烈しい暑さだったのだ。

後に、ドイツ陸軍埋葬委員会は、この遣《や》り方は戦死者を処遇するのにふさわしくないし、また栄誉を傷つけるものだと決定した。その結果、戦死者を、火葬にし、個別の墓地に埋めることにした。一九三九〜四〇年の戦闘中、負傷および疾病のために死亡したもののために、イギリス軍野戦病院がディエップ郊外に購入した一画を、墓地とする案がだされた。ここはヴェルチュの森に近く、シ渓谷にのぞんでおり、オート＝シュル＝メール郡にある。五〇〇名のドイツ軍兵士が出動して、ヴェルチュに移された屍体の火葬にあたり、軍隊的栄誉を捧《ささ》げて、個別の墓地にそれぞれ葬った。

死者はドイツ風に背中合わせに埋葬され、墓石と墓石との間に狭い芝生を残して、二列に並んでいる。墓石にはカナダの標章であるカエデの葉が刻まれており、そして可能な場合には、その下に眠る若きカナダ将兵たちの番号、階級、氏名、連隊名も刻まれている。いくつかの墓は〝カナダ軍人〟という簡単な墓碑銘以外、なんの標識もない。墓地はブナの樹を生垣にしてあり、三方の側にはカナダ産のカエデが植えられ、残る一方にはカラタチが一列に並んでいる。墓地近くの記念碑には次のような短い語句が記してある。《彼らの名は永遠に人びとの記憶に残る》

メリット大佐はまだ士官候補生だったころ、部隊の死傷者が一五パーセント以上になった場合には、敗北したものと考えねばならないと教えられたものだった。しかしディエップにおけるカナダ軍は死傷者六五パーセント——彼らの攻撃にあたった浜での数字——という苦杯を喫したのであった。それでもなお生存者の士気はおとろえなかった。もう一度ヨーロッパに戻って第二ラウンドの決戦を挑もうという熱望は、絶たれずに残っていた。だから、誰が勝ち誰が負けたのであろうか？

各人の死は仲間の数を少なくしたが、これら若人の死のために、さらに多くのものが、彼らのあとに生き残ったのであった。彼らの犠牲は装備の重大な欠陥を曝露《ばくろ》した。それがなければそれらの欠陥はDデイ（ノルマンディ上陸）の日まで察知されずにすぎ、その弱点を知ったときには取り返しがつかぬ結果になっていたであろう。まったく新しい型の水陸両用車輛、設計を変更した上陸用舟艇、浮かぶ港さえが必要になったのである。既設の港湾を占領するためには、多大の犠牲を伴う作戦になることが、実証されたために、浮かぶ港という画期的な発想となったのだ。

そのうえぜひとも必要なのは、上陸を前にして大規模な空爆、海上からの優勢な火力攻撃、さらには優秀なラジオの発展、防衛側レーダー組織を盲目にする能力、またドイツ軍をして一地区に上陸するものと思わせて、しかし実際には他地区を含めるように、欺《だま》し通してしまう巧妙な計画などである。

二年足らずの後におこなわれたノルマンディ上陸の驚くべき死傷率の低さは、ディエップ周辺の浜で学んだ戦術的技術的知識に、部分的に負うものがあった。コマンド部隊は結局六ヵ年続いた戦争中、せいぜい九時間を戦っただけのことだが、連合軍の戦史を通じて、かくも短くかつ凄惨《せいさん》な戦闘で、かくも多くのことを学び取ったのは、かつてないことであった。

ドイツ軍の作業班は砲火がやむとまもなく、ただちに浜へ出動した。その結果、予想もしない損害を受けたりした。プールヴィルの浜辺に小さな袋がころがっていて、なかに発火する準備のできた手榴弾がはいっていた。将校のひとりが袋を拾って、なかをのぞき込んだ。その瞬間にこの手榴弾が爆発して、将校を殺してしまった。それからは、疲れている班の兵隊たちはますます用心深くなった。ドイツ軍は奇襲中に六〇〇名を失っているのを認めた。不注意や愚かしさのためにこの総計を増すことはないのである。

カナダ軍の捕虜はただちに二つの集団に分割された。フランス語を話すカナダ人と、英語を話すカナダ人とにである。フュジリエ・モン＝ロワイヤール連隊にはそのあとで赤十字の食料品の包みが与えられたが、これは彼らの忠誠心に仲間割れを起こさせようとするお粗末な計画だった。だが、サルト・マルシャン少佐、生き残ったうちでの先任将校は、英語をしゃべろうとフランス語をしゃべろうと、カナダ人は第一にカナダ人であることを示して、この求めもしない贈りものを、戦友たちに分け与えた。カナダ軍の忠誠心に水をさそうとする努力は失敗に帰した。それと同じ狙いで後に、ドイツ軍の飛行機が南部イングランドにあるカナダ軍キャンプの上に飛来して、渚《なぎさ》に散らばっている死傷者を写した写真や、捕虜収容所へ行進していくカナダ兵の写真などの束を投下していった。こうした写真のなかのあるものは記念品として珍重された。しかし大部分のものは、ジャックがプールヴィルで土地の人びと向けのリーフレットを扱ったと同様に、いとも手軽に扱われることになったのである。

＊

―8―

ジャックは不意に目をさまし、なにかに遅れたような感じがした――なんだっけ？　彼はベッドの脇の目ざまし時計を眺めた。朝の七時半。金曜日の朝である。彼は一日一晩、眠り通してしまったのであった。そこで彼は思いだした。ジョーンズ博士に会うことになっていたのだ。急がねばならない。あわててバスにはいり、第二装の軍服を着込み――これは休暇の時にと簞笥《たんす》のなかにしまっておいたのである――それから用のすみ次第すぐ帰るからと母親と約束して、彼は地下鉄の駅へ駆けていった。セント・ジェイムズ・パーク駅で降りた――そこはブロードウェイ五四号からの路と交叉《こうさ》していた。建物の入口のホールに控えていた保安将校が、用紙に彼と面会の相手の氏名を書き留めさせた。それから四階のジョーンズ博士の事務室までつきそって来た。四方の壁は縮尺の大きい地図でおおわれていて、色分けになっているピンが方々に刺してあった。セルロイドのシートの上を、クレヨンで色分けしてある個所も目についた。ジョーンズは静かにジャックの手を握り、すわるようにすすめた。ジャックは奇襲の詳細を語り、プールヴィルのカナダ部隊が、最後の退却戦闘の際に味方の屍体の山を踏み越えて、ついに前進して来る敵軍に反撃するにいたったのを説明した。

「テイト准将からのお話で、レーダーの立場から、全戦闘が功績をあげたのは存じております」

「その通りです」とジョーンズ博士はうなずいた。「きみの敢行したことの結果として、緊急の際のフレイヤ・ステーションの処理能力について正確な概念を、持つことができるようになった。それがどれくらいの数の飛行機を処理できるか、正確に算出することもできるようになったのです。このことはわが方の集中戦術に多大の寄与をもたらした。いまやとくにフレイヤの処理能力の上限がわかっているので、その結果、その機能を不充分にすることができるのです」

当時少しの疑問もなくなったのは、ドイツ夜間戦闘機に警報を発する早期警報組織のかなめ石が、フレイヤ型レーダーであるということであった。フレイヤはそのころ、改良・修正を受けて、さらに洗練された正確なレーダーになっているのがわかった。それはもはや比較的に不正確な装置ではなくなっていた。前には長距離の状態では、せいぜい一〇マイルと二〇マイルの距離の間でプロッティングを記録したのであった。いまやそれはきわめて正確なヴュルツブルク型にとって、りっぱな安定した相手となり、そして二つの装置は両々相俟《あいま》って、RAFの爆撃機を索敵する任務に、協同して効果をあげることができたのであった。

ジャックはのちに彼のおこなった仕事の結果として、明らかにされたレーダー・プロットを調べることができた。彼の気づいたところでは、連合軍は北部フランス一帯にわたるドイツ軍防御の作

—8—

戦組織の全般についても、受信していたのであった。

これまでドイツ軍はその弱点や不充分なところの多くを、巧妙に隠していたのだった。それというのは多量の人員、装備——各種の砲、戦車、飛行機——をロシア戦線に回していたからである。ドイツ空軍の地上管制部によるラジオ通話組織の巧みな使用法は、北部フランスおよびベルギー・オランダ地方のドイツ空軍の実際の兵力について、完全にいつわりの効果を連合軍に与えていたのであった。イギリスの聴取ステーションは過去にこれらの通信を傍受していたが、ドイツ側は同一戦闘機中隊に対して、数種の異なるコール・サインを用いて、連合軍の情報部を欺し、ドイツ軍の防御兵力を実際以上にきわめて強力なものと臆測《おくそく》させるのに、成功していた。

ところがいまやこれらすべてに変化がもたらされた。イギリス側の聴取ステーションは、ベルギー・オランダ地方ばかりか、遠くドイツ本国でも、沿岸を守るために警報が飛行機にだされているのを、聞いたのだった。それと新しく発見したことは、ドイツ側の航空機プロッティングが、終了するまでに数時間にわたる集中爆撃下にあってさえ、空襲中きわめて正確だったことであった。いまや疑問の余地のないことだが、フレイヤの与える長距離早期警報が、ドイツ防衛陣に多大の便宜をもたらして、ドイツ空軍機は連合軍爆撃機を、目標に接近するかなり以前に、途中要撃できたのであった。

ドイツ軍爆撃機が一九四〇年と一九四一年に、イギリス空軍のために直面することになったさまざまな問題は、一九四二年の前半になると、イギリス空軍の爆撃機司令部《ボマー・コマンド》の頭痛の種になり、立場が逆になったのであった。ただそのときには前と違って、解答ははっきりとわかっていた。ドイツ軍のレーダー・ステーションを妨害すればよいのであった。

ディエップ奇襲の直後、〝マンドリル〟という名称で知られている、電気的妨害装置の製作が促進された。〝マンドリル〟はフレイヤ型セットに、絶え間なくぱちぱちと音をたてて、障碍を発生させる。非抑制点火装置付の自動車が、いまのテレビ受像機に与えるのと同様な効果を生むのである。奇襲後三ヵ月、一九四二年一一月までに、〝マンドリル〟を運用する準備はととのえられた。当初、それはフレイヤの早期警報システムを妨害するために用いられ、それから、内陸に建設されたフレイヤ・ステーションで、狭い指向性電波の優秀なヴュルツブルク・レーダー群を目標に合わせるために使用されたものを、妨害するために用いられたのだった。この方法で、幅二〇〇マイルの回廊がまっすぐに通り、ドイツ側の早期警報組織は役に立たなくなり、その一一月にイギリス空軍はマンハイムに徹底的な空襲をおこなった。

後に、一九四三年、〝窓〟——敵のレーダーを「目くらます」ためにアルミニウム・フォイルの細い帯を航空機からまく方法——を、英米連合爆撃機隊はハンブルクに大空襲をおこなう際に、初めて用いた。これらの妨害方法は大成功で、なにしろ目標は爆撃機群に対して裸同然となっているので、空襲は完全にこの市を粉砕した。ハンブルクの三分の二——総計六二〇〇エーカーが破壊された。一〇〇万の市民たちは燃えさかるわが家を棄てて、近郊へと命からがら逃れたのである。ゲーリングはもしこのような空襲がベルリンにおこなわれるとしたら、ドイツは和を乞わねばならなくなるだろうと、なげいていた。

このように電波妨害武器は効果をあげていて、敵のレーダー・スクリーンの目をくらまし、それ

―8―

らの目を奪って、空中攻撃をほしいままにすることができた。プールヴィルのレーダー・ステーションで陸上線を切断したことが、ジャックの多少の個人的満足感をもたらしたのは、そのことがまたレーダー妨害の可能性に関する疑問と議論に結論をつけたのを感じたからでもあった。そのときから戦争終結時まで、〝マンドリル〟、〝窓〟その他の非常に進歩したさまざまの妨害方法が、ヨーロッパ、中東、極東で、使用されて成功をおさめたのであった。それらのものはその後さらに発展をとげ、きわめて複雑精緻《せいち》な現代的装置となっていて、長距離ミサイルをそらし、また世界中いたるところにあるもっともすぐれた早期警報装置をも混乱させることができるのである。

エピローグ

フランス人で積極的にカナダ部隊に助力したものは、まずほとんどいないにひとしかった。彼らはBBC放送と、部隊の持参したリーフレットの忠告にぬけめなくしたがっていた。とくに戦闘に巻き込まれないようにという注意があったのである。奇襲後二日目、第五七一歩兵連隊の指揮官、バルテルト大佐はディエップ市長に、警察署長代理の事務所で待っている彼のもとへ出頭してもらいたいと頼んだ。重要な知らせを伝えたいというのであった。

市長が訪ねていくと、ドイツ軍の上級司政官も同席していた。そこで告げられたことは、ディエップが多大の損傷と被害を受け、また市民がだいたいにおいて侵攻軍を援助することをしなかったので、ヒトラー総統がそれをよしとして、贈り物として一〇〇〇万フランを市民に分配するようにと訓令してきたというのである。市長は黙ったままでいた。

「不満足なのかね?」と、ドイツ軍の司政官は強い口調で訊《たず》ねた。

市長は贈り物はたいへんにありがたいが、ディエップに家がある一〇〇〇名の捕虜を釈放していただければ、もっともっとありがたいしうれしいことだと答えた。バルテルト大佐はこの予期していなかった希望を支持し、そしてそれから三日後、ヒトラーはフランス軍人の釈放を許可した。しかし総統は、ベルヌヴィルとヴァレンジュヴィルに家のあるフランス人の捕虜には、釈放の恩典を与えなかった。その理由は、それらの土地の人びとが、上陸したカナダ軍およびイギリス軍に、進んで手をかしたというのであった。

ディエップ帰還に必要な唯一の条件は、動員された際にディエップに居住していたと自ら主張することであった。フランス地方警察が、住所をたしかめ、同国人に忠誠を守ることをたしかめる責任を受け持った。そこで警察はひとの住んでいない家や壊れた家はいうまでもなく、ディエップ周辺にある洞穴まで、入隊した軍人たちの住所として登録をした。ある大きな邸《やしき》は、フランス軍に参加するため、同じ時にそこを離れた約一〇〇名の青年たちが住んでいたことになっていた。

多くのフランス人捕虜は釈放されるとすぐさまフランス各地のわが家へ急いだ。これはまったくディエップ警察の努力の賜物で、また少なからず元軍曹勤務伍長《ごちょう》レオン・ミショーのお蔭《かげ》をこうむっていた。

ミショーは奇襲のおこなわれる前夜、ずっと勤務についていて、盗難事件に関係して尋問する必要のある人間を探していた。そしてまた自分で食事の用意のできない老人たちに食事の世話もしていた。こんなことから、連行されて来た最初のカナダ軍捕虜たちに会った。

カナダ軍兵士たちはそれぞれ、指から指環《ゆびわ》を抜き、手首から時計をはずし、その上ポケットからフランス紙幣までだして、ドイツ軍が彼らを連れ去る前に、通りで町の人びとにわかち与えた。捕虜たちのなかのあるものたちは、ディエップから行進して故郷の草原とは似ても似つかぬ内陸の平らな畑地を横切って、アンヴェルモーの方へ向かった。そこには第三〇二歩兵師団司令部があり、南へ約六マイルで、路《みち》は主に燧石《すいせき》敷きで、固くて歩きにくかった。

カナダ兵士たちは舟艇を見つけようとして、海で泳ぐために靴をぬいでしまっていたので、救命胴着《メイ・ウエスト》から乱暴にひきちぎったゴムを靴がわりにしていた。なかにははだしで歩いているものもいた。八月の午後の暑さのなかを、アンヴェルモーへ近づくと、わずかばかりのフランス人が道路脇で、大きな教会の陰になっている小さな町の通りを進んでいくカナダ兵たちを眺めていた。

こうした見物人のひとりに、四五歳になる食料品店のポール・ロビラールがいた。彼はいましがた七つになる息子ジャン＝クロードを連れて、酪農の仕事を終わったばかりのところであった。カナダ兵たちがいまなお元気に歩調をそろえて行進しすぎ去っていくのを、少年は見ていてはだしの兵隊のいるのに気がつき、父親にいった。「パパ、パパの靴をあげてよ」衝動的にロビラールは自分の靴をぬいでひとりの捕虜の足もとに投げだした。捕虜はびっくりしたが、喜んで靴をはいた。捕虜は手を振って感謝の気持ちを示したが、ロビラールはそのときドイツ軍兵士に手荒く腕をつかまれていて、尋問のためディエップへ連行された。いうまでもないが、彼は靴下をはいただけで歩いていったのだが、ドイツ軍兵士は燧石のあるところをことさら歩かせて、草のある縁の方へいくのを許さなかった。

ディエップでロビラールは一週間、留置所にほうり込まれていた。その間家族は、彼がどこにいるのかてんで思いあたらずに、心配するばかりだった。ジャン＝クロードが事件のてんまつをあいまいにしか話せなかったのがもとである。ロビラールの妻イヴェットはアンヴェルモーでカフェをやっていたが、ドイツ軍は一ヵ月ドイツ軍兵士らの立入りを禁じて、彼女一家に罰とした。ロビラールは釈放されて、アンヴェルモーに戻り、一九四五年オートバイ事故で死亡するまで、そこで暮らしていた。

彼の一家は現在豊かに暮らしている。町一番のスーパーマーケットの持ち主で、いまだに昔のようにカフェも経営している。イヴェット・ロビラール夫人は強制されて窓に表示することになったドイツ語の看板《国防軍立入り禁止》を、いまもなお保存している。彼女はカナダ人の観光客たちが町に来るとその看板を表にだすのである。ディエップで捕虜になった数名をふくむ観光客の一行は、最近、彼女に象牙《ぞうげ》を彫ってつくった飾り靴一足を贈って、彼らことごとくが青年だった遠い昔のある夏の暑い日に、見も知らぬ男に示した彼女の夫の親切を、いまも記憶にとどめていることを示したという。

奇襲のおこなわれた週の残りはフランス人でレーダー・ステーションのうしろの道を使ってもよいのは、警官か消防士に限られていた。奇襲のあった日の午後、ひとりの警官が夜勤をおえて、ディエップからレーダー・ステーションのある丘へ自転車で登って来た。彼は途中一団のドイツ軍兵士たち、増援部隊を乗せたトラック数輛《りょう》、屍体《したい》を運んでいる数台の手押し車の列と出会った。警官はふと気づいたのだが、コンクリートの建物の上にある見なれたアンテナは回転していなかった。

彼は一群のフランス警察の連中といっしょになって、奇襲の詳細を知りたくて時間をつぶしていた。なにしろ彼らは奇襲については皆目、ようすを知らなかった。数名のドイツ軍兵士たちが、調べた区域には先のとがった棒を打ち込んでしきりをつけながら、短い草をかきわけて、組織的に立ち働いていた。

「なにかなくしたものでもあるのですか?」と、警官のひとりは兵隊にうちとけて言葉をかけた。

「やあ今日は、警官」とひとりの兵士があいそよく応じて、「スパナ狩りをしているのさ。いっしょにやったらどうだ?」

「スパナ狩り?」

「スパナ、ペンチ、金属用のノコギリも探している。上からの命令なんだ、知ってるだろ」兵士は知ったかぶりをして、警官を眺めた。「最近、誰かがいくつか道具を落としたのさ。そいつを探しているのだ」

「へえ《エ・ビアン》! おそらく、カナダ人の道具ですね」

兵士は肩をすくめた。彼はあまりしゃべりたくなかったが、事情に通じている、偉がたと思わせたい気持ちもあった。「まあな」と彼は認めて、「兵隊たちがこの近くで、イギリス空軍の道具袋を見つけた。半分は空っぽだった。われわれの指揮官が、全部そろえて使いたがっているのだ」

警官はさも同情するようにうなずいたが、あまり興味を持っているようには見せたくなかった。彼はステーションの構内の方を見あげた。木のマストから垂れさがった数本の電線が、風のなかにゆらゆらしている。兵士たちはあの電線を切った道具を探しているのか? それとも電線は砲弾か榴霰弾《りゅうさんだん》にやられたのか?

近くにいる若い兵士たちは、お互いに無事なのを祝い合いながら、カナダ兵のばかげた行為、イギリス兵の白痴的所業を、あげつらってさかんにあざ笑っていた。なんという気ちがいじみたばかげた計画だったことか！　兵士たちは特別に食糧配給がいずれあるのを待っていたし、それに短い賜暇のあるのも悪くないことであった。

ドイツ軍兵士たちは熱心に捜索をつづけていて、あたりに気をくばっていなかった。警官は自転車でゆっくりとディエップへ戻りながら、不思議に感じ、おかしなくらい興奮していた。連合軍はおそらくそんなばかではない。いずれにしても、なにか重要なことがあの空地でなしとげられたのであって、それはレーダー・ステーションの電線を切ったことと関係があるに違いないと、彼はかたく信じていた。いずれの日か、彼はその真相を知ることになるだろう。

奇襲後五日目、八月二四日に、ドイツ軍第三〇二歩兵師団長、コンラート・ハーゼ少将は、軍団司令官クンツェン将軍に報告書を提出した。

一九四二年八月二四日　　　師団司令部

極秘

部門　情報部七一三／四二g（1）
題目　一九四二年八月の月例報告
照合　命令六六／四二g情報部第三二軍団（2）

封入物　一部
提出先　第八一軍団司令官

一、師団管区内における住民の心理状態および行動。
　師団管区内における一般住民は、一九四二年八月一九日におこなわれたイギリス軍奇襲事件について、完全に無関心な態度を示した。わが軍の東部戦線および北アフリカにおける数々の大勝利は、海上における戦勝――西部地中海での敵輸送船団の壊滅――と相俟《あいま》って、イギリス側の宣伝がしきりと流している、近く第二戦線を展開するという主張を、徹底的に打破したのである。きわめて少数の孤立した一派を除けば、西部戦線に第二戦線の設定されることを、信ずるものは誰ひとりとしていない。敵は上陸侵攻の先駆として、収穫期の攻撃を希望していた。ある地区での噂では、イギリス軍は一九四二年八月の二〇日ないし二一日に、上陸するであろうということであった。

　ジュビリー作戦を敵が実行したのは、しかるに一九四二年八月一九日で、攻撃のおこなわれたのはディエップとその周辺の要塞化《ようさい》された拠点、ベルヌヴァル、ピュイ、プールヴィル、キベルヴィルであり、これはフランス人住民の間に話題の種となった。戦闘の実況はフランス人が自由に眺めるままにまかせた。妨害行為などは終始まったく見ることがなかった。しかも報告によれば、住民は戦闘の早期終結に満足していることを、いささかも隠していなかったとのことである。イギリス軍の慎重に自国軍を温存し、自国軍にあらざる部隊を戦闘の犠牲とした事実を知って、多くの住民は嫌悪と苦々しさとをあからさまに示した。

さまざまの場合を通じて識《し》ったことであるが、フランス人は戦闘に参加せしドイツ軍兵士に対して、とくに好意を示し、フランス人の救急車が修道女二名を伴い、ただちにドイツ軍負傷兵救助のためにおもむき、負傷兵を第一救護所へ輸送したとの報告もある。フランス人たちは労苦をいとわずドイツ軍兵士に応急手当をほどこした。数名のフランス人たちは、敵軍の砲火を冒して、敵についての情報をもたらした。戦区内にて、整列している部隊は住民たちから茶菓やシガレットの饗応《きようおう》を受けた。ある部隊の報告によると、行軍中の増援部隊は一刻も早く目的地に到着するようにと、自転車やオートバイを提供されたとのことである。ディエップ消防隊は、航空機による機関砲および機関銃の射撃をものともせず、休むことなく、消火につとめた。

戦闘の結果は――敵の壊滅的敗北によって――ドイツ軍部隊に自信を与え、わが防衛力をいちじるしく強化することになったのである。戦闘のおこなわれている間、またそれにつづく数日間、一般民衆はその行動およびその友好的態度によって、わが軍への感嘆を隠すことがなかった。住民中の親英派は、イギリス軍の武力攻撃があきらかに期待できなくなったにもかかわらず、外見上はともかく、内心今回の事態に満足の意を表している。これらの同情者はいくつかの小グループに別れて、彼らのいう解放軍の到着をむなしく待ちつづけている模様である。

いまやドイツ軍の勝利はかかる救いがたい親英派によってさえも、しぶしぶながら認められるところとなったのである。彼らの主張するところでは、もしイギリス軍にして一般民衆を傷つけたりディエップ市を破壊したりしまいとする心痛（！）から、抑制を受けなかったとしたならば、市はたちまち敵の手中に落ちるところとなったに違いない、としている。

住民中の農業にたずさわるものたちは、静穏を持し、まったく関心を寄せず、ひたすら収穫に余念なく従事していた。苦情が示されたのは、荷馬車の徴用を受けしところに限られている。

男子二名および女子一名の、三名の市民がアンヴェルモーで逮捕された。理由は公然とイギリス軍捕虜に同情をあらわし、彼らに贈りものおよび靴を供したことである。サン・ニコラスでは、八月一八日未明撃墜されたイギリス軍戦闘機パイロット二名の屍体《したい》が花々をもっておおわれた。この行動およびサン・ニコラスの集合収容所にいる捕虜らに、衣類、茶菓、食料等を配布して、これら市民はイギリス軍への同情を示そうとした。護衛兵たちは多大の労力をついやして、収容所に群がる市民を取りしまり、彼らの惻隠《そくいん》の情を示さんとする行為を、ようやく阻止した。

戦闘終了後、一般住民は軍当局の指示するところに従って、イギリス軍兵士らの屍体の運搬および埋葬に助力した。

二ヵ所にてフランス人農民たちが、パラシュートをつけて投下された伝書バト入りの籠《かご》を届けでた。これらの伝書バトは調査用紙をつけており、あきらかに放される前に、一般住民が意見を書き込むような計画になっていた。師団は所管官庁の命を受けて、これら農民たちに報賞を与える予定である。さらに報告されたところでは、ヴァレンジュヴィルの砲兵陣地近くで、数名の住民が特殊器具を持つイギリス軍兵士一名のいたことをあきらかにしている。野戦憲兵隊がこの情報を調査中。

二、軍政との関係。
支障なし。

三、フランス人各種役務との関係。
労働者に対する配給カード制度があまりにわずらわしく、かつ耐えがたしとの不平がさらに増加している。（一九四二年四月二七日付情報部報告を参照のこと）

四、賜暇の許可なくしての不在。
一件。

五、自殺事件。
(a) 未遂。なし。
(b) 死者。なし。

＊

南サスカチェワン連隊の戦闘日誌よりの抜萃《ばっすい》条項。

一九四二年八月一八日　フォード一号演習に対する予告命令受領。

一九四二年八月一九日　予定行動開始時刻〇四五〇に、南サスカチェワン連隊奇襲のためフランスに上陸。

一九四二年八月二〇日　〇〇一五時第一陣、フランスへの奇襲より帰還。一一三〇時に点呼、閲兵。

一九四二年八月二一日　J・H・ロバーツ少将、フォード一号計画につき、部隊に対して訓話をおこない、部隊将兵の遂行せし功績に関して論評し、ついで新入兵らにまもなくおこなわれるであろう戦闘に全力を傾注し、一命を賭《と》するの覚悟を持たねばならぬことを語る。行方不明および入院せる兵士らの装具等を整理する。指揮官としてH・T・ケンプトン中佐着任。連隊軍楽隊プルボロー村の公会堂にて舞踏会のために演奏する。

一九四二年八月二三日　プルボローの聖マリア教会堂にて礼拝式を挙行。フランスにおける戦闘中に受けし負傷が原因で死亡したカナダ第二師団将兵のためにブルックウッドにおいて、追悼葬儀をおこなう。

ディエップとカナダとの強い絆《きずな》は数世紀の昔にさかのぼる。サミュエル・ド・シャンプラン（フランスの探険家・植民地建設者一五六七～一六三五）は一六〇三年に初めてノルマンディからカナダへ船出し、そして五年後、第三回目のカナダ渡航のときにケベックを建設し、またカナダの初代総督となった。数年後、一六三九年にディエップから渡ったオーガスティン教団の修道女たちがケベックに市民病院を開設したが、その病院は現在もいまだに盛んに活動をつづけている。事実、一九一〇年に、ディエップ病院で看護婦の不足を来たした際、この教団のカナダ人修道女たちはディエップへおもむき、進んで奉仕に務めたことがある。

こういう歴史的なつながりは、一九四二年以来、非常に強められた。毎年、夏になると、一〇六六年にノルマン人らがイギリス侵攻のために、船団をだした古い港は旗や花に飾られて、カナダ人の代表たちの来訪するのを歓迎しようと待っている。そのカナダ人たちは浜へいく。そこは彼ら——またはその父親たち、祖父たち、兄弟たち、夫や息子たち——が戦い、多くの若い前途のあるカナダ人たちが、フランスへの友愛に、その血を捧《ささ》げて栄光を与えたところなのだ。

ディエップは一九四二年以後、いちじるしく街の様相を変え開発されているが、これは事前爆撃のおこなわれなかったのにもかかわらず、砲爆撃による被害が甚大だったためである。しかしプールヴィルは驚くほど変わっていないように思われる。同じみどり色をした木の波よけが小石のなかに立っている。プロムナードはいまなお護岸の上を通っていて、昔のコンクリートの砲座が、崖《がけ》の上にひとをおびやかすようにうずくまり、海をのぞいている。

カジノは再建されていない。そのなかでジャックとその仲間は浜を走って海へ飛び込もうと話し合ったのだが、建物のあった跡には草が蓬々《ほうほう》と茂っている。カジノの敷地のうしろ、崖よりに、お伽《とぎ》ばなしの世界を想わせる山小屋風の小屋がある。カジノの発電機のおさめてあったところで、いまでも赤い屋根、三つの小さな窓、二本の煙突、それからくいちがいのチューダー様式まがいの梁《はり》も、昔のままである。

奇襲後、ドイツ軍はオテル・ド・ラ・テラスを接収した。それと、また教会堂とを取り壊してしまおうという話が持ちだされて、論議された。その理由は二つの建物が多くの兵士たちの遮蔽物《しゃへいぶつ》となったことと、将来もまたそうしたことになるのが明瞭《めいりょう》であったからである。地区のドイツ軍指揮官は戦前、牧師だったので、教会堂を破壊しようという提案を耳にして、そう希望するものたちの説得につとめた。そうしたわけから、その後に砲弾で一部に損傷を受けたものの教会は現在も残っていて、毎日曜日には礼拝の善男善女でいっぱいである。

エミール・サデは他界し、その息子のミシェルは一九四二年八月一八日の夜には、妻といっしょにパリにいたのだが、その彼がいまは教会の鍵《かぎ》を保管し、そしてホテルを経営している。

ホテルの一部は、防衛火力の視界をひろげるために、ドイツ軍の手で取り壊しを受けた。だがこのためにかえって海への眺望がよくなり、夏期にサデのホテルに来る客たちを喜ばせることになったのである。戦後間もなく、サデと三名の友達とは、カナダ第二師団のために、木製の記念碑をつくり、これをカジノの敷地と向かい合う壁に取りつけた。それは青色を地にして、大きくCという字と、その下にローマ数字のⅡとカナダという文字とを、彫刻してある。その後、人目をひく立派なみかげ石の碑が、プールヴィルの大通りと海岸との間の平地に建てられたが、それはあきらかに南サスカチュワン連隊の上陸を記念するものなのである。

プティ・タプヴィルへいく道にのぞむ丘腹につくられた大きな家々は、昔のままに残っていて、それぞれ美しく、芝生の手入れもいきとどいていて、生垣もきれいにはさみがいれてあり、道の向こうの果樹園にはリンゴが相変わらずたわわにみのっていて、そしてガチョウも小さな百姓家の守りを忠実につづけている。

プティ・タプヴィルの十字路では、菓子屋の壁に、小さな金属板が取りつけてある。月桂冠《げっけいかん》と鉄かぶとの輪郭と次のような言葉がフランス語で刻まれている。《一九四二年八月一九日ここ十字路にありしカナダ軍兵士たちの想い出のために》この美しい村にも、あの八月の日の忘れがたい想い出が、それなりにあるのだ。

過去は事実、忘却し去ることの不可能なのを、実証している——たとえそう希望するものがいたとしても。ことにディエップやその周辺に住むフランス人たちには断然忘れることはできない。

奇襲後、レーダー・ステーションはさらに強化され、防塞のコンクリートの壁には多くの砂のうが前にも増して積み重ねられた。あとでもっと強力な別のレーダー装置が、さらに内陸にあるゴルフ場の隅に建設され、それには重装甲の地下管制室が用意してあった。しかしヴュルツブルクとフレイヤの秘密はすでに曝露《ばくろ》されてしまっていたので、いくら鉄の網で強めたコンクリートをどれほど使用したところで、いまとなってはそれらを隠すすべもないのであった。一九四四年の春、ノルマンディ上陸前に、プールヴィルのフレイヤ型二八レーダーは、猛烈な爆撃をこうむった。ドイツ側レーダー数ヵ所を破壊し、そしていつわりの資料を供給するために、ほかのステーションには手をふれずに残しておく計画の一環としてだった。

フランス沿岸のこのあたりは、絶えず浸食作用に悩んでおり、ゆっくりと断崖《だんがい》は波に喰《く》いとられていき、とうとうしまいにはコンクリートのレーダー・ステーションの建物を、崖の縁で鋼索や針金でおぼつかなげに支えていた始末であった。一九七四年の春、白亜の崩壊がつづいて、建物全体が二、三〇〇フィート下の浜辺に落下して、崩壊した。トート組織の徴用労働者たちが建設する際に力を入れてつくったものだっただけに、コンクリートの床が、赤煉瓦《あかれんが》をコンクリートで固めた建物から、砕けはがれていたものの、ステーションの本体の三つの部屋はそっくりそのまま昔のとおりである。それぞれの部屋のはげ落ちている白塗りの壁には、まだ溶いたコンクリートをそそぎ入れたときに使用した厚板の横線の痕跡《こんせき》がはっきりと残っている。さびついた金属の煙突が空に向けて立ち、そして勤務員たちが鉄かぶとやオーヴァーコートをかけた長い釘《くぎ》が、壁の一つから飛びだしている。また別の壁には掲示板の残骸《ざんがい》がある。そこにはかつてディエップ奇襲後ヒトラーの祝辞がピンでとめられ、その下にはルントシュテット元帥の短い報告も掲示された。その報告というのはヴェーバーが信念をもって装備の正確さを信じて、船団の接近を警告したのを擁護したもので、それでもなお当時ドイツ海軍はそれを信じようとしなかったのであった。「空軍特別部隊が、接近する敵艦船をおそかれ早かれ正確に認識するのはあきらかだ」といって——。

奇襲が終わってから、ディエップでイギリス側の命令書のコピイが発見され、そしてイギリスのレーダー専門家がフレイヤ二八型を調査する命令を受けていた事実が判明し、そこで捕虜たちと住民たちに尋問がおこなわれたが、なに一つその専門家の正体および運命について、あきらかにするものは得られなかった。ニッセンの雑のうは見つかり、また住民が〝特別の器具〟といったものを携帯していた兵士のいたという報告は野戦憲兵のもとに届けてあったし、それにその雑のうのなかにあったとおぼしきものの捜索もおこなわれたけれども、この重要な発見は、電線の切断があって、レーダー・ステーションがやむを得ずラジオ通話を使用するにいたった事実と、よもや関係があるとは見られていなかった。

電線の破損は烈しい砲撃の結果によるものと、暗黙のうちに認められていた。そこで修理班には別の報告を必要とする理由は、事実なかったのである。その日は多くの被覆電線を切断するくらい榴霰弾が、フレイヤ二八型のステーションにあびせられたのだった。

ヴェーバーがディエップに着任してから二年後のその日——一九四三年四月一日——彼は東部戦線に配属となり、そこでヒトラーの司令部を護るレーダーを担当するグループを指揮した。

一九四四年、彼は昇進してレーダー部隊を指揮して、アルンヘムにイギリス・パラシュート部隊の降下するのを防ぐのに援助の手をかした。

「わたしはディエップにおけるイギリス・レーダー・チームの作戦行動を知っていました」と、後年、彼は述べている。「そうはいうものの、特別困難な状態のもとで彼らが活動しなければならなかったことには、思いおよばなかったです。それですから、わが方のレーダー報告を傍受したのは、彼らのすばらしい功績でした……」

ヴェーバーは北部フランスを訪ねるようなときには、必ずディエップへいくことにしていて、小さなレストランのラ・ポチニエール・クリストフへたびたび顔を見せる。この店名は主人のクリストフ・ラリットの名前にあやかったもので、彼の妻が料理にあたっている。

ふたりの男たちが初めて知り合ったのは戦時中であった。最近訪ねたときに、ラリットはカナダ人の客を彼に紹介した。客のふたりは話のうまが合った。あとでラリットがヴェーバーに話したところでは、そのカナダ人もディエップ奇襲に参加していたのだった。「あのときふたりが顔を合わせていたら、どうなっていたことでしょう！」と店の主はいって、首を振った。まさに適言で、レストランは一九四二年の八月一九日と、所在地に変りはないのである。

レーダー・ステーションの周囲にめぐらした昔の砲座の跡は、現在でも崖の上に残っている。それらのうちのあるものの内部の壁には、黄色くなり、色あせたピンナップ写真が、当時のままに貼ってある。防水設備のしっかりしている小さい砲座のいくつかは、浮浪者らの仮寝の宿となっている。

外部のコンクリートは三〇年以上も太陽や雨にさらされて来ている。だから、からしをこぼしたように、黄味をおびた苔《こけ》が一面にはえている。その区域一帯には防衛のための障害物の残骸がころがっていて、長い鉄道の線路、さびついた有刺鉄線の束、コンクリート壁の塹壕《ざんごう》でつないである火器の凹座掩体《えんたい》などもある。ハリエニシダがいまはものの高さまで生い茂り、また雑草、アザミ、イラクサなどが、風のなかで静かになびいている。その風に乗って、はるか下の夏の浜辺で遊び興じている子供たちの笑い声が、聞こえてくる。子供たちは墜落したレーダーの建物の入口から、かわり番にでたりはいったりして、その狭い窓から両親たちに呼びかけている。その建物こそどこの浜にも見られない勇気と聡明とを、もっとも感動をこめて記念するものなのだ。

ジャックが増援を求めて無我夢中で走った家々のうしろの小径を、フランス人たちが自転車でくだって来るが、脇にかかえているのは細長い外がわの固いフランス・パンで、命にかかわるようなものは、なに一つ運んでいない。老人たち、多分その昔は兵隊だった老人たちも陽を浴びて、教会の近くを散歩しながら、時計の鎖をたっぷりと人目につかせているとだろう。潮がひくと、若いものたちは波よけのそばまで足をのばして、遊びたわむれている。彼らの生まれる前に、ジャックとホーキンズとが遮蔽物にしたあの波よけである。

奇襲のあった日の夕方、ポール・ブルネはディエップの浜辺近く、乱雑をきわめた通りを歩いていた。負傷者が手当てを受けていたり、そのために運ばれていたりしていた。

彼は荒廃し惨禍をこうむった町の様子を眺めて、立ちどまっていると、ふたりの男たちが担架にカナダ軍の負傷兵をのせて、彼のそばを通りすぎた。ふたりはブルネとほぼ同じ年頃のドイツ軍の兵士の指図を受けていた。担架の先頭の男はブルネの記憶ではその場にふさわしくない背広を着ていて、アメリカ人の医師だと当人がいっていた。ブルネは彼らといっしょに、数歩足を進めていった。負傷兵は彼の方へ顔を向けて、フランス語でしゃべった。「カナダにはおれたちのようなものが大勢いる。必ずカナダ軍は戻って来るぞ」

この予言は二年後に実現され、カナダ第二師団はディエップに戻って来て、町を解放した。現在も、奇襲記念日のためにディエップを訪ねる老兵《ヴエテラン》のカナダ人で、リュ・ド・パールの美しい花屋にポール・ブルネをおとずれないひとは、ほとんどいないといってよい。彼らは喜びをたたえて彼の手を握り、彼もまた思いは同じである。

何名かのカナダ兵たちは、一九四二年に危うくあの世へいくところを、思いがけなく命びろいをしたのだが、そのときのことを彼らは簡単に忘れるわけにいかない。エドワード・メイザーもそのひとりであった。ジャック・メイザー少佐の弟で、少佐は足の骨を折ったために、奇襲に参加できなかったのである。メイザー少佐は病院につく負傷兵たちの記録をとるのに手をかしていたが、そのときひとりの兵士が担架で運ばれて彼のそばを通りすぎていって、その身体は灰色の軍隊の毛布で完全におおわれていた。航海中に死亡したに相違ないと考えて、メイザーはその顔から毛布をはがしてみた。驚いたことに、そこに見たのは弟のテッドであった。テッドは死んでいなかったし、毛布は間違ってどうかした拍子にその顔にかけられてしまったのであった。

三〇分後、三番目の弟で〝B〟中隊の特務曹長のフランクが、ジャック・メイザーに会いに来た。その顔は青白く、両眼は疲れのために深くくぼんでいた。

「お母さんに何と話したらよいか？」と彼は口をひらいた。

「なにを話すのかね？」と、少佐は彼に訊ねた。

「テッドのことだ。浜から撤退するときに、戦死したのだ。ぼくはあれの倒れるのを見た」

それからフランクはふたりが海にいるときテッドの撃たれた事実を説明した。彼はテッドを浜へ引きあげたが、心臓の鼓動が聞けなかったので、心残りではあったが彼を浜の小石の上に残して来たという。

「テッドは死んではいない」と少佐は弟にいいきって、「いま見たばかりだ。隣りの病室にいる」

マレイ・オーステンは捕虜になってから、その収容所で禁制の酒の密造主任となり、彼の仲間にいわせると、それを能率的に遂行したということである。戦後、彼は昔の同僚で補給部の軍曹に出会い、〈プリンセス・ビアトリクス〉号の船上で彼にラムを一壜《びん》やったのを思いださせた。彼の貸しはそくざに返された。元補給部軍曹はその場で新しい壜をオーステンに渡したのであった。オーステンはその壜をいまでも大切に保存している――封を切らないで。

後に、オーステンはブリティッシュ・コロンビア大学で勉学した。ある日、一教授がナポレオン時代の戦争の講義をしていて、当時、科学者たちは戦争をしているのに、英仏間を自由に往来していたものだが、このはなはだ文明的な行動に比して、対照的な事件が第二次大戦中には起こっていたと話をした。彼の説明によると、イギリス人の一科学者がある奇襲に際して海峡を渡った。だが、彼はドイツ軍による死の脅威に直面したばかりか、また彼が捕虜になりそうなおそれのあるときは容赦なく射殺せよとの命令が彼の護衛兵たちにだされているのを、充分に承知していたということだ。

講義が終わってから、オーステンは教授に近づいて、「その命令をだした将校というのは、わたしなのです」といった。教授はびっくりした。

オーステンはそのころすでに結婚していたが、教授の話が昔の想い出をかきたてるまで、自分の使命については一切、妻にも話していなかったのであった。数年後、彼はジャックに語っている。「わたしに実行せよと求められたことが、あまりにぞっとするものだったので、その後二〇年のあいだ、わたしはそのことを考えないようにしていたし、忘れようとつとめていたのです。捕虜になっていた当時、ときどき、考えたものです。『あんな特殊な命令を本当に受けたのだろうか、それともなにもかも自分の想像から生まれたつくりばなしなのだろうか!』とね」

「あんたはわたしを果たして撃っただろうか?」とジャックは彼に訊ねた。

「撃ったね、おそらく、やっただろう」とオーステンはいった。


レス・スラッセルはイギリスへ戻ったが、ジャックは戦死したものと確信していた——ジャックの方もスラッセルは戦死したと考えていた。スラッセルはプールヴィルでの勇敢な働きに対して、ミリタリイ・メダル(軍功章)を授与され、そしてその後南サスカチェワン連隊がイタリアに転戦した際に、この勲章に対する線章を受けた。戦後カナダに帰り、彼は大きな近代的な綜合《そうごう》病院で運営事務をとるようになった。ここではサスカチェワン州の七〇〇名からの精神薄弱や精神障害の患者たちの面倒を見ていた。

スラッセルの妻もそこで働いていて、ふたりはムース・ジョーの静かな通りにある立派な家を購入した。

週末や休日になると、スラッセルは車のトランクに銃を入れて、田舎に持っている小さな別荘へでかけていく。いまだに射撃が彼の最高の趣味で、歳月もその眼をおとろえさせていないし、狙《ねら》いを狂わせてもいない。

セシル・メリット大佐は捕虜となってから数ヵ月後、イギリス連邦で戦功に対する最高の勲章、ヴィクトリア十字勲章を授与されたが、これはプールヴィルで身を挺《てい》して指揮をとったのを認められたためであった。

　別の将校トロント出身のブライアン・マッコール大尉のところへ、カナダにいる奥さんから長椅子用の新しい椅子カヴァーの見本が届いた。この布の色がヴィクトリア勲章のリボンの色に似ているところから、捕虜たちは特別のリボンをつくって彼らだけの勲章授与式を挙行した。約三ヵ年捕虜の憂き目を見た後、解放されたメリットは当時オランダに駐屯していた自身の連隊を訪ねてから、カナダへ帰る心づもりでいた。ひとりの将校がジープに乗って彼に会いにかけつけた。嬉《うれ》しいことにその人物はレスリー・イングランドで、そのときには少佐になっていて、負傷もまったく治癒していた。ヴァンクーヴァーに戻り、メリットはふたたび弁護士の職に戻った。彼は王室顧問弁護士の栄職につき、カナダ西部沿岸でもっとも高い尊敬を受けている弁護士のひとりである。

　メリットはのちにジャック・ニッセンの使命の重要性を知らされたとき、自分がそのことに関して事前に情報を与えられていなかったことに、びっくりした。

「彼のことを全部知らせてくれるとは考えていなかった」と彼は語って、「また知らせてくれるべきだといっているのでもない。しかし上司はレーダー・ステーションが、わたしの第一目標だとは、全然、話さなかった。だから、わたしは橋頭堡《きょうとうほ》を確保するのを第一目標としたのである。もしも第一目標が、ジャックをレーダー・ステーションに侵入させて、ある種の発見をさせることにあると話を聞いていたら、そのためにわたしは計画をたてたに違いない。おそらくわたし以上に考えの深い人びとが、よかれと考えて事を運んだのであろうけど。だが非常に重要なことなのだと聞かされていたら――レーダーということですら、禁句であっても――わたしはジャックに注意を集中したに違いない」

レス・イングランドは戦後、ブリティッシュ・コロンビア大学で法律学を修め、それからふたたび軍隊に戻った。彼はドイツで軍の法務官として勤務した。その後連邦政府に勤め、カナダ枢密院付の弁護士となった。彼もまた結婚し、非常に才幹に恵まれた一家の父親となっている。

ブラックウェル軍曹は、ディエップで左腕と右のくるぶしに負傷したのだったが、彼を渚《なぎさ》にまで運んだ上陸用舟艇で撤退し、そして長い間、病院で療養につとめた。その後、彼は通信教官の職につき、そのあとカナダ在郷軍人会に派遣されて福祉業務をおこなうことになり、持ち前の明るさと人柄のよさでたいへんに喜ばれた。彼は昔入隊したレジャイナで除隊となって故郷に帰った。彼が海外にある間に、その妻はヴァンクーヴァーの自身の家族と暮らしていたのであったが、ブラッキーがレジャイナに到着したときは、猛吹雪が荒れ狂っていて、平原は身を切るような寒さであった。

ブラッキーがその話をすると、彼の奥さんの第一声は「あなた、待ってたわ」でなくて、「ここにはもういたくないわ」だった。彼女は頑として彼をヴァンクーヴァーへ連れて帰るつもりでいた。ヴァンクーヴァーにつくと、ブラッキーはさっそく職業安定所へでかけていって、その地区の軍の営舎での臨時の仕事を申し込んだ。

「この仕事が済んだら、すぐこちらに顔をだして下さい。ほかの仕事を紹介しますから」と、婦人の事務員はいった。だがブラッキーはその仕事を二〇年間にわたってつづけた。停年になったとき、彼は職業安定所へでかけた。その昔の婦人の事務員はいまだに職をつづけていた。

「やあ、また参りましたよ」と、彼はいった。

「どういうことですの、また参りました、というのは?」と、彼女はけげんな顔で訊ね返した。彼を忘れていたのである。

「ほかの仕事がしたくなったら、戻って来なさいと、あなたからいわれておったのです」と彼は説明した。彼女は待つようにいって、彼のファイルを調べた。やがて彼女は戻って来て、ふたりはこの冗談に大笑いをした。

現在、殊勲章を受けたアマランス・アンソニイ・ジェイムズ・ブラックウェルは、ヴァンクーヴァー郊外の家で、妻とその母親といっしょに、悠々自適の生活を送っている。いまも明るい目差しをしていて、頭髪を軍隊風に刈っている。快活さと勇気をいつまでも失わない、親切な老軍人である。


ダンカーリイ特務曹長はディエップ奇襲で受けた傷を、イギリスの病院で治療していたが、それが回復に向かいつつあるとき、その作戦での自身の任務について書き留めた。南サスカチェワン連隊がおのずから戦闘中に示した行動を誇りとして、それを広く国のひとたちに知らせるために、彼はその愛国的な報告を、地方紙〈レジャイナ・リーダー・ポスト〉紙に、投稿した。もちろん、彼の手紙は途中で検閲官に抑えられた。そのうえ、ダンカーリイはびっくりしたことに、未検閲かつ未承認の軍事報告を、新聞に発表しようとしたために軍法会議にかけられると、おどかされたのだった。ダンカーリイは昂然《こうぜん》として答えた。こんなばからしい件で彼を軍法会議にかけるというのなら、そうしたらよかろうと。ああでもない、こうでもないという悶着《もんちゃく》の末、官憲は事件を受理しないことに決定した。そしてこの一件はおだやかに落着した。

ダンカーリイの傷はかなり重かったので、カナダへ帰るまでに一ヵ年をついやした。彼は軍隊を去ると、西方のブリティッシュ・コロンビアへ移る決心をした。彼は都合のつくかぎり広い土地を購入した。そのころ、農地は比較的に安価だったが、その後価格はうなぎのぼりに上っていった。そこでダンカーリイ家は富裕になり、ダンカーリイはヨーロッパやオーストラリアへの旅を愉《たの》しむ余裕ができた――一九四二年の八月の夜に、ダンカーリイが〈プリンセス・ビアトリクス〉号で海峡を渡った旅よりも、はるかに快適で楽しいものをである。

ロイ・ホーキンズの昇進を期待したジョン・グリーン少佐の希望はかなえられた。ホーキンズは将校任命辞令を受けた。ロウィーナ・ヘンリイもロイが彼女の編んだスウェーターを棄てて来た理由を納得した。ふたりは一九四三年に結婚し、彼女は彼とともにカナダへおもむいた。フォート・マクマレーでの生活は彼女がサリイ州エプソムで予想していたものとは、まったく似ても似つかぬものであった。ここはアサバスカ河の岸沿いにあって、元はハドソン・ベイ会社が、罠猟師《トラッパー》のためにつくった交易所の一つだったところである。フォート・マクマレーの周囲は幾百マイルとつづく森林ばかりだ。現在では、オイル・パイプ・ラインがつくられたために繁栄し開発が進んで、あわただしく雑踏する町となっているけれども、一九四〇年代の中頃までは、もの静かな町で、イギリスの郊外と較べて、不思議なくらいにいちじるしい相違を示していた。しかし彼女はこの静けさと、カナダ人の心やさしさとに親しみを持つようになった。ホーキンズ家にはふたりの息子と、娘がいる。ホーキンズはフォート・マクマレー空港の運航主任となった。同時に地区消防隊長でもある。たいへんに責任の重い職務を二つも受け持っているわけである。

ロイ・ホーキンズはいまでも冷静で、落ち着いており、浜に沿うカジノからジャックの後を追って、海へでて、波よけにたどりついたときと、少しも変わらない。まれに見る人物で、その人柄におのずからなる穏和さをそなえ、自身の生活している地域社会に誠心誠意、奉仕することに、無限の満足を見いだしている。

戦後、ジョージ・ブキャナン大尉は、ハミルトン軽歩兵連隊長として、占領軍に勤務していた。その後戦前の職業である消防署に戻り、初めは消防士ついで消防士長となり、それから消防機器に専門的知識を持つ防火担当官として、カナダ全域にわたる運輸省の空港のために、連邦分野で活躍した。

さらに彼はカナダ消防庁に勤務するようになって、防火技術の一般分野でその才能を発揮した。彼は結婚して一九歳になる息子がある。その主な興味は終始一貫してスポーツと、青年たちに縁のある活動から離れていない。一九七四年の末、彼は職を辞した。ロイ・ホーキンズと同様に、彼も多年にわたって社会奉仕のために貢献してきたのである。

ディエップ奇襲に参加したアメリカのレンジャー部隊五〇名のうち、何名かは上陸用舟艇の破損のために上陸できなくなり、そのため心ならずもイギリスへ引き返すことになった。

レンジャー部隊の三名が、この奇襲で、それぞれ異なる栄誉をかち得た。先任順にあげれば、ローレン・B・ヒルシンジャー大佐は奇襲に際して最後に戦傷を負った軍人であった。彼は同国人の参加する最初のヨーロッパ上陸に際して、アメリカ側の公式観測員としておもむいたのであった。トラスコット将軍が彼と同行したが、もともとイギリスのコマンド部隊の組織にならって、レンジャー部隊の構成を示唆したのは、将軍だったのである。

ヒルシンジャーは軍艦〈バークリイ〉号の甲板《デッキ》に立ってイギリス目指して帰る途中、ドルニエ機が単独で低空を飛んで来て、追撃しているイギリス軍機の群れを振り切って、高度をあげようとして不意に爆弾を捨てた。その爆弾がヒルシンジャーの近くで爆発し、彼の片足を吹き飛ばした。彼は落ち着いて、ネクタイをほどき、止血帯がわりにして脚の回りを固くしばった。

ヒルシンジャー大佐は奇襲に出発する前に、ロンドンで特別あつらえでつくった新調のブーツを、初めてはいてでたのであった。いま、襲撃を受けた艦の動揺し血を点々と散らした甲板から彼はブーツの片方が彼の足をまだ入れたまま、艦のそばにぷかぷか浮いているのを見た。思わず知らず怒りと嫌悪がこみあげてきて、大佐は残るブーツをぬいで、片方のが浮いている海のなかへ、それを力をこめて投げ込んだ。

別の将校エドウィン・ルースタロットは悲しいことに、ドイツ軍によって命を奪われた最初のアメリカ軍人という栄誉をになった。アイオワ州スウェー・シティ出身のフランク・クーンズ伍長は第二次世界大戦中、ヨーロッパでドイツ兵をたおした最初のアメリカ軍人となったし、またその勇敢な戦いぶりに対して、イギリスの勲章――軍功章――の授与を受けた最初のアメリカ軍人ともなった。ロイ・メイスン大尉は、分遣隊の指揮をとったのであったが、ひきつづきアメリカ陸軍に勤務した。戦後多くの歳月がたってから、アメリカ陸軍が西ベルリンに駐屯したときに、彼は昇進して大隊長になっていた。

レジナルド・ジョーンズ博士が成就した貴重な成果――レーダーおよび他の科学分野における敵の進歩の分析、およびそれらを無力化すること、無人飛行機並びにロケット爆弾に関するドイツ側計画を推定、発見したこと、それとまたドイツ軍爆撃機が飛行するのに使用した指向性電波を〝曲げる〟といわれたその初期の仕事に対して、ウィンストン・チャーチルは、当然バス勲爵士の栄を彼に与えるべきだと、推挙の労をとった。チャーチルは熱をこめて、その著『第二次世界大戦回顧録』に記している。「(彼の)すばらしい先見性と理解力、それを用いて彼は一九四〇年に、胸にきらめく飾りをつけている多くの人びとよりも、われわれを災害から救うことに、はるかに多くの貢献をおこなったのである」

サー・ホレース・ウィルスン――人事院総裁であり、チェンバレンの宥和《ゆうわ》政策時代に彼の片腕であった――は、この提案に反対意見を表明した。その根拠は、ジョーンズが当時まだ法律上、科学担当の一公務員にすぎず、公務員として低い方の階級で、その階級のものではとても勲爵士に値するほど重要な功績を成就した前例がない、というのである。その結果、英連邦の指導者、チャーチルは妥協案をだした。そしてジョーンズ博士への勲爵士の授与は戦後になるのを待ってようやくおこなわれた。

戦争が始まって以来、現在アバディーン大学の自然哲学の教授であるレジナルド・ジョーンズは、科学情報部を再組織した。そしていまなお科学に関係する特別情報事件について、英国政府の諮問を受けている。

博士はなかなか多趣味なひとで——バグパイプ音楽についても造詣《ぞうけい》が深い——そして彼の科学についての関心は常に絶えたことがない。また彼の心は常に戦争中、彼とともに働いた人びとに向けられている。奇襲後、ジャック・ニッセンは彼の使命に関する報告をタイプで打って教授に提出した。ジョーンズはその報告書のために序言を書き、そのなかで彼はジャックを次のように賞賛していた。「彼はみずから求めて、〝ディエップの激烈、獰猛《どうもう》な戦闘〟のなかに突入したひとである。愛国心と電子工学への熱情に駆られてのことであったが、もしもことならざる場合には——実際そうなった——ほとんど帰還の望みはないにひとしいのを知っていた。……彼自身の功績はおのずからあきらかである……まことに残念ながら、わたしには話したくとも、彼のような物語がない……」

ジョーンズ博士がアバディーンで学生たちのために考案した装置に、グラヴィメーター（重力計）があり、これは重力の変化をきわめて微小な点まで計量できるので、沿岸付近の海の潮の干満が生ぜしめるものを測定できる。イギリスの島々に住む人びとは、いかほど大きな恩恵を博士に負うているか、容易に評価できよう。

一九四三年、ルイス・マウントバッテン（卿）は東南アジア連合軍総司令官に、就任した。ここで彼はおそらく戦争の労苦を最高に経験した。そして彼はまたその最大の勝利をかち得たのである。当初、彼は果てしない距離と原始的な条件とをふくむ、戦略と兵站術《へいたんじゅつ》についての厖大《ぼうだい》な問題を解決しなければならなかった。ついで彼は第一四軍の士気を振興させねばならなかった。軍は、彼の着任まで、イギリス軍のなかの忘れ去られた軍隊として、激しい非難を浴びていたのであった。彼の烈しい影響力を持つ指導のもとで、頽勢《たいせい》を挽回《ばんかい》して、退却から転じて攻撃へと移り、敗北を勝利へと変えた。そして一九四五年、シンガポールで、マウントバッテン卿は、日本軍の降服を受諾したのであった。

イギリスへ帰り、彼はインド総督に任じられ、そして長い歴史を持つ総督の最後のひととなった。彼は尊敬の念をもって遇されていたので、一九四七年八月にインドが独立国家となった際、新しいインド政府は彼に国賓としての礼をはらい、その国の名誉総督として滞在するように招待したほどであった。

数年後、そのときには昔にかえって海軍勤務に戻っていたのだったが、マウントバッテン卿はさらに比類のない栄誉に輝いたのである。地中海におけるイギリス軍の総司令官に任じられるとともに、地中海方面連合軍総司令官の重職を托された。彼はイギリス海軍本部長官、連合王国防衛参謀本部長、各参謀総長委員会議長（これはディエップ奇襲直後、彼の初めて参加したもの）などの重要な地位を歴任した。（連合王国というのは大ブリテンと北部アイルランドを併せた名称である）

サン・ナゼール、ブルヌヴァル、その他六ヵ所におよぶ重要な目標に対する奇襲を、ディエップ以前に計画し成功させている無類の深い経験と構想力とによって、一九四二年時におけるマウントバッテン卿は上層司令部中では他の誰よりも、真の第二戦線を結成する以前に、ジュビリーのような大規模な三軍連合作戦をおこなうことが、どれほど避《よ》くべからざるものであるかを認識していた。そして彼が常に説得力をもって力説していたのは、ノルマンディの戦いはディエップの小石の多い渚で勝利を決めたということである。

「ディエップ奇襲の価値は過大に評価しても評価しすぎることはない」と彼は記している。「それは侵攻方法の転回点であった。……一九四二年にディエップで戦死したひとりひとりは、一九四四年のノルマンディで、少なくとも一〇名もしくはそれ以上の人びとを助けているに違いない」

マウントバッテン卿はジュビリー作戦の一六項の目標の一つとして、フレイヤの重要性を充分に認めていたが、その秘密の解明を引き受けるにあたり、ジャック・ニッセンが進んで受諾した、信じがたい条件に関しては、少しも知らなかった。筆者が本書の草稿をマウントバッテン卿にお見せした際、卿《きょう》はこういわれた。「もしもわたしがかかる命令にニッセンがかかわっていると知ったならば、ただちに中止を命じたに相違ない」

マウントバッテン卿はディエップ奇襲計画の立案最高責任者であったし、またフレイヤ型レーダーに関して可能なかぎりあらゆる情報を得るという提案に同意を示していたが、この作戦の細かい準備は、陸軍指揮官および空軍指揮官とにゆだねられていて、一方では空軍省がレーダー専門家を派遣したのである。それゆえマウントバッテン卿は、ニッセンがレーダー・ステーションに侵入する計画までも命じられているのを、少しも知らなかったし、また知らねばならない理由もなかったのである。ブルヌヴァル奇襲以後、ドイツ側レーダー・ステーションの防備はきわめて厳重になったので、侵入などということは不可能と彼は考えていただろう——事実その通りの結果となって証明された。

「わたしの感動したのは、ニッセンがステーションをしてラジオ通話をさせるために、陸線を切断しにいったことで、しかもそれが上々の結果となったことである」とマウントバッテン卿は昔を想い起こして、「わたしは思わず総身の毛がよだつほどにぞっとした。空胴磁電管《キヤヴイテイ・マグネトロン》のことを知っている人物が選ばれ、その男がこの装置の秘密を吐かせるためにひどい拷問にあうかもしれない立場におかれ、またそのために一〇名の兵士を選抜して、彼が捕虜にならないように撃ち殺す手筈《てはず》がとのっていると知ったときには——」と語っておられる。

マウントバッテン卿のとくに気にしたのは、連合作戦本部が、前ドイツ人のユダヤ系の人びとをコマンド部隊に入隊させたり、またとくに危険な任務に選ぶのに、一つの組織を維持し、身元をはじめ、手紙、経歴、そして親戚《しんせき》関係をすら完全にいつわることにしていたのに、ジャック・ニッセンの場合に、これら高度に洗練された設備や機関を、なに一つ用いるのを求めなかったという事実であった。彼につくってやろうと思えば、完璧なカナダ国籍をたやすく与えられたのに、このことを要求していなかったのであった。

「たしかに」とマウントバッテン卿は話をつづけられた。「わたしは大部分のものに戦死のおそれのあるのを知りながら、任務のために兵士たちを送りだしたことはある。近衛旅団出身のコマンド一〇名が志願して、グロムフィョルドの重要な水力発電所への危険きわまる攻撃へ向かったのを、わたしは記憶している。わたしは彼らすべてと会って、こういった。「諸君はコマンド部隊員である。理屈では志願したからにはどこへでもいかねばならない。実際上、これから諸君を送りだすことになる任務の目的地は、わたしのよく考えたうえでの結論によると、諸君のうち二名以上が生きて脱出できそうにもないし、その生き残ったものもスウェーデンに抑留されることになるだろう。希望するならばまたきびしく心に訴えるものがないならば、遠慮なく辞退してよろしい」しかしひとりとしてその場を去ったものはいなかった。彼らはそろって出発した。そしてうち八名が戦死し、二名がスウェーデンについた。

しかし同僚のひとりを殺しても差しつかえないという命令をだして、国民を派遣したのを耳にするのは、初めてである。いまだかつて聞いたためしがない。わたしの下部機関のいま一つの失敗は、そのあとでニッセンが無事帰還したことを、誰ひとりわたしに報告しなかったことである。もしそのことを聞いていたならば、そのときに彼は当然勲章を授与されていたことだろう。彼に托《たく》した使命を遂行させておいて、なに一つ彼に報いるところがないなどとは、不行届きまきわまることである」

フォン・ルントシュテット元帥は一九四四年まで、西方総軍総司令官の職にとどまっていたが、侵攻に対してフランスを防衛するにあたり、結果に対する責任だけを負わされて、彼の進言がことごとく正しい理由もなくヒトラーから拒否されるのに、業をにやしてしまった。ヒトラーは戦略上はロンメル——砂漠のキツネと呼ばれたロンメル将軍の意見を入れた。ルントシュテットは防衛上の戦術でロンメルと意見を異にしていたのである。

　一九四四年七月、ヒトラーはルントシュテットに、彼を解任して、フォン・クルーゲ元帥を後任にすることを告げた。老元帥はバイエルンの故郷（実際には、ルントシュテットはプロイセン出身だった）の家へ戻った。ところが三ヵ月とたたぬうちに、いろいろの事情からして、ヒトラーはルントシュテットを復職させることになったが、そのころには当の元帥にしても――他のドイツ軍指揮官にしても――連合軍の圧倒的な陸軍および空軍の優越性に直面して、なし得ることはほとんどないといってよかった。

　ルントシュテットは捕虜の身となり、身柄をイギリスへ移されて、三ヵ年間そこにとどまっていた。この期間中、彼の独り息子で、ディエップの戦闘直後に彼の幕僚の一員となった文学博士が、重病にかかった。元帥のために子息の亡くなる直前に、クリスマスを親子いっしょに迎えることのできる手筈が、ととのえられた。イギリスの官憲の――主にモントゴメリー元帥の助言で実現を見たのだが――その好意に元帥は感謝していた。ルントシュテットの前参謀長が彼に関する回想録を書いたとき、フリードリヒ大王（一七一二～八六、プロイセン王、数々の武勲を立てた）の言葉で始めていたが、その言葉は不思議なくらいルントシュテット元帥の経歴と関連があるかのように思われるものであった。「軍事的指導者たちは想像されている以上に同情さるべきである。彼らの言葉に耳を傾けることなしに、世間は彼らにくわえられる批判に加担するし、新聞は侮《ぶ》蔑的《べってき》に彼らについて語っている。それでいて、彼らを非難する多くのもののうち、おそらく、ひとりとして最小部隊の統率力をすら理解していないのである」

一九四三年まで、ハミルトン・ロバーツ将軍は連合軍陸軍の上級指揮官中、被占領地帯のヨーロッパに大規模な海上からの攻撃を実際に指揮した唯一のひとである栄誉をになっていた。しかしこの独特の知識も、さらに実戦に用いられるにはいたらなかった。そのかわりにロバーツ将軍はイギリス国内キャンプにはいったカナダ軍新兵および新しい増援部隊の訓練を、指揮することになったのである。一九四五年退役となったとき、彼は海峡諸島のうちのジャージー島で生活し、階級はジュビリー作戦当時と同じ少将であった。一九四五年から五年間というもの、ロバーツ将軍は北西ヨーロッパのイムペリアル戦争墓地委員会の管理委員の職にあった。フリードリッヒ大王の言葉は彼にも適用できるかもしれない。

一九四三年、ヴィクター・テイト准将はバス勲章を授けられた。その翌年、彼はナイトに叙せられた。ノルマンディ上陸およびそれにつづく戦いで、ドイツ側レーダーをはなはだしく無力化することに指導的な働きをおこなったためである。戦後、サー・ヴィクターはBOACの運航担当重役、インタナショナル・エアラジオ会社の会長となり、超電子工学《ウルトラ・エレクトロニクス》およびイギリス航空輸送電子工学審議会にも重要な席を占めた。一九五九年から一〇年間、彼はまたアメリカ飛行安全協会の理事でもあった。現在では退任して、その妻とともにチェルシーで静かな生活を送っている。

戦後、ダグラス・キャットー大佐はトロントで建築家としての仕事に、復帰した。彼はドイツ軍のシュネーゼンベルク大尉との交際を復活させて、その交友関係は大佐がこの世を去るまでつづけられた。八月の朝、ふたりが断崖の頂上で初めて相まみえたときの記憶は、いまなお鮮烈な印象をシュネーゼンベルクの心に残している。

「わたしの考えでは」と彼は現在、語る。「わたしと大佐との出会いは、このたびの戦争で、騎士道を踏まえた戦いを示す最後のものの一つだったと申せるかもしれません」

サー・スタッフォード・クリップス、一九四五年に商務省の大臣であった彼の言によれば、レーダーは他のいかなる科学的要因よりも、ドイツに対する勝利に貢献したのである。空軍元帥ロード・テッダー、戦後の空軍参謀総長も、同じような見解をあきらかにしている——そしてドーヴァーの断崖上にロバート・ウォトスン＝ウォットの像を建ててしかるべきで、彼の国家に対する貢献はそれに充分値するとさえ、述べている。一九四九年に、大蔵省はイギリス発明褒賞委員会に、金銭的報酬を考えずにまた期待せずに、戦争遂行にいちじるしく重要な役目を演じた人びとの経歴を調査すべきだと求めたことがあったが、役所は異なった見解を持っていた。役所ではレーダーの発明はこの分類のなかに入れることができない、という結論になっていた。

サー・ロバートと——彼は一九四二年にサーの称号を授けられていた——その同僚とは、金銭を与えられるのを望んでいたのではなく、彼らの仕事の成果を、公けに認められたかっただけなのである。一九四六年、ロンドンで開催された戦争パレードに、レーダー科学者はただのひとりも招待を受けなかった事実が、深く彼らの感情を傷つけたのであった。そこでサー・ロバートは大蔵省の態度と戦う決意を固め、その戦いは一八ヵ月にわたってつづけられ、そのときに彼は四四日間を通じて言葉のかぎりをつくし、委員会に実証を示すのに努力した。

王国はレーダーの開発に、約一億ポンドを費消したのだった。くわえて、連合国は設備・器具に、その額の三倍から四倍ぐらいの金額を使っていたのであった。そしてサー・ロバートの計算によると、彼とその同僚九名が本国にかけた負担は、その働きに対して毎年俸給として受けた総計約六五〇〇ポンドにすぎないのであった。最後に、いろいろと論議の結果、彼らに八万七九五〇ポンドの報償金が与えられ、分配することになった。彼らの要求したのは金銭ではなく、彼らの奉仕を表彰されることにあったのだ。しかし彼らは一応、無礼な扱いである給付金およびしぶしぶながらの認証を受理したのである。

そのあと、ボードシイに始まりマルヴァーンで終わったチームは解散して、メンバーは世界中に散っていって、オーストラリアやカナダやアメリカは、測り知れないほどの利益を得たのだが、それもこれも戦後第一次のイギリス内閣と、これらすぐれた人びとの業績をまったく理解できなかった大蔵省の役人どもの先見の明のなさと金惜しみのためである。

一九五〇年代に、ジャックの使命の物語のために、訴訟沙汰《ざた》が起きた。アメリカのジャーナリストで、アメリカがまだ戦争に参加していないころ、BBCで放送したりしたクウェンティン・レナルズは、イギリス軍の士気を鼓舞するのにきわめて力をつくし、ディエップ奇襲に際しても、軍艦〈キャルピ〉号に乗っていたのだった。彼はジャックの参加を知ったが、もちろん、名前などは知るすべもないので、彼の記事のなかで、仮の名前〝ウェンデル〟教授というのを案出した。一九五五年に、別のアメリカ人ジャーナリスト、ウェストブルック・ペグラーは、一八六紙に掲載されたコラムで、レナルズを嘘つき、ほら吹き、そして現場にいもしなかった卑怯な前線特派員ときめつけた。レナルズが彼を訴えたのに、不思議はない。

事件は要領を得ないまま、ずるずるとつづいて、ついにペグラー側の弁護士はウェンデル教授のことに言及した。彼の要求は、「ディエップ奇襲に参加した風変りな科学者は、レナルズの空想の所産、その潑剌《はつらつ》たる想像力のつくりだした偽造……」であることを、認めるべきだというのである。
(ハイネマン社刊、ルイス・ナイザー著『わが法廷生活』)

レナルズは困惑してしまった。なにしろジャックの本名は知らないのである。しかし、もしもそれが発見できないとなると、この訴訟はこの一点で彼の全面的な敗訴ということになる。マウントバッテン卿の元幕僚のひとりであるジャック・ローレンス大佐がたまたまニューヨークにいあわせており、新聞でこの訴訟の記事を読み、進んで法廷で、ジャックのおこなった事実について、証言の労をとった。ペグラー側の弁護士はジャックの氏名を法廷で明白にするように要求した。ローレンスは知っていたけれども、それを拒否した。連合作戦本部はそれまでに断じてその氏名を公表していなかったのであった。そのかわりに、彼はその氏名を紙上にしたため、裁判長に手渡した。レナルズは裁判に勝ち、ペグラーと彼の記事を用いた各新聞社に対して賠償金一七万五〇〇〇ドルをかち取った。ジャックはこの記事を読んで、レナルズに手紙を送り、もしも以前にこの件について耳にしていたなら、愛読する作家のためにただちにニューヨークへおもむき証言したことだろうと伝えた。

レナルズも折りかえして、ジャックに手紙を送った。「たとえ法廷から数千マイルをへだてたところにいたとしても、あなたは大いにわたしのために助けとなったのです……」

ジャックはディエップ奇襲後、空軍で将校任命辞令を受けてはどうかとすすめられたが、彼は辞退した。任命辞令を受けるということは、行政的責任を引き受けることが増して、技術的責任が減るということになるので、この点で彼には気に入らないのであった。一九四三年、彼はスエズ運河を護《まも》る新しいレーダー・ステーションを指揮する任務を受けて、中東に派遣された。帰国後、彼はデルと結婚し、そして戦争の末期にふたたび将校任命辞令を受けるようにすすめられ、今回は退役までを空軍で送ることができる条件なのであった。これから先も主としてレーダーと取り組むことのできるのを知って、彼は受諾し、クランウェルのイギリス空軍大学に入学した。

ドイツに対する連合軍の大空襲の記憶はいまだに鮮明であったので、クランウェルに在学中、一上級将校が次のような意見を彼に伝えた。こうした空襲で肉親なり友人なりを失ったドイツ人のなかに、フレイヤ型レーダーの秘密をあばき、そのためにドイツ側レーダーへの妨害を助長した人物の正体を知るようなものがでれば、個人的反感やまた報復などを彼が受けないとも限らないというのである。そこでその氏名を変更しておいた方が——少なくとも大空襲から生まれる苦しさを時がやわらげるまででも、そうしておいた方がよいのではなかろうかと忠告した。そこで元のドイツ系のニュッセンタールはイギリスではニッセンサールになったのだが、ジャックはそのとき姓をさらにちぢめてニッセンとした。彼は将校任命を待たずにクランウェルを離れ、そのかわりに技術者として南アフリカ空軍に勤務した。数年間勤めて、レーダー設備・機器・技術などを指導し、その後退任して、その地にとどまって電子工学関係の事業を起こして成功した。彼の会社はハイ・ファイのセットを初めて紹介し、製作した。またその国で最初のテレヴィジョン技術者のための学校を設立した。これが非常に成功し、現在ではテレヴィジョンと電子工学関係の雑誌の編集・発行もおこなっている。

一九六七年八月、ジャックは休暇でギリシャにいたが、そのとき、新聞紙上で、一九四二年にディエップに上陸したカナダ部隊の人びとが、二五周年を記念して、そこに集まるという記事を目にした。そくざに、かつていっしょだった仲間がどれくらい出席しているか会ってみたい思いにかられて、彼はディエップへ飛行機で向かった。到着した彼は、プールヴィルの教会堂での特別追悼《ついとう》礼拝式にちょうど間に合った。その教会堂の外で彼とその仲間は四分の一世紀前に待避していたのだった。

多くの前南サスカチェワン連隊の将兵たちは、教会堂とオテル・ド・ラ・テラスとの間の通りに、整然と列をつくって並んだ。ジャックがこの隊列にくわわると、セシル・メリットが彼を認めた。〝ハンク〟・フォーニスとマレイ・オーステンも、同じように気がついた。すでに列をつくっているもののなかには、一九四二年に名も知らぬフランス人の老兵の胸にきらめいていたように、勲章を輝かせているものもいて、「あっ……ジャックだ！　わたしが殺さなきゃならなかった男がいる！」と、叫んだ。

ジャックは振り返って、レス・スラッセルと手を握り合った。ふたりとも、相手が生きていたのを知って、びっくりしそして喜んだ。連隊のほかの連中も思いは同じであった。彼らは、ジャックはプールヴィルで戦死したものと考えていたので、戦後これまで、ジャックとの間に、まったくなんの接触もなかったのであった。カナダ政府は後に、ジャックをオタワに招待し、そこで彼は南サスカチェワン連隊にかつて属していた他の将兵たちにも会うことができた。

連隊にいた多くの人びとは、あの八月の日の功績か、あるいはその後の戦いで示した勇敢な行動かによって、勲章を授与されていたのであった。

セシル・メリットはヴィクトリア十字勲章。クロード・オームは殊勲章。マレイ・オーステンは戦功十字勲章。ジョージ・ブキャナンとロジャー・ストラムは英連邦勲章。前副官と連隊付特務曹長は銀星章とともにフランスの軍功章を、〝ハンク〟・フォーニスも同じ勲章を授けられていた。そしてレス・スラッセルは軍功章を受けていたのである。

ジャックは自分の本当の勲章は、多くの人命を失いはしたが、その逆に多くの人命を救った奇襲の二五周年の夕に、ディエップへ来たことだと思っていた。

彼は奇襲中の戦功によってヴィクトリア十字勲章を授与された三名のひとたちや、ほかの友人たちといっしょに、とあるカフェに腰をおろしていた。彼の片側にはメリット、テーブルの向かい側にはコマンド部隊のパット・ポーティアス少佐、それからジョン・フット少佐がいる。フット少佐はロイヤル・ハミルトン軽歩兵連隊のプレスビテリアン派の従軍牧師で、みずから進んでディエップにとどまったのであった。その理由は自身のいるべき場所は、イギリスへ帰る船のなかではなく、ってていた。

捕虜とともにあるべきだと考えたからなのである。時刻はおそく、カフェももう新しい客をことわっていた。

「ところでジャック、ぜひ聞きたいのだが、なぜ、きみは捕虜になってはいけなかったのか？　捕虜になるより、殺されても差しつかえない、と承諾せねばならなかったほどの秘密を、きみは知っていたというが、それはなんなのだね？」と、彼は訊ねられた。

ジャックはポケットに手を入れて、黒く塗った円形の金属を取りだした。掌《てのひら》の上におさまるくらいに小さい。円形の盤の外輪をめぐって、四つのうねが刻まれて冷却用のひれになっている。そして中央に穴がうがたれ、その周囲に小さい八つの穴があり、すべてが中央の空胴と細い通路でつないである。

「これがその理由なのです」とジャックは静かにいった。「これは空胴磁電管《キヤヴイテイ・マグネトロン》といって、われわれの側のもっとも大切な味方でした。これを用いて信じがたいほど正確なレーダー・セットをつくれたのです。もしもドイツ側がこの秘密を発見したとしたら、そのときには戦争は負けていたに違いないのです。この装置を参戦前にアメリカ側に送ったとき、旧大陸から新大陸へもたらされたもののなかで最高に価値ある積荷だとアメリカ側は認めました。わたしはこの装置のことにくわしく、それを使って働いておったのです。そのために捕虜になるよりも、殺されることを、承諾せねばならなかったのです」

誰もが黙っているその静けさを破って、入口のドアをどんどんと騒がしく叩《たた》くものがあった。店の主《あるじ》がしぶしぶ戸をあけてみると、ＮＡＴＯに勤務している数名の若いカナダ軍兵士たちが、なかに靴音も高くはいって来た。

「みなさん、申しわけありませんが、本日はもうかんばんなのですが」と主は兵士たちに話しかけた。

「食事をしに来たんじゃないのだ」と彼らは主にだめをおして、「ジャック・ニッセンさんがここにいるといいましがた聞いたので、挨拶《あいさつ》に来たんだよ」

「わたしが三名のヴィクトリア十字勲章帯勲者とすわっていると」と、後にジャックはそのときのことを想い起こして語っている。「若い連中が三人でやって来て、わたしと握手したいというのです」

ジャックはこの思わぬ尊敬のしるしに、驚いたし感動もして涙をうかべた。

「それはわたしへの報賞であり、わが生涯での最高の時でしたよ」彼はただそう話している。まさに彼のいう通りである。

著者から読者へ

　三十余年前に起こった一事件を描く仕事は、たとえば一世紀前、もしくはわずか一年前に起こった一つの出来事をくわしく物語るのと、まったく異なるさまざまの問題を、筆者に提出するものである。

　もしもその行為が一〇〇年前におこなわれていたとしたら、当然、参加者のすべては他界したものと見てよい。そして筆者は全面的に文献に頼ることができ、その文献が正確であるにせよないにせよ、生存者たちから問いつめられるおそれはないのである。もしもその事件が去年生じていたとしたら、そのときには記事記述のたぐいは、記憶もあざやかな個々の関係者たちから、鋭い批判を受けることになる。

　一九四二年八月のある一日におこなわれた事件を多少なりとも再構成してみようとしたときに、わたしは厖大《ぼうだい》な文献資料にぶつかったし、それにまた幸運にも、事件に関係のあった個々の方々から、多大の援助をいただいた。だが、一九四二年から数えて永い歳月がたっているために、その方々の記憶には時に多少の喰《く》い違いがあった。ひとりの方が大切なことだからと、はっきりおぼえている事柄を、同伴していた方が思いだすことさえできないということがあきらかにされても、おかしくはないのであった。(実証を望むひとは自動車事故を調べるだけで、目撃者たちの証言の矛盾ということがよくわかるだろう)

わたしが最大に負うところの多いのはジャック・ニッセンである。彼は奇襲後間もなく、プールヴィルでの任務について、みずから詳細に記述していた。そこで他の人びとの記憶が彼のと異なる場合、わたしは彼の話にしたがっている。

オタワにあるカナダ軍司令部の戦史理事会は、南サスカチェワン連隊の戦時日誌、および奇襲後イギリスに帰還してから、連隊所属の将校たちの記した多くの個人的報告類を閲覧し、利用することに、快く許可を与えてくださった。またエドワード・ダンカーリイ氏と、H・P・フォーニス大尉には、この事件に関するそれぞれの記述から引用することを、これまた寛大にも認めていただいた。

G・B・ブキャナン中佐の連隊史、『大草原の人びとは行進する』もまたきわめて重要な価値を持つものであるが、好意をもって連隊の兵士たちによる報告書の数々を、貸与してくださり、それら事件の記憶のなまなましいうちに書きとどめられた記事の総計は、一三六に達している。これらの兵士たちのなかで、後に面談したときの話が、先の記事と異なっている場合、わたしはこの相違を無視することにした。

ジャック・ニッセンとわたしとは、カナダ、スコットランド、イングランド、ドイツ、フランスでおこなわれたわれわれの質問に、根気よくつきあって答えてくださったすべての方々に、ひとしく深い感謝の意を表したいと思っている。

わたしはまたアール・マウントバッテンにお礼を申しあげたい。卿《きょう》はカナダでディエップ奇襲に参加した古強者たちを前にしておこなわれたその演説を使用するのを許可されたほか、多くの援助を与えてくださったのである。

オタワのカナダ軍司令部戦史理事会は、ディエップ上陸に関するドイツ軍情報部の報告書類、およびフォン・ルントシュテット元帥の西方総軍総司令官としての報告書、並びにその他の文書類の利用を許されたし、また、関係のあるイギリス戦時内閣の文書類の閲覧については、ロンドンの英国公文書保存所のお蔭《かげ》をこうむっている。

ジャック・ニッセンとわたしがオタワに到着した際、わたしたちは在郷軍人福祉省の主任広報官であるゴードン・S・ウェイ氏を訪ねた——この省は軍務に服してカナダのためにつくしたすべての人びとの利益を保護するためのみにある、もっとも能率的な役所なのである。

わたしたちはウェイ氏に、一九四二年八月一九日に、プールヴィルに上陸した南サスカチェワン連隊の旧隊員数名の消息をたずねていて、そのために氏の援助を受けたい旨を説明した。ウェイ氏の返答では、数年来ディエップ奇襲の物語を再構成した他の作家たちからも、いろいろと援助を求められたことが多く、彼個人の考えでは、永い年月を経たいまごろになって、新しい資料が発見されることはあるまいというのである。

「それでも、ただ一つあの戦いで、わたしの知りたくてたまらないことが、あるのです」とウェイ氏は話しつづけた。「イギリスの科学者がひとり、カナダ部隊といっしょに上陸していたのですが、そのひとは捕虜にするくらいなら、射殺してしまわねばならぬという命令のもとにあったのです。いまから思えば、そのことは興味ある物語になるでしょう。いつも気になっているのですが、あのときそのひとはどうなったのでしょうか？」

数日後、わたしたちはサスカチェワン州レジャイナにいた。オタワからざっと一四〇〇マイル西にあたるところで、南サスカチェワン連隊のヴェテランたちに会うために、ジャックとわたしは、最初の約束の場所までタクシーに乗ることにした。車に乗るとき、わたしたちのアクセントを聞いた運転手が、イギリス人かと訊《たず》ねた。そうだと答えると、彼はその氏名を――エリック・エンプリンガムと――告げて、南サスカチェワン連隊に属してプールヴィルに上陸したのだと話をした。

「お客さんたちは知ってるかな？」と彼は話をつづけて、「あのときイギリス人がひとりあたしたちのなかにまじってました、レーダーの専門家でね。その男がドイツ軍の手に落ちそうな羽目に追い込まれたら、あたしの仲間たちが撃ち殺すことになっていたのです。ときどきそのことを想いだしますがね。あの男はどうなりましたか、いまでも、気になってます」

ゴードン・ウェイやエリック・エンプリンガム、その他同じ不審な気持ちをわたしたちに示したカナダにいる他の人びとすべてに対して――そこではジャックの奇妙な使命がいまや一種の伝説にまでなっているのだが、この本はそうした疑問への返事となるものである。

訳者あとがき

本書は一九七五年三月、イギリスのハイネマン社から上梓《じょうし》された“*Green Beach*” by James Leasor の全訳です。原著にはおさめられていない著者のまえがきを、本書には採録してあります。この本を書くにいたった動機とかいきさつとか、外国の作家の生活ぶりの窺《うかが》えるところに、いささか興味があると思ったからです。

作者リーソーについては、彼が本書に先だって世に問うた『シンガポール』が、早川書房から刊行されているので、今更、ことあらためて細々と記す必要はないと考えて、簡単に文歴などを紹介することにしました。リーソーには小説を含めて数多くの著作があります。そのなかでもよく知られているのは、ハーディ・クリューガーが主演して映画化をみたドイツ軍人の脱走物語、ノンフィクションの“*The One That Got Away*”です。そのほかに田舎医者のドクター・ラヴを主人公にしたサスペンスものがいくつかあり、その一作はこれもデイヴィッド・ニーヴンが主役ドクター・ラヴを演じて映画になっています。リーソーには法廷弁護士の資格を持つ夫人と、三人の子供があり、ポルトガルの別荘と、イギリスの荘園《しょうえん》にある邸《やしき》とに、かわるがわる暮していて、いわゆるクラシック・カーにこっているそうです。数台所有しているなかに、一九三七年のコードのロードスターがあるそうです。私は自動車にはまったく知識がないのですが、その方面の本によると、この車はまさに幻の名車で、戦後にほぼ完全な復古車が製作された程のものです。いうところのカーキチならば、よだれをたらして眺める車に違いありません。

ところで本書はアメリカを含めて十ヵ国で出版されました。アメリカのペーパーバック本の出版権として、一四万ポンドが支払われたとかということも伝え聞いております。この辺はどうもわが国とはたいへんに事情を、異にするので、驚くばかりです。

本書の内容ですが、読んでいただいておわかりのように、重大な使命をおびてディエップ奇襲に参加したイギリスのレーダー担当の一空軍兵と、彼をとりまくカナダ兵との世にも不思議な物語なのです。戦争に死はつきもので、敵の弾丸ばかりでなく、味方の弾丸で斃《たお》れることだってあるのです。そういうことはそれほど珍しくもありません。だが始めから時と場合によっては、味方の手で確実に殺されるのを承知の上で、戦場に臨んだというのは、特攻隊を生んだわが国のことは知りませんが、西欧では滅多にないことなのだと思います。だから事件後三二年も経ってから作戦責任者であったマウントバッテン卿《きょう》が、リーソーからこの話を聞いてびっくりし、「あのとき知っていたら、命令を中止させたのに」といったのもうなずけます。

これまでの第二次大戦史を見ると、ディエップ奇襲は、第一次大戦におけるトルコのガリポリ上陸作戦に匹敵する、愚策・失敗といわれている場合が多いようです。こころみにアメリカーナ百科辞典のディエップ奇襲の項を要約して見ます。

「一九四二年八月、イギリス軍一〇〇〇名、カナダ軍五〇〇〇名、それにアメリカのレンジャー部隊を含む連合軍がディエップを奇襲した――この奇襲は三軍協同の作戦・戦術をテストするためのものであった――橋頭堡《きょうとうほ》を確保するためのものではなく、むしろ新しく開発をみた兵員および戦車用の上陸用舟艇の実用性、戦車を海浜に上陸させることの可能性、正面攻撃によって港湾を占領できるかどうか、空軍の掩護《えんご》・協力についての詳細な検討、さらには大規模な艦船侵攻を海軍がおこなえるかどうか、というようなことを、験《ため》してみる意味が強かったのである。約六一〇〇名がディエップ攻撃に参加したが、帰還したものわずかに約二五〇〇名、残余は戦死するか捕虜となった」という工合《ぐあい》にきわめて簡単です。

ディエップ奇襲に際してのコマンド部隊の活躍については、いろいろと紹介されていますが、レーダー調査のことなどはいままで少しも発表されておりません。当然のことで、リーソーが本書を著わすまで、まったく極秘の事実として隠され忘れ去られていたのですから。

リーソーの参考書目のなかに記載されていて、私の手許《てもと》にもある“*Challenge of War*” by Guy Hartcup という第二次大戦中の科学および機械工学の発展と戦争への寄与とを解説した本の、レーダーの項を見ますと、キャヴィティ・マグネトロンがレーダーの発達に不可欠なもので、その働きがイギリスをレーダーで優位に立たせたことがよくわかります。科学者の協力・熱意が、「ブリテンの戦い」の勝利をもたらし、その後の戦闘の展開で、すばらしい成果をあげさせたのです。彼らが最後の勝利をかちえたのは、故《ゆえ》ないことではなかったのです。

戦争と科学者、この関係は原爆の発明以来人間の良心の問題として、いろいろ論議されております。しかしいまここではそうした大きな普遍的なことはさておいて、戦争という巨大な渦《メエルシュトレエム》のなかに巻きこまれてしまった一科学者の異常な経験――ポーの小説を読むような情況――を、じっくりと考えてみてもよいと思います。ことにそのひとがユダヤ人であったことも併せ考えて――。それから血のつながりがあるとはいえ数千マイルの彼方から、自由と平等と友愛を守る精神に燃えて、遠い異国の戦場に立った若いカナダの青年たちの心情もかみしめてみましょう。

最後になりましたが、本書の翻訳にあたって、カナダの諸官庁の正式名などについて、友人山本信雄さんを通じて、カナダ大使館広報関係の方々からご教示を得たことを、ありがたく思っております。またこの翻訳を世にだす機会を与えてくださったうえに、仕事を進めていくのにもまた、おしみなく助力してくださった早川書房の高田正吾氏に深く感謝しております。

監修者解説――秘められた戦史

大木《おおき》 毅《たけし》

一九四二年八月一九日に決行された「ジュビリー」作戦は、当時の連合国にとっては、第二次世界大戦の不名誉な一ページとして記憶されている。この日、カナダ第二師団とイギリス・自由フランス軍のコマンド部隊、アメリカ軍のレンジャー部隊を編合した連合軍約六〇〇〇は、北西フランスの港湾都市ディエップに上陸した。

開発・配備されつつあった上陸用舟艇や水陸両用戦車などの性能を試し、フランスを占領していたドイツ軍の沿岸防備の強度を偵察、さらに港湾施設等を破壊して引き上げるだけの急襲作戦となるはずだった。だが、「ジュビリー」は、さまざまなアクシデントとドイツ軍の激烈な抵抗に遭って、一場の惨劇と化した。

上陸用舟艇は不具合を露呈し、ドイツ軍の攻撃を受けて、上陸時に三三隻を失った。海岸に設置された障害物や困難な地形を克服できず、浜辺で動けなくなる戦車も続出する。航空支援や護衛艦隊の艦砲射撃も不充分であり、歩兵の多くはドイツ軍陣地の前面で激しい砲火にさらされたのち、市街戦に突入するありさまとなった。

損害もうなぎ登りとなり、作戦開始一〇時間のうちに約三七〇〇名が戦死、負傷、あるいは捕虜となったとされる。かくも甚大な消耗に直面すれば、連合軍も蒼惶《そうこう》として海上の輸送船団のもとに撤退するしかなかった。

こうした失態は何故起こったのか？

責任追及の意味もあって、英語圏、とくに「ジュビリー」の主役となった軍隊を派遣したカナダでは、ディエップの戦いについて多数の研究がなされ、今日なお新しい文献が発表されている。*

その過程において、「ジュビリー」の目的についても、以下のような説が出された。

―すでに述べたように、本格的な大陸反攻、ドイツ軍占領下の西ヨーロッパに上陸し、ヒトラー体制を打倒するための攻勢に向けて準備されていた装備や戦術を「実験」することを企図していた。

―当時、ドイツ軍の主力をほぼ一手に引き受けていたソ連からの、西欧に上陸して、独ソ戦線につぐ「第二戦線」を開いてほしいとの要望を無視しているわけではないと主張するための政治的ジェスチャーであった。

―陸海空統合作戦立案の責任を負っていたマウントバッテン卿《きよう》の、自ら育て上げた戦力を実地に試してみたいとの動機による「暴走」だった。

ところが、戦後およそ二〇年を経て、隠されていた重要な事実があきらかになると、ドイツ軍の防空のかなめであった「フレイヤ」レーダーこそが、「ジュビリー」の主目的とはいわぬまでも、重要な動機になっているのではないかとの疑義が呈されるようになった。

というのは、「ジュビリー」作戦には、「フレイヤ」の性能を探るための専門家として、一人のユダヤ人技術者が同行していたことがあかるみに出たからである。

しかも、その任務の秘密を守るため、もし彼がドイツ軍の捕虜になるような局面になったら、自殺を求める、もしくは護衛の兵士によって殺害すべしとの命令が下されていたのであった……。

本書は、この苛酷《かこく》な任務を敢《あ》えて引き受けたジャック・モーリス・ニッセンサール（のちニッセンと改姓）に焦点を当てたノンフィクションである。

著者ジェイムズ・リーソー（発音からすれば「リーザー」が近いが、訳者清水政二の表記にしたがう）は、一九二三年生まれのイギリスのジャーナリストで、第二次世界大戦では、英陸軍の士官としてビルマ戦線に従軍した経験を持っている。戦争中からジャーナリストとしての仕事をはじめ、戦後も出版界で編集者・小説家・ノンフィクション作家として活躍、その作品のいくつかは映画、あるいはＴＶシリーズとして映像化された。

その著書は五〇点以上におよび、『シンガポール——世界を変えた戦闘』（向後英一訳、早川書房、一九六九年）、『ノルマンディー偽装作戦』（伊藤哲訳、早川書房、一九八二年）、『ベンガル特攻隊　勇気あるジョンブルたちの記録』（村杜伸訳、サンケイ出版、一九七九年）など、邦訳されたものも少なくない。リーソーは、二〇〇七年に死去するまで、旺盛な作家活動を続けた。

このような読ませる著者であったリーソーが書いた本書は、おのずからサスペンスにみちた冒険小説のごとき色彩を帯びる。

はたして、ニッセンサールは、いかなる運命をたどったのか。「フレイヤ」をめぐる秘密任務は果たされたのか。もし、そうだとしたら、それは第二次世界大戦の帰趨《きすう》にどのような影響をおよぼしたのか。

むろん、答えは本書に記されている。本文より先に解説に眼を通す読者も少なくないだろうから、ここで先回りする愚は控えることにしよう。しかし、一言述べておくならば、リーソーの淡々としたイギリス流の筆致（いわゆる「大げさを嫌うもの言い《アンダーステートメント》」といえるかもしれない）で描かれる事実、兵士たちの生と死は、おそらく読者のヒューマン・インタレストをも満足させるはずだ。

だが、もう一点、本書には特筆すべき特徴がある。

当然のことながら、この『グリーン・ビーチ』には、ディエップの戦いの背景や顚末《てんまつ》が描かれており、重要な戦史研究書の一つに位置づけられていることだ。もとより学術書の体裁《ていさい》を取っているわけではないが、現代史の研究がしばしばジャーナリズムとの二人三脚になるのはよく知られていることである。その意味で、本書はジャーナリズムのアプローチによる戦史書として充分認められてよい。

とくに日本では、ディエップの戦いを主題とした文献はほとんど存在せず、翻訳刊行された『コマンド　奇襲！　殴り込み作戦』（ピーター・ヤング著、芳地昌三訳、サンケイ出版、一九七三年）や『カナダの旗の下で　第二次世界大戦におけるカナダ軍の戦い』（デイヴィッド・J・バーカソン著、池内光久／立川京一訳、彩流社、二〇〇三年）といった、他のテーマについての通史で一章が割かれている程度だから、本書の価値はいや増すものといえる。

また、著者がニッセンサールに視点を据えたことで、本書ははからずも現場からの「ジュビリー」作戦の記録となり、加えて、その秘められた戦史をあきらかにするに至った。刊行（一九七五年）から半世紀を経ても、『グリーン・ビーチ』がなお読むに足る作品でありつづけているゆえんである。

ちなみに、本書の主役ともいうべきニッセンサール（ニッセン）は、一九九七年に死去する前に自著『レーダー戦に勝ち抜く』（Jack Nissen with A.W. Cockerill, *Winning the radar war*, London, 1989）を上梓している。戦史・軍事史の研究者には一読をお薦めしたい。


本新版の監修にあたっては、二〇二二年に刊行されたペーパーバック版を参照したが、この版は叙述の順序を入れ換えたり、一部削除したりと改稿されている。しかし、加筆訂正が加えられている箇所もあることから、初版にこの版の直しを反映させて、本新版にまとめた。なお、固有名詞のカナ表記などについては、訳者が故人であることもあり、その流儀を尊重し（余談ながら、監修・解説者にとっては、昭和の翻訳調を想起させる、好ましいものであった）、オリジナルのままとした。ただし、現在では完全に廃れてしまったと思われる表記については修正してある。あきらかな誤記等についても、とくに断らずにあらためた。

*代表的な文献を若干挙げておく。

Ronald Atkin, *Dieppe 1942. The Jubilee Disaster*, London, 1980.
James Shelley, *The Germans and the Dieppe Raid. How Hitler's Wehrmacht Crushed Operation Jubilee*, Barnsley, 2023.
Brian Loring Villa, *Unauthorized Action. Mountbatten and the Dieppe Raid*, Oxford, 1990.
Denis/Shelagh Whitaker, *Dieppe. Tragedy to Triumph*, Whitby, Ontario, 1992.

本書は、一九七五年に早川書房より刊行された作品を復刊し、新たに解説を加えたものです。

底本には一九八一年に刊行された文庫版の初版を使用しました。復刊にあたり、著作権継承者のご了解を得て、原本の誤記誤植を正しました。

本文中には、「インディアン」「気ちがい」など、今日の人権擁護の見地に照らして、不適切と思われる語句や表現がありますが、作品の時代背景および訳者が故人であることに鑑み、底本のママとしました。

［訳者紹介］
清水政二（しみず　せいじ）
1905年生まれ。88年没。翻訳家。訳書に『ロンメル将軍』（デズモンド・ヤング、ハヤカワ文庫NF)、『機長席』（ロバート・J・サーリング、早川書房)、『ニューヨーク侵略さる』（レオナード・ウイバーリイ、講談社)、『ロンメル将軍　副官が見た「砂漠の狐」』（ハインツ・ヴェルナー・シュミット、角川新書）など。

［監修・解説者紹介］
大木 毅（おおき　たけし）
現代史家。1961年東京生まれ。立教大学大学院博士後期課程単位取得退学。DAAD（ドイツ学術交流会）奨学生としてボン大学に留学。千葉大学その他の非常勤講師、防衛省防衛研究所講師、陸上自衛隊幹部学校（現陸上自衛隊教育訓練研究本部）講師等を経て、現在著述業。『独ソ戦』（岩波新書）で新書大賞2020大賞を受賞。主な著書に『「砂漠の狐」ロンメル』『戦車将軍グデーリアン』（以上、角川新書)、『戦史の余白』（作品社)、訳書に『戦車に注目せよ』『「砂漠の狐」回想録』『マンシュタイン元帥自伝』（以上、作品社）など多数。

［著者紹介］
ジェイムズ・リーソー（James Leasor）
1923-2007。イギリス・ケント州出身。歴史学者、作家として知られ、多くの著作がある。第二次世界大戦史については『シンガポール〈世界を変えた戦闘〉』（早川書房）、『ノルマンディー偽装作戦』（ハヤカワ文庫NF）が邦訳されている。

〔新版《しんぱん》〕グリーン・ビーチ　ディエップ奇《き》襲《しゅう》作戦《さくせん》

2025年２月20日　初版発行

著者／ジェイムズ・リーソー
訳者／清水政二《しみずせいじ》
監修・解説／大木《おおき》 毅《たけし》
発行者／山下直久
発行／株式会社KADOKAWA
〒102-8177　東京都千代田区富士見2-13-3
電話　0570-002-301(ナビダイヤル)
印刷所／大日本印刷株式会社
製本所／本間製本株式会社

ISBN 978-4-04-115189-1　C0022